KB260626

우리를 영원히 살게 하는 것

우리를 영원히 살게 하는 것

우리를 영원히 살게 하는 것

이태훈(李泰薰)

杏林書院

서양의 철학은 한 마디로 너무나 빈곤하고 그 깊이가 없다. 어떻게 인식(認識)하고 지각(知覺)할 것이냐 등의 "철학을 어떻게 철학할 것이냐"를 놓고 대부분 제 자리 걸음과 말의 희롱으로 끝나 버린다.

서양의 종교 역시 유치하기가 이루 말할 수 없다. 뿐만 아니라 종교가 평화와 안녕을 가져오는 것이 아니라, 종교 자체가 전쟁과 불행의 원인이 되기도 한다.

동양의 철학과 종교는 어떤 점에 있어서 치명적인 단점도 포함하고 있지만, 그럼에도 불구하고 이들 모두 서양 것보다 훨씬 우월하고 뛰어나다.

이런 점들에 대해서, 그리고 내 생각도 곁들여 가면서, 하나하나 체계적으로 풀어 나가면서 고차원화(高次元化) 시키고자 한다.

계속된 역사적인 시련과 고난 속에 살아왔고, 옛날로부터 최근세기에 이르기까지 동서고금의 모든 종교와 철학이 유입되어 도도히 녹아 흐르며, 대립하는 사상까지 맞부딪쳐 소용돌이쳤고 또 소용돌이 치고 있는 한국은 오늘날의 세계적인 고뇌를 풀어줄 위대한 사상과 철학을 낳을 자격이 있다.

위대한 사상과 철학은 생각과 영혼을 바뀌게 한다. 달라진 생각과 영혼이 행동을 변하게 하고 행복과 성공을 가져온다.

이 책의 독자는 다 읽고 나면, 자신의 생각과 영혼이 달라짐을 느낄 것이다. 그리고 그것이 당신의 운명을 바꿀 것이다. 나아가 대한민국도 세계도 변할 것이다.

이는 어떤 주술적 부적보다 확실하고, 하늘에 사무친 기도만큼이나 뚜렷해진다. 이는 사랑의 신념이 가져올 기적이다.

이 책을 삼가 하느님과 석가모니 부처님과 예수 그리스도 그리고 예수 그리스도 왼편에 계실 어머님의 영전(靈前)에 바치며, 이 모든 공을 우리 집의 관세음보살이며 영원한 마리아이며 기름진 대지와 같은 어머니인 함수곤에게 돌린다.

2010년 여름

제1편

─────────────

우리를 영원히 살게 하는 것

제1장 고통과 쾌락

🐚 도통 道通

사람이 산다는 것은 무엇인가.

왜 늙고, 병(病) 드는가.

왜 죽게 되는가, 왜 태어나는가.

고통이란 무엇이며, 즐거움이란 무엇인가.

미움과 사랑, 슬픔과 기쁨 그리고 악(惡)과 선(善)이란 무엇일까. 성공이란, 돈이란, 명예란, 권세와 지위란 또 무엇일까. 그리고 무엇이 이런 것들을 있게 하는가.

지옥과 천국은 과연 있는 것인가. 이 세상이란, 우주란 정말 있는 것인가.

아름답게 떠 있는 저 뭉게구름은 과연 있는 것일까, 없는 것일까!

또 누가 만들었는가? 누가 만들었다면 왜 만들었으며, 왜 거기에 떠 있는가, 그리고 어디로 흘러가는가.

나는 밤에 홀로 서 있는 나무와 같이 외롭고 괴로우며, 하마의 입과 같이 뚫어져 채워지지 않는 큰 고민과 의문들이 나를 붙들고 놓지 않는다.

그러나 이러한 방황 속에서도 인생의 큰 문제들을 생각하는 즐거움과 엄숙함이 나를 감싼다. 하지만 보일듯 하나 보이지 않고, 마음은 희망에 차 있으나 뚜렷치 않다.

드디어 칠흑 같은 어둠도 서서히 물러가고, 새벽안개 속에 희뿌옇게나마 사방이 밝아져 온다.

생각은 오솔길 따라 나를 이끌고 가고,

한 걸음 한 걸음 걷는 발길마다, 안개는 나도 모르게 서서히 옷자락을 걷어 올린다.

풀이 보인다. 돌이 보인다.

나무가 보인다. 집이 보인다.

하늘에는 둥그런 해가 떠오르며,

나뭇잎 위에 영롱한 이슬이 반짝거린다.

대지(大地)도 신선한 내음을 뿜으며,

날아오르는 새들을 밀어 올린다.

광명한 대지여!

오묘한 천지(天地)여!

너는 내 가슴 속에 들어와 감격을 주며, 영원한 기쁨 속에 나를 밀어 넣는다.

◈ 고통과 쾌락

사람이 산다는 것은 고통(苦痛)과 더불어 사는 것이다. 배고픈 고통, 잠을 못 잤을 때의 고통, 추움과 더움의 고통, 짝을 못 찾았을 때의 고통 등등 이루 다 헤아릴 수 없을 정도로 인간의 생활이란 고통의 연속이다.

여기에 더하여 죽음의 고통, 아픔의 고통, 늙음의 고통, 태어남의 진통(陣痛) 등 인간을 에워싸고 있는 것 중에서 고통이 아닌 것이 없다. 인간은 고통의 덩어리이다. 그리하여 인생은 고해(苦海)라고 일컫게 되었나 보다.

고해란 무엇인가. 문자 그대로 '고생의 바다'다. 얼마나 고생이 많으면, 드넓고 깊고 깊은 바다에 비유하였겠는가.

고통들이란 얼마나 심각하고 무서운가. 배고플 때, 잠을 못 잤을 때, 몸이 아플 때, 그밖에 그 어떤 아픔들도 얼마나 사람을 못 살게 만드는가.

인간은 누구나 이러한 모든 고통에서 벗어나기를 원하며, 그 고통 속에 머물고자 하지 않는다. 고통 속에 머문다는 것은 멀지 않아 죽게 됨을 뜻하며, 인간은 그 누구도 죽기를 바라지 않는다.

그러면 고통의 뒤에는 무엇이 있는가.

아픔과도 같은 배고픔 속에서 맛있는 음식을 마음껏 먹고 나면, 거기에는 말할 수 없는 만족과 즐거움이 있다. 잠을 못 자서 만사가 귀찮을 때, 한잠 실컷 자고 나면 말할 수 없이 상쾌하고 즐거워진다. 견딜 수 없는 병의 아픔 속에 시달리다가 병이 완쾌되었을 때, 얼마나 행복하고 기쁜가. 고통이 있는 곳마다 즐거움이 반드시 따르고 있다.

고통을 벗어나면 거기에는 쾌락(快樂)이 있다. 인생은 즐거운 일로 꽉 차 있는 낙해(樂海)다. '즐거움의 바다'다.

인생이란 비단은 고통과 쾌락의 씨줄과 날줄로 한 가닥씩 엇 물려가면서 곱게, 곱게 짜져 나간다. 씨줄 없는 천도, 날줄 없는 천도 있을 수 없듯이, 고통 없는 인생도, 쾌락 없는 인생도 있을 수 없다. 인생이란 베틀의 북실과 같이 고통과 쾌락 사이를 오락가락하면서, 삶이란 천을 짜나간다.

이 세상에는 밤과 낮이 있듯이, 고통과 쾌락은 오묘한 조화를 이루며, 하늘의 비밀스런 사명(使命)을 다하고 있다.

배고픔의 고통이 없다면, 그 쓰라림이 없다면, 인간은 구태여 배고픔을 면하려 하지 않을 것이며, 굶주린 채로 그냥 죽어 없어지게 된다. 몰아치는 배고픔의 고통이 물러간 후에 오는 즐거운 쾌락은 인간으로 하여금 '먹겠다'는 불타는 욕망(欲望)을 갖게 하며, 이 욕망이 인간을 먹이를 위한 투쟁에 나서게 한다. 인간은 밭을 갈고 씨를 뿌리며, 가꾸고 또 거두어 양식을 만든다.

갓난아기의 울음소리에 어머니는 견딜 수 없는 고통을 느끼고 젖을 물리며, 기저귀를 갈아 채운다. 젖을 물린 어머니의 만족한 얼굴을 보라. 그곳은 인간이 태어난 보금자리이며, 그 환한 빛이 세상을 밝히고 있다. 이 보금자리를 지키기 위해 개인뿐만 아니라 국가의 모든 노력도 기울여진다.

추위와 더위의 고통이 인간으로 하여금 집을 짓게 하고 옷을 입게 만든다. 추울 때에 따뜻한 집에서 따뜻한 옷을 입고 있다면 얼마나 만족하고 즐거울 것인가.

하느님은 여러 가지 고통의 자극을 주어 있는 힘을 다하여 헤어나게 함으로써, 인간이 살 수 있도록 마련하셨다.

인간의 모든 노력과 경제행위가 모두 고통을 이기고 살고자 하는 것이다. 고통을 벗어나서 즐거움을 찾는 것이 인간의 욕망이며 본능이다. 본능이 없다면, 고통이 없다면, 인간은 존재(存在)하지 않는다.

우리가 인간으로 운명(運命)지어졌기에 생존(生存)하듯이, 우리는 고통이 있기 때문에 생존한다. 고통이 극복되면 쾌락이 되며, 이 과정 속에서 인간은 살 수가 있다. 고통과 쾌락이 우리를 영원히 살게 하는 것이다.

인생의 두 신호등

고통이 없는 곳에서는 쾌락이 있을 수 없다. 고통이 극복된 것이 쾌락이니, 쾌락이란 고통 뒤에 오는 하느님의 선물이요 보상(報償)이다.

터빈이 양(＋) 자력(磁力)과 음(－) 자력 사이에서 돌 때에 전기(電氣)가 발생되는 것과 같이, 인간은 고통에서 쾌락으로, 쾌락에서 다시 고통으로, 이와 같은 순환 속에 인간은 삶을 영위(營爲)하며 대(代)를 이어 살아나간다.

하느님은 인간을 영원히 살리고자, 인간이 살기 위하여 끝까지 노력하도록 보장하셨다. 그것이 다름 아닌 고통과 쾌락의 두 신호등이다. 고통과 쾌락은 하느님의 섭리의 고리를 돌리는 물레방아이며, 엔진이다. 이것이 본능의 힘이며, 하느님이 주신 운명의 힘이다.

본능과 운명의 지배를 받지 않을 자 그 누구이며, 하느님을 거역할 자 그 누구란 말인가. 그 누가 살지 않고 죽을 수 있으랴. 그 어떤 성인(聖

人), 군자(君子)도, 그 어떤 요조숙녀도, 그 어떤 영웅호걸도 하느님이 마련하신 본능(本能)을 벗어날 수 없다.

고통을 벗어나면 쾌락이 있기에 살고자 하는 인간의 본능적 의지가 이와 같이 강(强)하고 끈질긴 것이다. 하느님은 고통과 쾌락이라는 놀라운 장치를 마련하시어, 우리가 살 수 있도록 운명의 강한 힘으로 우리를 밀고 계신다.

산다는 것이 인간의 운명이라면, 살기 위한 고통과 쾌락이 바로 인간의 운명이다. 고통과 쾌락은 운명의 앞과 뒤이다.

인간의 영원한 삶의 과정에 놓여 있는 고통과 쾌락이 똑같이 인간의 운명이건만, 인간은 공기와 물의 고마움을 늘 잊고 있듯이, 자기에게 달콤한 쾌락은 당연한 것으로 받아들이고, 고통스러운 것만이 인간 운명의 전부인 양 앞에 크게 내세워 탄식한다. 같은 인간의 운명인 쾌락은 뒤로 숨게 되지만, 사실은 고통과 쾌락이 모두 똑같이 인간의 운명이다.

고통이 있는 곳에 쾌락이 있고, 고통이 없는 곳에 쾌락도 없다.

인생에 맛이 있다면, 고통의 맛과 쾌락의 맛일 것이다. 고통의 맛을 모르는 자는 쾌락의 맛도 모를 것이니, 그는 인생의 참맛을 알 수가 없다.

고통의 맛이 쓴맛이라면 쾌락은 단맛일 것이다. 쓴맛이 있으므로 단맛을 알며, 단맛이 단맛일 수 있는 것은 쓴맛이 있기 때문이다.

가장 큰 고통을 맛본 자는 가장 큰 쾌락을 보상(報償)으로 받을 것이니, 고통은 인생을 창조(創造)하는 골짜기이다.

고통과 쾌락은 정비례의 함수관계이다. 고통의 골짜기가 깊으면 깊을수록 쾌락의 산봉우리는 그만큼 높다.

고통은 영원한 삶의 원천(源泉)이며, 투쟁의 대상이다. 삶에 대한 영원한 자극과 흥분이 고통에서 나오고 있다.

고통이여 그대 이름은 위대하여라, 그리고 아름다워라!

▧ 고통은 극복 되는가

고통이 극복되어야만 인간이란 존재는 가능해지기에, 고통이 극복될 수
단이 주어지지 않았다면, 인간도 고통도 애당초 생겨나지도 않았을 것이
다. 또한, 현재에 인간이 존재한다는 것 자체(自體)가 인간에게 부여된
고통을 대대(代代)로 이겨내 왔다는 가장 현실적인 증명이다.
  아무리 작은 식물이나 곤충도 그것이 고통을 극복하고 존재하기 위하
여 필요한 장치는 놀랍도록 발달되어, 자연(自然)에 적응하며 생존을 유
지하도록 마련되어 있다.
  바위에 붙어 있는 이끼 풀 하나라도 범연(凡然)치 않은 조화(造化)와
능력으로 이 세상을 살아나간다.

  아름다운 꽃을 보라.

  꽃은 왜 아름답고 향기가 그윽한가. 종족(種族)의 번성을 위하여 열매
를 맺고자, 아름다운 색깔과 향기와 꿀로 곤충을 불러들인다.
  맹수의 날카로운 이빨을 보라.
  힘이 없는 사슴의 기다란 다리를 보라.

하늘을 나는 새의 날개.

헤엄치는 물고기의 지느러미.

먹물을 뿌리며 달아나는 낙지.

바늘로 몸을 감고 있는 고슴도치.

탐스런 열매를 동물에게 먹힘으로써 멀리 멀리 씨를 퍼뜨리는 너 붉은
사과여, 먹음직스런 포도송이여.

매일같이 알을 낳는 너 닭은 인간에게 알을 제공함으로써, 네 종족이
인간에 의해서 널리 길러질 것임을 어떻게 알았단 말이냐.

풀색에 맞추어 네 옷을 갈아입는 메뚜기와 개구리, ……이 모두는 그
누가 만들어 준 유행(流行)도 찬란한 하늘 옷이냐.

인간의 손은, 발은, 입은, 귀는, 코는, 눈은, ……그 얼마나 잘 만들어
져 있단 말인가.

억만 년 조화의 신비(神秘)함이여, 하느님의 위대함이여!

절로 있음이요, 모두가 하늘의 꽃이로다.

하느님의 마련하심이요, 오묘한 가락이로다.

천지가 화락(和樂)하고, 부족 됨이 없도다.

섭리의 위대함이여, 나는 찬양하노라!

불안을 떨쳐버리고 앞으로 가자,

망망한 대해(大海)가 나를 반긴다.

억눌린 마음과 피로한 몸을

하늘에 맡기고 숨 쉬어 보자.

기적과도 같은 놀라운 힘이

당신의 속에서 용솟음친다.

아무리 어렵고 험난한 것도
봄눈이 녹듯이 사라진다오.

제2장 영원한 실재_{實在}

⚜ 우주의 영원성

우리가 보며 만지며 느끼는 물체(物體)는 존재(存在)한다. 만약 없다면 느낄 수 없을 것이다.

밤하늘에 반짝이는 별을 보라.

거기에 별은 있다. 우리가 보는 빛이 몇억 년 전에 폭발하여 없어진 별에서 나온 광선(光線)에 불과할지라도, 폭발하여 흩어진 물체만이라도 어딘가에 분명히 존재(存在)한다.

멀리 있는 별을 볼 필요도 없이 태양을 보자. 태양은 거기에 정녕 있다.

그 누가 말하여 그것은 환상이며, 거짓이며, 아침에 떴다가 저녁에 져버리니 믿을 것이 못 되고, 결국은 아무것도 없는 것이라고 아무리 그럴 듯하게 말할지라도, 그것은 진실(眞實)이 아니다. 뜨겁게 불타고 있는 태양은 분명히 있는 것이 진실이다. 인간은 착각도 많이 하지만 이는 정녕 착각이 아니다.

태양이 있다는 것도 못 믿겠다면, 내가 밟고 있는 지구를 보자.

이 땅을 만져보자.

만약 그것도 못 믿겠다면, 내 살을 꼬집어보자. 아픔을 느끼는 그 어떤 물체가 있다.

우주는 얼마나 큰 것인가. 태양과 같은 별 약 천억 개와 이 별들에 딸린 혹성(惑星) 약 천억 개가 모여 하나의 은하계(銀河界)를 이루며, 이러한 은하계가 약 천억 개가 모여 대우주(大宇宙)를 구성하고 있다. 그 크기는 상상을 초월하며, 이 우주의 별의 숫자는 이 지구상 모든 해변의 모래알 수보다도 많다. 이것도 앞으로 더 알려짐에 따라 더욱 커질 가능성이 있다. 얼마 전까지만 해도 우리가 속해 있는 은하계가 우주의 전체인 줄만 알았으나, 오늘날에는 이러한 은하계가 천억 개나 있다는 것이 밝혀졌다. 그야말로 광대무변(廣大無邊)하고 어마어마한 크기이며, 우리가 밤하늘에서 볼 수 있는 무수한 별들도 사실은 전체의 크기에 비하면 극히 일부분에 지나지 않는다.

그렇다면 이 우주는 언제부터 생겨난 것인가.

있다는 것은 생겨나는 것이 아니다. 없는 것에서는 생겨나지 않는다. 다만 그 어딘가에 어떤 형태로든지 있던 것이 이 자리에 나타났을 뿐이다.

빗물은 생겨난 것이 아니다. 땅 위에 또는 바다 위에 있던 물방울이 증발되어 수증기의 형태로 하늘로 올라갔다가, 다시 식어서 이 땅 위에 떨어져 내린 것이다.

또한 있는 것은 없어지지 않는다.

물이 흘러도, 구름이 흘러가도 여기에는 없으나 어딘가에는 있고, 수증기가 되어도, 얼음이 되어도 물 반 방울, 실 한 오라기만큼도 없어진 것이 아니다. 그래서 질량불변(質量不變)의 법칙과 에너지 불변의 법칙이 있다.

오늘날 상대성(相對性) 원리(原理)에 의하여 질량(質量)이 변하여 에너지로 바뀔 수도 있다는 것이 알려졌으며, 이것이 원자력(原子力)이지만, 이 또한 큰 눈으로 보아 형태가 바뀌어 존재하는 것이지 아주 없어진 것이 아니다.

물체가 타면서 형태가 변하고 열(熱) 에너지를 발생하는 것과 언뜻 보기에 비슷하다고 할 수도 있다. 다만 이때에는 질량이 변하는 것은 아니고, 전자(電子)의 구성이 달라질 뿐이라는 차이는 있다.

하여간에 있다는 것은 생겨나는 것이 아니기 때문에 시작이 없는 영원(永遠)한 때부터 그냥 있는 것이며, 있다는 것은 없어지는 것이 아니기 때문에 종말(終末)이 없는 영원(永遠), 영원한 때까지 그대로 있는 것이다. 있다는 것은 한 없이 있는 것이다.

우주는 있다.

우주는 언제부터인지 모를 때부터 언제인지 모를 때까지 영원, 영원하게 있다. 하느님도 언제부터인지 모를 영원으로부터 언제까지인지 모를 영원까지 이 우주와 더불어 존재하신다. 아니 하느님이 우주와 더불어 존재하는 것이 아니라, 이 우주 자체가 바로 하느님이다.

이 우주가 큰 것처럼 하느님이 크며, 이 우주가 신비하고 위대하며 아름다운 것처럼 하느님이 신비하고 위대하며 아름답다.

﷼ 인간의 영원성

이러한 영원성이야말로, 우주의 진리(眞理)이며 의지(意志)이다. 우주를 하늘이라 한다면, 존재의 영원성이야말로 하늘의 진리이며 의지이다.

우주는 이 세상 모든 것으로 이루어진다. 아무리 작은 것이라 할지라도 그것은 대우주를 이루는 한 부분이다. 그러한 부분이 없다면, 우주는 성립되지 않는다. 우주의 영원성이란 이러한 부분의 영원성이다.

인간은 우주를 이루는 일부분이며 내용이니, 우주의 영원성이란 인간의 영원성이기도 하다.

한 사람 한 사람이 없다면 인간도 존재하지 않으니, 인간의 영원성이란 나 하나하나의 영원성이다.

나는 우주요, 나 없으면 우주도 없다. 나는 우주를 대표하며, 우주의 진리와 하늘의 뜻이 모두 내 안에 있다.

우주의 속성(屬性)이 모두 나에게 있으니, 나는 우주가 그런 것과 같이 존귀(尊貴)하고 신비(神秘)하며, 우주의 영광과 축복이 모두 내 안에 있다.

나팔꽃은 봄에 싹이 나며, 싱그러운 잎들과 꽃을 자랑하며 마음껏 삶을 누리다가, 가을이 오면 씨를 남기고 시들어 버린다. 그렇다고 해서 아무도 나팔꽃이 이 땅 위에서 사라졌다고 말하지 않는다. 씨는 이듬해 봄에 다시 싹이 나며, 이러한 것은 끊이지 않고 영원히 계속된다.

사람도 이와 같지 않은가.

어느 사람이 나고 그리고 살다가 죽었다고 해서 인간은 영원하지 못하다고 그 누가 말할 수 있으랴. 오히려 새롭게 대는 대를 이으며 인간의 영원성을 누리고 있다.

내 자식에게는 내 피와 살이 옮겨져 있다. 내 자식의 유전 염색체에는 나의 유전 염색체가 옮겨져 있고, 얼굴이 닮고 성격도 나를 닮는다. 내 몸의 태고(太古)적 신비와 하느님에게서 받은 능력을 나는 내 자식 속에 심어놓는다. 몇십 년을 살아서 피로해진 내 몸의 조직은 오히려 싱싱해져서 내 자식 몸속에서 새롭게 산다.

어디 그뿐이랴. 육신은 죽더라도 그 사람의 인격(人格)은 역사적 존재로서 영원히 산다. 예수, 석가모니, 마호메트, 노자(老子), 공자(孔子)…… 이러한 분들의 인격적 존재는 몇천 년이 지난 오늘날 오히려 더 새로우며, 꽃다운 이름은 날과 더불어 더욱 찬연하다.

죽음이란 무엇인가

인간이 한 번 나서 죽지 않는다면, 사는 동안에 늙어 추(醜)하게 되고 상처받고 찌그러진 모습 그대로 영원히 생명을 이끌어간다면, 세상은 너무나 처량하고 추한 고물상의 창고와 같이 될 것이다.

이것이 인간의 영광됨과 찬란함에 무슨 보탬이 되며, 인간의 아름다움은 어디서 찾을 수 있으랴. 죽음이란 인간의 영광을 항상 새롭게 하기 위하여 있다.

여기 한 송이 아름다운 꽃이 피었다 하자. 그 꽃은 가장 아름다울 수 있는 온도와 조건이 있다. 그 시기(時期)가 지나면 시들고, 또 바람과 비에 그 아름다운 꽃잎을 찢기기도 한다. 이런 흉한 모양이 되어서도 낙화(落花)가 되지 않고 그냥 버티고 있다면, 그 꽃의 아름다움은 과연 어디서 찾을 수 있단 말인가. 그 꽃은 가장 아름다울 수 있는 동안, 즉 가장 잘 살 수 있는 동안 영광과 아름다움을 마음껏 누린 다음, 또 다시 올 그들의 시기를 위하여 씨를 남기고 사라지기 때문에 아름답다. 그 남긴 씨가 또, 이와 같이 그 영광과 축복을 다시 누릴 것이니, 그 꽃은 영원할 수가 있다.

꽃이 할 일은 낙화됨을 한탄할 것이 아니라, 가장 아름다운 꽃을 피우게 함에 있다. 인간이 할 일은 죽음을 슬퍼하여 절망할 것이 아니라, 자기의 삶을 살아 있는 동안 가장 훌륭하게 함으로써, 끊임없이 이어지는 인간의 삶에 영광과 번영을 이룩하는 데 있다.

늙는다는 것은

그렇다면 사람은 늙지 않으면, 추해지지도 않고 죽지 않아도 될 것이 아닌가.

사람이 늙지 않는다면 죽지 않을 것이요, 죽지 않는 인간은 아기를 낳을 필요가 없다. 이 지구상에 사는 인간이란 영원히 죽지 않는 배꼽 없는 인간들이며, 똑같은 사람이 영겁(永劫)을 두고 살게 될 것이다.

이러한 인간이란 죽지 않는 것이니, 먹지 않아도, 입지 않아도 죽지 않는다. 먹이를 위한 활동도, 노동도 필요치 않다. 산다는 것이 당연하기만

하니 기쁠 것도 없고, 죽는다는 것조차 없으니 슬플 것도 없다. 희로애락(喜怒哀樂)이란 약(藥)에 쓸래도 구할 수 없고, 감동과 흥분이란 도대체 무엇인지 알지도 못한다. 이러한 인간이란 오로지 무표정, 무감각이 아닐 수 없다.

후손(後孫)도 남길 필요가 없으니 남녀의 구별도, 연애도, 성(性)의 욕망도, 사랑도 지구상에는 씨가 없을 것이다. 낳는 것도 없고 죽는 것도 없다. 물론 자라나는 것도 없다. 급할 것도, 바쁠 것도 없다. 변화라고는 있을 수 없다. 도대체 뛰어다닐 필요도 움직일 필요도, 애쓸 필요도 없다. 이렇게 차갑고 변화 없는 생활이 계속될 것이니 풍화작용(風化作用)이라도 하는 돌멩이보다도 더욱 변화가 없다.

이것을 인간이라고 할 수 있을까, 산 것이라고 부를 수 있을까.

이는 삶이 아니라 바로 무생물(無生物)이다. 끝없는 죽음이다.

태어난다는 것은

삶이 있기 위해서는 인간은 늙어야 하고, 영광되고 아름답게 살기 위해서는 인간은 죽어야 한다. 그러므로 인간이 있기 위하여서는, 한쪽에서는 죽으며 또 한쪽에서는 생겨야 한다. 죽기만 하며 생기지 않으면 인간은 없다.

생긴다고 하나 전연 무(無, 없음)에서 생기는 것이 아니다. 그 유(有, 있음)의 죽음을 계승하여 새롭게 산다.

죽음이란 무로 됨이 아니며 새로운 유의 탄생이니, 일컬어 영원함이다.

⚜ 병病이란

사람의 병이란 왜 나는 것일까. 인간이 병이 날 때에는 그 무엇인가 고장과 부족함이 있는 것이다. 이 부족함과 고장을 가지고는 인간은 생존을 계속할 수가 없다. 그 부족함을 채우고 그 고장을 수리(修理)하기 위한 기간(期間)이 다름 아닌 병이란 것이다. 만약 인간이 부족함과 고장이 있음에도 불구하고, 계속해서 병이 나지 않고 매일의 생활을 보통 때와 같이 무리(無理)하게 이끌고 간다면, 이 채워지지 않은 부족함과 고장 때문에 인간은 영원히 못 쓰게 된다. 이래서 인간에게는 병이란 휴양기간이 있다.

종기(부스럼)가 난 것을 보자.

종기가 나면 통증이 심하고 벌겋게 부어오르며 화끈거린다. 왜 그럴까. 잡균이 침입하여 조직에 염증을 가져오는데도 인체가 가만히 있다면 살은 썩게 된다. 그러기에 몸은 이에 즉각 반응하여 통증이라는 신호를 보내어 몸의 각 기관에서 이에 대응(對應)할 것을 통고해 준다. 그곳의 피부조직은 비상상태가 되고, 세균을 격퇴시키는 백혈구를 많이 운반하기 위하여 피가 몰리게 되어 종기가 있는 곳은 부어오르며, 세균과의 가열된 싸움으로 열이 나는 것이다. 이와 같이 부어오르는 것도, 열이 나는 것도 인간을 구하여 영원히 살리고자 하는 깊은 뜻이 숨겨져 있다.

병이란 나쁜 것이 아니다. 나쁜 것은 병을 한탄하거나 병에 굴복하는 것이다.

병이 두렵다면, 병이 고통스럽다면, 이 병이 나지 않도록 미리미리 건강관리에 힘써야 하며, 또 병, 즉 부족함과 고장을 신속히 이겨낼 방법을 마련해야 한다. 인간은 병에 맞서서 의학을 발전시키고 영양을 고루 섭취하는 등 건강관리에 충실하여 건강한 삶을 얻어야 한다.

☙ 인간의 지속적 성교의 의미

종족(種族)을 보존하려는 번식 본능은 엄숙하고도 장엄하며 처절하기까지 하다.

암컷을 유인하려는 수공작의 화려한 깃털을 보라.

사향노루의 그 향기는 누구를 위한 것인가.

새들의 아름다운 노랫소리와 여름밤을 지새우는 풀벌레 소리는 또 무엇을 원하고 있단 말인가.

반딧불의 현란한 빛은 그 누가 보라고 만들었는가.

수컷사마귀는 자기 몸을 암놈에게 먹힘으로써 알을 낳는 영양분으로 자기를 던져 버린다.

연어의 한 종류는 알을 낳고는 힘이 다해서 죽어 버린다.

벌레나 새들 그리고 동물들은 자기의 종족을 보존하기 위하여 최선을 다하고 있다.

이들은 새끼를 낳을 때가 따로 있어서 일정한 발정기(發情期)와 교미기(交尾期)를 가지고 있다. 그러나 인간은 따로 발정기가 없으며, 항상 교접(交接)할 수 있도록 되어 있다.

인간의 자식은 동물과 같이 잠시만 키우면 독립할 수 있도록 되어 있지 않고, 장시간(長時間) 어버이 밑에서 보호를 받아야지만 독립한 성인(成人)으로서 제 구실을 할 수가 있다. 이러한 점은 사회가 복잡해지고 교육기간이 길어질수록 더욱 현저해진다. 그래서 인간에게는 지속적인 교접 욕망을 부여함으로써 부부(夫婦)가 같이 살면서 협동하여 자기들의 자식을 어른이 될 때까지 기르도록 마련되었다.

인간의 지속적 성욕(性慾)은 방탕과 무질서한 쾌락을 위하여 생겨난 것이 아니라, 하느님이 인간을 지키고 번성시키기 위하여 만드신 도구이다. 그러므로 인간은 하느님의 뜻을 받들어 부부는 애정으로 평생의 고락(苦樂)을 같이 하면서 자기들의 자식을 지키고 키워야 한다. 혼인의 순결은 지켜져야 하며, 가정은 파탄되지 않고 온전하게 유지되면서, 이 세상 질서와 평화의 초석(礎石)이 되어야 한다.

하느님은 결손 가정에서 인간의 자식이 부족(不足)되고 비뚤어지게 자라게 됨을 원치 않는다. 성의 무질서는 부부의 애정을 흐트러뜨리고, 자식에 대한 사랑을 온전치 못하게 할 염려가 있다. 성의 무질서는 하느님이 싫어하는 바라, 하느님은 경고와 예방책으로 성병(性病)을 있게 하셨다. 새끼를 짧은 기간만 기르는 간헐적 발정기를 가진 동물은 아마도 그래서 성병이 없는가 보다.

종족 보존의 본능은 가장 성스럽고도 귀한 것이다. 인간은 하느님이 마련하신 지속적인 성욕의 의미를 깨달아야 한다.

늦게 자라는 인간의 자식을 보호하고 완전히 키우시려는 하느님의 엄숙하신 뜻에 따를 때에만 인간은 행복할 수가 있다. 하느님의 뜻을 배반하여 이혼하거나 방탕한 생활을 하게 되면, 남편과 아내는 정신적 갈등을 겪어야 하고, 일시적 쾌락으로 채워지지 않는 허무(虛無)와 황폐해진 인격적 파탄을 맛보게 된다. 비뚤어지고 불행하게 된 자식을 볼 때마다, 가슴을 치며 후회하고 가슴 쓰라린 아픔을 씹어야 한다. 불행한 가정의 자

식들이 겪는 아픔과 쓰라림이란 이루 다 말할 수 없다. 부모의 잘못은 자
식들에게 채찍으로 때리는 것보다도 더욱 무서운 고문이 된다.

　　하느님의 복락(福樂)이 깃들여 있는
　　부부의 잠자리는 성스러워라.

　　하늘의 천사와 땅의 요정이
　　부부의 단잠을 지키고 있네.

　　만복(萬福)의 근원, 부부의 사랑은
　　땅을 살찌게 하고 하늘에 영광 돌리네.

　　하늘이 맺어 준 부부의 끈은
　　보이지는 않으나 강철과 같고,

　　미운 정(情), 고운 정 드는 사이에
　　너와 나는 하나로 녹아든다네.

　　두 손을 맞잡고 사는 사이에
　　풍성한 열매가 익어가고,

　　이 세상 파도도 타고 넘으며
　　한 고비 한 고비 이겨낸다네.

　　흐르는 물같이 쉴 새 없이

신성(神聖)한 가정을 지켜가노라.

그대는 승리자, 영광된 한 쌍
하늘의 축복이 눈송이 같네.

제3장 자유(自由 생긴 그대로)

＊

❂ 생긴 그대로, 있는 그대로(자유자재 自由自在)

'생긴 그대로, 있는 그대로'란 무엇인가. '생긴 그대로'란 자유(自由)이
며, '있는 그대로'란 자재(自在)이다.

　'생긴 그대로, 있는 그대로(自由自在)'의 이 세상은 참으로 잘 짜여져
있다. 광대무변(廣大無邊)한 별의 행진은 일대 장관(壯觀)이며, 그 운행
(運行)은 한 치의 착오도 없다. 크기를 알 수 없는 우주는 그 존재를 빛내
며 영원을 구가한다.

　아름다운 꽃을 보라.
　정열적인 붉은 꽃,
　수줍은 듯한 작은 꽃.

　한 송이 작은 꽃을 피우기 위해서도, 억만 년의 신비(神秘)와 조화(造

化)가 온 힘을 기울여 정성을 다하고 있다. 오늘날의 인간의 힘을 다 기울인다 하여도 한 송이 꽃잎의 신비도 이룰 수 없다. 이 얼마나 잘 만들어져 있단 말인가.

　개미의 더듬이 한 쌍
　잠자리의 신기한 눈
　꿀벌의 날개

그 누가 만든다 해도 이보다 잘 만들 수 있으랴. 꿀벌의 날개 한 쌍만 만들려 해도 세계에서 제일 큰 공장과 제일 우수한 연구소 그리고 제일 유능한 기술자를 다 모은다 해도 이같이 작고도 오묘한 것을 만들 수는 없을 것이다. 더구나 이 세상 만물(萬物) 중에서 가장 잘 만들어진 인간에 있어서는 더 말하여 무엇하랴.

하느님은 이렇게 완벽하시다. 그분이 만든 것 중에 잘못된 것은 있을 수 없고, 모든 것이 그렇게 마련되어진 이유가 있다.

죽음도, 늙음도, 태어남도, 병의 아픔도, 애타게 그리는 정도, 배고픔도, 목마름도, 그 외에 모든 것이 다 그럴 만한 이유가 있다. 인간이, 동물이, 식물이 싱싱하고 발랄하게 영광된 삶을 대를 이어 영원히 살 수 있도록 그렇게도 완벽하게 마련하셨다. 어느 것은 좋고 어느 것은 나쁜 것이 아니다. 모두 다 존재를 영원하게 하려는 하느님의 깊으신 섭리의 고리들이다.

'생긴 그대로, 있는 그대로(自由自在)'의 이 세상은, 이렇게 절묘하고도 빈틈이 없이 꽉 짜여져 있어, 전지전능(全知全能)하며 완전무결(完全無缺)하여 잘못이 없다. 그것은 영원하고도 거룩하며, 신비한 것이다.

이 세상 '생긴 그대로, 있는 그대로(自由自在)'가 바로 하느님의 뜻(天

命)이 실현(實現)돼 있는 하느님의 모습이다. '생긴 그대로, 있는 그대로'의 하느님의 뜻(天命)을 따르는 곳에 인생은 꽃 피고 생명이 있다.

'생긴 그대로, 있는 그대로'란 자유자재이며, 그래서 자유자재란 원래 "무엇이든지 마음 먹은 대로, 뜻하는 대로 된다"는 의미를 가지고 있는가 보다. 하느님의 뜻(天命)이 있는 곳에 안 될 것이 그 무엇이랴. 하느님의 뜻〔天命〕이 있는 곳에 영원한 생명과 존재가 있다.

자유자재를 줄여 말하면 자유(생긴 그대로)가 된다. 자유(생긴 그대로)가 바로 하느님의 뜻이 실현돼 있는 하느님의 모습이며, 자유가 있는 곳에 영원한 생명과 존재가 있다.

자유(생긴 그대로)가 아닌 것은 하느님의 뜻이 아니며, 오직 죽음이 있을 뿐이다. 자유 없이는 완전할 수 없고, 아무리 잘 계획되고 잘 짜여져 있는 것처럼 보이는 것도 하느님의 자유(생긴 그대로)에 비하면 보잘것없다.

자유(생긴 그대로)란 전지전능한 하느님이 그렇게 만들었기 때문에 그렇게 생길 수 있는 것이므로, 자유는 하느님에 의해서 승리가 보장돼 있다. 하느님이 그렇게 만들지 않았다면 그런 모습으로 생길 수 없다. 자유가 아닌 압박과 속박은 궁극적으로 없어지게 되고, 반드시 원래(元來)의 자유(생긴 그대로)의 모습대로 돌아가게 된다.

자유는 하느님의 뜻, 영원한 생명.
자유는 하느님의 모습이며, 이름이어라.

생명을 양보할 수 없는 것처럼,
자유도 남에게 줄 수도, 뺏길 수도 없는 것이다.

자유는 하느님의 빛나는 승리.

산도, 파도도, 별의 폭발도 영원한 자유를 지울 수 없다.

자유는 멋대로 하는 것(방종)이 아니다. '생긴 그대로, 있는 그대로'의 하느님의 뜻에 맞춰 사는 것이 자유(自由)이다.

이발을 하고서 돈을 내기 싫다고 그냥 나가는 것이 자유가 아니다. 그런 것이 자유라면, 이발사는 손님의 머리를 아무렇게나 깎아 놓을 자유가 있다.

'생긴 그대로, 있는 그대로'의 자유스런 하느님의 뜻에 맞춰 살 때에 인간은 영원한 삶(生命)을 얻을 수 있고, 우리를 있게 하신 하느님이 완전(完全)한 것과 같이 인간도 완전해진다. 하느님은 고통과 쾌락을 마련하셨다. 이 고통과 쾌락에 순응(順應)함이 하늘의 뜻(天命)에 따른다는 것, 즉 순명(順命)이며 순응자(順應者)이다.

이와 반대는 항명(抗命)이니, 하늘이 마련하신 고통과 쾌락의 길을 따르지 않는 반항자(反抗者)이며, 완전하신 하늘의 섭리를 따르지 않음은 곧 죽음을 의미한다. 반항자는 또한 하늘의 길에서 벗어났으니 방종자(放縱者)이며 타락자이다.

또 하나, '생긴 그대로, 있는 그대로'의 자유스런 하늘의 뜻을 따르지 않고 고통과 쾌락을 피하여 버리는 사람들이 있으니, 이는 하느님에 대한 도피자요, 비겁자이다. 이들에게는 생명의 발랄한 힘이 주어지지 않고 삶도 아니요, 죽음도 아닌 회색(灰色)의 세계가 있을 뿐이다. 이를 가리켜 피명(避命)이라 이름 붙여본다.

하느님의 뜻을 따르는 순명(順命)에 대해서는 이 장과 다음 장 《사랑》에서, 항명은 제2편 제1장 《타락의 파동》에서, 그리고 피명은 다른 기회에 있을 불교의 설명에서 각각 자세히 설명해 나가기로 한다.

순명順命

'생긴 그대로, 있는 그대로'의 자유(自由)스러운 하느님의 뜻에 따라 고통(苦痛) 앞에 나서야 한다. 하느님의 뜻을 안 따를 수 있단 말인가.

고통에 직면함은 공포와 불안의 대상이 아닐 수 없다. 그렇다고 이 불안(不安)에서 외면(外面)해서 안 되며, 냉정하고도 정확하게 그 불안이 있게 하는 것이 무엇인가를 두 눈을 똑바로 뜨고 지켜보아야 한다. 또한, 거기서 우러나오는 불안, 공포, 괴로움과 같은 감각적 요소가 어떤 것인가도 하나도 빠짐없이 자기 것으로 하여야 한다.

고통의 감각이란 가장 자연스러우며, 고귀(高貴)하고 값비싼 것이다. 이 불안과 공포 그리고 뼈에 사무치는 쓰라림 뒤에 오는 분발, 바로 이것이 처절한 투쟁을 전개케 하여 운명을 극복하고 고통을 이겨 인간을 위대하고도 영원하게 살게 만드는 원동력(原動力)이다. 이야말로 인간이란 존재의 최대의 활약이며, 참뜻이다. 인생의 최대의 심화(深化)이며, 승리이다.

고통의 감각을 허비하거나 욕되게 하지 말 것이며, 오로지 이에 순응하여 너그럽게 내 것으로 받아들여야 한다. 불안과 공포란 두려워하여 도망하려고 하면 할수록 더욱 불안하며 초조해진다. 이를 받아들여 싸울 것을 각오하면, 불안과 공포는 이미 불안과 공포가 아니며, 다만 침착함과 용기가 된다. 우주의 섭리와 하느님의 뜻에 순응하여, 고통과 불안 앞에 정정당당히 노출되려고 각오하면, 우리는 신념(信念)과 용기의 사람이 된다.

이 세상 모든 문제를 풀 수 있는 방법은 애초부터 마련되어 있다. 용기로써 대처하고 쉴 새 없이 노력하면, 인간은 생명의 모든 문제를 성공적으로 해결하고 위대한 승리자가 된다.

고통 앞에 정정당당하게 직면하여 해결해 나가는 것, 이것이 '생긴 그대로, 있는 그대로'의 자유스런 하느님의 뜻(天命)에 따르는 순명(順命)이며, 고통은 극복되어 쾌락이 되고 인간은 영원한 생명을 누리게 된다.

🐚 스펙트럼Spectrum

햇빛이 '스펙트럼'을 통과하면 색깔이 분해되어 나타난다. 밝은 흰색으로만 보이는 햇빛이 영롱한 무지개 색으로 이루어져 있음을 알 수가 있다.

사람의 모습을 보자. 사람은 한 사람이라도 앞모습, 옆모습, 또 뒷모습이 각기 다르다.

햇빛이 이와 같이 여러 가지의 무지개 색으로 나뉜다 하여도 햇빛 자체가 여러 가지가 아니며, 한 사람의 모습이 각기 다르게 보인다 하여도 여러 사람이 되는 것은 아니다.

자연현상이 이와 같이 여러 각도로 분석될 수 있는 것처럼, 어떤 진리나 개념도 다음과 같이 세 가지로 분석할 수 있다고 생각한다.

어떤 진리(眞理)가 있을 때, 개념으로서의 그 진리 자체와 그 실천(實踐) 그리고 결과(結果)의 세 가지이다. 어떤 것이 진리라는 것은, 그렇게 실천되어지며, 또 같은 결과를 가져오기 때문에 진리가 된다. 이렇게 보면 진리, 실천, 결과라는 세 가지의 모습은 세 가지 다른 사실(事實)이 아니라, 한 가지 사실의 여러 가지 모습일 뿐이다.

여하간 세상의 일들은 이렇게 세 가지 방법으로 분석할 수가 있고, 이러한 것들을 예로 든다면 다음과 같다.

진리(眞理)	실천(實踐)	결과(結果)
원리(原理)	적용(適用)	효과(效果)
본질(本質)	실현(實現)	현상(現象)
이성(理性)	용기(勇氣)	감성(感性)
이론(理論)	실험(實驗)	실증(實證)
전략(戰略)	전술(戰術)	전과(戰果)
병리학(病理學)	임상학(臨床學)	치료(治療)
악보(樂譜)	연주(演奏)	감흥(感興)
진(眞)	선(善)	미(美)

이외에도 많은 것들이 있을 것이며, 위에 예를 든 것 중에는 용어가 적당치 않은 것도 있을 것이다. 그러나 여기에서는 그 용어의 정확성보다도, 어떠한 하나의 사실이 세 가지의 모습으로 분석될 수 있다는 것이 설명되었기를 바란다.

그러면 진리가 실천(實踐)된다는 것은 무엇인가. 그것은 진리의 질(質)과 공간(空間, 장소)의 문제이다.

실천된다는 것은 어떠한 순간에, 얼마나 철저하고 완벽하게 진리대로 되느냐 하는 질의 문제이다. 동시에 철저하고 완벽하게 되기 위해서는, 어디에서나 그렇게 되어야 하는 공간(장소)의 문제이기도 하다.

또 진리가 결과(結果)를 가져온다는 것은 무엇인가. 그것은 다름 아닌 진리의 양(量)과 시간(時間)의 문제이다.

결과가 있으려면 진리가 실천되어 양이 쌓여야 하며, 양이 쌓이려면 시간이 경과되어야 한다. 즉 실천이 계속될 때 결과가 있다.

진리와 실천과 결과라는 것은, 진리가 행(行)하여지고 결과를 가져오는 한 가지 사물(事物)의 세 가지 모습이다.

제4장 사랑(고통이 쾌락이 되게 하는 것)

⚜ 진리로서의 사랑

자유(自由 생긴 그대로)의 이 세상은 하느님의 요술주머니다. 하느님의 진리가 있다면 이 세상 안에 있을 것이며, 궁극적인 진리도 이 속에 있을 것이다. 모든 것을 찾으려면 이 주머니 속에서 열심히 찾아야 한다.

이제까지 살펴본 하느님의 뜻(天命)과 섭리는 이 우주는 영원한 것이며, 인간, 동물, 식물의 삶이 또한 영원한 것이다.

영원한 삶이 있기 위하여 고통과 쾌락을 마련하셨고, 고통이 극복되어 쾌락이 될 때 인간의 삶이 가능해진다. 이것이 순명(順命)이며 삶의 길이다. 그렇다면 어떻게 하여야 고통을 이길 것인가. 그리하여 생명을 얻고 존재를 영원케 하려는 하느님의 뜻과 모습에 가장 가까워질 수 있을까.

한 끼만 굶어도 배가 고프고, 가시에만 찔려도 아픔을 느끼는 것은 왜 그럴까.

자식이 아픔 때문에 큰소리로 울고 있을 때 우리는 왜 이다지도 괴로울까.

님이 그리워 온 밤을 뜬눈으로 지새며 미칠 듯이 안타까움은 또, 무슨 까닭이란 말이냐.

고통을 느낀다는 것은 나를 사랑함이며, 자식을 사랑함이며, 짝을 사랑함이다. 고통이 있는 곳에 사랑이 있고, 사랑이 없는 곳에 고통이 없다.

고통은 사랑이어라!

아픔은 사랑이 되어 내 능력 다 바쳐 싸우게 한다.

싸우다 지쳐서 죽는다 해도, 나는 싸울 수밖에 없는 것이다.

창이 날아와도 칼이 찔러도,

전장(戰場)에 선 용감한 병사(兵士)와 같이,

죽음을 무릅쓰고 돌진해 간다.

바다에서는 고기를 잡고,

밭에서는 씨를 뿌린다.

나무를 엮어서 집을 만들고,

목화(木花)를 심어서 옷을 만든다.

하느님은 오묘한 손을 주시고,

잘 볼 수 있도록 샛별 같은 눈을 주셨다.

나무에는 풍성한 열매가 있고,

황금의 곡식을 낳는 기름진 대지(大地)가 있다.

사랑이 열심히 뿌린 씨앗은
생명의 결실되어 돌아온다네.

무엇이 두려운가, 사랑이 있다.
식량이 없는가, 옷이 없는가.

모든 것은 해결되어 넘치게 있네.
이것은 모두가 사랑의 신비.

인간이여, 끝까지 사랑하여라.
그리하여 하느님의 영광을 차지하여라.

고통이 있는 곳에 사랑이 있고,
사랑은 고통의 지옥을 쾌락의 천국으로 바꾸는구나.

사랑은 하느님의 요술주머니의 비방(秘方, 비밀한 방법)이어라.
사랑이 있는 곳에 쾌락도 있다.

사랑은 하느님의 고운 손 되어,
고통과 쾌락의 씨줄 날줄로 인생의 비단을 곱게도 짠다.

오! 아름다운 인생이여 신비로워라.
거룩하신 사랑이여 영원하여라.

산다는 것이 운명이라면,
고통과 쾌락은 우리의 운명.

고통과 쾌락이 운명이라면,
사랑은 영원한 우리의 운명.

그 누가 죽기를 바라겠는가.
그 누가 사랑을 아니 하겠나.

나에 대한 사랑이 나를 살리고,
추위도 배고픔도 물리쳐 준다.

짝을 그리는 애틋한 정(情)이
물불을 가리지 않는 헌신이 되어,

하늘의 축복이 시작되는 곳,
행복한 보금자리를 만들게 하네.

자식에 대한 애틋한 정이
다칠까, 배고플까 돌보게 하고.

이것이 한가정의 웃음과 행복이 되고,
아가는 자라고 인류는 번성한다네.

부모는 자식이 되고, 자식은 다시 부모가 되어,

인류는 영광되게 영원히 산다.

인간의 세계는 사랑의 세계,
동물의 세계도 사랑의 세계.

식물의 세계도 사랑의 세계,
우주의 세계는 모두가 사랑의 세계로구나.

사랑은 생명이며, 영원한 진리의 등불.
사랑으로 이 세상을 만들었구나.

고통과 쾌락은 하느님의 섭리의 고리를 돌리는 물레방아이며,
이 물레방아는 사랑의 힘으로 돌아가누나.

'생긴 그대로, 있는 그대로'의 자유(自由)스러운 하느님의 섭리는 이 우주와 인간의 삶이 영원한 것이다. 영원한 삶이 있다는 것은, 고통과 쾌락의 영원함이다. 고통이 있는 곳에 사랑이 있다. 이 우주의 영원함이란 사랑의 영원함이다.

사랑은 바로 '생긴 그대로'의 자유(自由)스러운 하느님의 모습이며, 뜻이다. 사랑이 바로 하느님 자신(自身)이시다.

자유(自由)가 하느님의 추상적(抽象的) 이름이라면,
사랑은 하느님의 구체적(具體的) 이름이어라.

하느님의 겉모습이 자유라면,

속 모습은 사랑이어라.

하느님의 자유에 순명(順命)할 때,
사랑이란 보물을 차지하누나.

자유가 있는 곳에 사랑이 있고,
사랑이 있는 곳에 자유가 있다.

자유가 없는 곳에 사랑이 없고,
사랑이 없는 곳에 자유가 없다.
자유와 사랑은 겉과 속이다.
자유가 바로 사랑이어라.

하느님은 거룩하고 위대하시니,
자유와 사랑이 거룩하고 위대하도다.

하느님은 전지전능하며 완전무결하시니,
자유와 사랑이 전지전능하며 완전무결하도다.

하느님은 신비하고 아름다우니,
자유와 사랑이 신비하고 아름답도다.

이 우주의 현상이 아무리 복잡하고 방대하여도 결국은 하나의 진리(眞理)로 집약된다.
진리란 복잡한 것이 아니라, 가장 단순한 것이다. 우리가 잘 알 수 있는 '생긴 그대로, 있는 그대로'의 자유상태가 진리이기 때문이다. 어렵고 복잡한 것은 이미 진리가 아니기 쉽다. 앞뒤가 맞지 않는 것을 억지로 끌어 맞추려 하기 때문에 어렵고 복잡해진다. 진리란 증명이 필요 없을 정도로 단순한 것이다. '물은 위에서 아래로 흐른다'는 것은 증명이 필요 없을 정도로 누구나 알고 있는 진리이다.

사랑이야말로 그렇게 단순한 진리이다. 오묘하고 놀라운 우주의 신비가 있을 수 있는 것이 모두 사랑의 조화이며, 사랑이 바로 하느님 자신이시다. 이 우주가 사랑으로 만들어져 있으며, 사랑이야말로 우주와 더불어 영원불변한 진리이다.

진리란, 실천되고, 또 같은 결과를 가져오기에 진리이다. 진리인 사랑이, 실천되고, 결과를 가져오는 모습이 어떤 것인가를 각각 살펴보기로 한다.

❧ 실천되는 사랑 — 성실誠實

우주의 진리는 사랑이다.

사랑이 진리가 되려면, 어디서나 빠짐없이 완벽하게 실천(實踐)되어야 진리이다.

고통을 느끼지 않는 사람이 없고, 먹지 않고도 배부를 사람이 없으니, 고통을 해결해주는 사랑을 하지 않고도 살 수 있는 사람은 하나도 없다. 한국 사람만이 살고자 하는 것이 아니며, 세계 어디서나 그 누구나 살고자 하기에, 세계 어디서나 그 누구나 빠짐없이 사랑을 한다.

한 술 밥에 배부르지 않으니 사랑에 에누리가 없고, 먹지 않고도 배부른 지름길은 있지 않으니 사랑이 거짓됨이 있을 수 없다. 동물도 먹지 않으면 살 수가 없고, 식물도 잎에서 햇빛을 받아들이고 뿌리에서 열심히 물과 양분을 빨아들이지 않으면 시들게 되어 살 수가 없다.

나무의 잎들은 하나같이 햇빛을 받아들이기 위해 태양을 향해 나 있으며, 하나도 땅을 향해 뒤집어져 나지 않는다. 나무와 풀의 뿌리도 하나같이 물과 양분을 빨아올리는 자기 사랑을 하며, 그렇지 않은 뿌리를 볼 수가 없다.

이 세상 어디에서나, 그 누구나, 인간이나 동물이나 식물까지도 빠짐이 없고, 에누리와 거짓됨이 있지 않으니, 사랑은 이와 같이 가장 성실(誠實)하게 실천됨이 '생긴 그대로, 있는 그대로'의 자유스런 하느님의 모습이다.

아무도 거슬러 흐르는 물을 보지 못한다. 그 누가 서쪽에서 뜨는 해를 볼 수 있으랴. 우주 만물은 하나도 예외 없이 성실하게 자기의 사명(使命)을 다하고 있다.

우주의 섭리에는 빈틈이 없다. 사랑에도 빈틈이 없다. 그래서 진리이다.

⚜ 사랑의 결과를 가져오는 인내

사랑이 진리가 되려면 실천되고 또, 같은 결과(結果)를 가져와야 된다.

성실히 실천된 사랑이 어떤 결과를 가져오기 위하여서는, 사랑의 실천이 쌓여야 되고, 그러기 위하여서는 시간이 흘러야 한다. 다시 말하여 실천이 계속되어야 한다.

이 사랑의 실천을 쌓이게 하고 계속되게 하는 것이 다름 아닌 인내(忍耐)이다. 인내가 사랑의 결과를 가져온다.

매일 아침 온 세상의 어머니들은 일찍 일어나 가족을 위하여 밥을 짓는다. 어머니는 밥이 설지도 않고 타지도 않게, 그리고 질지도 않고 되지도 않게, 가장 알맞게 성실한 마음으로 밥을 짓는다. 성실한 마음이 아니고 아무렇게나 막 밥을 짓는다면, 타기도 하고 설기도 하고 또는 돌이 많아서 먹을 수가 없을 것이다.

사람이 산다는 것은 밥을 한 끼만 먹고서 되지 않는다. 사람은 눈만 뜨면 하루에 세 끼는 먹어야 산다. 매번의 식사는 성실하게 마련되어야 하며, 이러한 것이 꾸준히 인내를 가지고 계속되어야, 아이는 자라서 어른이 되고 인간이란 삶이 있게 된다.

이것이 사랑의 실천인 성실이며, 실천이 쌓이게 하여 우리에게 사랑의 결과를 가져오는 인내이다.

이 세상에 어머니의, 아내의 꾸준한 사랑이 없다면, 그 누가 매일 아침 일찍 일어나 귀찮은 것을 무릅쓰고 똑같은 일을 수 없이 반복해 줄 것인가. 어머니의, 아내의 모습을 보라. 한번이라도 귀찮다고 생각이라도 해 보았겠는가. 가없는 사랑으로 즐거운 마음이 되어, 좀 더 맛있게, 좀 더 많이 먹을 수 있도록 온 정성을 다하고 있다.

아기를 기를 때 기저귀 하나 갈아 채우는 일에도 밤이나 낮이나 무수한 정성을 다하여 기저귀가 잘 말랐을까, 오줌을 누고 젖은 대로 있는 것이나 아닌가 하여 수시로 만져보며 또 기저귀를 갈아 채운다.

어머니의 사랑은 기저귀를 갈아 채운 회수(回數)를 세지 않는다. 그 누가 이런 무조건의 사랑을 할 수 있으랴. 그 누가 우리를 이렇게 성실하고 인내 있게 길러주며 알뜰히 보살펴 줄 수 있으랴.

위대한 어머니시여, 위대한 사랑의 화신(化身)이시여.

그대의 연약한 손이 무엇보다 강인한 사랑이 되어 이 세상을 지탱하고 있는 것이다.

저 뛰놀고 있는 아이를 보라, 힘차게 일하는 저 사내를 보라.

그들을 쓰다듬고 어루만지는 어머니가 있다, 아내가 있다.

여성은 위대하여라, 그리고 존귀(尊貴)하여라.

하느님의 사랑을 몸소 실천하여, 이 세상을 천국(天國)으로 만들고 있다.

'어머니'라는 말만 들어도, '어머니' 하고 큰소리로 혼자 불러만 보아도, 영혼은 감격에 젖고 가슴은 벅차오른다.

여성을 구박함은 하느님을 구박함이며,

여성을 천(賤)하게 함은 하느님을 천하게 함이다.

여성이 음란하게 됨은 이 세상이 음란하게 됨이며,

여성이 울게 되면 이 세상은 울음바다가 된다.

어머니를 귀(貴)하게 하라, 아내를 귀하게 하라.

하느님도 기쁘게 여겨 축복과 영광을 내려 주신다.

이 땅의 아름다운 딸들이여, 아내들이여!

사랑을 키우라, 스스로 존귀케 하라.

여성을 무시(無視)하는 곳에서는 하느님에게 기도를 드려도 효력이 없다.

사랑을 업신여기는 곳에서는 하느님에게 기도를 드려도 효력이 없다.

인간은 어제나, 오늘이나, 내일이나, 언제나 고통을 느끼며, 이것을 극복하여야 살 수가 있다. 그래서 언제나 사랑을 하지 않을 수 없다.

나뭇잎은 언제나 태양을 향하며, 나무뿌리는 금년이나, 내년이나, 언제나 물을 빨아올린다. 물은 아침이나, 점심이나, 저녁이나 위에서 아래로 흐르며, 태양은 오늘도 내일도 동쪽에서 뜬다.

사랑의 꾸준함이며, 이를 말하여 인내라 한다. 우주는 시작도 끝도 없는 영원한 것이며, 인간이, 동물이, 식물이, 또한 영원한 존재이다. 영원한 인간의, 동물의, 식물의 고통도 영원할 것이며, 이 고통을 이겨내는 사랑도 영원하다.

우주가 있으니 사랑이 있음이니, 사랑은 언제 시작한 것이며, 언제 종말(終末)이 있을 것인가. 사랑은 시작도 종말도 없는 영원함이니, 이를 가리켜 인내라고 말하기에 충분하고도 남지 않으랴.

시작도 종말도 없는 영원함에는 매듭이란 없으니, 사랑에도 매듭은 없고, 살아 있는 자, 그 누구도 이만하면 충분한 사랑을 다했노라 말할 수 없다.

인내 또한 '생긴 그대로, 있는 그대로'의 자유스러운 하느님의 모습의 일부가 아니겠는가. 인간은 '생긴 그대로(自由)'이며, 그 이상도 이하도 될 수가 없다.

사랑이 우리의 운명이라면,
성실도, 인내도, 우리의 운명이로다.

❧ 사랑, 성실, 인내

악한 일은 성실하게도 인내 있게도 할 수가 없다. 성실하고 인내 있게 할 수 있는 것은 사랑뿐이다.

사람이 사는 길은 오직 사랑의 길이며, 악한 길, 타락의 길은 죽음에 이르는 길이다. 생명을 가진 자는 누구나, 어디서나, 언제나 살고자 한다. 그러므로 누구나 사랑만을 성실하고도, 인내 있게 할 수가 있다. 죄악을 행함을 보고, 성실하다고도, 인내 있다고도 하지 않는다. 도대체 그런 말은 이 세상에 없다.

사랑을 성실히 하여, 인내로서 지속하면 결과가 온다. 그렇다면 그 사랑의 결과는 어떤 것인가.

하느님의 뜻에 따라 사랑, 성실, 인내로 열심히 사는 꽃의 예를 들어 보자.

뿌리는 열심히 물과 양분을 빨아올리고, 잎에서는 열심히 태양빛을 받아들여서 탄소동화작용을 끊임없이 계속한다면, 잎에는 윤기가 나고 줄기는 싱싱해진다. 꿀과 향기가 넘치는 꽃이 피어서 벌과 나비는 다투어 꽃가루를 옮겨 주고 탐스런 열매를 맺어 종족은 더욱 더 퍼져나간다.

이 꽃의 잎은 아름다웠다.
이 꽃의 줄기는 아름다웠다.
이 꽃의 꽃은 더욱 아름다웠다.
이 꽃의 일생은 정말 아름다웠다.

아름답다는 것은 잘 살고 있기 때문에 아름답게 되며, 잘 산다는 것은 영원한 존재가 되는 것이다.

영원한 존재는 아름답다. 잘 산다는 것은 사랑에서 비롯되며, 하느님의 사랑이 있는 곳에 영원한 존재의 아름다움이 있다.

동물의 세계도 마찬가지다.
인간의 세계도 마찬가지다.
우주의 세계도 마찬가지다.

어머니는 아기를 온 정성을 다하여 기르고 있다. 추울까 더울까 염려하며 음식도 알맞게 제때에 찾아 먹인다. 밤에 잘 때에는 이불자락이 헤쳐졌는지 수 없이 만져보며 다독거린다. 어머니의 사랑에 아가의 얼굴은 탐스러워지고, 건강하게 무럭무럭 자라게 된다. 건강한 아이의 모습은 그 얼마나 아름다운가. 어떤 꽃이 이보다도 더 아름다울 수 있으랴.

사랑과 성실과 인내의 결과는 아름다움이어라.

이 세상은 얼마나 아름다움으로 꽉 차 있는가. 밤하늘에 반짝이는 별들이 아름답고, 나무가 꽉 들어찬 골짜기가 아름답고, 구슬이 부서지듯 흘러가는 시냇물이 아름답다. 꽃들이 아름답고, 날아가는 새들이, 달리는 동물이 아름답다. 인간은 더더욱 아름답다. 이 세상의 모든 존재는 아름답다. 모두가 사랑으로 잘 살고 있는 영원한 존재(存在)의 아름다운 모습이다.

사랑, 성실, 인내는 아름다워라.

아름답다는 것은 사랑으로 살았으며, 사랑을 하고 있다는 표시이다. 그래서 착하고 옳은 일에는 미덕(美德), 미행(美行), 미담(美談), 미거(美擧) 등등 아름답다(美)는 말로 꾸미고 있다.

사랑은 진리(眞理)요,

사랑을 성실하게 실천함을 착하다(善)하며,

사랑이 실천되어 꾸준하면 아름다움(美)의 결과가 온다.

사랑과 성실과 인내는 바로 다름 아닌 진선미(眞善美)이다.

진리(眞理)	실천(實踐)	결과(結果)
사랑	성실	인내
진(眞)	선(善)	미(美)

사랑이 무엇인지, 어떻게 하는 것인지 알지 못하면, 아름다움만 따라 실천하면 그것이 바로 사랑이다.

사랑이라 말하나 아름답지 않으면, 사랑이 결코 아니다. 다만 사랑을 파는 것이다. 사랑이라 말하지 않더라도, 아름다움을 실천하면 그가 바로 사랑의 천사(天使)이다. 사랑이 그와 같이 있으니, 그는 사랑을 실천했으며, 하늘의 영광을 빛낸 것이다. 그에게는 영원한 생명과 평화와 축복이 있다.

항상 '아름다운' 생각을 하라.

항상 '아름다운' 행동을 하라.

항상 '아름다운' 일을 가까이 하고, 보고 느껴라. 그래서 몸에 배게 하여라.

그것은 항상 '사랑'을 생각함이며,

항상 '사랑'을 실천함이며,

항상 '사랑'을 보고 느끼며, 몸에 배게 하는 것이다.

이는 또한 항상 '하느님을' 생각함이며,

항상 '하느님의' 뜻을 실천함이며,

항상 '하느님을' 보고 느끼며, 몸 안에 영접하는 것이다.

사랑, 성실, 인내는 모든 것에 아름다움을 가져오며, 사람이 하는 일에서도 아름다움을 가져다 준다.

사랑과 성실과 인내로 하는 일에는 반드시 성공이 있다. 사업, 공부, 창작(創作), 기타 무엇을 할지라도, 사랑을 가지고, 성실하게 꾸준히 노력하면, 안 될 일이 없다.

사랑, 성실, 인내는 이 세상과 우주를 존재하게 하는 하느님의 힘이며, 이 우주를 구성하고 있는 원리이기에, 하느님 앞에 불가능이 없듯이 사랑, 성실, 인내 앞에는 불가능이란 있을 수 없다. 문제는, 하고자 하는 것이 사랑인가를 현명하게 판단하고, 성실하고 꾸준하게 실천하느냐, 못하느냐에 달린 것이다.

사랑, 성실, 인내는 마음의 아름다움과 건강의 아름다움까지도 가져다 준다.

사랑, 성실, 인내로 사는 사람은 마음이 명랑하고 쾌활하며, 항상 자신(自信)과 자부심을 가지고 산다. 마음은 겸손해지고, 누구와 다툴 일은 저절로 없어진다. 모든 것은 성공하여 걱정이 없고, 마음은 항상 훈훈한 바람이 분다. 미움의 갈등도, 공포와 불안도 없는 봄날 같은 화창한 마음이 된다. 천국(天國)이 바로 그의 것이며, 하느님의 영광과 축복도 그의 것이다.

경이로운 이 세상이 저절로 이루어져 있듯이 사랑, 성실, 인내로 사는 사람에게는 모든 것이 저절로 이루어진다. 마음이 즐겁고 평화로운 사람은 단잠을 잔다. 가위에 눌리지 않고, 꿈을 꾸어도 아름답고 즐거운 꿈을 꾼다. 불안하고 초조한 사람은 소화불량에 걸리기 쉽다. 마음이 편안한 사람은 소화도 잘 되고 입에는 단침이 돈다. 피부와 얼굴에는 환한 윤기가 나고, 신경(神經)은 안정되어 지극히 편안하며, 온몸의 호르몬은 알맞게 조정(調整)되어 건강과 활력(活力)이 넘치게 된다.

사랑, 성실, 인내는 위대하여라.

모든 아름다움이 그 안에 있다.

성공이 있고, 마음의 천국과 육체의 건강도 있다.

어디 그뿐이랴. 원래 생명이 사랑, 성실, 인내에서 비롯되었다.

식물을 있게 만들고, 동물도, 인간도, 이 우주도 있게 만든다. 사랑, 성실, 인내가 이 세상을 만들었구나.

사랑, 성실, 인내가 바로 하느님이다.

하느님의 몸(肉體)은 '생긴 그대로, 있는 그대로'의 자유(自由)스러운 이 우주의 삼라만상(森羅萬象)이며, 하느님의 정신(精神)은 이 우주의 정신인 사랑, 성실, 인내이다.

자유는 형식(形式)이며 사랑, 성실, 인내는 내용(內容)이다. 자유라는 그릇 속에 사랑, 성실, 인내라는 알맹이가 가득 들어 있음이다.

인간은 '생긴 그대로, 있는 그대로'의 자유스러운 하느님의 뜻(天命)에 따를(順命) 때 살 수 있다고 말함이 추상적(抽象的) 표현이라면, 사랑, 성실, 인내에 따를 때 살 수 있다고 말함은 구체적(具體的) 표현이다. 사랑, 성실, 인내야말로 하느님의 뜻에 순명하는 구체적인 길이다. 자유가 하느님의 추상적인 이름이라면 사랑, 성실, 인내는 하느님의 구체적인 이름이다.

사랑, 성실, 인내를 말하기 좋게 한마디로 줄이기로 한다. 사랑, 성실, 인내의 첫 글자를 따서 '사성인'이라 부르면, 이는 사랑, 성실, 인내를 합하여 만든 말(合成語)이다. 교통과 통신이 발달하여 공간이 점점 좁아지는 국제화 시대에, 이를 영어로 만들어 보면, 사랑이란 영어 단어 'Love'에서 'Lo', 성실이란 'Sincerity'에서 'sin', 인내란 'Endurance'에서 'ce'를 각각 뽑아서, 'Losince(러신스)'라는 하나의 합성어로 만들 수 있다. 사랑, 성실, 인내의 하느님은 'Losince(러신스)' 하느님이다.

러신스 하느님은 거룩하고도 위대하시어, 이 우주를 영원히 존재케 하고 우리를 영원히 살게 하신다. 전지전능(全知全能)하시어 모든 것을 다 베풀어주시고, 완전무결(完全無缺)하시어 하나도 잘못된 것이 없다. 그분이 마련하심과 섭리하심은 지극히 오묘하시어, 신비하고도 아름답도다.

제5장 하느님의 존재存在

하느님은 어디 계신가

이 우주는 영원으로부터, 영원까지 존재한다. 있는 것은 없는 것에서 생길 수 없고, 있는 것이 없어질 수도 없다.

이 우주는 시작도 없고, 끝도 없는 영원한 존재이다. 존재(存在)의 영원성(永遠性)이야말로 이 우주와 하느님의 진리이다.

이 우주가 어디서 생겨났다면, 그 누가 만들었다면, 없는 것에서 생겨나지 않으면 안 된다. 우주가 그 누구에 의해서 창조(創造)된 것이어야만 한다는 것은, 우주의 존재를 그럴 듯하게 설명하는 데에는 편리할지 몰라도 진실이기는 어렵다.

이 우주가 누구의 손에 의해서 만들어졌어야만 속 시원하다 면, 이 우주를 창조한 신(神)은 또 어떻게 하여서 있게 되었다는 설명을 하여야 한다. 그러면, 신을 창조한 그 무엇은 또 누가 만들었을까? 또……, 또……, 또 한 없는 문제이다. 또 다른 문제가 있다. 만약 신이 있었다 해도 신이 우주를 창조할 때에 재료가 있었을 것이 아닌가. 그러면 그 재료는 또 누가 만들었으며, 또 그 재료의 재료는 무엇인가, 또……, 또……, 또 이것도 한없는 문제가 된다. 그러면 신은 아무것도 없는 곳에서 이 우주를 창조했단 말인가. 그렇다면 이 우주를 만들기 전에 신은 어디에 있었겠는가. 세상을 만들기 전에 혼돈이 있어 하느님이 이를 정돈하고 구성하였다면, 그 혼돈상태는 또 누가 만들었는가.

이 우주는 시작도 끝도 없이 그냥 그대로 영원하게 있는 것이다.

그렇다면 하느님이란 무엇인가. 하느님이 우주를 만든 것이 아니라, 이 우주 자체(宇宙自體)가 하느님이다. 하느님이 계실 곳은 이 우주밖에는 없다. 하느님은 이 우주와 함께 그냥 그대로 영원하게 있는 것이다. '생긴 그대로, 있는 그대로'의 자유스런 이 우주가 바로 하느님이다. 끝이 없는 영원으로부터 끝이 없는 영원까지, 그냥 그대로 보탬도 뺌도 없이 이 우주와 함께 계신 것이다. 우주는 털끝만큼도 보태지지도, 없어지지도 않는다. '생긴 그대로, 있는 그대로' 자유스럽게 보이는 대로의 이 우주가 바로 하느님의 육체(肉體)이며, 이 우주의 정신(精神)이 하느님의 정신이다.
이 우주의 삼라만상이 하느님의 일부분이요, 육신의 나타남이다. 이 우주의 구성 원리(構成原理)이고 본질(本質)인 사랑, 성실, 인내가 우주의 정신이며 하느님의 정신이다. 줄여 말하여 '러신스(Losince)'이다.
정신에 의해 육체는 움직인다. 하느님의 정신인 '러신스'는 바로 하느님의 진리(眞理)이며 이름이다.

하느님을 생각하고 느끼는 방법에는 두 가지가 있다. 첫째는 마음속에서(唯心論 유심론), 있다고 생각함(觀念論 관념론)으로써, 하느님이 있다고 믿는 방법이며, 두 번째로는 무엇인가 물적(物的)인 확실한 근거를 가지고(唯物論 유물론), 하느님이 실제(實際)로 존재하심(存在論 존재론)을 믿으려 하는 태도이다.

이제까지는, 마음으로 믿는(唯心論 유심론) 첫째 방법이야말로 정말로 하느님이 있다고 믿을 수 있는 방법(有神論 유신론)이며, 물적인 근거를 가지고 믿으려는(唯物論 유물론) 두 번째 방법은 하느님을 있다고 믿을 수 없는 방법(無神論 무신론)이라고 일반적으로 생각해 왔다.

그러나 나는 이와는 생각이 다르다. 마음속에서만(唯心論 유심론) 하느님이 있다고 믿는 것(觀念論 관념론)이야말로 하느님을 믿을 수 있는 방법이 아니다(無神論 무신론). 마음이란 아침저녁으로 변할 수 있다. 마음속에서만 믿는 것은 마음이 변하면 언제라도 안 믿게 된다. 이러한 태도야말로 객관적(客觀的)인 가치기준(價値基準)이 없이, 믿으니까 믿는다는 식의 소극적(消極的)인 방법이다. 믿어지지는 않지만 마음속에서 억지로 믿어보겠다고 발버둥치는, 그야말로 스스로도 자신(自信)이 없는 방법이다.

하느님이 있다는 것은 사람의 마음과는 관계없이 물적인 근거(唯物論 유물론)를 가지고 객관적으로 확실히 존재(存在論 존재론)할 때만이 진정한 있는 것(有神論 유신론)이다. 하느님의 존재는 사람이 믿든지 말든지에 따라 변하는 것이 아니다. 이 세상에 생물(生物)은 식물만이 있다고 해도, 하느님의 존재를 믿어 줄 사람이 없다고 해도 하느님은 여전히 존재하는 것이다. 하느님은 사람이 있다고 믿어 주어야만 비로소 존재할 수 있는 그런 매달린 존재가 아니다. 하느님의 존재는 기분에 따라, 마음에 따라, 왔다 갔다 하는 값없는 존재가 아니라, 객관적인 영원한 진리의 존재(存在)이다.

마음속에서 금송아지가 있다고 아무리 믿어도 금송아지가 있는 것이 아니다. 객관적으로 금송아지가 있을 때에 금송아지는 있는 것이다. 물적인 근거를 가지고 믿어야만 하느님은 꼭 있다고 믿을 수 있다.

우주라는 삼라만상이 하느님의 육체이거늘 이보다 더한 물적 증거가 더 어떻게 있을 수 있겠는가.

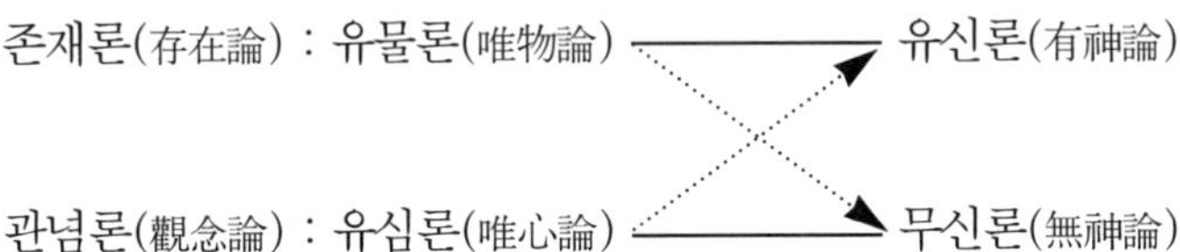

♕ 인격적인 하느님

이 우주자체(宇宙自體)가 하느님이라면, 물체(物體)인 우주가 어떻게 하느님이 될 수 있는가.

다시 말하여 "어떻게 물체가 웃고 울며 노하고 기뻐하는 인격적(人格的)인 하느님이 될 수 있느냐"이다.

사람도 분해해 보면 결국 물질적(物質的)인 존재 이외에는 아무것도 아니다. 옛날에는 마음이 가슴속에 있다고 생각할 때도 있었으나 그 가슴 속도 피와 살과 뼈 외에는 아무것도 없다. 뇌 속도 따지고 보면 회백분이 대부분인 단백질의 덩어리일 뿐이다. 그러나 인간은 웃고 울고 기뻐하고 노할 수 있다. 소위 말하여 영혼(靈魂)이 있다. 또는 말하여 인격적이라는 것이다.

오늘날 우리가 흔히 볼 수 있는 "리모컨"을 보자. 버튼을 누르기에 따라 텔레비전에 손도 대지 않았는데도 켜지기도 하고 또 꺼지고 하며, 음량이 커졌다 작아졌다 한다.

아니 이보다 먼저 텔레비전이란 것도 따지고 보면 아주 요상한 것이다. 옛날 사람의 눈으로 본다면 텔레비전 자체도 사실 유리와 플라스틱과 쇳조각 등으로 된 물체의 덩어리일 뿐이다. 그런데도 여기서 사람이 나와서 울고 웃으며 노래하고 춤을 춘다면, 이는 도깨비 노름이라고 밖에 더 어떻게 생각하겠는가. 또 전화를 보더라도 멀리 있는 사람의 목소리가 쇳덩어리에서 흘러나온다면 이는 귀신이 곡할 노릇이 아니고 무엇이겠는가.

리모컨에 의해서 대문이 열리고 자동차 엔진이 켜지며, 이러한 영역은 한없이 넓혀지고 있다.

리모컨을 아무리 뜯어보아도 거기에는 플라스틱과 쇳조각 조금과 전지 이외에는 아무것도 없지 않는가. 전지도 물체이기는 마찬가지다.

그러나 지금은 이러한 것들을 보고도 현대인들은 조금도 놀라지 않는다. 모두 과학적으로 증명되었기 때문에 아무도 더 이상 귀신의 장난이라고도, 미신이라고도, 요술이라고도 생각지 않는다.

전파(電波)와 전기(電氣)가 발견되었고 조종할 수 있게 되면서, 이 모든 것이 과학적으로 증명되고, 실생활에서도 응용이 가능해졌다.

전파에 의해 조그만 물체의 덩어리인 리모컨이 손도 안대고 대문을 열며, 쇳덩어리인 전화기에서 목소리가 나오며, 쇳덩어리인 텔레비전에서 소리가 나오고 화면이 살아 움직인다.

전파를 발생시키려면 전기가 있어야 한다. 전파에 의해 텔레비전을 살아 움직이게 하려고 해도 동력원으로서의 전기가 있어야 한다. 전화도,

냉장고도, 세탁기도 모두 전기가 있어야 하며 리모컨도 전지에서 나오는 전기가 있어야 한다.

전기를 발생시키려면 양극(+)과 음극(−)이 있는 자석이 필요하다. 터빈이 양(+)극과 음극(−)이 있는 자석 사이를 회전할 때 전기는 발생한다.

이 지구는 얼마나 큰 자석인가. 북극(北極)은 + 자석이며, 남극(南極)은 − 자석이다. 이 거대한 자석이 엄청난 속도로 매일 자전을 한다면 얼마나 많은 전기를 발생시키겠는가. 이 우주에서 볼 때 아주 작은 존재인 지구도 이런 엄청난 전기를 발생시키고 있다면, 이 광대무변(廣大無邊)한 우주는 또 얼마나 거대한 전기를 발생시킬 것인가.

전기가 텔레비전에, 냉장고에, 세탁기에, 전화기에, 컴퓨터에 작동하는 힘을 불어넣고 전파를 발생시켜 작동 내용을 천변만화하게 하듯이, 우주의 거대한 전기는 우주라는 거대한 물체를 가동시키고 생명력을 불어넣는다.

인간이라는 물체도 전기 작용에 의해 신경물질이 전달되고, 생각하고 말하듯이 우주라는 물체도 왜 이와 같지 않겠는가.

인간에게 울고 웃는 감정이 있고, 생각하고 말하는 인격이 있듯이 거대한 우주는, 우주 자체인 하느님은 더욱 크고 위대한 인격(人格)과 능력(能力)이 있다.

모든 전자기계를 움직이는 힘이 전기이며 전파의 원리에 의해 기계가 작동되듯이, 이 세상을, 이 우주를 움직이는 원리가 하느님의 빈틈없는 섭리인 사랑이며, 전기와 전파의 원리가 가장 과학적(科學的)이며 합리적(合理的)이며 예외(例外)가 없듯이, 하느님의 섭리인 사랑의 전파도 아주 과학적이며 합리적이며 예외가 없다.

우주 자체라는 이 하느님은 살아 계신 인격자인 하느님이며, 원칙이

없이 감정(感情)이 내키는 대로 함부로 날뛰는 하느님이 아니라, 사랑의
원칙에 따라 가장 이성적(理性的)으로 행동하는 하느님이다.

인과응보因果應報

오늘날의 슈퍼컴퓨터만 해도 일초에 수백억 번의 계산을 할 수 있고, 한
나라의 통계자료를 모두 처리할 수 있는 용량이 있다. 가정에서 쓰는 작
은 컴퓨터인 PC만 해도 사람이 하기에는 너무나 복잡하고도 엄청나게
많은 정보를 신속하게 처리할 수 있다.

　그렇다면 이 우주라는, 이 지구라는 거대한 물체는 인간이 만든 슈퍼
컴퓨터나 PC라는 물체보다 얼마나 더 큰가. 그 용량은 엄청나고도 방대
하여 조금도 물샐 틈이 없을 것이다. 그리 크지 않은 슈퍼컴퓨터에 의해
서도 세금이 정확하게 계산되어 나오고 모든 기록을 빠짐없이 할 수 있
다면, 하느님의 컴퓨터인 이 지구 자체, 이 우주 자체의 컴퓨터의 용량은
그야말로 무한대이다. 예수의 말씀에 의하면 행동이 아니라 생각 자체만
가지고도 하느님은 다 알고 있다고 했다. 음란한 행위가 아니라 음란한
생각만 하여도 하느님은 다 알고 계신다고 했다. 남들이 볼 수 있는 종교
적인 꾸밈이 아니라 골방에서 홀로 기도하여도 하느님은 다 알고 계신다
고도 했다. 우리나라에서는 남이 다 모른다 해도 하늘이 알고 땅이 알고
또 내가 안다고도 했다.

　너무나 방대하여 전지전능한 하느님의 컴퓨터는 그야말로 손오공이
겪은 부처님의 손바닥이어서 피할래야 피할 수 없고 빠져나가려야 빠져
나갈 수 없다. 모든 선과 악의 기록이 시간과 공간을 초월하여 모두 빠짐

없이 기록되고 그 보답이 무섭도록 정확하게 주어질 것이다.

나이가 든 사람들은 살아가면서 남모르게 지은 죄도 그 죄 값이 정확하게 어김없이 치러진다는 것을 체험(體驗)을 통해 모두 알고 있다는 점에 공감할 것이다.

마치 물이 위에서 아래로 흐르듯이 어김없이, 그 양(量)도 1에서 1을 더한 것처럼 정확하다는 것도 뼈저리게 경험했으리라. 그리고 두려움까지도 느꼈으리라.

모래에서 나오는 하찮은 물체 조각인 규소 반도체도 슈퍼컴퓨터나 자동 제어 장치를 만들 수 있게 하는 등 오늘날의 비약적인 과학과 물질문명의 발전을 가져오게 하였다. 이보다 성능이 더욱 뛰어나고 발전된 것이 단백질 반도체라는 것이다. 인간은 아직 단백질로 반도체를 만들 수 있을 것이라는 예측만을 하고 있을 뿐이지, 실제로는 만들지는 못하였지만, 그 성능은 현재의 규소 반도체에 비할 바가 아니라 한다.

단백질 반도체는 규소와 같은 무기물이 아니라 유기물 반도체이다. 인간과 동물은 이 유기물인 단백질 반도체로 만들어져 있어서 억만 겁의 신비한 유전인자를 전하고, 울고 웃고 성내며 으르렁거릴 수 있는 것이 아닌가. 인간은 동물보다 훨씬 고급의 반도체와 짜임새로 되어 있어 스스로 생각하고 말할 수 있게 된 것이 아닌가.

이 우주에는 그 무엇이 없겠는가. 규소 반도체가 없겠는가. 단백질 반도체가 없겠는가. 아니 이보다도 더한, 우리가 상상도 할 수 없는 엄청난 반도체가 있어, 이 우주, 이 우주 자체이신 하느님의 반도체가 되어, 하느님이 인격적(人格的)으로 살아 움직이시며, 전지전능한 힘으로 우주를 지배하고, 사랑의 법칙에 따라 인과응보(因果應報)로 우리를 섭리하시고 심판하게 되는 것이 아닌가.

하느님의 힘은 이 우주 어디서나 언제나 미치지 않는 곳이 없고, 살아서나 죽어서나 영혼까지도 하느님의 지배를 받지 않을 수 없다.

작은 물체의 덩어리인 인간의 육체도 전기 작용에 의해 인격을 가지고 영혼이 있어 울고 웃고 성내고 기뻐하지 않는가. 심지어 오늘날에는 무기물의 덩어리인 컴퓨터까지도 생각할 수 있는 지능(知能) 컴퓨터가 등장하게 되지 않았는가.

어찌 이 광대무변한 우주 자체가 위대한 영혼과 전지전능하고 신비한 인격이 없겠는가.

하느님의 진리인 사랑에 의해, 사랑에 맞지 않는 악한 자는 멸하고 착한 자는 도우는 선인선과(善因善果)며 악인악과(惡因惡果)일 수밖에 없고, 적선지가(積善之家)에 필유여경(必有餘慶)이며 적악지가(積惡之家)에 필유여앙(必有餘殃)일 수밖에 없다.

♜ 미지의 세계 — 하느님과 영혼의 증명

오늘날 하느님과 영혼의 세계는 미지(未知)의 세계이고 신비의 세계이다.

사람은 만져지고 보이지 않는 것은 잘 믿지를 못한다.

공기가 있다는 것도 믿지를 못했고 지구의 중력이 있다는 것도 알지 못하여 만유인력의 법칙이 뉴턴의 위대한 발견이 되었다.

전기와 전파가 눈에 보이지 않아 알지 못했고 인류의 긴 역사를 볼 때 아주 최근에야 겨우 이들의 존재를 알게 되었다. 만약 조선 초기에 전화나 텔레비전이 작동했다면 모두 귀신이 붙었다고 했을 것이다. 그러나 지금은 아무도 그렇게 생각하지 않게 되었다.

이와 마찬가지로 과학이 좀 더 발달하면 하느님이 어떻게 살아서 움직이는지, 또 어떤 전파를 발생하는지, 그 목소리를 들을 수 있고, 어떤 인간이 어떤 잘못을 하였을 때 얼마만큼 노하게 되는지 하는 것이 마치 텔레비전의 화면을 보듯이 뚜렷하게 보이게 될 날이 있을 것이다.

영혼이 내는 소리와 빛이 살아있는 인간이 들을 수 있고 볼 수 있는 주파수(周波數)와 다르기 때문에 볼 수 없고 들을 수 없었다고 한다면, 이 주파수를 중계하는 전화나 텔레비전이 나온다면, 마치 멀리 있는 사람과 전파를 통해 대화할 수 있듯이 앞으로 돌아가신 부모나 할머니 할아버지와도 통화할 수 있는 날이 올 수 있을 것이다. 더 이상 하느님과 영혼의 세계가 미지의 세계가 아니게 되는 것이다.

오늘날의 과학이 아무리 발전하였다 하여도 아직까지는 이 우주의 신비와 비밀에 비하면 겨우 걸음마의 수준일 것이다.

과학이 모르는 신비한 일이 얼마나 많은가. 모를 때에는 쉽게 초자연적(超自然的)인 신비한 현상이라고 말하여 버리지만, 알고 나면 더 이상 미신도 요술도 신비한 것도 초자연적인 현상도 아니게 된다. 모를 때에는 신비한 것이고 알게 되면 과학이 되는 것이다.

전파와 전기가 그런 것이고, 초음파가 또한 그런 것이 아닌가. 박쥐가 캄캄한 동굴에서 아무 곳에도 부딪치지 않고 잽싸게 날고 신속하게 먹이를 잡아먹는 현상이 신비한 일이었으나, 초음파(超音波)의 존재가 알려지고 나서는 이미 신비한 일이 아니게 되었다. 배 위에 조그만 기계를 대고 슬슬 문지르기만 하면 뱃속이 들여다보이게 된 것도 이미 신비한 일은 아니게 되었다.

그러나 아직도 과학이 모르는 신비한 일은 너무나 많다. 그렇다고 하여도 그러한 일들을 우리들이 과학으로 증명하지 못한다고 하여서 그러한 사실이 존재하는 엄연한 현실을 부정할 수는 없다.

조그만 벌레나 새 그리고 짐승마저도 얼마든지 신비한 일들을 해내고 있다.

인간이 볼 수 있는 가시광선과 들을 수 있는 음파의 범위가 있듯이, 각각의 동물과 곤충에게도 이 가시광선과 음파의 범위가 모두 다르다고 한다. 이래서 하찮은 벌레나 새나 짐승들도 인간들이 볼 때 감히 생각도 하지 못할 큰일을 해내게 되는 것이다.

벌은 오히려 인간도 볼 수 없는 꿀이 내는 광선의 주파수를 볼 수가 있다고 한다. 꿀이 남아있는 꽃은 벌의 눈에 빨갛게 보이고 꿀이 없는 꽃은 파랗게 보인다고 한다. 그래서 벌은 이미 꿀을 따간 꽃에 다시 앉는 수고를 하지 않을 수 있다.

마찬가지로 개들의 눈에는 우리가 볼 수 없는 영혼이 내는 광선의 파장(波長)을 볼 수 있다지 않는가. 그래서 개들은 달밤에 허공에 떠다니는 영혼을 보고 짖는다고 하지 않는가. 수만 리 강남을 오고가는 제비나 기러기 같은 철새들은 나침반이나 지도가 없어도 정확히 제자리를 찾아가지 않는가. 이는 눈 사이에 있는 자력을 가진 어떤 부위가 있어 가능하다고 하지 않는가. 인간에게도 눈 사이의 이마 부분에 영안(靈眼)이 있다고 하지 않는가. 욕심과 물질에 눈이 어두워져 영안이 흐려져 거의 작동이 되지 않게 된 현대인이지만, 부처님은 득도하여 영안이 밝아 삼라만상의 모든 비밀을 꿰뚫어보지 않았겠는가. 하느님도, 영혼도, 환생(還生)도, 지옥도, 극락도, 전생도, 내생도 모두 꿰뚫어보지 않았겠는가. 부처님의 상을 보면 모두 영안이 크게 그려져 있다. 성인들의 초상에 그려져 있는 광배(光背)도 모두 같은 것의 표시가 아닐까.

벌이나 제비, 기러기, 개뿐 아니라 하찮은 미물인 개미마저도 비가 올 것을 미리 알고 제집의 입구를 미리 막고, 쥐들도 제가 살던 배가 파선될 것을 미리 알아 먼저 도망간다고 하지 않는가.

인간은 만물의 영장이라고 하지 않는가. 성인들은 더 말하여 무엇 하

라. 도력(道力)이 높은 부처님이, 예수님이, 마호메트가 그 무엇을 몰랐겠는가. 벌레나 새나 짐승도 이러하거늘 말할 수 없이 훨씬 더 큰 신비한 능력이 어찌 없었겠는가.

인류 성인들의 영감(靈感)은 놀라운 바가 있어 그들의 능력은 하느님과 영혼 그리고 우주에 대해서 모두 알고 있었고, 그 한 말들이 오늘날 과학이 발달되면서 비로소 조금씩 증명되어 가고 있는 것은 아닌가. 부처님이 말씀하신 삼천대천세계(三千大千世界)만 하더라도 오늘날에야 겨우 밝혀진 방대한 우주의 규모를 이미 2천 5백 년 전에 모두 다 설파한 바이다. 이와 같이 성인들의 하느님에 대한 말씀이나 영혼 그리고 그 밖에 일들에 대해서도 과학이 좀 더 발전해 나갈수록 더욱더 많이 증명되고 밝혀지게 될 것이라고 믿는다.

♕ 하느님의 주파수

사람이 죽었을 때 어떻게 될 것인가 하는 것을 연구하는 책들이 많이 나와 있다. 죽은 지 얼마 되지 않아서 다시 깨어난 사람들이 겪은 일들을 모은 책들에 의하면 죽은 영혼(靈魂)은 집 천장에 떠서 유가족들이 울부짖는 모습과 소리를 듣는다는 것이다. 그런데 산 사람들은 그 영혼이 내는 파장(波長)을 보지 못하고 듣지 못한다는 것이다.

보통 사람은 볼 수 없고 들을 수 없는 영혼을 볼 수 있고 그 소리를 들을 수 있는 특별한 능력이 있다는 사람을 영매(靈媒)라 한다. 보통 우리가 부르는 무당은 이에 속한다.

다만 영매에는 차원이 있어, 하느님의 위대한 영혼과도 만날 수 있는 고차원적인 성인(聖人) 급의 영매와 아래로는 점차 단계적으로 낮아져 드디어는 잡귀에만 겨우 통하는 저급 주술사에 머무는 영매도 있다.

예수님과 같은 성인은 하느님의 영혼뿐만 아니라 아래로는 병(病)을 일으키는 잡귀에 이르기까지 모두 통하여 병자에 붙어있는 병마를 꾸짖어 내쫓아 버리기도 하였다.

하느님과 통하려면 하느님의 주파수(周波數)와 맞아야 한다. 하느님은 사랑이시기 때문에 하느님에 통하려면 사랑의 화신(化身)이 될 정도가 되어야 비로소 주파수가 맞게 되어 있다.

나는 하느님 속에 있고, 하느님은 내 속에 있다고 단정할 수 있을 정도로 사랑의 화신이 되어야 비로소 하느님과 주파수가 맞게 되어 있다.(요한복음 14:11 참조)

예수께서 마지막 밤에 제자들에게 설교하시면서 나의 마지막 계명은 사랑이라고 말씀하시고, 이제 내가 너희에게 모든 것을 말하였으므로, 너희는 이제 나와 하나이며 내가 한 것보다도 더 위대한 일도 할 수 있다고 말씀하셨다.(요한복음 13~14장 참조)

이 말은 바로 모든 진리의 비밀은 사랑이며, 사랑 속에 하느님과 하나가 되며, 사랑의 힘은 하느님의 힘이기 때문에 하느님의 힘을 안 지금은 너희들도 나보다 더 큰일을 할 수 있다고 단언하신 것이다. 나아가 제자들뿐만 아니라 제자를 통해서 사랑을 알게 되는 모든 이들도 마찬가지라 하였으며 사랑의 진리를 모두 이야기한 지금은 너희들은(제자들은) 나의 종이 아니라 대등하게 된 친구라고도 말씀하셨다.(요한복음 14~15장 참조)

예수님이 하신 "나는 길이요, 진리요, 생명이니 나를 통하지 않고는 하늘나라에 갈 수 없다"는 말의 핵심이 바로 길인 나, 진리인 나, 생명인 나를 통하지 않고는 하늘나라에 갈 수 없다는 말이며 그 예수의 진리가 바로 사랑이었다.(요한복음 14:6 참조)

하느님의 주파수는 사랑이며 하느님과 통하는 길은 오직 사랑밖에 없으므로 자기의 모든 것을 버리고 자비(慈悲)의 화신이 되신 석가모니는 하느님과 통하는 부처님일 수밖에 없다.(요한복음 10장 30~38절 참조)

또한 하느님에 대한 기도도 오직 사랑의 기도일 때만이 통할 수 있다.

사랑의 기도만이 효력이 있고, 남이 못되게 해달라는 기도는 절대 효력이 없고 오히려 자기에게 되돌아오는 앙화가 있을 뿐이다.

역사상의 모든 전쟁에서, 특히나 제2차 세계대전에서 거의가 기독교 국가들 간에 모두가 서로를 많이 죽여 승리하게 해달라고 하느님의 이름으로 기도하였지만 이게 어디 한번이나 하느님에 의해서 받아들여졌던가. 전쟁은 오직 전쟁일 뿐이며 사랑이 아닌 기도는 절대 효력이 없고 서로가 서로를 많이 죽여서 오직 인류가 비참해질 뿐이다.

아무리 하느님과 종교의 거룩한 이름으로 한다고 해도 타 종교를 증오하고 저주하는 기도도, 타 교단을 이단이라고 몰아 부치는 기도도 모두 효력이 없을 뿐만 아니라 오히려 자기를 다치게 한다.

하느님의 주파수에 맞는 기도를, 사랑의 주파수에 맞는 기도를 해 본 사람은 하느님이 응답하는 것을 안다. 이것이 바로 신통력(神通力)이다. 하느님과 통하는 힘이다.

하느님과 통하는 기도를 해 본 사람은, 하느님의 힘을 느껴본 사람은 하느님이 분명히 계시다는 것을 안다. 그러나 이 힘을 느껴보지 않은 사람은 도저히 알 수가 없다.

이 말이 무슨 말인지 경험해 본 사람은 고개를 끄덕일 것이며 전혀 경험해 보지 않은 사람은 전혀 알 수가 없을 것이다.

참외를 먹어 본 사람만이 참외 맛을 알 수가 있는 것이지 참외 맛을 보지 않은 사람에게는 아무리 참외 맛을 설명하여도 알게 할 수는 없지 않은가.

하느님이 눈에 보이지 않고 귀에 들리지 않아 알 수 없다는 사람들은 우리 귀에는 들리지 않는 초음파가 기계에 의해서 나타나고 우리 눈에 보이지 않는 X-선이나 자외선이 기계에서는 나타나듯이, 전파나 공기의 존재가 과학에 의해서 증명되듯이, 과학이 좀 더 발달되어 하느님의 존재와 영혼의 존재가 기계적으로 증명되고 수치(數值)로까지 나타날 때까지 기다릴 수밖에는 없는 것이다.

☙ 하느님과 인간의 영혼

— host computer와 단말기; 대우주와 소우주

하느님은 이 우주라는 하드웨어와 우주의 정신인 소프트웨어가 합친 거대한 컴퓨터 본체에 비할 수 있다. 우주 자체라는 육체와 우주의 정신인 사랑이라는 우주 영혼으로 구성된 것이다.

인간은 이 우주를 구성하는 일부로서 하느님의 호스트(host) 컴퓨터에 연결되어 있는 무선(無線) 개인용 컴퓨터 즉 PC(Personal Computer)인 단말기(端末機)이다.

인간도 육체라는 하드웨어와 인간영혼이라는 소프트웨어로 이루어져 있다. 하느님은 대우주(大宇宙)이며 사람은 소우주(小宇宙)이다.

오늘날의 컴퓨터는 아직 발달이 덜 되어 무선으로는 단말기가 원활하게 잘 연결되지 않지만, 하느님의 컴퓨터와 인간의 컴퓨터는 이미 고도

로 발달되어 있어 무선으로도 얼마든지 연결되어 있다. 그리하여 인간의 행동뿐만 아니라 스쳐가는 생각마저도 모두 낱낱이 정확하게 하느님의 컴퓨터에 기록이 되고, 하느님의 소프트웨어인 우주 영혼의 정신에 따라, 사랑의 원리(原理)에 의해서 지배받는다.

인간이 발견한 전화도 처음에는 유선으로만 통화가 가능했으나 오늘날에는 무선으로 얼마든지 통화가 가능해졌다. 이것이 소위 말하는 이동통신이며 이러한 것이 좀 더 발달하면 오늘날에는 유선으로 주로 행해지는 팩스의 전송도 그리고 컴퓨터 단말기의 연결도 무선으로 얼마든지 가능해질 것이다.

오늘날의 무선 전화기가 휴대용 전화기인 것처럼 하느님과 사람 사이에 연결되어 있는 컴퓨터도 개인 휴대용 단말기이다.

하느님이 눈에 보이지 않는다고 언제 어디서나 하느님의 지배를 눈 깜짝할 사이라도 감히 벗어날 수 있단 말인가.

인간의 영혼은 살아있을 때는 육체라는 옷을 입고 있다가 죽으면 이 육체의 옷을 벗고 순수한 영혼의 상태로 되었다가 다시 다른 육체를 얻어 환생하게 된다는 것이 불교의 윤회설(輪廻說)이다.

죽는다는 것은 낡은 옷을 벗는 것이며 태어난다는 것은 새 옷을 입는다는 것이다. 옷을 입었을 때는 생령(生靈)이며 옷을 벗었을 때는 사령(死靈)이 될 뿐이다.

오래 되어 낡은 하드웨어인 육체를 벗고 새로운 하드웨어인 새 생명으로 영혼이라는 소프트웨어가 옮겨가는 것이다.

컴퓨터도 오래 되면 헌 하드웨어를 버리고 새로운 하드웨어인 새 컴퓨터에 소프트웨어를 옮기는 것처럼 말이다.

죽음을 경험하고 다시 살아난 사람들의 증언을 모아놓은 책들에 의하면 영혼(靈魂)만이 몸에서 빠져나와 높은 곳에서 자기의 시신(屍身)을 본다고 한다. 이때 영혼은 생각만 하면 몇백 리가 떨어진 곳에도 생각하는 그 순간에 갈 수가 있고 거기서 일어나는 일을 듣고 볼 수가 있다고 한다. 또 영혼은 모든 물체에 장애를 받지 않고 투과(透過)할 수 있고 투시(透視)할 수 있다고 한다.

마치 전파나 X-선 등 특수 광선과 같은 성질을 갖는 존재로 보여진다.

한 순간에 이제까지 자기가 살아왔던 잘잘못이 빛 가운데서 파노라마처럼 비쳐진다고도 한다. 자기는 까마득히 잊어버리고 있던 사실조차도 마치 호스트 컴퓨터에 수록되어 있던 기록들이 한꺼번에 단말기의 화면에 떠오르는 것처럼 말이다. 어떤 사람들은 먼저 죽은 친척이나 부모를 만나기도 한다.

이러한 경험을 한 사람들은 너무나 생생한 기억에 깨어난 다음에 모두 영혼과 사후(死後) 세계가 있다는 사실을 확신하고 있다. 더구나 사람에 따라서는 죽었을 당시에 본 사실이 나중에 사실로 확인되기도 한다.

예컨대 죽어서 찾아간 부모들이 한 말들이 깨어난 다음에 사실로 확인되는 등이다.

이러한 체험에 관한 책들을 구하려면 쉽게 구할 수 있다. 무려 2,000명의 이러한 체험을 한 사람들의 사례를 엮은 책도 있다.

종교에 따라 사후세계에 대한 생각이 조금씩 다르다. 기독교의 내세관은 육신이 없는 영혼이 지옥이나 천당으로 간다. 회교에서는 사람이 죽으면 육체를 그대로 가지고 영혼이 내세로 간다. 모두 환생(還生)은 생각하지 않고 있다.(원시 기독교는 환생을 인정하였다는 주장이 있음)

과거에 우리나라에서는 삼혼육백(三魂六魄)이라고 하여 사람이 죽으면 넋이 여러 개로 갈라져 각기의 세계로 귀속하게 된다고 믿었다.

불교와 유교 그리고 도교의 영향을 고루 받은 바이지만, 예컨대 사람이 죽으면 영혼이 다시 태어나는 환생(還生)하는 영혼과 변함없이 남아서 제사 등을 받는 역사적인 존재로서의 영혼 그리고 남은 육신과 함께 머물러 명당에 묻히면 후손에게 복이 오고 흉터에 묻히면 후손에게 재앙이 올 수도 있게 되는 풍수지리적인 영혼 등이 여러 개로 갈라져 존재한다고 한다.

환생하는 영혼은 불교에서 가장 중요시하는 영혼이며, 유교에서는 제사를 받드는 역사적인 영혼과 풍수지리적인 영혼을 중요시하며, 도교에서는 세 가지 영혼을 모두 인정하고 중요시한다.

역사적 영혼이란 비록 환생하여 영혼이 계속 다르게 태어나더라도 한 번 살고 간 존재는 계속 남게 되는 영혼이다.

예컨대 석가모니가 예수로, 마호메트로 계속 환생하여 변화했다고 해도 각각의 역사적 존재는 남을 것이며, 각각의 존재는 각각의 영혼으로 계속 남아 각각의 기도의 대상이 되며, 또 평범한 사람의 경우에도 제사의 대상이 되는 영혼을 말한다.

이는 유교에 있어서의 가장 주된 영혼인 바 비록 사람이 죽어 죄과에 따라 극락이나 지옥의 심판을 거쳐 다시 다른 개체로 환생하였다 하더라도, 이 영혼은 계속 남아 제사의 대상이 되며 조상의 혼백으로서 후손을 보호하기도 하며 염려하기도 하는 영혼을 말하는 것이다. 이를 컴퓨터에 비교한다면 소프트웨어는 얼마든지 새로운 컴퓨터에 옮겨갈 수 있으며 이것이 환생이라면, 옮겨갈 때마다 그 당시의 소프트웨어의 내용은 복사해서 기록으로 남겨놓을 수 있을 것이다. 이 기록으로 남겨진 소프트웨어가 역사적 존재로서의 영혼이다.

하느님의 컴퓨터는 워낙 대 용량이어서 새롭게 변화해가는 환생의 소프트웨어도 또 역사적 기록으로서의 복사된 소프트웨어의 프로그램도 모두 다 한꺼번에 수용하고도 남음이 있다.

하느님의 전지전능하심은 아무리 작은 물 한 방울도, 바닷가에 수없이 많은 모래알 하나까지도 마음대로 없어지게 할 수가 없는 것처럼 말이다.

❦ 영혼불멸 — 윤회輪廻

이 세상의 모든 물체는 새로 생겨나는 것도 아니며 없어지지도 않는다. 질량불변(質量不變)의 법칙이며, 에너지 불변의 원칙이다. 한번 발생된 전자파(電子波)도 절대 없어지는 것이 아니다. 인간이 발생시킨 착한 전파와 악한 전파는 하나도 없어지지 않고 모두 하느님의 초대형 컴퓨터에 낱낱이 기록되어 착하거나 악한 전파(電波)의 발생주체로서의 인격체를 형성하여 영원히 없어지지 않고 살아서나 죽어서나 응분의 책임을 지게 되는 것이다. 살아있는 영혼은 생령(生靈)이며 죽은 다음에는 죽은 사람의 영혼 즉 사령(死靈)이 될 뿐이다.

영혼(靈魂)이 없다면 도대체 종교란 성립될 수가 없다. 현세에 살고 그것으로 끝이라면 도대체 종교가 성립될 수 있단 말인가. 죽으면 그만이라면, 그래서 지옥도 천국도 내세도 없다면, 아무렇게나 좋을 대로 살다가면 그만이지 종교도, 하느님도, 왜 착하게 살아야 되는지도 모두가 빛을 잃는다. 종교는 어떤 종교든지 모두 내세(來世)를 믿고 있다. 즉 영혼이 죽은 다음에 어디로 간다는 것이다.

어디로 갈 수 있다는 것은 어디서 올 수도 있다는 것이다.

어디로 간다는 것은 어디에서 온 곳이 있으니까 가는 것이다. 온 데는 없이 가는 데만 있다는 것은 말이 되지 않는다. 물이 흘러 온 곳이 없는데 흘러만 갈 수는 없다.

흘러와 머문 곳이 현생(現生) 즉 지금의 인생이었다면, 지금의 현생이 흘러온 곳 곧 전생(前生)이 있었을 것이다. 또 앞으로 흘러갈 곳도 역시 인생 즉 내생(來生)일 것이다.

하느님의 인과응보(因果應報)는 칼날과 같이 예리하지 않은가. 현생에서 발생시킨 착하고 악한 전파의 총화(總和)는 현생의 행불행(幸不幸)을 좌우하고 못 다한 것은 내생에 전달될 것이며, 현생의 조건은 전생에서 물려받은 바일 것이다.

인간의 영혼은 윤회(輪廻)하며 전생의 죄 값에 따라 좋게도 나쁘게도 태어나는 것이다. 불교에 의하면 심지어 짐승으로 또는 벌레 따위로도 다시 태어나는 것이다.

이것만 믿을 수 있다면, 영혼이 윤회하는 것을 믿을 수만 있다면 감히 그 누가 잘못을 저지를 수 있단 말인가.

죄악을 저지르면 현세(現世)에서 고통 받고 죽어서도 펄펄 끓는 기름 가마에 빠지는 등 갖은 지옥의 고통을 다 받은 다음에, 비참한 내생에 다시 태어나 갖은 고생을 다하게 된다면, 짐승 따위로 다시 태어나게 된다면 감히 그 누가 나쁜 짓을 할 수 있단 말인가.

옆집 사람은 전생에 내 아버지였을지도 모르며 또 동생이었을지도 모르지 않는가. 전생과 현생과 내생을 모두 따져본다면 그 누가 완전한 남일 수 있으며, 잘못 대할 수 있으며, 사랑하지 않을 수 있단 말인가.

짐승마저도 옛날의 잘못에 대한 죄 값으로 고생하는 전생의 내 이웃이나 친척이었는지 모르며 또 내생에서 나와 어떻게 만날지 모르지 않는가.

짐승에게까지도 자비와 사랑으로 대할 수밖에 없다면 하물며 인간에 대해서는 더 말해 무엇 하랴. 인간존중(人間尊重), 생명존중이 될 수밖에 없다. 부처님은 지나가다 옷깃만 스치려 해도 몇 세(世)에 걸친 전생의 인연이 있어야 된다고 하였다.

윤회만 완전히 믿어진다고만 해도 교회를 가지 않아도, 절에 가지 않아도 절반 이상은 착해져 있지 않겠는가.

서양사를 피로 얼룩지게 만든 십여 차에 걸친 대소 십자군 전쟁은 말고라도 오늘날의 문명 시대에도 보스니아에서 회교도와 기독교도들이 서로를 말살하려고 극악스러운 전쟁을 하였다.

이들이 만약 예수 그리스도가 몇 백 년 후에 아라비아 반도에 환생하여 마호메트로 재림할 수도 있었다고 상상만 할 수 있어도 종교가 다르다는 이유로 서로 죽일 수가 있었겠는가.

불교에서 가장 중요한 개념의 영혼은 환생하는 영혼이며, 살아서 지은 인과응보(因果應報)에 의해 좋게도 나쁘게도 다시 태어나게 되는 환생 즉 윤회를 하게 된다. 다시 환생하기 전에 죄 값을 치르기 위해 지옥을 거치기도 하고, 선행의 대가로 극락을 거치게 되는 씻김의 과정이 있다.

여러 생애를 환생하면서 향상된 영혼이 드디어 득도(得道)하여 지고지순(至高至純)의 우주근원과 같은 상태가 되어 버리면, 마침내 잘잘못을 따져 다시 태어나 생사고락(生死苦樂)의 고통을 거듭해야 할 필요가 없으므로 윤회의 고리를 끊고(해탈하고) 우주근원과 하나인 부처가 되고 하느님 자체가 되는 것이다.

이러한 상태가 성경에서 말하는바 "예수께서 하느님의 오른편에 함께 계신다"라는 표현과 같은 것일 것이다.

이러한 지고지순한 영혼, 부처님이나 예수님과 같이 하느님과 하나가 된 영혼 즉 하느님과 하나가 되었으므로 "하느님은 내 속에 있고, 나는 하느님 속에 있다"(요한복음 14:11 참조)고 말할 수 있는 영혼, 그래서 우주자체와 같이 거룩하여졌으므로 다시 환생할 필요가 없이 하느님과 하나가 된 영혼도 때에 따라서는 하느님의 계획에 따라 다시 인간으로 환생할 수도 있다. 이는 세상이 대단히 혼란하거나 위기가 닥쳐 인간을 구해야 하는 절대 절명의 경우 하느님은 비상조치로 다시 위대한 영혼을 인간세계에 보낼 수도 있는 것이다. 이러한 사상이 미래불의 사상인 미륵불 신앙이며, 예수가 재림할 것이라는 재림 예수 사상이기도 하다.

이렇게 볼 때 인도에서 태어나 부처가 되신 석가모니가 비록 윤회의 고통을 끊고 이미 부처가 된 몸이나, 오직 유대민족만을 자기의 선민(選民)으로 삼고 다른 모든 민족을 절멸(絶滅)시키고자 하는 질투와 복수의 여호와 신 때문에, 이 땅 위에 평화가 위협받고 여호와신의 선민이라는 유대민족마저도 모든 민족의 원수가 되어 배척받다가 드디어 로마의 식민지가 되고 마는 비참한 정신적인 오만과 오류를 시정(是正)하기 위하여, 그리고 그 시대의 지배민족이었던 로마의 물신적(物神的)인 다신교(多神敎)에서 한 차원 높은 고등 종교로 인류를 비약시키기 위해 유대 땅에 예수 그리스도로 다시 태어날 수도 있었을 것이다.

또 하늘에 승천(昇天)해 하느님과 하나가 되어 하느님의 우편에 있던 그리스도가, 다신교의 우상 숭배를 하며 부족 간의 싸움으로 하루도 편할 날이 없이 인구(人口)가 반으로 줄어가던 종족을 구원하기 위해, 아라비아의 사막에 다시 태어나 회교라는 고등 종교를 확립하게 되었는지도 모른다.

동일한 위대한 영혼이 여러 번 재림하면서 석가모니로 예수로 마호메트로 또 그 이전이나 그 이후에도 여러 형태의 다른 인물로 다녀갔는지도 모른다. 때로는 성 토마스로 또는 성 프란시스로 아니면 종교 개혁이나 종교 재판의 소용돌이 속에서 이름 없이 죽어간 어느 희생자일 수도 있는 것이며, 다른 종교의 지도자나 마르틴 루터나 어느 승려로 왔다 갔는지도 모른다.

기독교가 공인되고 불과 12년밖에 안된 서기 325년 로마의 콘스탄티누스 대제와 그의 어머니는 신약에 실려 있던 환생(還生)에 대한 언급을 삭제해버렸다. 서기 553년 콘스탄티노플에서 열린 제2차 공의회는 이 조치를 승인하고 환생의 개념을 이단(異端)으로 규정했다. 당시의 교회 지도자들은 이 개념이 인간에게 구원의 기회를 여러 번 부여함으로써 성장하는 교회의 권위를 약화시킬 지도 모른다고 판단한 것이 틀림없었다. 그러나 그 이전에는 분명히 환생에 대한 언급이 실린 성경 원본이 있었다.(정신세계사 간행 "나는 환생을 믿지 않았다" p.38 참조 원저자: 브라이언 와이스)

환생의 개념이 주로 동양사상의 일부로 이해되어 왔으나 이를 신비하게 생각하는 많은 서양학자들에 의해서 환생의 사례가 체계적으로 방대하게 수집되어서 연구된 많은 책들이 발간되고 있다.

동양에서 널리 믿어져 왔던 환생에 대한 생각이 오늘날에는 서양에서도 널리 퍼져나가고 있다.

🌸 풍수지리적인 영혼

풍수지리설(風水地理說)은 원래 도교에 뿌리를 두고 있었으나 유교의 충효사상에 의해서 더욱 중요하게 받아들여졌다.

국가의 수도와 궁궐의 위치에 따른 길흉 여부는 양택론(陽宅論)으로서 국가에 대한 지극한 충성의 표시의 하나로 중요하게 논의되면서 점차 민간 주택의 길흉에까지 발전되었다. 죽은 자에 대한 무덤은 음택론(陰宅論)으로서 임금에 대한 충성과 부모에 대한 효도에까지 연결되었다.

부모의 시신을 명당(明堂)에 모셨을 때 왜 자손에게 복이 오게 되는지 또 흉터에 묻었을 때는 왜 해로움이 오게 되는지에 대해서는 현재로서는 아직까지 과학적으로는 증명되지 않았지만, 통계적 경험적으로는 어느 정도 증명되었다고 보는 것이 이제까지의 일반적인 동양의, 특히 한국의 정서였고 아직까지도 정서의 일부로서 남아있다.

과학적으로 명쾌하게 증명되지 않은 것은 차선책(次善策)으로 경험적 통계 방식에 의해 사례 연구를 할 수밖에 없다. 이것이 소위 말하는 귀납적 연구 방법일 수도 있는 것이며 Case Study라고도 할 수 있는 것이다.

사회적 현상과 경제의 연구 그리고 심리학의 연구 등에 있어서는 이러한 방법이 대상의 성격상 오히려 더 보편적인 현상이 되고 있다.

우리나라는 신분제도가 이미 철폐되어 계급사회는 아니지만 지금도 보이게 안 보이게 각 방면의 많은 인재를 배출하는 명문 세가(名門勢家)가 있다. 이러한 집안에는 그 뒤에 명당이 있다고 말하여지고 있다.

우리는 전설처럼 산소(山所)에 얽힌 많은 이야기들을 듣고 있다. 그것은 비단 옛날이야기뿐만 아니라 오늘날의 우리 주변에서 일어나고 있는 것까지를 포함해서 말이다.

　눈에 보이지 않는다 하여 미신이라고 한 마디로 단정 짓기에는 어렵지 않겠는가. 땅에 묻힌 시신(屍身)에 지자기(地磁氣)와 지전기(地電氣)가 작용하여 전파(電波)가 발생되고, 조상의 시신에서 발생된 전파는 후손(後孫)과 주파수가 맞지 않겠는가.

　생체(生體)에 있어서의 주파수는 무엇이 결정할 것인가. 그것은 유전자 검사에서 결정적 요소가 되는 DNA의 배열과 특성일 것이며, 친족과 친척의 DNA의 일치 여부는 친자 확인의 정확성을 보장하는 것 이상으로 죽은 조상과 후손의 주파수를 일치시켜 줄 것이다.

　죽은 시신의 뼈에도 DNA는 그대로 남아있고 명당에 묻힌 뼈가 점점 황골(黃骨)이 되어 강화될 때 DNA도 더욱 강해질 것이며, 흉당에 묻혀 무너져 내리는 DNA의 쓰라린 비명소리는 후손에게 좋은 영향을 주지는 못할 것이다.

　조그만 물체의 덩어리인 리모컨도 주파수만 맞으면 아라비안 나이트의 요술처럼 문을 열고 닫고 텔레비전을 켜고 끄고 하는데, 하물며 조상의 시신에서 발생하는 전파가 어찌 주파수가 맞는 후손에게 영향을 미치지 않겠는가. 명당에 묻힌 조상에서 나오는 좋은 전파는 후손에게 복을 가져오며 흉터에 묻힌 조상에서 나오는 해로운 전파는 후손에게 나쁜 결과를 가져올 것이 아닌가.

　전파(電波)는 일초에 지구를 7곱 바퀴 반을 돌고 가지 못하는 곳이 없지 않는가. 어디를 간다고 이 영향을 벗어날 수 있단 말인가. 정말로 과학이 이러한 전파까지도 밝혀낼 정도로 발달된다면 이런 모든 것이 눈에 보이게 나타날 날이 있을 것이다.

과학이 고도로 발달되지 않아서 조상을 명당에 모셨을 때 어떻게 후손에게 복이 오게 되는지 눈에 보이게 나타나지는 않는다 해도, 한 가지 분명한 것은 명당이 있다는 것은 객관적 진실이다. 다시 말하여 풍수지리적인 영혼이 있다는 것은 과학으로 아직 증명되지 않았지만 풍수지리설이 있다는 것은 물체를 연구하는 물리학(物理學)과 같은 객관적인 것이다.

명당이라는 것은 그 영향력은 접어두고서라도 하늘과 땅이 만들어 낸 땅의 보석(寶石)이라는 점에서 객관적이며, 물리적이며, 유심론(唯心論)적이 아니라 유물론적(唯物論的)이다.

땅의 생김새와 모양이 어찌 객관적이 아니며 물체적인 진실이 아닐 수 있는가.

명당은 마치 꽃송이와 같이, 배추 포기와도 같이 어떤 점 즉 명당을 둘러싸고 꽃잎이 씨방을 겹겹이 싸고 있는 것처럼 주변의 산들이 명당을 가운데 두고 겹겹이 둘러싸고 있다.

이것이 될 법이나 한 말인가. 산들이 제 멋대로 생겼을 것이지 어떤 점을 겹겹이 둘러싸고 마치 꽃송이 같이 된다니 이게 어디 말이나 되는 소린가.

그런데 이게 사실이니 어쩌란 말인가. 물 잔을 보듯이, 바위를 보듯이 이것이 객관적 물체적(物體的)으로 보이는 그대로이다. 믿어지지 않겠지만 풍수지리적인 사전(事前) 지식을 조금만 습득한다면 곧 이런 현상을 볼 수가 있다.

천리의 산들이 둘러싼 명당은 천리의 큰 명당이며, 백리의 산들이 둘러싸고 있으면 백리의 큰 명당이며 십리의 산들이 둘러싸고 있으면 십리의 명당이다.

이와 같이 산들이 어떤 점을 중심으로 둘러싸고 있으니 그 명당에서 볼 때 얼마나 아름다울 것인가. 아름답고 귀하기가 보석에 비할 바가 아니다. 조그만 빛나는 보석도 아름다운데 하물며 웅대한 대자연이 빚어내는 아름다움은 얼마나 큰 것인가.

조금만 이 방면에 눈이 떠진다면 그 아름다움에 도취되고 찬탄하여 발걸음이 잘 떨어지지 않는다.

우리나라는 대륙의 끝인 반도(半島)이다. 대개 이런 지형(地形)은 명당이 많게 되어 있다. 꽃도 줄기나 큰 가지에서는 잘 피지 않는 것이며 끝에 갈수록 꽃이 핀다. 인체의 감각도 마찬가지여서 손끝이나 얼굴 등 끝으로 갈수록 예민해진다.

물론 대륙의 중심부에도 명당이야 있겠지만 인류의 역사를 보더라도 세계를 지배했던 민족이 살던 곳이 대륙의 끝인 곳이 많다. 로마제국이 일어났던 이태리 반도, 스페인 제국의 이베리아 반도, 그리고 유럽 대륙이 바다를 건너 머물던 영국 등이다.

아주 놀라운 것은 몇 백 년 동안 풍수지리를 숭상하고 명당에 대한 집착이 강했던 우리나라가 아니라 오히려 영국 사람들이 명당을 더 많이 썼다고 생각되어지는 것이다.

이것은 또 무슨 소린가. 명당에 대한 개념도 없을 영국 사람들이 우리보다 명당을 더 많이 썼을 것이라니 무슨 해괴한 소리란 말인가.

풍수지리설이 들어왔을 삼국시대 이래로 천여 년이 넘게 이 잡듯이 뒤져서 명당이란 명당은 다 써서 하나도 남지 않았으리라고 생각되는 우리나라보다 어떻게 영국에서 명당을 더 많이 썼다는 말인가.

명당이란 어떤 곳인가. 좌우의 산들이 이곳을 중심으로 둘러싼 곳이다. 좌우의 산들이 균형되게 둘러싸 있으니 이곳에 오면 자연히 마음도 안정되고 물들도 산을 따라 좌우로 둘러싸듯이 흘러갈 것이다. 바람도 둘러싼 산들 때문에 함부로 불지 못하고 머물 듯이 순하게 불 것이다. 물론 지형도 주위의 산들에 비해서 높지도 낮지도 않게 알맞게 높을 것이다.

어찌 이런 곳이 아름답지 않겠는가. 그리고 경치가 기가 막히게 좋지 않겠는가. 그래서 우리 옛말에 나무꾼이 쉬어가고 짐승이 노는 곳이 명당이라고 하지 않았는가. 나무꾼이 잠시 쉬더라도 경치가 좋고 안정감이 있는 곳에서 쉴 것이며 짐승이라도 편안한 곳에서 쉴 것이다.

영국 사람들이 가장 중요하게 생각했던 곳이 어디인가. 그것은 다름 아닌 하느님을 모시는 장소인 교회이며, 어느 곳에 마을이 생기든지 먼저 그 마을에서 가장 으뜸 되게 경치가 좋고 마음이 편한 곳에 교회를 정한 다음에 차차로 마을이 들어서는 것이다. 영국 사람들의 무덤은 어디인가. 바로 마을의 가장 아름다운 곳을 차지한 교회의 앞마당이나 뒷마당 또는 지하가 그들의 무덤이어서 자연스럽게 전국 방방곡곡에서 명당을 차지하게 된 것이다.

분명히 지형이 아름답게 생긴 명당이 있고 또 이 명당 속에는 달걀노른자와 같이 생긴 빛나는 혈토(穴土)도 분명히 있다. 명당처럼 생겼다 해도 만약 속에 혈토가 없다면 이는 풍수 용어로 가화(假花)라 하여 진짜 명당은 아닌 것이다. 꽃도 열매를 맺지 못하는 꽃이 있는 것처럼 가짜 꽃인 것이다.

명당에는 달걀껍질처럼 둥그렇게 명당을 보호하는 은은한 겉 테두리가 있고 그 속에, 흰자 속에 노른자가 있듯이 주변과는 색이 다른 밝은 흙이 나오게 되며 이것이 바로 혈토(穴土)이다. 찐 달걀노른자나 팥고물처럼 차지고 때로는 무늬가 있기도 하다. 그 무늬는 흰색이나 황색 등의 단일 무늬일 수도 있고 오색 또는 몇 가지 색깔로 된 무늬일 때도 있다. 마치 대리석의 꽃무늬와 같이 찬란할 때도 있다. 돌에만 무늬가 있을 것이니 흙이 아니며, 흙처럼 부서져 가루가 되니 돌도 아니다. 이것이 소위 말하는 "돌도 아니며 흙도 아니다"라는 상태이다. 즉 비석비토(非石非土)라는 것이다. 주변의 흙보다 밝게 빛나며, 때로는 여러 색깔로 화려하며 습도도 마르지도 질지도 않은 윤택한 상태에 있다(紅黃光潤 五色穴土).

바위가 오랫동안 풍화되어 흙이 될 동안에 지각의 변동이 없이 안정된 곳이라야 무늬를 그대로 가진 채로 흙이 될 수 있는 것이다.

명당이란 이렇게 귀하고 찾기가 어려운 것이다. 더구나 그 명당에 혈토를 제대로 찾아 장사지내기는 더욱 어렵다.

땅의 보석인 명당을 어렵게 구했다고 하더라도 그 핵심인 혈토에 시신을 넣지 못한다면 모두가 헛수고가 되는 것이다. 그래서 명당을 구하기보다 장사지내기는(재혈 裁穴) 더욱 어렵다고 하는 것이다.

명당의 핵심(核心)인 혈토 속에 정확히 장사 지내야만 그 시신이 황골(黃骨)이 되는 것이다. 황골이 된다는 것은 뼈가 썩어 없어지는 것이 아니라 혈토라는 귀중한 곳에서 산천정기를 빨아들여 더욱 무거워지고 단단해지며 누렇게 윤기(潤氣)까지 나는 것이다.

시신이 혈토에 윗부분만 걸쳐지면 윗부분만 황골이 되고 또 아랫부분만 걸쳐지면 그 부분만 황골이 된다. 바로 옆이 혈토이더라도 모두 비켜나면 모두 썩고 황골은 되지 못한다.

명당도 눈에 보이는 것이고, 혈토도 눈에 보이는 것이다. 황골 또한 눈으로 볼 수 있는 것이다. 명당도 있고 혈토도 있고 황골도 분명히 있다. 황골이 된 작은 발가락뼈를 햇빛에 비쳐보면 옥돌과 같이 맑게 비쳐 보일 정도다. 어느 면에서 돌과 같이 단단해지고 무게가 생긴 것이다.

원래 인간의 뼈는 오래 못 가서 썩어버리는 것이지만, 혈토에 묻혀 황골이 되어 돌 같이 단단해지는 것이라면 세월이 갈수록 더욱더 단단해지고 힘을 얻을 것이며, 그 영향력이 있는 것이라면 더욱 그 영향력은 강해져갈 것이다.

만약에 김수로왕능이 명당이라면 이제 오래 되었으므로 김수로왕능의 효력이 다한 것이 아니라 오히려 더욱 힘을 얻어 김해 김씨가 더욱 많아지고, 금나라를 세운 누르하치까지도 김수로왕의 후손이어서 나라 이름을 금나라로 하였을 것이라는 추측이 나올 만도 한 것이다.

풍수지리설이 더욱 힘을 발휘했던 조선시대 후기는 철저하게 남존여비의 시대였지만 풍수지리설이야말로 완전한 남녀평등 사상에 입각해 있다.

예컨대 묘의 왼쪽 산들이 잘 생기면 아들이 잘되고 바른쪽이 잘 생기면 딸이 잘 된다거나, 또 아버지나 할아버지만 명당에 모셔야 자손이 복을 받는 것이 아니라 어머니나 할머니가 명당에 모셔져도 마찬가지로 자손이 복을 받게 되는 등이다.

우리는 단일 민족이어서 한 시간만 앉아서 족보를 따져보면 모두가 친척이 되는데 누대의 우리 할머니들 중에 김해 김씨가 한 분이라도 없는 사람은 거의 없을 것이다. 김수로왕능이 명당이어서 복을 받는 것이라면 김해 김씨뿐만 아니라 우리 한국 모든 사람이 복을 받을 것이다.

우리 산하에 널리 퍼져있을 명당 산소들은 이런 의미에서 우리 민족의 자산이며 보배이다. 우리 모두가 잘 보존해야 할 것이다.

그런데 유감스런 것은 모든 무덤들이 다 명당은 아니라는 것이다. 명당의 꽃밭인 한반도이지만 의외로 명당을 썼다고 보여지는 무덤이 아주 많지는 않다. 그래도 오래 된 무덤일수록 명당일 가능성이 많다. 사실 자리가 아닌 곳은 오래 갈 수 없기 때문이다.

명당을 쓴다는 일이 어디 쉽겠는가. 명당이란 귀한 곳을 찾기도 어렵고 더구나 혈토를 정확하게 집어내어 장사지내기란 더욱 어렵다.

명당을 쓰려면 삼합(三合)이 맞아야 된다고 한다. 우선 명당에 들어갈 망자(亡者)가 착해야 되고, 명당을 쓸 자손이 착해야 하며, 명당을 잡아 줄 풍수가 착해야 된다고 한다.

원래 명당을 차지하려면 삼대적선(三代積善)을 할 정도로 착해야 된다고 하지 않는가.

물체는 서로 맞는 것과 맞지 않는 것이 있다. 자석도 같은 극끼리는 서로 튕기며 다른 극끼리는 서로 잡아당긴다. 물체의 화학 반응도 서로 되는 것이 있고 안 되는 것이 있게 마련이다. 라디오나 텔레비전도 주파수(周波數)가 맞지 않으면 나올 수 없다. 전기 기구도 전압(電壓)이 맞지 않으면 켤 수가 없다.

명당이란 하늘과 땅이 만들어 낸 보석(寶石)이 아닌가. 하느님이 만들어 낸 귀중한 보석이 어찌 하느님의 섭리에 맞지 않는 사람에게 주어질 것인가.

착한 풍수가 아니고서야 어찌 사랑이신 하느님이 만든 명당을 알아볼 수 있겠는가. 그 명당에서 나오는 주파수를 감지(感知)할 수 있단 말인가.

하느님의 주파수는 사랑이기 때문에 착한 사람만이 명당에서 나오는 주파수를 받아 복을 누릴 수 있다. 착한 사람이 아니고서야 어찌 명당을 쓰고 복을 받는 자격이 있겠는가.

착한 사람이래야 명당의 전압과 주파수가 맞을 것이기 때문에 비로소 명당에 들어갈 수가 있다.

이래서 우리 선인(先人)들은 이러한 미묘한 일을 모두 알아 각물유주(各物有主)라고 말하지 않았던가. 모든 물건에는 다 각각의 주인이 따로 있게 마련이며 억지로 할 수가 없다는 말이다.

아무리 유능한 풍수라도 망인(亡人)과 자손이 착하지 않으면 눈이 가려져 명당을 잡을 수가 없을 것이다. 전파가 교란되어 감(感)이 잡히지 않게 되기 때문이다. 더구나 정밀한 작업인 혈토를 어떻게 정확히 집는단 말인가.

풍수지리란 이와 같이 고도의 도덕적, 윤리적인 인식과 기반 위에 있는 것이며, 명당을 쓴다는 것은 고도의 정신적인 인과관계가 있을 때에만이 비로소 가능해진다.

명당을 보는 눈이 있는 도사(道士)들도 함부로 천기누설은 하지 못할 것이다. 우선 명당에 들어갈 자격이 없는 사람에게는 알려줄 수가 없는 것이며, 설혹 자격이 없는 사람에게 알려주어 보았자 부작용만이 있을 것이기 때문이다.

자격이 없는 사람에게는 하늘이 명당을 차지하는 것을 거부할 것이므로 기껏 명당을 쓴다고 하면서 혈토(穴土)를 벗어나는 헛수고를 하고 남도 못 쓰게 방해만 하게 될 뿐이다. 더구나 허영과 욕심 때문에 명당만 파괴하는 파명당(破明堂)의 대죄를 짓게 될 것도 염려가 되는 것이다.

명당이란 무엇인가. 꽃송이와 같은 것이 명당이 아니던가. 자연이 만들어 낸 그대로의 모습이 명당이다. 꽃송이에는 꽃술과 씨방 그리고 여러 겹의 꽃잎이 싸고 있을 때 살아있는 꽃이 아닌가. 혈토란 또 무엇인가. 달걀노른자나 꽃의 씨방과 같이 작고 귀중한 부분이어서 이 혈토는 크다고 해도 단간 방 면적보다도 크지가 않고 그렇게 두껍지도 넓지도 않은 것이다. 여기에 달걀노른자를 즉 혈토를 훼손하지 말고 시신만을 묻고 단단히 봉하여 원상태로 두었을 때 비로소 명당이 될 수 있고 꽃송이가 되는 것이다. 욕심 많고 과시하기 좋아하는 사람들은 무덤을 크고 호화롭게 꾸미기 위해, 불도저로 밀어서 운동장 같이 크게 만들고 산더미 같이 돌을 쌓아 치장을 하게 되면, 정말 명당자리를 잡았다 해도 혈토

는 모조리 들어 내지고 명당의 꽃잎도 꽃술도 다 짓이겨지고 그나마 돌
에 깔려 버리게 된다.

이것이 파명당이다. 조그만 다이아몬드라도 연마하다가 깨뜨린다 해
도 아까운 일이며 그 책임을 져야 하거늘 하늘과 땅의 보석인 명당을 파
괴한다면 그 책임이 얼마나 무겁겠는가. 다행한 것은 이러한 무식한 일
을 시키는 풍수는 원래 실력이 없는 풍수이어서 정말로 명당을 잡지는
못하였을 것이라는 것이 위로가 될 뿐이다.

하여간 어마어마하게 크게 만들고 돌들로 엄청나게 치장하는 분묘들
은 원래부터 명당이 아니거나, 설혹 명당이었을지라도 이미 명당이 아니
게 되었다는 것이다.

명당을 제대로 잘 쓰는 데는 애초부터 기계를 쓸 정도로 많은 작업량이
필요 없는 것이며, 돌로 무덤의 안팎을 치장하려고 하면 저절로 혈토와
명당은 다 깨져버리게 된다. 더구나 왕릉(王陵)의 경우와 같이 격식을 갖
춰 석실(石室)까지 짜 넣으려면 혈토를 어찌 보존할 수 있었겠는가.

명당을 쓴다는 일은 아주 정밀한 작업이며 기계로 푹푹 파헤쳐서는 명
당과 혈토를 다치게 된다.

겸손하고 착한 사람이 아니고서는 명당도 혈토도 모두 얻을 수 없다.

명당에만 눈이 어두워 남의 산이나 묘에 암장(暗葬)하는 행위도 절대
복을 받을 수 없고 오히려 앙화가 있을 뿐이다. 명당을 쓰는 일은 아주
훌륭한 도사가 모든 정성을 다하여 정밀하게 하여도 될까 말까한 일인데
황망하고 두려운 마음에 성급하게 해치워서는 절대 제대로 될 일이 아니
다. 더구나 도둑질하는 비양심은 하늘이 절대 용서하지 않는다.

이런 점에서는 비도덕적인 돈과 권력의 힘도 마찬가지다.

명당이란 어떤 곳인가. 하늘과 땅의 보석이다. 하늘이 감추고 땅이 비

밀로 하는 천장지비(天藏地秘)의 귀중한 곳이다.

보석이 있는 곳은 경계가 심하다. 귀한 보석일수록 더욱 심하다. 다이아몬드와 루비 등 각종 보석이 수없이 박혀있는 영국 왕관들이 보관되어 있는 런던 타워만 해도 그 경계와 보호 시설은 얼마나 막강한가. 세상의 보물도 이러하거늘 하늘과 땅의 보석인 명당의 보호 시설은 얼마나 더 엄청나겠는가. 군사시설에 못지않은 어마어마한 보호 장치가 되어 있을 것이다.

명당에는 엄청난 수맥(水脈)과 지자력(地磁力)이 있어 명당을 보호하고 또 명당된 힘을 발휘하고 있다고 보여 진다.

명당이 좋은 것은 혈토를 차지하여 명당의 복록을 누릴 때에 좋은 것이지 이 혈토를 벗어나 명당의 보호시설인 수맥에 걸쳐지게 되면 복이 아니라 피해가 막심해진다.

중요 군사시설에는 전기 철조망이 쳐질 수 있는 것처럼 명당에도 자연의 전기 철조망인 수맥이 수없이 쳐지게 된다. 큰 명당이면 더욱 철조망도 강하고 조밀해져서 하늘이 허락하지 않고서는 모두 이 철조망에 걸리게 된다.

이래야만 말이 맞지 않는가. 돈이나 권력이 많다고 해서 모두 명당을 차지할 수 있다면 말이 되지 않는다. 불의(不義)한 자가 돈이나 권력의 힘으로 명당을 쓰려고 하거나 남의 것을 빼앗으려 하거나 암장을 하려고 하면 묘하게도 반드시 혈토를 비껴나 수맥에 걸쳐져서 결단이 난다. 과거의 역사를 보아도 권력 주변에서 맴돌며 권력을 탐하다가 얼마나 많은 사람이 사약을 받고 죽었으며 귀양을 갔는가. 또 오늘날에도 얼마나 많은 사람들이 자기만을 위한 권력과 권세를 탐하다가 패가망신했는가.

이래서도 하느님은 계신 것이다. 물리학, 화학, 생물학이 하느님이 만든 것처럼 풍수지리학의 작용도 하느님이 만든 것이며, 물리학, 화학, 생물학이 있는 것처럼 풍수지리학도 있는 것이다. 다만 물리학, 화학, 생물학보다 알기가 어려울 뿐이다. 그것은 만져지고 보이지 않기 때문에 하느님과 영혼에 대해서 알기 어려운 것과 마찬가지며 앞으로 과학이 고도로 발달되어서 그 실체가 확연히 밝혀지기 전까지는 이들에 대해서 오직 영감(靈感)과 높은 도력(道力)을 통해서만이 알 수가 있을 것이기 때문이다.

영국의 묘지들은 아무리 왕족과 귀족의 묘라고 할지라도 크게 만들지는 않았으며 땅의 원형을 비교적 잘 유지한 것으로 보였다. 또한 빼곡하게 들어차 있어 누군가는 혈토를 차지했을 것이다. 혈토를 차지하지 못한 묘일지라도 교회 터이므로 비교적 평탄한 곳에는 묻혀 있었다.

모든 일에서 극(極)과 극을 달리는 것은 좋지 않을 것이다. 조선시대에 명당에 대한 무조건적인 믿음으로 시간과 정력을 이곳에 너무 낭비하는 등의 부작용을 가져와 지나친 것도 문제였지만, 이에 대한 반발과 우리의 옛 것에 대한 무지(無知)와 멸시감에서 풍수지리적인 것에 대한 턱없는 무시(無視)도 좀 무모한 것이라고 하겠다.

내가 모른다고 해서, 또 원인과 결과에 대해서 명백히 밝혀지지 않았다고 해서 완전히 무시하거나 심지어 미신이라고 한마디로 매도하는 것은 신중한 태도는 아닐 것이다. 우리가 모르는 것이 어디 한두 가지인가. 사실은 어떤 면에서 크게 보아 우리가 아는 것보다 모르는 것이 더 많지 않은가. 또 안다는 것도 그것을 알게 된 것이 얼마 되지 않은 일이 얼마나 많은가.

원시인이라면 귀신의 장난이라고 볼 수밖에 없는 비행기, 전화, 텔레비전, 컴퓨터, 자동차 등등이 인류의 긴 역사에 비하면 얼마나 알려진 지가 짧은 것인가.

아직도 우리는 원시인인 부분이 너무 많을 것이다. 하느님에 대해서, 영혼에 대해서, 풍수지리에 대해서, 전생(前生)에 대해서, 내생(來生)에 대해서, 지옥에 대해서, 천당과 극락에 대해서, 우주에 대해서 앞으로 과학적으로까지 확연히 밝혀진다면 오늘날의 우리의 상태는 바로 원시인의 상태가 아니고 무엇이겠는가.

우리나라의 전통적인 명당 신봉(信奉) 사상에 대한 반발과 멸시 내지는 무지에서 비롯된 것에 공동묘지에 대한 법률이 있다.

분묘는 국토를 잠식하고 훼손하는 것이라고 보아, 경사도 30°가 넘는 곳이 아니면 공동묘지를 설치할 수 없도록 하고 있다.

명당을 따지지 않는 영국 사람도 묘지는 교회의 앞과 뒤의 평탄한 곳에 있고 미국의 공동묘지도 평탄한 곳에 공원과 같이 꾸며져 있다.

명당을 그렇게도 따지던 나라에서 경사도가 30도를 넘지 않으면 공동묘지를 설치할 수 없다는 것은 무엇을 의미하는가.

30도가 넘는 곳이란 산 중에서도 험하고 가파른 곳이며 장소에 따라서는 위태롭기까지 한 곳이다. 이런 험한 산은 또한 바위나 돌이 많아 험악하기조차 할 것이다.

풍수지리설에 의하면 안정(安定)과 좌우의 균형 등이 가장 으뜸이다. 경사도가 심한 곳에 안정과 균형을 어떻게 찾겠는가. 풍수지리설에 의하면 묘지 앞이 가파르면 물이 급히 빠져나가듯이 재산이 흐트러지는 것으로 보는 것이며, 묘지가 안정되지 않고 위태로우면 후손에 위태로운 일이 생기는 것으로 보며, 험한 바위가 아름답게 보이는 것이 아니라 험악하게 묘지를 위협하듯 서 있다면 후손에게도 험악한 일이 생긴다고 보는 것이다.

억지로 뜯어 맞추는 식의 이야기를 좀 해보기로 한다.

그래서 그런지 오늘날 우리나라의 교통사고율은 세계에서도 몇째를 달리고 있고 끔찍한 대형 사고는 왜 그리 많은가. 또 폭력과 흉악범도 또 얼마나 많아졌는가.

우리나라의 옛날 공동묘지는 어디에 있었던가. 모두가 동네 주변의 얕으막한 동산이었다. 공동묘지에 묻힌 묘지 중에 희귀하게나마 명당을 차지한 경우도 있었겠지만 대부분의 묘지는 명당은 아니더라도 평탄한 곳에는 묻혀 있어 인심(人心)이 순하고 끔찍한 사고는 없이 살지 않았던가. 그래서 한 고을에서 살인 사건이 나면 원님이나 부사가 견책을 당하고 두 번째 또 살인 사건이 나면 그 고을의 등급이 격하될 정도로 예외적인 사항이었다.

땅이 그렇게 아까워 그런 험한 곳에 묘지를 쓸 바에는 차라리 화장을 하는 것이 온당하다. 화장을 하면 덕도 해도 없이 무해 무덕(無害無德)할 것이기 때문이다.

물론 험한 곳이라고 해도 명당이 아주 없는 것은 아니다. 그러나 그런 곳에서 아름답고 안정되고 어느 정도 평탄한 곳을 찾기가 그렇게 쉽지 않으며 그 나머지는 너무나 위험한 곳이기 때문이다.

묘지로 쓰는 땅이 아무리 아깝다고 해도 사실 묘지를 쓴다고 해서 다 보존되고 후대에 전해지는 것은 아니다. 가깝게는 신라 이래로 수많은 사람이 살다가 갔고 무덤을 수없이 많이 만들었지만 지금 남아 있는 무덤이 그 얼마나 되는 것인가.

사실 묘지를 쓴다고 해도 자리가 아닌 것은 후손이 번창하지 못해서 얼마 오래 전달되지 못하는 것이다. 그래서 무덤은 돌로 요란하게 치장할 필요가 없다는 것이다. 물론 돌로 치장하려면 명당과 혈토를 훼손하고 압박하게 되어 백해무익이기도 하지만 자리도 아닌 무덤은 자연스럽게 자연으로 회귀하여야 하기 때문이다.

우리나라의 전통 묘지의 봉분을 보면 얼마동안 돌보지 않으면 자연스럽게 자연으로 회귀(回歸)하게 되어있는 모습이 아닌가. 돌을 많이 붙여 놓으면 이 자연회귀가 늦어진다. 만약 신라 시대부터 있었을 그 많은 무덤들이 지금까지 모두 그대로 있다고 상상만 하여도 숨이 막힌다.

무덤에 돌은 얼마동안 잃어버리지 않을 정도로 표식만 할 수 있을 정도면 족한 것이다. 사실 자리도 되지 않은 곳에 산더미처럼 돌을 쌓아 보아야 오래 전달되지도 못하며 그나마 못난 후손에 의해서 헐값에 팔려나가게 될 뿐이다.

포크레인 등의 기계를 써서 자연을 마구 파헤쳐서도 안 된다. 자연을 훼손하고 원상회복을 더디게 할뿐 아니라 정말로 파명당을 하지 않고 명당을 제대로 잘 쓰기 위해서도 피해야 한다.

사람의 생각은 극단적으로 흐르기 쉽다. 혹시라도 명당이란 미신(迷信)이라고 생각하여 국토의 효율적인 이용만이 강조된 나머지 옛날의 오래된 묘지도 모두 없애기로 한다는 무모하고도 극단적인 정책이 나온다면 어떻게 될 것인가.

만에 하나라도 풍수지리가 없는 것이 아니라 정말 있는 것이라고 한다면 한민족의 뿌리는 송두리째 흔들리게 될 것이다. 더구나 풍수지리는 남녀평등이 아닌가. 나와 관계되지 않을 명당이 어디 있겠는가.

영국 교회의 앞마당과 뒷마당에 있는 명당을 차지하고 있을 그 수많은 묘지와 대영제국의 발전과는 어떤 관계가 없는 것인가. 그들의 후손들은 지금 영국뿐만 아니라 미국 캐나다 호주 뉴질랜드 남아공 등 전 세계의 대륙에 널리 퍼져서 그 명당들의 발복(發福)으로 번성을 누리고 있는 것은 아닐까.

만약 영국에 있을 어떤 명당의 시신을 파버린다면 그 앙화가 미국이나 혹시 호주 또는 뉴질랜드에서 나타날 수도 있지 않겠는가.

좀 더 상상의 날개를 펼쳐간다면, 일본 사람들이 한일합방 후 한국에 있는 많은 고분들을 도굴하고 문화재를 약탈하였는바, 이때 훼손된 가야의 옛무덤과 고구려 신라 백제의 옛무덤들의 시신들은 한국사람뿐만 아니라 옛날에 일본으로 건너갔을 일본 사람들의 조상의 뼈가 아니었겠는가. 이 조상의 근원을 훼손한 죄로 일본은 제2차 세계 대전에서 그렇게 많은 사람이 죽어야 했던 것은 아닌가. 그뿐만 아니라 한국 사람들도 그 전쟁에 징병과 징용으로 끌려가 덤으로 죽고 그 피해가 더욱 심해 6·25 전쟁의 피해까지 입어야 했던 것은 아닌가.

영국 사람들이 옛것과 전통을 지키는 노력은 남다른 바가 있어 묘지도 보통 마을에 가도 1400년대와 1500년대의 묘지가 그대로 보존되어 있는 것을 얼마든지 볼 수가 있다. 조상을 숭배하고 명당을 귀히 안다는 우리는 오히려 이 시대의 분묘를 별로 볼 수가 없다.

초상화만 하더라도 영국 귀족들은 대대로 부부의 초상화가 즐비하게 걸려 있으나 우리네 양반 집에는 대대로 영정이 얼마나 보존되어 있는가.

아무리 풍수지리설에 대하여 거부감이 커지고 명당에 대한 반발 심리가 커지더라도 오래된 묘지는 절대로 함부로 건드려서는 안 되며, 국왕이나 충신, 애국지사, 독립투사, 국가원수, 호국영령의 묘지 등은 더욱 그러하다.

옛날의 국왕이나 충신들의 묘역은 문화재적인 가치도 있을 것이나, 이보다도 이 분들 영혼의 주파수는 물론 그 후손들에게도 맞춰져 있을 것이나 대부분은 국가의 안위와 백성을 걱정하는 데 맞춰져 있을 것이므로, 그야말로 호국(護國)의 영령이며 국운(國運)의 번창을 위해서도 선열들의 묘역은 잘 보존되어야 할 것이다.

이 점에서도 우리는 생각해야 될 점이 많지 않을까. 너무 옛것에 대한 무시와 무지에서 우리의 귀중한 것을 버려버리고 소홀히 했던 것은 아닌가. 과연 항일 애국투사와 선열들의 묘지는 풍수지리적으로도 제대로 가려서 선택했던가. 그래서 나라를 위해서 희생하고 애쓴 분들의 후손들이 복을 받고 또 국가는 태평성대가 될 수 있도록 얼마나 마음을 써보았는가.

누가 뭐래도 경제 개발과 민족중흥의 기틀을 쌓고 여론조사에서도 큰 인물로 손꼽히는 고 박정희 대통령의 묘소 등도 제일 좋은 명당이 되어야 국리민복이 되지 않겠는가.

망하면 혼자서 망하는 것이 아니라 국민 경제에 혼란을 가져와 많은 사람에게 고통을 주고 국부(國富)를 흔들릴 수 있게끔 영향력이 커진 사람들도 화장을 할 것이 아니라면 사후에 누울 자리에 대해서 좀 신경을 써야 할 것이다.

망할 때 혼자서만 망한다면 부(富)의 순환이라고 가볍게 생각할 수도 있지만 큰 건물이 무너질 때 온갖 사람이 피해를 보는 것과 같은 사태는 막는 것이 도리가 아니겠는가. 그래야만 후손도 명당 기운에 마음이 착해져 좋은 일을 많이 하게 될지 누가 알겠는가.

도력(道力)이 높은 스님에게서 나오는 사리도 높은 정신력에서 만들어지는 신비한 현상이라고 보아야 할 것이다. 신비한 현상이란 현재의 과학 수준에 의해서는 알 수 없는 것을 말하는 것이 아닌가.

마치 명당에서 사람의 뼈가 황골이 되듯이 고승대덕(高僧大德)의 몸의 일부가 높은 수행과 정신력에 의해서 살아서 옥(玉)이 되는 것이 아닌가 생각된다.

사리란 몸에 있는 결석이 다비할 때의 열에 의해서 돌 같이 되는 것이 아니냐고 그 의미를 평가 절하하는 말도 있었지만, 보란 듯이 돌아가신 성철 스님의 다비장에서는 뼈 속에 수없이 많은 영롱한 사리가 박혀 있었다.

이 옥(玉) 같이 반짝이는 사리에서 신비한 전파가 발생되지 않겠는가.

이 고승대덕(高僧大德)들의 바람은 무엇이겠는가. 그것은 중생(衆生)을 구제(救濟)하는 것이며 중생에게 주파수가 맞춰져 있을 그 대자대비한 광명이, 광채가, 전파가 원력(願力)이 되어 우리를 즉 이 중생을 감싸주고 보호하는 또 하나의 힘이 될 것이 아닌가.

일반 부도가 아닌 사리탑만은 이미 그렇게 하고 있겠지만 절 안마당 등 자리가 좋은 곳을 잘 가려서 안치하여야 할 것이다.

조상을 숭배하고 명당 사상에 젖어있던 우리는 시체를 무서워하고 멀리하려고 하지만 오히려 서양 사람들이 그렇지 않은 것을 보면 아이러니까지 느껴지며 어떤 면에서는 이들이 우리보다 조상의 시신을 더욱 소중히 생각했던 것이 아닌가 싶기도 하다.

우리는 생활공간에 무덤을 두지 않지만 서양 사람들은 교회가 그들의 무덤이며 앞뜰과 뒤뜰뿐만 아니라 교회의 지하 그리고 벽면까지가 그들의 무덤의 공간이 되고 있다. 로마 등의 큰 성당에 가 보면 교황, 추기경과 같은 높은 성직자와 성자들의 많은 무덤이 지하뿐만 아니라 성당 안의 현관과 벽면에서까지 볼 수 있다. 어떤 것은 유리를 끼워 놓기까지 하였으며 이때 필요한 것이 데드 마스크(death mask)이다.

왕궁의 전용 성당과 귀족의 성에 있는 성당도 물론 그들 무덤의 영역이며 어떤 경우에는 일반 저택의 현관 벽이 무덤의 공간이 되기도 한다.

풍수지리란 없는 것이며 흉터에 묻어도 피해가 없는 것이라고 해도 자식된 도리에 부모의 시신이 물에 잠긴다거나, 나무의 뿌리가 뻗어 칭칭 감거나, 벌레가 낀다거나, 시꺼멓게 흉하게 변한다고 한다면, 그것도 그리 오래가지 못해서 다 썩어버리게 된다면 이런 곳에는 아무도 부모를 장사 지내고 싶지는 않을 것이다.

더구나 풍수지리가 있어 이런 흉터에 장사지내면 큰 화가 있다고 하면 더욱 그럴 것이다.

명당을 구하여 옳게 쓸 자신이 없거나 공동묘지의 산비탈 같은 위태한 곳밖에 장사지낼 곳이 없다면 차라리 화장하는 것이 나을 것이다. 화장하면 무해무덕이라고 한다. 화장한 후에는 완전히 재가 되어 흙으로 돌아갔으므로 풍수지리의 관점에서는 아무런 영향력이 없게 된 것이다. 특별한 경우가 아니면 구태여 납골당 등으로 국토를 한술 더 떠서 크게 훼손할 것이 아니라 옛날 방식대로 강이나 산에 뿌려 조속히 자연에 회귀시키는 것이 좀 더 낫지 않을까 생각한다.

풍수지리가 있어 명당의 발복(發福)이 있는 것이라면 더욱 좋고, 풍수지리가 없어 명당의 발복이 없는 것이라고 해도 부모의 시신이 명당의 혈토에 정확히 묻혀 황골이 된다면 이 아니 좋을 것인가.

황골이 된다는 것을 믿지 못한다 해도, 같은 값이면 혈토의 좋은 흙에 부모를 장사지낼 수 있다면 이것은 또 얼마나 좋은 것인가.

아니 혈토의 좋은 흙은 나중 문제로 하더라도 이왕이면 경치 좋고 마음이 편안해지는 안정된 곳에 부모를 모실 수 있다면 이것만으로도 명당을 찾는 노력을 할 만하지 않은가.

풍수지리적인 영혼의 신비도 있을 수 있다는 말을 하다 보니 너무 말이 길어진 감이 있다.

그러나 너무 짧게 이야기해서 거두절미가 되면 그야말로 쓸데없는 오해와 미신적 혹세무민이 될 수 있음을 경계하였다. 또한 잠시 긴장을 푸는 이야기거리가 되었다면 다행이겠다.

❦ 혹세무민惑世誣民

과학적으로 명확히 밝혀지지 않은 일들은 원인과 결과에 대해서 뚜렷이 알 수가 없다. 그래도 현재의 과학 수준으로는 규명되지는 않지만 많은 신비한 일이 일어나므로 자칫 잘못하면 이를 악용하여 혹세무민하기가 쉽다. 그것은 일반인의 무지(無知)를 이용하여 의도적으로 저지를 수도 있을 것이며, 원래 신비하고 알기가 어려운 것이므로 행위자가 자기도 잘 모르기 때문에 모르고 저지르는 잘못일 수도 있다. 전자가 고의범(故意犯)이라면 후자는 과실범(過失犯)일 것이나 모두가 잘못되기는 마찬가지며 다만 죄질(罪質)의 경중(輕重)이 있을 뿐이다.

풍수지리만 하더라도 만약 어떤 악질적인 풍수가 있어 고의적으로 사기를 치려면 풍수를 모르는 일반인으로서는 십중팔구 당하기 쉽다. 자리도 아닌 곳을 명당이라고 하거나, 꽃으로 치면 풀꽃이나 될 작은 자리를 대통령이나 장관이 날 대 명당이라고 하거나, 심지어 명당에 잘 모셔져 있는 곳을 명당이 아니라고 하여 다른 곳으로 옮기게도 할 수 있을 것이다.

풍수지리와 같은 신비한 일들은 원래 눈에 뚜렷이 보이지 않고 어려운 일이기 때문에 잘 몰라서 이런 잘못들을 저지를 수도 있는 것이다.

명당을 찾았다 해도 잘 모르고 혈심(穴心)을 벗어나 엉뚱한 곳에 장사지내면 복이 아니라 화가 될 수도 있는 것이다.

아무도 잘 모르는 신비한 일이기 때문에 일이 잘못되어도 고의든 과실이든 혹세무민하는 풍수는 얼마든지 핑계를 댈 수 있을 것이다. 삼대나 오대 후에나 잘 될 것이라거나 처음에는 망하고 뒤에 가서 잘 되는 자리라는 등 여러 가지일 것이다.

그래서 "반풍수가 집안 망치고 선무당이 사람 잡는다"는 말이 있는 것이다.

집안에 큰 일이 없고 별다른 근심이 없다면 함부로 명당을 탐하여 이장을 하려 해서는 안 될 것이다. 큰 근심이 없다는 그것만으로도 이미 그만큼 명당인 것이다. 섣불리 옮겨보아야 더 잘 되기보다는 오히려 잘못될 염려가 더 많은 것이다. 선업(善業)을 쌓은 큰 인연이 없이 분수에 넘는 욕심을 부리면 잘 되기보다는 안 되기가 쉽기 때문이다. 더구나 잘못하여 사기나 당한다면 큰 낭패가 아닌가. 명당은 큰 명당뿐만 아니라 작은 명당도 얼마든지 있는 것이다. 꽃도 큰 꽃 작은 꽃이 있지 않는가. 분수에 넘치게 너무 큰 꽃만을 탐할 일이 아니다.

오래된 묘도 함부로 이장해서는 안 된다. 명당이 아닌 곳에 묻힌 사람의 뼈가 삭아서 완전히 흙으로 돌아가는 데는 아무리 오래 잡아도 200년이 그 한계일 것이다.

오래된 묘가 만약 명당에 묻힌 것이라면 이미 황골이 되어가고 있으므로 이장해서는 안 될 것이며, 만약 명당이 아니었다면 이미 다 썩어 흙이 되었을 것이므로 이장할 필요가 없게 된 것이다. 이미 엎질러진 물이며 뒤늦게 울어보았자 소용이 없다. 차라리 새 사람이 그 자리에 새롭게 묻혀 고생을 시작하지나 않게 고생이 끝난 시신이 그대로 그 자리를 차지하고 있는 것이 나을 것이다.

이런 점에서 영국의 묘지들이 몇백 년씩 오래 보존된 것이 현명한 것이 아닌가.

험준한 산비탈 공동묘지를 매장 기간을 짧게 해서 아무리 번갈아 묻는다 해도, 고생을 번갈아 하는 것밖에 더 되겠는가. 사람의 시신을 묻을 곳이 그런 곳밖에 없다면 매장의 시기를 짧게 하여 번갈아 고생을 시키기 보다는 차라리 화장을 하는 것이 훨씬 나을 것이다.

200년은 안 되었다고 해도 세월이 오래된 묘지일수록 뼈가 점점 많이 훼손되었을 것이므로 새롭게 명당에 옮겨 묻는다 해도 그 효력은 그만큼 더 떨어질 것이다.

명당을 알지 못한다는 것을 스스로 잘 아는 사람이 명당을 잡아주겠다고 나선다면, 이 사람은 몰라서 혹세무민하게 된 과실범이 아니라, 이미 알고서 의도적으로 혹세무민하는 고의범이다.

명당이란 객관적으로 존재하는 물질적 실제(實際)이므로 크면 큰대로 작으면 작은 대로 우선 경치가 좋고 또한 좌우가 균형되어 안정감이 있어야 한다. 그러므로 만약 이렇지 못한 곳을 그 누가 아무리 명당이라고 해도 그것은 진실이 아니고 혹세무민의 증거가 된다.

물론 명당을 찾았다 해도 얼마나 정확히 혈심(穴心)을 짚어내느냐 하는 것은 또 다른 문제이다.

혹세무민할 수 있는 것은 풍수만이 아니며 영매인 무당과 역술가도 마찬가지다.

영혼과 통하지도 않는 무당이 영혼과 통하는 척하면 애당초 혹세무민이 되는 것이며, 영혼과 통하던 무당도 돈에 욕심이 많아지던가 다른 잡념이 많아지면 영혼과 통하는 힘이 흐려져 이때부터는 혹세무민이 된다. 영매(靈媒)란 원래 무심(無心)으로 고요한 물과 같아야 올바른 영상이 비쳐지는 것이며 어떤 이유로든지 이러한 무심한 마음의 경지가 깨지면 모든 영기(靈氣)는 사라진 것이다.

역술도 알기가 어려운 학문적인 것으로서 능력 있는 자가 공부를 많이 하고 달인(達人)의 경지에 들어가야 겨우 조금 풀어낼 수 있는 것이어서, 그렇지 않고서는 실수가 많을 수밖에 없다.

누가 실수를 좀 더 적게 할 수 있느냐 하는 것이 역술의 어려움이다.

더구나 원래부터 능력이 없고 공부가 적은 사람은 혹세무민함을 처음부터 피할 수 없다. 공부함에 끝이 없는 것이며 고도의 전문직보다 더 어려운 것이다. 처음부터 돌팔이들이 나설 일이 아니다. 변수(變數)가 너무 많고 어려워서 당대(當代)에 달인은 많아봐야 손가락으로 꼽을 정도로 몇 명이 안 될 정도다. 그 달인이라는 것도 자기가 아는 것보다 모르는 것이 더 많다는 것을 아는 사람이 달인일 정도다.

눈에 보이지 않는 신비한 것을 팔아 혹세무민하는 것은 풍수 역술가 무당만이 아니라 더 크게 혹세무민하는 무리들이 있다.

그것이 바로 하느님을 팔아먹는 종교인(宗敎人)들이다.

무당 풍수 역술가들이 혹세무민한다고 해봐야 그 피해란 것이 돈이나 좀 뜯고 더 커 봐야 한 집안을 망하게 하는 데 비하여, 하느님을 파는 혹세무민은 작은 피해를 주는 것은 물론이며, 더 나아서 국가와 세계의 평화까지를 깨뜨려버리는 가공할 피해를 준다.

하느님은 사랑이시며, 하느님의 주파수는 사랑이기 때문에, 하느님의 주파수인 사랑에 맞지 않는 사람은 어차피 사이비(似而非) 종교인, 가짜 종교인이 될 수밖에 없다.

사랑이 없는 사이비 종교인이 할 수 있는 일이란 종파(宗派)와 분쟁, 미움과 대립 그리고 하느님의 이름으로 부추기는 전쟁과 파괴뿐이다.

얼마나 많은 전쟁과 살육이 종교와 하느님의 이름 아래서 행해졌던가. 그리고 지금도 행하여지고 있는가. 과거 역사상의 수많은 종교전쟁뿐만 아니라 오늘날의 전쟁도 종교가 배경으로 깔려있는 경우가 너무나 많지 않은가. 누가 뭐래도 전쟁과 분열과 살육과 미움은 어떤 명분 아래서 이루어지더라도 절대 사랑이 아니며 하느님의 주파수에 맞는 것이 아니다.

역사상에 그렇게 많이 일어났던 몇 백년에 걸친 십자군 전쟁도 하느님의 주파수도 알라의 주파수에도 맞지 않는 것이며, 구교도(舊敎徒)들이 하룻밤에 7만 명이나 상대편인 신교도(新敎徒)들을 죽인 종교적 학살도 하느님의, 예수의, 성모마리아의 사랑의 주파수는 애당초 아니었다. 연이어 계속된 구교와 신교간의 30년 전쟁, 100년 전쟁 등 끝임이 없었으며 오늘날까지도 중동에서 보스니아에서 아일랜드에서 또 그 밖의 모든 곳에서 계속해서 벌어지고 있는 전쟁들이 모두 마찬가지다. 심하게 말한다면 종교가 있는 곳에 전쟁이 있다.

이들을 부추기는, 하느님의 주파수인 사랑에 맞지 않는 종교인들은 모두 사이비 종교인이며 세상을 어지럽게 하는 혹세무민을 하는 자들이다.

그 성직자가 지위가 높아 영향력이 크면 클수록 더욱 큰 혹세무민을 한다.

사이비 신흥종교(新興宗敎)만이 혹세무민하는 것이 아니다. 신흥종교는 차라리 영향력이 적어서 신도의 돈이나 뜯고 커 보아야 일부의 집단 자살에 그치는 것이나, 영향력이 세계와 국가에 미칠 정도로 큰 교단의 경우에는 온 세계와 국가가 전쟁과 파괴와 살육의 공포와 피해에 울고 떨어야 한다.

과거에도 그렇고 지금 이 순간에도 지구 곳곳에서 이러한 일이 수없이 벌어지고 있다. 혹세무민하는 종교인이 있는 곳에 사랑이 아닌 전쟁이 있다.

혹세무민도 너무 큰 것은 그것이 혹세무민인 것조차도 사람이 알지 못한다. 사람은 눈앞에 보이는 작은 것은 잘 보아도 눈앞을 온통 가로막을 정도로 큰 것은 오히려 잘 보지 못하고 존경과 권위의 대상으로까지 둔감하게 된다.

의식적이든 무의식적이든 종교인이 종교를 자기의 권세와 명예와 부를 얻는 수단으로 삼게 되면, 하느님의 사랑 대신에 자기를 위해 하느님을 팔게 되는 혹세무민이 된다.

돈을 위해 혹세무민함은 못된 무당이나 풍수와 다를 것이 없고, 나아가 부와 권세를 크게 하고 지키기 위해 자기도 모르는 사이에 집단이기주의(集團利己主義)와 배타주의(排他主義)에 빠지게 된다.

그 집단에서 사람이 빠져나가지 못하게 하고 점점 더 크게 키우기 위해 집단 최면으로 남을 배척하고 비난하고 자기만이 옳다고 주장하는 독선과 미움의 집단을 만들게 된다. 종교가 이권이나 밥그릇 싸움이 되고 마는 것이다.

서로가 이단(異端)이라고 몰아세우고 조그만 것도 서로가 서로를 용납할 수가 없게 되는 것이다. 독선과 미움, 이단과 대립, 교파와 교파, 종교와 종교 간의 대립은 필연적이다.

하느님의 사랑 대신에 살육과 전쟁이 올 수밖에 없는 것이다. 그것도 하느님의 이름으로, 종교의 이름으로, 하느님이 가장 싫어하실 일이 성전(聖戰)의 미명(美名) 아래 저질러진다. 하느님이 전쟁의 앞잡이가 된 것이다.

하느님의 사랑은 어디 갔는가. 미움과 전쟁이 하느님의 주파수인가. 이유를 막론하고 결과적으로 사랑이 없는 일을 시키는 종교인들은 혹세무민하는 사이비 종교인이다.

다른 종교와는 그렇다치고 교단과 교단 사이에는 무엇이 그렇게 죽여야 될 정도로 다른 것이 있다는 것인가. 무엇을 그렇게 용납할 수가 없단 말인가.

마음이 넓은 사람은 무엇이나 다 받아들이고 용납할 수가 있고, 마음이 편협하여 옹졸한 사람은 아무것도 다 용납할 수가 없는 것이다.

하느님의 사랑은 무엇이나 다 용납하고 받아들일 수 있고, 자기의 이권과 지위를 위해 혹세무민하는 악마(惡魔)의 마음은 모든 것을 하나도 용납할 수가 없다.

이것이 하느님의 진정한 사랑과 하느님을 팔아먹는 악마의 차이점이다. 예수님을 팔아먹은 옛날의 유다보다도 더 수없이 많은 교활한 유다들이 가장 열렬히 예수님과 하느님을 사랑한다는 거짓되고도 음흉한 가면(假面)을 쓰고 실제로는 하느님과 예수님을 팔아먹으면서 세계 도처에서 전쟁과 살육을 저지르며 길길이 날뛰고 있다. 악화가 양화를 구축하는 그레샴의 법칙이 여기서도 그대로 적용되고 있는 것이다.

종교란 무엇인가. 사랑과 용서가 있는 것이 종교가 아니겠는가.

종교가 있는 곳에 전쟁이 있는 어제와 오늘의 현상에 대해 어떻게 설명할 수 있단 말인가.

하느님을 내세운 살육과 전쟁을 어떻게 설명할 수 있단 말인가.

예수를 내세운 살육과 전쟁을 어떻게 설명할 수 있단 말인가.

이것이 맞는 말인가.

이래서야 되는 것인가.

종교가 미움과 전쟁이란 말인가.

하느님이 미움과 전쟁이란 말인가.

예수가 미움과 전쟁이란 말인가.

차라리 이럴 바에는 종교가 없는 것이 더 낫지 않겠는가.

하다못해 돈을 뜯기 위해 혹세무민하는 못된 무당의 샤머니즘도,

이런 대대적인 전쟁만은 가져오지 않지 않는가.

종교가 온 세계에 주는 이 배신감과 분노를 어찌할 것인가.

이는 하느님이, 알라가, 예수가, 마호메트가, 성모 마리아가 느끼는 분
노요 배신감이다.

하느님은, 알라는, 예수님은, 마호메트는 지금도 간절히 기다리고 있다.

누군가 하느님과 알라는 둘이 아니요 사랑으로 하나라는 것을 말할 사
람을 애타게 기다리고 있다. 신교와 구교가, 로마교회와 희랍교회가 모
두 마땅히 사랑으로 하나가 되어야 한다는 것을 말할 사람을 목마르게
기다리고 있다.

어째서 그 수많은 신학자와 종교지도자는 말이 없는가.

지위와 권세와 부를 놓칠까봐 말할 수 없는 것인가.

이것이 하느님의, 알라의, 예수의, 마호메트의 답답함이다.

유일신(唯一神)의 나라와 언어에 따른 다른 이름이 하느님이요, 알라
요, 부처요, 옥황상제이나 모두 하나라는 것을 하느님은, 알라는, 예수
는, 석가모니는, 마호메트는 알고 계신다.

각 나라의 전통과 풍습에 따라 그 신을 모시는 방법은 얼마든지 다를
수 있다는 것을 하느님은, 알라는, 부처님은, 옥황상제는 모두 알고 계신
다. 그것은 각 나라와 지방에 따라 또 역사와 전통에 따라 옷 입는 방법
이 다르고 음식이 다른 것이나 조금도 다를 것이 없다는 것을 너무나 잘
알고 계신다. 더구나 이것 때문에 싸우고 미워하고 그것도 모자라서 전
쟁까지 할 필요가 없다는 것을 너무나 잘 알고 계신다.

이런 것을 가지고 싸우는 것은 종교도 사랑도 아무것도 아니라는 것을
너무도 잘 알고 계신다.

그것은 오직 하느님을 빙자한 이권과 밥그릇을 위한 패거리 싸움일 뿐
이라는 것을 너무도 잘 알고 계신다. 시정 깡패들의 영역싸움보다도 더
더럽고 치사하고 악질적인 범죄행위라는 것을 잘 알고 계신다. 양의 머

리를 걸어 놓고 개고기를 파는 것처럼 가장 선한 것을 말하며 가장 악한 짓을 하는 사기꾼이라는 것도 잘 알고 계신다.

⚜ 하느님의 이름은

한국 사람은 어머니를 '어머니'라고 부르며, 어린아이와 여자들은 '엄마'라고 부르기도 한다. 중국 사람은 '모친(母親)'이라고 부르며, 어린애들은 '마마'라고 부른다. 일본 사람은 '오까상'이라고 한다. 영어를 쓰는 나라에서는 '머더(Mother)'라고 부르며, 어린아이들은 '마미(Mammy)'라고 부르기도 한다. 독일 사람은 '무터(Mutter)'라고 부른다. 이외에도 세계 각국에서는 제 나라 말에 따라 각기 어머니를 부르는 명칭이 다르다.

그러나 나라에 따라 어떻게 부르든지, 그 의미하는바 뜻과 내용은 조금도 다르지 않고, 어머니라는 점에서 동일(同一)하다.

하느님의 이름도 이와 마찬가지다. 나라에 따라 또는 종교에 따라 각기 다르다. 한국에서는 '하느님'이라 호칭하며 영어를 사용하는 곳에선 '갓(God)', 독일어로는 '고트(Gott)', 유태인들은 '여호와', 중동의 아랍인들은 '알라(Allah)', 일본에서는 '가미사마', 옛날 중국에서는 옥황상제(玉皇上帝) 또는 천제(天帝) 등으로 불렀다. 우리나라 민간신앙에서는 천지신명(天地神明)이라고 부르기도 한다. 이외에도 나라에 따라, 지방에 따라, 그 부르는 호칭이 수 없이 많다.

비록 부르는 호칭이 각기 다르다 할지라도 근본적으로 하느님을 의미한다는 점에서는 동일(同一)하다. 만약 어떤 옹졸한 사람이 있어, 하느님은 '갓'이지 '알라'가 무엇이냐고 시비한다면, 이는 마치 어머니는 '머더'이지 왜 '무터'라고 부르느냐고 시비하고 싸우는 것이나 같다.

또 다른 예를 들어보자.

세 명의 장님이 코끼리를 구경하는 교훈적인 이야기가 있다. 그러나 장님이 아니고, 눈 뜬 사람들이 두 눈을 크게 뜨고 본다고 해도, 똑같은 코끼리라고 해서 완전히 같은 해답이 나오지 않는다. 나이, 남녀(男女), 직업 그리고 기분과 성격에 따라서도 그 느낀 바와 표현하는 방법이 천차만별일 것이다. 그러나 느낌이 다르고 표현은 다르더라도 그들의 머릿속에서는 하나의 같은 코끼리를 생각하고 있다는 점에서 동일하다.

이때에, 느낌과 표현이 다르다 하여 싸우고, 미워하며, 심지어 전쟁까지 해서 될 것인가. 더군다나 코끼리의 이름을 각기 다르게 부른다고 서로 원수가 되어 싸울 수가 있단 말인가.

그러나 인류 역사상에는 어리석게도 이런 차이점을 시비 거리로 삼아, 수많은 종교전쟁(宗敎戰爭)이 가장 열렬한 종교적 열정(熱情)과 가장 엄숙한 분위기 속에서 저질러졌다. 그야말로 기가 막힌 희극적(喜劇的)인 비극(悲劇)이다. 살육과 방화(放火)가 각기의 하느님의 이름으로 자랑스럽게 저질러졌으며, 신도(信徒)들은 죽음의 전쟁터로 휩쓸려가고, 부녀자와 어린아이는 헐벗고 굶주려 길거리를 방황하였다.

살인을 하고 방화를 하라고 가르치는 하느님이 어느 나라, 어느 종교에 있단 말인가. 전쟁에 한번 맛을 본 이 들은 피에 굶주린 야수와 같이, 나중에는 같은 종교끼리도, 같은 하느님의 이름 밑에서조차 조그마한 방법상의 차이가 나면, 서로 원수를 삼고 전쟁을 일삼았다. 아직까지도 이 지구상에는 전근대적(前近代的)인 종교전쟁이 수없이 치러지고 있으며, 전쟁까지는 가지 않는다 해도, 수많은 파벌로 갈라져서 비난과 배척을 일삼고 있다.

종교의 가르침이란 무엇인가. 이름은 각기 다르나, 그들의 하느님이 원하고 있는 바는 무엇일까. 그것은 사랑 또는 자비(慈悲) 등 모두 '착한 것'이다.

그러나 옹졸하고 편협한 이단논쟁자(異端論爭者)들은 그들의 종교가 가르치는 근본정신을 도외시하고 말초적이고 지엽적인 사실에 집착하여, 조금만 서로 달라도 남을 비판하고 욕하며 배척한다.

이것이 사랑하는 태도이며, 선(善)을 추구하는 행동이란 말인가. 사랑과 자비를 실천하기에 바쁜 사람은 남을 비판하거나 미워할 틈이 없다. 싸우려면, 가르침과 신조(信條)를 위하여 실행(實行)함에 있어서 경쟁하여야 한다. 누가 사랑을 더 실천하는가를, 누가 더 자비를 베푸는 것인가를, 어떻게 하면 더 하느님에게 가까워질 수 있는가를 다퉈야 한다.

사랑을, 자비를 실천하는 자만이 하느님 앞에 부처님 앞에 큰 자(者)로 인정(認定)받는다. 조그만 형식을 가지고 다투고, 남을 비판하고, 미워하는 이단논쟁자는 그 행위 자체에 의하여 하느님 앞에 가장 작은 자로 인정받으며, 결국은 지옥으로 떨어진다. 그 자는 자기 하나도 구원(救援)할 수 없는 자이며, 더구나 남 앞에는 더욱 나설 수 없다.

남을 비판하고 욕하는 행동은 가장 비열하고 추악하다. 아름답지 않은 행동은 사랑이 아니다. 하느님을 내세우며 서로 비판하는 자들은 하느님에게 영광(榮光)이 아니라 치욕을 돌린다. 하느님의 이름으로 전쟁을 하는 자들은 하느님을 평화와 번영의 하느님이 아니라, 전쟁과 죽음과 파괴와 비탄의 하느님으로 만들고 있다. 이 자야말로 사랑이신 하느님을 배반(背反)하고 그 가슴에 칼을 꽂는 자이다.

예수 그리스도를 십자가에 못 박히도록 로마 병정에게 넘긴 자들이 다름 아닌 열렬한 이단논쟁자이다. 오늘날 이단논쟁을 즐기는 자들이야말로 예수 그리스도가 이 땅에 다시 온다면 서슴없이 다시 십자가에 못 박을 자이다. 예수 그리스도야말로 신성 모독죄로 처형된 이단논쟁의 희생자이다.

종교적인 수많은 전쟁이, 수많은 싸움이 공개된 가운데 또는, 어둠 속에서 지금 이 순간에도 계속하여 저질러지며, 하느님의 배반자인 이단논쟁자들이 지구상의 평화를 짓밟고 있다.

하느님의 이름이나, 사랑의 이름이나 그 무엇으로 저질러지는 일도 아름답지 않으면, 사랑이 없으면 거짓이며 죄악이다.

하느님의 진리는, 그리스도의 진리는, 부처님의 진리는, 알라의 진리는 모두 사랑과, 용서와, 화해에 있다.

하느님의 이름은 어떻게 불리어지던지 오직 하나의 똑같은 하느님을 지칭한다는 점에서 동일(同一)하며, 그 실질적(實質的) 이름은 오직 사랑일 뿐이다. 더 풀어 말하면 사랑, 성실, 인내이다. 사랑이 아닌 것은 어느 것이나 다 하느님이 아니다.

제2편

영원한 행복

파동의 탈피

피안으로의 승화昇華

해탈解脫

제1장 타락

⚜ 사랑의 고갈 — 작은 행복의 달성

고통 속에 헐벗고 가난한 자는 가슴에 한이 맺혀서,
두 주먹을 불끈 쥐고 있는 힘을 다하여,

이 세상 파도를 헤쳐 나간다.
무엇이 두려우랴, 겁이 날손가.

정열에 불타는 가슴은 증기선의 기관과 같이,
비행기의 엔진과 같이 뜨겁게 불타고 있다.

모든 것을 보면 용기가 나고,
일하는 손끝마다 보람이 있다.

근육은 '헤라클레스'의 힘줄과 같고,

바위를 내리쳐서 부술 것 같다.

의기(意氣)는 치솟아 하늘을 찌르고,
가슴에는 불타는 사랑이 이글거린다.

나는 향상하노라, 내 아내는 내 자식은,
안락(安樂)한 가정에서 오붓하게 살게 하리라.

오롯한 염원(念願)은 영혼 깊숙한 곳에
쉬지 않는 노력의 샘이 되었다.

아침부터 저녁까지 쉬지도 않고,
온 정성 다 바쳐 일을 하노라,

땀방울을 흘리며 일하는 사이,
어느덧 보람찬 하루가 저물어간다.

하루가 모여서 한 달이 되고,
한 달이 모여서 일 년이 된다.

적었던 성과가 쌓이고 쌓여,
기적과 같이도 큰 산이 이루어진다.

모든 것은 감격스럽고 감사한 마음과
즐거운 희열(喜悅)이 온몸을 감싸고 있다.

눈뭉치가 적을 땐 커지는 게 더디지만,
일정한 크기가 되면 그야말로 눈덩이같이 커지는구나.

재산은 점점 불어나가고,
사회적인 지위도 생기게 된다.

집안에는 윤기가 나고 생활은 윤택해진다.
원하는 것을 가질 수 있고 모든 게 여유가 있다.

옛날과 같이 먹을 음식을
염려하지 않아도 되고, 남고도 기름지구나.

계절마다 입을 옷들은 넉넉히 있고,
기화요초에 싸인 커다란 집은 향기로 그윽하도다.

아이들은 풍족한 경제적 여건 속에서,
힘도 안 들이고 저절로 커가는구나.

모든 것이 이와 같으니 만사(萬事)가 걱정이 없고,
태평세월이 바로 내 것이로다.

쾌락 속에 파묻혀 아픔도 고통도 이제는 사라져버리고,
딴 나라의 얘기가 되어 버렸네.

기름진 입에는 배고픔의 고통도 즐거움도

이제는 절실한 문제가 되지를 않네.

옛날의 고생은 꿈결과 같고
졸라맨 허리띠를 풀어놓았다.

모든 것이 만족하고 풍족한 마음은
점점 해이해지고 나태해진다.

마음이 게을러질 때 행동은 둔하여지고,
샛별같이 빛나던 눈은 희미하게 빛을 잃었다.

무엇이 귀중한 일이 있단 말인가.
모두가 시들하고 애착이 없다.

무엇을 더 얻으려 싸울 것인가.
애타게 그리는 것이 없어진 것을.

고통이 사라지고 즐거움만이 있을 것이라고 기대했건만,
즐거움마저 어디로 가버리느냐.

고통이 있어야만 즐거움이 있는 것이냐.
쓴맛이 있어야만 단맛이 있는 것인가.

옛날의 고통이 물러가면서 애틋했던
옛날의 보람도 즐거움도 앗아 버렸다.

귀밑머리 풀고서 같이 고생할 때는,
아내는 천사와 같이 항상 곱기만 했다.

사랑도 고생도 같이 나누고,
둘이는 인생길에 다정한 친구였었지.

아픔이 없는 지금은 기쁨도 없고,
모든 것이 가슴에 와 닿지 않는다.

옛날에는 아내와 자식을 생각할 때는,
짜릿한 아픔과 같은 사랑이 용솟음쳤다.

그러나 지금은, 고통도 쾌락도 없고,
예리했던 사랑의 감각도 무디어졌다.

모든 것을 귀중하고 애틋하게 느끼던 사랑의 마음은,
어느덧 교만한 마음으로 변해버렸다.

겸손하고 부지런한 마음을 밀어내고서,
나태하고 거만한 성격이 되어버렸다.

온갖 고통 속에 시달릴 때는
힘찬 용기와 사랑이 용솟음쳤다.

사랑의 위대한 힘으로 고통은 물리쳤으나,

고통이 사라진 지금은, 사랑마저 어디로 가버렸느냐.

이 무슨 운명의 조화(造化) 속이냐.
사랑으로 사랑을 잃고 말았다.

인생은 모순과 '아이러니' 속에 살게 마련인가 보다.
괴로운 고통이 없어졌거늘, 사랑은 더욱 커지지 않고,

고통을 물리친 바로 그 사랑 때문에,
모래 속으로 물이 스며들 듯이, 사랑은 소리 없이 사라졌도다.

고통이 있는 곳에 사랑이 있고,
고통이 없는 곳에 사랑도 없다.

사랑이 없어져버린 상태가
바로 미움이라고 하는 것이다.

미움이라는 것이 따로 있는 것이 아니다.
사랑이 고갈(枯渴)된 것이 바로 미움이다.

사랑이 사라져 폐허가 된,
삭막한 가슴이 미움의 세계이다.

사랑이 없어진다는 것은 성실한 노력과
꾸준한 인내도 없어진 것이다.

성실하지 않다는 것은 바로 불성실(不誠實)이다.
꾸준한 인내가 없다는 것이 바로 게으름이다.

사랑이 성실과 인내와 하나인 것처럼,
미움은 불성실과 게으름과 하나인 것이다.

멸망

고통이 사라지면서 사랑도 즐거움도,
불 꺼진 화로와 같이 싸늘하게 식어버렸다.

고통과 사랑이 가져다 주는 기쁨과 삶의 보람은
생명을 잃고 더 이상 기쁨이 되지 못한다.

모든 것이 재미가 없고 의욕이 나지 않는다.
용기는 사라지고 마음은 소심(小心)해졌다.

사랑으로 대범했던 마음은 옹졸해지고,
이제는 나 하나를 생각하기에도 벅차졌구나.

노력하고 애쓰던 보람찬 옛날은
마음속에 아련한 추억이 되어버렸다.

모든 것이 다 있는 지금은 오히려 기쁨이 없고,
마음은 초조하고 가슴은 공허하구나.

삶의 보람은 어디 있는가.
진실했던 옛날은 생명이 가득했었다.

이제는 자기의 문제들은 해결되고 고통이 없다.
고통이 뒷받침된 건강하고 진정한 쾌락도 오지 않는다.

그러나 고통과 사랑은 없으면서도,
누구나 자기의 쾌락만은 크게 해 보고 싶은 것이다.

이래서 쾌락만을 위한 쾌락을 추구하게 되고,
이것이 바로 다름 아닌 타락이라고 하는 것이다.

고통도, 사랑도, 진정한 쾌락도 다 사라져 공허(空虛)해진 가슴은,
오로지 새롭고 자극적인 쾌락만을 위한 쾌락을 구하고 있다.

성실했던 과거(過去)는 사랑과 함께,
무덤 속으로 사라져버린 것이다.

고통 속에 용솟음치는 사랑으로 생명을 얻는 건강한 쾌락 대신에,
고통과 사랑이 없는 억지웃음을 찾고자 한다.

고통과 사랑은 없어지고, 힘들이지 않는 쾌락만을

찾게 되면서 영혼을 좀먹는 타락이 시작된다.

옛날에는 굶주림 속에 무슨 음식이나 꿀같이 달았건만,
이제는 입맛도 새롭고 신기한 것을 구하고 있다.

예쁘던 아내도 멋이 없고 덤덤하게 생각이 되고,
관능적(官能的)이고 아리따운 아가씨를 찾아 헤맨다.

혀를 더욱 즐겁게 하고 눈을 더욱 즐겁게 하는,
짜릿하고 유쾌한 자극만을 원(願)하고 있다.

나는 이제 부자(富者)가 됐다.
가난했던 옛날보다 더욱 즐거워야 마땅하리라.

영혼을 감미롭게 어루만지며 향기도 높은,
너 술이여! 나를 취하게 하라.

꿈속과 같은 몽롱한 환상 속에서,
고통도 아픔도 모조리 잃어버렸다.

간드러진 목소리 아리따운 몸짓에,
몸과 마음을 잃어버렸다.

고통과 사랑이 밑받침된 건강한 웃음 대신에,
고통이 없는 병든 쾌락에 빠진 것이다.

병든 쾌락에 한번 젖은 사람은,
계속해서 깊이 빠져들게 되는 것이다.

산 위에서 구르기 시작한 돌은 멈추기 전에는,
더욱 빠르게 아래로, 아래로 떨어지는 것.

단물 대신에 소금물을 마신 사람은
갈증(渴症)에 더욱 시달리게 되는 것이다.

작은 쾌락은 더 큰 쾌락을 부르고,
하나의 쾌락은 다른 새로운 쾌락으로 밀어 넣는다.

처음에는 술과 계집으로 시작해서는,
나중에는 도박의 짜릿한 맛에 빠지게 된다.

꿈 속 같은 몽롱한 기분을 돋우기 위해,
아편 같은 환각제도 있어야 어울리겠지.

향락의 웃음소리와 술 취한 노랫소리가
영혼 속에 깊숙이 자리 잡는다.

맑은 정신이 드는 것이 겁이 나누나,
너 달콤한 술이여 영원히 깨지 마라라.

강인했던 정신은 점점 혼미해지고,

날카롭던 이성(理性)은 나날이 무디어진다.

모아뒀던 재산도 알지 못하는 사이,
하나 둘 자취도 없이 탕진되었다.

있는 것은 오로지 오만한 영혼과
타락한 생활이 있을 뿐이다.

미움이 사랑의 자리를 차지하고서,
멸망과 죽음으로 이끌고 간다.

일하는 것은 이미 시들해졌고, 성과도 나지 않는다.
사업은 점점 기울어지고, 드디어 망하게 된다.

사랑의 위대한 힘이 고통을 극복하고,
즐거움과 성공을 가져오는 원동력(原動力)이다.

사랑은 생명이요, 영광이며, 축복이다.
사랑이 사라질 때, 성공도 행복도 더 이상 오지 않는다.

사랑이 없어져 이루어지는 것은 없고, 타락으로 없어지기만 하면,
인생은 앞뒤로 공격을 받아, 반드시 망하게 된다.

어제의 거짓 웃음은 비참한 울음이 되고,
두려움과 후회만이 앞을 막는다.

자신감과 자부심은 간 곳이 없고,
마음은 떨고 불쌍하구나.

마음은 외롭고 허무하며,
불안과 초조에 잠도 오지 않는다.

자기가 잘못한 것은 잊어버리고,
잘못된 것은 모두 남의 탓으로 생각이 된다.

모든 것이 원망의 대상이 되고,
마음에는 폭발하는 분노만이 남게 되었다.

성격은 난폭하고 거칠어지고,
시기와 미움이 마음을 괴롭게 한다.

진정한 용기와 사랑 대신에 비겁한 마음만 남고,
공포와 절망은 입술을 타게 만든다.

입 안에는 항상 쓴 침이 돌고,
소화는 안 되고 피부는 거칠어진다.

명랑하고 쾌활했던 옛날은 흔적도 없고,
온갖 육체적, 정신적 질병만이 온몸을 괴롭게 한다.

불안과 초조와 미움의 갈등이,

온몸과 마음을 녹게 만든다.

사람이 망할 때에는 물질적으로만 망하지 않고,
몸도 마음도 모조리 비참해진다.

이것이 바로 지옥이다.
유황불로 지진다는 것이 바로 이런 것이다.

사랑을 저버리고 타락한 자는 하나도 예외 없이,
멸망과 죽음의 구렁텅이에 빠지게 된다.

이 세상에 가장 추한 모습이,
사랑이 고갈돼 버린 미움과 타락의 모습이어라.

🐚 항명抗命

고통이 있어야만 사랑이 있고,
사랑만이 고통을 즐거움으로 변하게 한다.

이러한 고통과 쾌락을 주신 하느님의 섭리 속에서,
인간은 영원한 존재가 된다.

인간은 고통을 받아들여서,

사랑으로 승화(昇華)시켜야 살게 돼 있다.

이것이 '생긴 그대로, 있는 그대로'의 자유스런,
하느님의 뜻(天命)에 따르는 순명(順命)이다.

사랑이 있는 곳에 번영과 성공이 있고,
마음의 행복과 환희가 있다.

사랑은 천국의 아름다움이며,
지상의 낙원(樂園)을 만들고 있다.

순명함으로써 인간이 영원히 살 수 있건만,
그러나 인간은 순명만을 하지 않는다.

순명하여 성공과 번영을 가져와 고통이 사라지면,
사랑도, 고통에 밑받침된 건강한 쾌락도, 모두 사라지고,

마음은 어느덧 교만해져 미움이 되고,
쾌락만을 위한 쾌락을 추구하는 타락에 빠지게 된다.

고통에 밑받침된 올바른 쾌락 속에,
올바른 하느님의 섭리와 진리가 있다.

쾌락의 환상(幻想)에 현혹되어, 고통이 없는 병든 쾌락에 빠짐이,
바로 하느님의 섭리를 깨뜨림이다.

이야말로 고통과 쾌락의 질서를 마련하신,
하느님의 뜻에 거역하는 항명(抗命)이며,

'생긴 그대로, 있는 그대로'의 자유스러운 하느님의 뜻을
따르지 않고 제멋대로 벗어나는 방종한 타락이다.

하느님이 주신 고통과 쾌락의 질서를 떠난 곳에,
생명을 살게 하는 원동력(原動力)인 사랑이 있을 수 없다.

하느님이 뜻을 벗어난 타락에는 생명이 없고,
오로지 죽음과 멸망과 불행이 있을 뿐이다.

영혼은 섭리를 어지럽힌 응징을 받아,
절망과 비탄과 한탄 속에 헤매게 된다.

타락으로 멸망하면, 이제와는 다른 심한 고통이 온다.
이 새로운 고통을 받아들이지 않으려 하면 할수록,

타락과 멸망은 더욱 극심해지고,
고통은 더욱 길어지고 무거워질 뿐이다.

타락이란 원래 고통은 없이,
쾌락만을 위한 쾌락을 추구하여 시작이 된다.

고통을 받아들이지 않는 동안은,

절대로 멸망의 타락을 면할 수 없다.

언제라도, 이 새로운 고통을 받아들여야만,
멸망의 항명은 끝나고, 사랑으로 새롭게 번성하는 순명이 된다.

삶을 추구하게 마련되어 있는 인간은 운명처럼,
결국에는 고통을 다시 받아들일 수밖에 없는 것이다.

완전히 망한 다음 밑바닥에서
어쩔 수 없이 다시 받아들인 고통의 위대함이여.

고통을 다시 받아들이면, 사랑이 다시 용솟음치고,
사랑이 다시 용솟음치면, 다시 일어나 살게 된다.

이로써 죽음과 파멸의 항명은 끝나고,
생명과 사랑의 순명이 다시 시작된다.

안타깝도다. 인간은 번성하면 나태하고 오만해져 멸망하고, 멸망하면
정신을 차리고 사랑으로 다시 번성하는 수 없는 숨바꼭질을 한다. 이것
이 개인뿐만 아니라, 인류의 역사이기도 하다. 어떤 나라가 뛰어난 정신
력으로 발전하고 융성하다가도, 퇴폐와 사치가 심하게 되고, 결국 망하
게 되는 것이 인류 역사의 되풀이되는 내용이었다. 동서고금의 나라가
그러하였으며, 왕조(王朝)가 또한 그러하였다.

＊

🦪 인생의 파동波動

인생은 올라가면 내려가고, 내려가면 올라가는 끝없이 반복된 행위이다. 순명(順命)과 항명(抗命)을 되풀이하고, 선악(善惡)을 되풀이하는 흥망성쇠(興亡盛衰)의 연속된 높낮이이다.

인생은 물결치는 바다 파도와 같다

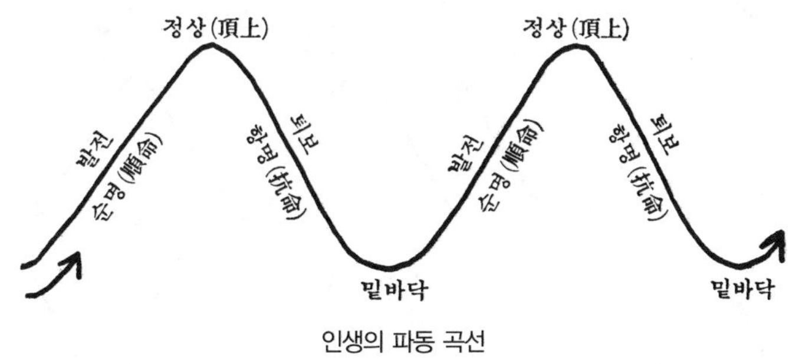

인생의 파동 곡선

파동의 곡선은 한 사람의 평생 동안에 한 번 또는, 여러 번의 굴곡이 있을 수 있다. 뿐만 아니라 개척자나 창업자(創業者) 등에서 나타날 수 있는 바와 같이 밑바닥에서 계속 정상(頂上)으로 오르는 과정에서 끝나거나, 또는 못난 후손(後孫)에서 볼 수 있는 것과 같이 정상에서 계속 밑바닥으로 퇴보하면서 끝날 수도 있다.

어떤 시점(時點)에서 끝난 파동의 곡선은 후손에 의해서 대를 이어 계속되기도 한다. 놀라운 개척자가 있어 평생을 바쳐 큰 재산(財産)을 이룩하였다 해도, 옛말에 '삼대(三代) 가는 부자가 없다'고 한 바와 같이, 언젠가 그 자손(子孫)에 의하여 파동의 곡선이 하강(下降)하기 시작하여

망하게 되기도 한다. 또한 아버지가 평생을 가난하게 산 집안에서, 자식에 의하여 놀랍게 분발하여 성공하는 예도 무수히 볼 수가 있다.

하여간 파동의 곡선은, 짧으면 한 사람의 생전에 몇 번이라도 반복될수 있으며, 길면 몇 대에 걸쳐서라도 다시 반복되기도 한다. 또한 파동의 곡선은 여러 가지의 변형과 변화가 있을 수 있음은 인생의 다양함과 같다고 할 것이다.

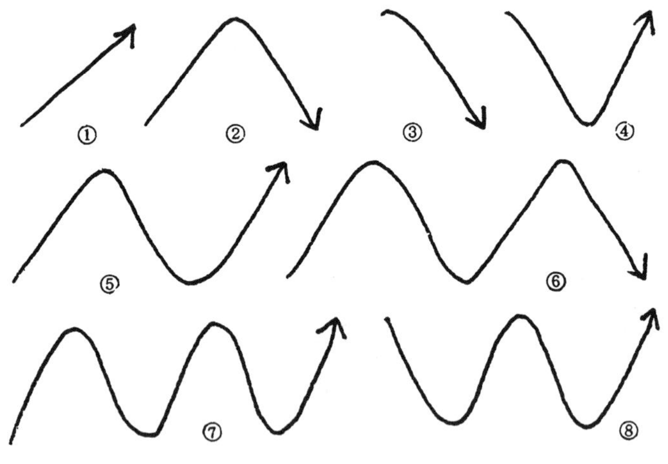

사람의 파동곡선(波動曲線) 예

그래서 인생은 '돌고 도는 것'이며, 고진감래(苦盡甘來)요 흥진비래(興盡悲來)라고 하였나 보다.

'어려움이 다하니 즐거운 일이 있고 기쁜 일이 다하니 슬픔이 오더라.'

올라갈 때는 향상하는 모습으로 천사와 같은 생애, 착한 사람의 아름다운 영혼을 가지고 사는 모습이 되며, 내려가는 생애를 살 때에는 같은한 사람이라도 짐승보다도 더 괴롭고 사납게 사는 추한 모습이 된다. 사람은 같은 한 사람이라도 사랑을 가지고 살 때에는 천사와 같이 살게 되고, 미움을 가질 때에는 짐승과 같이 살게도 되는 것이다.

　파동과 불교의 윤회와는 죽음이 중간에 끼게 되는 점 등 여러 가지로 차이가 있으나, 파동은 선악(善惡)이 계속해서 반복되는 생애를 산다는 것이며, 윤회는 여러 가지 형태의 다른 생애를 고통과 번뇌 속에서 헤어나지 못하고 계속 반복한다는 점에서, 무엇인가 불행한 상태가 극복되지 못하고 계속된다는 공통성이 있다고 생각된다.

공든 탑은 무너지고

오! 슬프도다. 인간의 파동 침이여!
어찌하여 사랑만을 하지 못하며,
교만하여 죽음으로 떨어지는가.
떨어지고는 다시 올라가며,
올라가서는 다시 떨어지누나.

선악과(善惡果)를 먹어서 그런 것이냐,
아니면, 하느님의 저주가 있는 것이냐.
시지프스의 영원한 죄(罪) 갚음인가.
판도라의 상자를 열었음인가.
아벨의 피가 땅에서 울부짖는가.

파동의 물레는 억세기도 하여, 인간을 잡고는 놓지를 않네.

동서고금(東西古今)의 어떤 영웅호걸도,
신화(神話)에 나오는 신(神)들마저도,
파동의 고리를 벗기지 못하는구나.

인간의 생애는 선악을 되풀이하는 파동의 생애이어라.

헛되고 헛되도다, 인생살이의 허무함이여!
편작도 고칠 수 없고, 화타도 고칠 수 없다.

곰의 쓸개가 있으면 고칠 것인가.
용의 간이 있으면 나을 것인가.

태산(泰山)이 무너지고 땅이 꺼지는구나.
번개는 쳐라, 우레는 찢어지거라.

차라리 모조리 부서져 버려,
흔적도 없이 사라지거라.

답답한 마음으로 백척간두(百尺竿頭)에 올라,
깊은 바다 밑으로 떨어져 버릴까.

이렇게 답답할 수가 있단 말인가.
땅을 쳐봐도, 통곡을 해도, 시원치 않다.

하늘을 보아도, 땅을 보아도,

아무런 해답을 얻지 못했다.

연자방아에 매달린 황소와 같이,
돌 맷돌을 빙빙 돌기만 했다.

이것이 인간의 슬픈 운명(運命)이라면,
내 어이 가냘픈 생명으로 태어났느냐.

악(惡)이란 무엇이며, 선(善)이란 무엇이냐.
모두가 한순간의 꿈이었구나.

사랑도 한때, 미움도 한때,
인생의 파동은 끝이 없구나.

이제는 아무것도 방법은 없는가.
절망(絶望)만이 영원한 길동무가 되는 것인가.

제2장 나를 초월한 사랑(초아애超我愛)
― 나를 뛰어 넘은 사랑

⚜ 끝없는 고통의 추구
― 끝없는 사랑의 추구; 끝없는 욕망의 추구

인간은 번영과 행복을 추구하며, 사랑을 가지고 열심히 노력하여 어느 정도 성과(成果)도 거두게 된다. 그러나 이렇게 되면, 당초에 품었던 마음은 어느덧 변하여 교만해지고, 중간에서 타락함으로써 좌절과 멸망의 구렁텅이에 빠지게 된다.

인간은 부족한 존재이므로, 작은 성공으로 조금만 만족하여도 고생할 때 먹은 마음을 지탱하지 못하고 반드시 교만해지며, 사랑은 고갈되고 미움이 되어, 흥망성쇠(興亡盛衰)를 되풀이할 수밖에 없는 것인가.

인간은 파동을 벗어나 실패와 후회가 없이 끝까지 행복하게 살 수는 없는 것인가.

인생의 파동(波動)은 성공과 실패의 연속이었다. 고통과 사랑이 있을 때는 성공하였고, 고통이 없어지면 사랑도 고갈되어 실패하였다.

고통이 있는 곳에 사랑이 있고, 사랑의 힘에 의해서 고통은 변하여 쾌락이 된다. 이러한 과정 속에서 인간은 생명(生命)을 얻고, 영원한 존재(存在)가 된다.

그러나 성공하고 행복해지면, 고통의 아픔이 사라지면서 사랑도 희미해진다. 고통과 사랑이 사라진 것이 미움이며, 미움이 죄악과 타락과 멸망으로 이끌고 간다.

이래서 파동이 있다. 고통과 사랑이 없어지면, 고통과 사랑이 뒷받침된 건강한 쾌락 대신에 쾌락만을 위한 쾌락을 추구하는 타락과 미움에 빠지게 되고, 드디어 멸망의 구렁텅이를 헤매게 된다. 고통과 사랑만을 영속(永續)되게만 할 수 있다면, 인간은 타락과 실패와 파동이 없는 삶을 살 수가 있다.

고통을 잊지 말아라.
고통을 소중히 하라.
사랑이 있으려면 고통이 있어야 한다.
고통의 힘에 의해서 사랑을 얻고, 인간은 영원히 살 수 있게 고안(考案)되었다.

하느님의 섭리를 잊지 말아라.
하느님의 뜻(天命)에 순종(順從)하여라.
사랑을 잃지 않으려면, 고통을 잃지 말아야 한다. 고통이 계속되게 하여야 한다.

인간의 고통에는 배고픔, 목마름, 육체의 아픔, 졸리움, 춥고 더움, 짝에 대한 그리움, 그리고 자식을 위한 안타까움 등등이 있다. 여기에 따른 각각의 사랑과 욕망이 있다.

그러면 인간의 고통과 사랑과 욕망은 이것이 전부인가.

자기와 자기 가족만의 사랑으로 끝이 나는가.

여기 생전 보지도 못하던 아이가 물에 빠져 생명이 위험하게 되었다고 하자. 그는 내가 아니다. 또한 내 가족도 아니다. 그러면, 나는 아무렇게도 생각되지 않을까.

나는 당황하고 초조해지며 크게 마음이 동요되는 것은 왜 그럴까. 그 어린아이가 빠져 죽을까 봐서 크게 걱정되고, 꼭 구해내려고 애쓰게 되는 것은 왜 그럴까. 이 마음은 무엇이란 말인가.

이것은 분명 하나의 커다란 고통이다.

이 고통은 어떤 고통인가.

그것은 지금과는 다른 색다른 고통이다.

그 고통은 남을 위하여 느끼는 고통이며, 남을 위하여 느끼는 또 하나의 큰 사랑이다. 석가모니 부처님과 예수 그리스도가 느낀 고통이며, 간디가 느낀 고통이다.

일찍이 석가모니 부처님은 새에게 쪼아 먹히는 벌레의 아픔까지도 부처님 자신의 아픔으로 받아들였다. 예수 그리스도는 원수까지 사랑하라고 가르치셨고, 모든 이를 사랑하는 상징으로써, 체포를 눈앞에 둔 극한 상황임에도 불구하고 최후의 만찬에서 제자들의 발을 씻어주는 교훈을 내려 주셨다.

남을 위한 고통이 얼마나 크게 느껴졌으면, 석가모니 부처님은 왕실 (王室)과 아내와 자식을 버리면서까지 그 해결책을 구하려 했을 것이며, 예수 그리스도는 만인(萬人)을 구원하기 위하여 위험을 무릅쓰고 사랑이 하느님임을 가르치다가, 극렬적(極烈的)인 맹신주의자(盲信主義者)들에 의하여 신성모독으로 십자가에 못 박혔을 것인가.

인도인(印度人)을 위하여 느낀 아픔이 간디로 하여금 소금의 행진(行進)을 감행케 하고, 때때로 20여 일씩의 단식투쟁을 하게 하였다. 일찍이 인도의 성웅(聖雄) 간디는 모든 이의 눈에서 눈물을 씻어주는 것이 소원이라고 말씀하였다.

위대한 성인(聖人)들은 모든 사람의 아픔을 자기의 아픔으로 받아들여서, 용기와 신념(信念)을 가지고, 전 인류를 구원과 행복으로 이끌 수 있는 해결책을 마련하고자 아낌없는 노력과 수고 그리고 자기의 모든 것을 다 바쳤다.

모든 사람을 다 구원하자는 큰 사랑과 큰 욕망을 가졌던 것이다.

작은 사랑이 없으면 인간은 살 수가 없다. 작은 고통과 작은 사랑의 알뜰한 보살핌이 한 사람, 한 사람을 살게 만들며 개인이 없다면 인류도 존재할 수가 없다. 그러나 큰 고통과 큰 사랑이 없다면, 인간은 더욱 살 수가 없다. 큰 고통과 큰 사랑이 있음으로써 사회봉사와 협조가 있게 되며, 평화와 안녕이 유지되며, 인류는 공존공영(共存共榮)할 수 있다.

이 큰 사랑의 힘이 아니었다면, 인류는 이미 옛날에 인류 공멸(共滅)의 아수라장 속에서 없어졌을 것이다. 작은 고통과 작은 사랑을 받지 않으려는 자도 죽을 것이요, 큰 고통과 큰 사랑을 받지 않으려는 자도 모두 멸망한다.

개인을 놓고 보아도, 고통과 사랑이 자기에서 끝나버리면 가장 작은 자이며, 자기만을 위한 문제가 해결되었을 때 쾌락을 추구하여 가장 빨리 타락한다. 그 사랑이 가족에게 머물게 되면, 가족을 지탱할 만한 여유가 생기게 될 때 타락이 시작된다. 작은 것에 만족하면 타락이 온다. 그

롯과 포부가 작을수록 타락은 빨리 온다.

이렇게 해서 인간의 파동은 어쩔 수 없는 인간의 운명이 됐다. 덧없는 흥망성쇠의 파동을 벗어나 끝까지 잘 살기 위하여서는 고통과 욕망과 사랑과 건강한 쾌락이 마르지 않는 샘물과 같이 계속되어야 한다.

고통이 계속되어야 인간은 타락하지 않고 건전한 정신을 가지고 노력하게 되며, 영원히 꺼지지 않을 사랑의 횃불로 영원한 생명을 누릴 수 있다.

남의 불행을 동정(同情)하는 큰 사랑의 마음이 성인들에게만 있는 것이 아니다. 사람이면 누구나 물에 빠진 아이를 보면 말할 수 없이 고통스럽고, 구하고자 하는 사랑이 용솟음친다. 사람이면 누구나 남이 안 되었을 때에는 도와주고 싶은 마음이 나게 만들어져 있으며, 사람이 때 안 묻고 순진(純眞)하면 할수록 더욱 그렇다. 남을 동정하는 마음이 있다는 것에 대하여 각자의 경험에 비추어 아무도 부인할 수는 없을 것이다.

고통과 사랑이 있어야만 인간은 타락하지 않고 영원히 산다. 인간에게는 자기를 위한 작은 고통과 작은 사랑뿐만 아니라, 남을 위하여 느끼는 큰 고통과 큰 사랑도 있다. 남을 위한다는 것은 해도, 해도 끝이 없다. 남을 위한 큰 고통과 큰 사랑도 영원히 끝이 없으며 우리를 타락에서 구하여 영원히 살게 만든다. 그리고 이러한 사람들이 만들어내는 사회는 번영과 평화와 영광과 축복이 영원할 것이다.

이 세상이 '생긴 그대로, 있는 그대로'의 자유(自由)스러운 모습은 이와 같이 완벽하다. 자유(自由)의 이 자연(自然) 속에는 모든 것을 풀 수 있는 열쇠가 모두 들어 있다. 인간은 오직 이에 순응(順應)해 가기만 하면 잘 살 수 있다.

인간은 태어날 때 하늘로부터 잘 살 수 있도록 육체적(肉體的), 정신적(精神的), 감성적(感性的) 능력을 모두 타고 났다. 자비로운 하느님은 자기가 완벽한 것처럼 완벽한 것을 인간에게 모두 갖추어 주셨다. 하느님이 주신 대로만 살 수 있다면 인간은 영원히 살게 되어 있다.

이것이 하느님의 섭리요, 뜻이다. 하느님이 우리에게 주신 '생긴 그대로, 있는 그대로(自由自在)'의 이 세상은 아무리 생각하고 다시 생각하여도 오로지 신비하고 오묘하다. 그 완벽하심에 놀랍고 두렵다.

그러나 어리석은 인간들은 하느님이 내려주신 영원한 사랑이 자기를 살리는 영원한 생명수(生命水)임을 알지 못하고, 남을 사랑하면 자기에게 손해가 되고 귀찮기만 할 뿐이라고 착각하고서, 영원한 생명수를 순순히 받아들이지 않고 애써 피하려 한다.

사랑이 있으려면 고통이 있어야 되고, 남을 위한 사랑이 있으려면, 남을 위한 고통을 느껴야 하기 때문이다. 고통에서 온갖 귀한 것이 다 나오고 인간이 비로소 살 수 있건만, 고통은 그 누구라도 다 싫어하는 데에 인간의 비극이 있다.

어리석고 게으른 보통 인간들은 이 고통이 싫은 것이다. 될 수 있으면 피하려 한다. 자기와 자기 가족에게 떨어져 다급하게 느껴지는 고통만을 그것도 할 수 없어서 겨우 처리하고자 한다. 남을 위한 고통의 느낌이 오게 되면, '생긴 그대로, 있는 그대로'의 하느님의 뜻을 받아들이지 않고 애써 외면하고 무질러버려, 고통도 사랑도 모두 잃고 교만해져 타락 속으로 빠져드는 바보짓을 한다. 그래서 사랑도 자기와 가족의 범위를 넘지 못한다. 그리고 파동이 온다.

악(惡)이란 무엇인가. 사랑이 커지지 못할 때 악(惡)이 된다.

악한(惡漢)과 성인(聖人)은 백지장 하나 차이다. 남을 위한 고통을 받아들여서 이겨냄은 성인의 길이며, 이를 피하여 타락의 길을 걷게 됨은 악인이 되는 길이다. 고통을 이기는 차이에 따라 인간의 크기는 결정이 된다. 큰 고통을 이기는 자는 크게 위대해지고, 덜 큰 고통을 이기는 자는 덜 크게 위대해진다.

개인이나 마찬가지로, 어떤 사회의 힘과 능력은, 그 사회 전체 구성원이 얼마나 큰 고통을 받아들여 이겨내느냐 하는 척도에 따라 그 수준이 결정된다. 이에 따라 잘 사는 사회와 못 사는 사회가 결정되고, 발전하고 못하는 사회가 있다.

콩 심은 데 콩 나고, 팥 심은 데 팥 난다. 선인선과(善因善果)요, 악인악과(惡因惡果)다.

작은 고통, 작은 욕망, 작은 사랑이 나를 살리고,
큰 고통, 큰 욕망, 큰 사랑이 우리 모두를 살리는구나.

작은 사랑과 작은 욕망과 작은 고통의 위대함이여!
큰 사랑과 큰 욕망과 큰 고통의 거룩함이여!

남을 위한다는 것이 언제 끝날 날이 있을 것인가.
우리의 사랑도 언제 끝날 날이 있을 것인가.

영원한 생명의 샘물이 솟아오른다.
우리는 새로운 사랑을 차지하였다, 새로운 고통도 찾아내었다.

고통이 있는 곳에 욕망과 사랑이 있고,
사랑이 있는 곳에 천국의 쾌락이 있다.

우리는 끊이지 않을 사랑의 기쁨을 차지하였네.
영원히 꺼지지 않을 생명의 등불은 우리 것이다.

자기만을 위할 때에는 고통과 사랑은 고갈되어,
사랑은 미움으로 곧 변하게 되고,

작은 결과에 교만해지고 타락하게 되어,
인생은 파동(波動)치고 험난해졌다.

하느님이 주신 끝없는 고통과 욕망을 추구함으로써,
끝없는 사랑이 온다, 인간은 영원히 산다.

모든 것이 그럴 것인가

이제까지 고통과 쾌락에 대하여 말하여 왔다.

고통이라고 한마디로 표현되지만, 각각의 경우에 따라 여러 가지 느낌과 복잡한 정신적 갈등을 포함하고 있어, 아픔, 쓰라림, 불안, 공포, 근심, 걱정, 번뇌, 초조 등등으로 무수하게 표현될 수가 있다. 그러나 여러 가지 표현을 그때그때에 맞춰 전부 사용하다 보면, 너무 복잡하여져서 뜻을 전달하는 데 지장이 있지 않을까 우려하여 표현이 단조롭더라도 될 수 있으면 고통이라는 한 가지 표현으로 단순화시켜 왔었다.

쾌락이라는 말도 마찬가지이며, 즐거움, 기쁨, 만족, 희열 등등 여러 가지로 표현될 수 있는 것이다.

　사랑도 선함, 미덕, 정의, 양심, 도덕 등으로 표현될 수 있는 것이며, 미움도 악함, 죄악 등등으로 나타낼 수 있는 것이다.

　아직도 의문은 완전히 풀리지 않는다. 큰 사랑이 나를 살리는 것이라고 하지만, 종교적인 위대한 일이라는 것도, 결국은 성자(聖者) 본인들의 입장에서 볼 때 희생만이 있었을 뿐 무슨 이득(利得)이 있었단 말인가.

　석가모니 부처는 세속적(世俗的)인 모든 것을 잃었으며, 예수 그리스도는 십자가에서 죽임을 당하였으며, 간디는 단식(斷食)을 수 없이 하고 갖은 고생을 당하다가 끝내는 암살자의 흉탄에 쓰러지고 말지 않았는가. 남을 사랑한다는 것이, 남을 위한다는 것이, 무슨 의미가 있단 말인가.

　의문은 이뿐만이 아니다. 종교는 원래 남을 위한다는 고상한 것이지만, 사업이라든가, 정치를 한다든가, 또는 학문, 예술, 체육 등 모든 분야에서, 남을 위하여 행동하다가는, 성공은 그만두고라도 오히려 자기에게 큰 손해만 나게 되는 것이 아닌가.

　작은 식당을 경영한다고 하자. 자기의 이익만을 생각할 것이 아니라, 재료와 양념을 제대로 써서 손님을 위하여 봉사하는 마음으로 정성을 다할 때, 더욱 많은 손님이 오게 되고, 그 식당은 더욱 여유를 가지고 박리다매(薄利多賣)를 할 수 있을 것이며, 더욱 번성하게 된다.

　그러나 어느 순간이라도, 그 식당 주인이 욕심이 나서 재료를 아끼거나, 작은 성공에 만족하고 타락하기 시작하여 성의가 부족해지면, 그 사업은 영락없이 위축되다가 결국은 망하게 된다.

　비록 조그마한 사업이라도 남을 위한다는 마음 없이는 성공할 수가 없다. 손님은 자기에게 이익이 될 때에만 손님이 되어 준다. 성공의 크기는 이익을 주는 크기에 비례한다.

　장사는 속임수라는 엉뚱한 신념(信念)을 가진 사람이 있다. 이러한 사람은 절대 성공하지 못한다. 남을 속여서 큰 부자가 될 것 같으나, 그것은 짧게 보는 것이며, 보잘것없는 사업을 겨우 유지하다가 그나마도 마지막에는 기어코 망하게 된다. 그따위 신념은 꼭 망하게 되는 신념이다. 자연에는 예외가 없다. 물이 아래에서 위로 흐르는 것을 본 사람이 있단 말인가.

　재벌(財閥)은 재벌된 이유가 있다. 재벌이 망할 때에도 망할 이유가 있다. 한국의 재벌회사 창업주(創業主)들은 처음에 무슨 자본(資本)이 있었단 말인가. 그들은 누구보다도 부지런하고 성실했으며, 비상한 노력과 누가 뭐래도 결과적으로 국민경제에 기여하였다는 강점(强點)이 있기 때문이다. 그들은 국민이 필요로 하는 물건을 생산해 냈고, 많은 사람에게 일자리를 마련해 주었으며, 국가에는 많은 세금을 냈다.

　이들은 월급도 남보다 많이 주었다. 생각하기에는 월급을 적게 줄수록 회사에 이익이 많이 날 것 같으나 그게 그렇지 않다. 사람은 기계가 아니다. 월급을 많이 줄 때 성심껏 일하며, 우수한 인재를 확보할 수가 있다. 월급을 적게 주려고 안달하는 회사는 절대로 크게 성장할 수가 없다.

　남을 사랑하는 마음이 있는 사람이 승리자가 된다.

　남을 위하지 않고 부자(富者)가 되는 방법은 없다.

　모든 것을 다 주려고 하면 점점 더 얻게 되고,

　모든 것을 다 빼앗으려 하면 모든 것을 뺏기게 된다.

　부자 되시오, 모두가 부자 되시오.

모두가 노력하고 남을 사랑하는 부자 됩시다.

모두가 부자가 되면, 우리나라는 잘 사는 나라가 되는 것이다.
온 국민이 마지막 한 사람까지 부자 됩시다.

돈이란 주먹 안에 있는 것이다.
돈 쥘 자격이 있는 손에는 반드시 돈이 생기고,
돈 쥘 자격이 없는 손에는 반드시 돈은 없어진다네.

돈이 없던 사람도 마음만 잘 쓰면 억만금도 생기게 되고,
마음이 비뚤어지면, 있던 돈도 슬그머니 게 눈 감추듯이,
순식간에 사라진다오.
이래서도 하느님은 꼭 계시다고 하는 것이오.

정치가(政治家)도 남을 위하는 마음으로 정치를 하지 않으면 잠시도
그 자리에 있을 수 없다. 아무도 그 사람을 지지하지 않을 것이며, 모든
사람이 미워하는 사람은 절대로 남의 위에 있을 수 없다.

자기만을 위하여 권력을 남용하고 사치와 방탕에 빠지고도 그 자리를
유지한 예는 역사를 다 들춰보아도 찾을 수 없다. 하느님의 심판은 조금
도 어김없이 시간도 틀리지 않고 정확하게 내려진다. 극단의 형벌로써
민중을 위협하던 전제군주(專制君主) 시대에도 포악한 군주는 때가 되면
어김없이 쫓겨났고, 부패한 왕조(王朝)는 홍수에 흙더미가 무너지듯이
쓰러져 갔다. 옛날로부터 이제까지 어떠한 왕조나 정권도 백성을 위한
정당성(正當性) 없이 유지된 때가 없다. 하물며 개개의 정치인에 있어서
는 더 말할 것도 없다.

　정치가란 권력을 즐기는 자리가 아니라, 항상 남을 위하여 봉사하고 노력하는 자세로써 자기 몸을 지킬 때에만 겨우 안전해질 수가 있다. 조금만 긴장이 풀어져 교만해지면 그날로써 끝장이 난다. 국민을 사랑하는 정치가만이 국민의 신임(信任)을 받아 자기의 포부를 펴볼 수 있다. 국민이 지켜주는 군주는 망루가 없어도 편안히 잠잘 수 있고, 국민의 미움을 받는 군주는 어떠한 무장과 성곽으로도 안전할 수가 없다.

　정치가야말로 구도자(求道者)보다도 더욱 어렵고 힘든 자리일 것이다. 구도자는 자기의 도만 닦으면 되지만, 정치가는 거기에 더하여 능력까지 겸비하여야 한다.

　높아진 사람은 높아진 이유가 있다.
　높아진 이유가 사라지면, 하느님에 의해서 곧 낮아진다.

　스스로 높아지면 점점 낮아지며,
　스스로 낮아지면 점점 높아진다.

　이것은 밀물과 썰물이 틀림없듯이,
　확실하게 보장이 된다.

　종교 분야뿐만 아니라, 경제와 정치 분야에서도 남을 사랑하는 마음 없이는 성공할 수 없다. 그 성공의 크기는 남을 사랑하는 마음에 정비례(正比例)한다.

　사랑이 강한 자가 강한 자이며 이기는 자다. 사랑이 약한 자가 약한 자이며 패배하는 자다.

　학문, 예술, 체육, 산업, 공업, 농업, 보건 등 그 어떤 분야에 있어서도 원리(原理)는 다 마찬가지다. 남을 위하여 훌륭한 것을 만들어보겠다는 간절하고도 순수한 바람이 있을 때, 비로소 위대한 작품이 나오게 되고 성공하게 된다.

어떤 분야에서나 남을 사랑하는 마음을 가지고 살아나갈 때, 이 사회가 밝아지고 많은 사람이 혜택을 입게 되지만, 그보다도 본인 스스로는 더욱 많은 혜택을 받게 되어 한 단계 더 높은 차원으로 발전해 간다.

명예나 지위나 돈이나 행복이나 성공이나, 그 무엇일지라도 그것 자체가 목적이 되어 달성되는 것이 절대 아니다. 오히려 이것들은 남을 사랑하는 마음이 실천될 때, 자연스럽고도 당연하게 이룩되는 결과들이다. 사랑이 있는 사람은 그 무엇이나 다 얻을 수 있다. 하느님이 다 가져다준다. 그것들은 사랑의 크기에 따라 커지기도 하고 작아지기도 하며, 그야말로 눈곱만큼의 차이도 나지 않고 그대로 나타난다.

이 세상에서 성공을 말하지만, 예수님보다 부처님보다 더 크게 성공한 사람이 어디 있는가. 작은 것은 보기 쉬우나, 눈앞을 온통 가로막는 큰 것은 보기 어렵다. 성공이 너무나 커서, 그것을 성공이라고 불러야 되는지 오히려 어색해진다.

몇 천 년 전에 살았던 사람이건만 오늘날도, 아니 그동안 계속해서 그 꽃다운 이름과 가르침이 사람들의 기억 속에서 사라진 일이 없다. 오늘날 세계의 여러 곳에서 그분들을 찬양하고 경배(敬拜)드린다. 이분들이 죽었다고 할 수 있는가. 이분들을 따르는 사람들이 수십 억이요, 어떤 살아 있는 사람보다도 더욱 또렷하게 모두의 가슴 속에 분명히 살아계신다.

무엇을 더 바랄 것이 있단 말인가.

무엇이 이런 일을 있게 하였나.

그것은 이분들이 우리에게 끼치신 자비와 사랑의 힘일 뿐이다. 남을 사랑하는 위대한 힘이 인류의 맨 위에 이분들을 올려놓았다. 이분들은 맨 위에 올려짐을 희망한 일도 없으며, 맨 위에 올려졌음을 알지도 못했다. 다만 높이 올려질 수밖에 없었다.

사랑은 위대하여라.
사랑이 기적을 있게 만든다.

하느님은 사랑이시다.
하느님은 전지전능하시다.
사랑이 전지전능하도다.

♛ 파동의 탈피 — 사랑이란, 미움이란 어떤 것인가

흥망성쇠의 파동을 벗어나려면 제2의 사랑을 하여야 한다. 적은 곳에 머무르는 작은 사랑으로는 자기의 문제가 해결되었을 때 타락하는 현상을 피할 수 없다.

우리는 주위에서 돈이 원수라는 말을 가끔 듣는다. 정신적 능력이 감당하지 못하는 돈이 있을 때, 타락하기 시작하여 많은 부작용을 불러일으키다가, 자기가 감당할 수 있을 정도로 축소되어야 비로소 그치게 된다. 부자의 못난 자식이 망하는 과정이 이런 것이다. 그 부작용이 어떤 것이냐 하는 것은 구태여 설명할 필요도 없다.

일찍이 진시황(秦始皇)은 자기와 자기 후손만의 영화와 야망을 위하여 노력하였다. 스스로 높이 올려서 백성들을 총동원하여 호화스럽기 그지

없는 아방궁을 짓고, 인류의 5대 경이(驚異)라는 만리장성을 쌓아, 천 년
만 년 왕권(王權)과 영화가 지속되기를 바랐다. 그러나 그의 제국(帝國)
은 그가 죽은 지 불과 몇 년도 되지 않아서 멸망하였고, 동서고금에 학정
의 대표적인 인물로 지탄되었다.

그렇다면 나와 내 가족을 사랑함에 그치지 않고 온 국민을 다 사랑한
다면 끝없는 사랑이 될 수 있을까.

아니다. 그렇게 하여도 늦고 빠른 차이는 있어도 파동은 기어코 오고
만다. 사랑이 끝없이 계속되어야 흥망성쇠의 파동은 오지 않는다.

제2차 세계대전이 터지기 전에 독일의 총통 히틀러는 얼마나 독일 전
국민을 사랑했는가. 우선 보기에 그 사랑은 맹목적으로 무서울 정도로
열렬하였다. 게르만 민족의 우수성을 부르짖으며, 다른 모든 민족 위에
올려놓기를 열망하였다. 그는 독일 민족을 위하여서는 전쟁도 겁내지 않
고, 다른 민족은 수백 만을 죽여도 정당하다고 생각하였다.

그러나 그 결과는 어떠했는가. 미움이 있는 곳에 무엇이 오게 되어 있
는가.

히틀러가 집권할 당시만 해도 히틀러는 독일 민족의 우상이었고, 독일
민족을 사랑한 정열은 대단하였다. 제1차 세계대전에서 패망하여 실의
(失意)에 차 있고, 경제적으로 몰락된 독일 국민에게, 자부심과 용기를
불어넣었고, 급속한 경제부흥을 이룩하여 생활을 안정시켰다. 그 누가
이 점에 있어 히틀러가 잘못했다고 감히 말할 수 있을 것인가.

그러나 문제는 독일 민족 이외에는 사랑하지 못했다는 점이, 세계를
전쟁에 몰아넣었고, 여러 다른 민족을 비참하게 만들었을 뿐만 아니라,
히틀러가 그렇게도 사랑하였던 독일 민족에게도 패망의 아픈 상처를 안
겨주었다. 그는 독일 민족을 사랑하는 진정(眞正)한 방법을 몰랐던 것이

다. 그는 독일 민족을 사랑하는 방법으로 다른 민족에 대한 미움을 선택하였다.

사랑은 사랑을 낳고,
미움은 미움을 낳는다.
그 미움은 외부와 내부에서 동시에 온다.

침략당한 민족들은 적개심(敵愾心)에서 있는 힘과 수단을 다하여 죽음을 각오하고 싸워나갔다. 이것이 악(惡)이 당면하게 되는 외부(外部) 모순이다.

악이 멸망하는 것은 상대편의 힘 때문에만 망하는 것이 아니다. 악을 행하는 자들은 또한, 스스로 내부(內部)로부터도 미움이 폭발하여 상호 공격으로 붕괴해 간다. 이것이 악이 당면하게 되는 내부 모순이다.

여기에 옛날이야기가 하나 있다.

어느 화창한 봄날, 한적한 시골 고개 마루턱에 여기저기에 네 명의 시체가 널려 있었다 한다. 한 명의 시체는 칼에 맞아 좀 떨어진 곳에 죽어 있었고, 또 한 명의 시체는 얼마 떨어지지 않은 곳에 역시 칼에 맞아 죽어 있었다. 나머지 두 명의 시체는 많은 돈을 싼 보자기를 가운데 두고, 빈 술병이 하나 쓰러져 있는 가운데 상처도 없이 깨끗하게 죽어 있었다.

조사를 나온 포도청의 관원들은 무척 고심(苦心)하였다. 돈이 없어진 것도 아니며, 관련자 중에 살아남아 도망을 간 흔적도 없고, 모두 죽어버린 것 같으니, 종잡을 수가 없게 되었다. 현장을 목격한 증인도 없고 오직 주막에서 가져간 술병 하나만이 단서가 되고 있었다. 네 명이나 죽어버린 엄청난 사건이 미궁에 빠져버릴 지경에 이르게 되었다. 그러던 중

똑똑한 포도군관 하나가 생각에 생각을 거듭하여 드디어 사건을 해결하였다.

세 명의 산적(山賊)이 고갯길에서 돈을 가지고 가던 행인 하나를 덮쳐, 칼로 찔러 죽이고 많은 돈을 빼앗게 되었다. 세 명이 돈을 나누게 되었는데 서로 많이 가지려고 아귀다툼을 하게 되었다. 한참 싸우다 보니 목이 마르게 되어, 술을 사다 마시기로 하고 그 중 하나를 주막으로 심부름을 보냈다.

주막에 심부름을 가던 놈이 곰곰이 생각해 보니, 술에 독을 타 두 놈에게 마시게 하면, 그 많은 돈을 혼자서 차지할 수 있겠다고 생각하였다. 한편 기다리던 두 놈들도 역시 악한이기에, 저희들이 더 많이 차지하려고, 심부름하러 갔던 놈이 술을 사가지고 오면 죽여 없애기로 공모하였다.

드디어 주막에 갔던 놈이 술을 사가지고 오자, 기다리던 두 놈은 다짜고짜로 칼을 빼들고 일어나, 이제까지 저희들의 친구요 동료를 한칼에 죽여 버렸다. 두 놈은 통쾌하고도 떨리는 마음으로, 컬컬한 목을 축이기 위해, 술병을 기울여 독이 든 술을 마시고 그 길로 깨끗이 죽어버렸다.

그렇게나 서로 많이 차지하려고 죽이고 죽었지만, 그 많은 돈은 아무도 단 한 푼도 갖지 못하고, 피비린내가 풍기는 속에 덩그러니 남게 되었다.

이 산적들을 누가 죽였는가. 이들은 외부에서 잡아가두고 처벌하기도 전에 스스로 망한 것이다. 미움과 악함이 무서운 것은 미워하는 마음은 남들뿐만 아니라 서로가 서로까지를 미워하고 멸망시킴이다. 이것이 필연적인 이 세상 이치이며 결론이다.

앞에서 말한 것은 극단적인 예일 것이나, 사랑이 아닌 것은 정도의 차이가 있을 뿐 다 그렇게 되는 것이다. 이래서 악이라고 하는 것이다.

미움이 있는 곳에 죽음이 있고, 사랑이 있는 곳에 생명과 번영이 있다.

악을 행하는 자는 그 마음이 말할 수 없이 황폐하고 악독해진다. 살인에 한번 맛을 들이면 누구라도 죽일 수 있다. 배신을 일삼게 되고, 드디어 서로 물고 뜯게 되어 자멸할 수밖에 없다.

무고한 전쟁과 살육이 가져오는 가장 무서운 결과도 그 살기(殺氣)와 광기(狂氣)에 있다. 이민족(異民族)을 수백 만 죽인 살기는 꼭 이민족만을 죽인다는 보장이 없다.

악의 칼은 남만을 죽이는 것이 아니라,
나까지를 죽이는 쌍날칼이다.

감로수(甘露水)는 누가 먹어도 감로수이며,
선(善)의 칼은 남만을 이롭게 하는 것이 아니라,
나까지를 이롭게 하는 쌍날칼이다.

선의 칼은 쌍날칼이다.
악의 칼도 쌍날칼이다.

악의 집단에서는 반드시 분열과 싸움이 생기게 마련이며, 내부(內部) 모순에 의하여 스스로 멸망한다.

선의 집단은 단결과 창의(創意)에 의해 스스로 힘을 얻고 발전해 간다.

히틀러의 사랑이 자기 민족에서 그치고 다른 민족에게까지 뻗치지 못하게 되자, 이제까지의 사랑은 미움으로 변해버렸고, 그 미움은 밖에서 다른 민족을 해롭게 하였을 뿐만 아니라, 자기 민족도 멸망 속으로 몰아넣었다. 히틀러가 다른 민족을 침략하고 유린할 때, 다른 민족도 자기를 지키기 위해 있는 힘을 다하여 독일 민족을 죽이고 싸울 수밖에 없게 되었다.

또한 한번 생겨난 미움의 씨는 자기 갈 길을 가고 만다. 외부에서 다른 나라 사람들과 독일 국민들이 전쟁에서 무참하게 희생당할 때, 독일 지도층 내부에서도 한번 생겨난 악의 씨는 상호 불신(不信)과 의심이 되어 서로를 죽이게 된 것은 일의 진행되는 당연한 순서이었다.

먼저 다른 민족을 죽이던 미친 칼은 자기 민족에게도 향하게 됐고, 칼끝이 점점 좁혀져 지도층끼리 서로 죽이게 되는 자중지란(自中之亂)이 되었으며, 나아가 그 칼끝은 히틀러의 애인(愛人)과 히틀러 자신의 목숨까지도 스스로 끊게 하였다.

히틀러의 경우를 예로 들었지만, 자기가 뿌린 미움 때문에 안팎에서 쏟아지는 미움의 보복을 받아 멸망하게 된 예가 어디 이뿐이겠는가. 제2차 세계대전이 일어나기 전에 일본이 뿌린 미움의 경우도 마찬가지이며, 식민지를 수탈하고 피눈물을 흘리게 한 식민종주국들의 악랄함이 모두 세계 1,2차 대전에서 서로가 서로를 죽여야만 하는 업보(業報)가 됐다. 인간의 역사가 바로 이런 것들에 대한 기록으로 이루어져 있다.

미움이 점점 좁아지면 자기 몸 하나도 지탱할 수가 없고,

사랑이 점점 커져서 넓어지면 이 세상도 한 아름에 안을 수 있다.

사람들은 욕망을 크게 가져야 한다.

될 수 있는 대로 큰 욕망(大望)을 가져야 한다.

사람을 구하려면 민족에서만 그치지 말고,

전 인류를 다 구할 생각을 하고,

정치를 하려면 큰 정치가가 되기를 바라야 한다.

큰 정치가가 되는 길은 큰 사랑 베푸는 길이 있을 뿐이다.

장사를 하려면 큰 부자가 되기를,

종교가가 되려면 큰 종교가가 되기를,

학자가 되려면 큰 학자가 되기를,

예술가가 되려면 큰 예술가가 되기를,

의사가 되려면 병을 제일 잘 고치는 의사가 되기를,

기술자가 되려면 제일 기술이 좋은 사람이 되기를 바라야 한다.

바다와 같이 넓고, 하늘과 같이 높은 이상(理想)을 가슴에 품어야 한다.

사랑은 사랑을 낳고 한 단계 한 단계 향상(向上)해 간다. 고차원화(高次元化) 되는 것이다.

미움은 미움을 낳고 한 단계 한 단계 퇴보해 간다. 멸망해 가는 것이다.

사랑이 인류에서만 끝나도 큰일이 난다.

또 파동이 온다.

다음으로는 동물을 사랑하여야 한다.

또 다음으로는 식물을 사랑하여야 한다.

또 다음으로는 무생물(無生物)까지 사랑하여야 한다.

나아가 전 우주(宇宙)를 사랑하여야 한다.

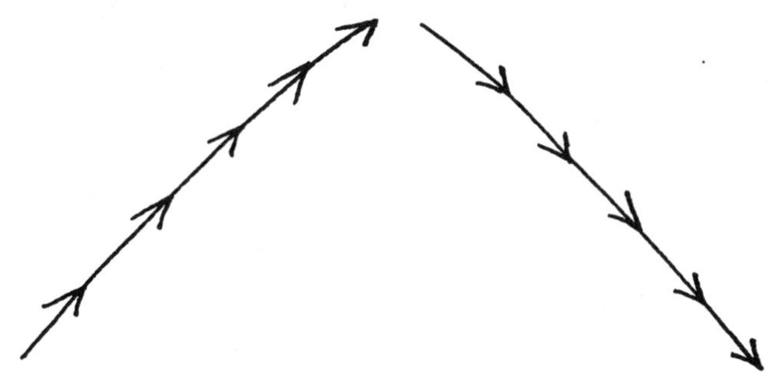

우주와 자연의 균형(均衡)이 깨지게 되면 하느님의 무서운 진노하심이 있다. 제한된 지역에 사슴이 너무 많아지면 풀밭은 짓밟혀지고 다 먹혀 버려서, 사슴은 일시에 몰사의 위기에 처하게 된다. 들짐승은 많지 않은데 호랑이만 너무 많으면 호랑이는 배고픔에 배를 움켜잡고 일시에 죽어야 한다.

인간도 자연을 보존(保存)하고 보호하지 않으면 살 수가 없다. 자연을 사랑하지 않으면 인간에게는 말할 수 없이 큰 파동이 닥치게 된다. 환경오염을 제거하여야 하며, 낭비를 제거하여 자원이 부족해지지 않도록 노력하여야 한다. 부족에서 투쟁이 일어나기 쉽다. 생존(生存)의 본능(本能)은 위험을 감지(感知)하고 무자비한 사투(死鬪)를 벌이게 된다. 증오를 일으키지 않기 위하여, 미움이 싹트지 않도록 하기 위하여, 풍족하고 원만한 환경을 보존토록 하여야 한다.

그러므로 인간은 시대에 부응(副應)하는 지혜를 짜내야 한다. 인간의 잠재력은 수시로 그때그때에 맞는 지혜를 마련해 낼 수 있다. 인간은 무엇이 하느님의 소리인가를 겸허한 마음으로 귀를 기울여야 한다.

일찍이 석가모니 부처님께서는 사람뿐만 아니라 동물까지도 중생(衆生, 모든 생명이 있는 것)이라 하여 불쌍히 여길 것을 가르치셨다. 교리상(敎理上) 사람과 동물은 죽어서 서로 바꿔 태어날 수도 있다는 윤회적 관점(觀點)에서, 동물을 사랑함은 어느 점 인간을 사랑한다는 뜻이 있는 것이다. 이러한 점은 결과적으로 인간에게 크나큰 자비심(慈悲心)을 심어 주었다. 인간의 사랑이 동물에게까지 미치고 있음에야 하물며 인간은 얼마나 사랑하게 될 것인가. 그 사랑의 깊이는 더욱 깊어지게 되었다. 아프리카의 성인 슈바이처 박사도 생명에 대한 외경(畏敬)사상을 가지고 있다.

홍망성쇠의 파동을 탈피(脫皮)하려면 우주에까지 미치는 끝없는 사랑을 하여야 한다. 이 길만이 영원한 생명을 얻는 길이다.

파동의 탈피

⚜ 파동의 역탈피逆脫皮

인간은 하느님이 주신 운명에 따라 고통을 극복하고 쾌락을 차지함으로써 영원히 살게 돼 있다.

고통을 받아들여야 한다. 작은 고통과 큰 고통을 모두 받아들여야 한다. 고통을 받아들임이 순명(順命)이며, 사랑과 생명이 있다. 작은 고통에는 작은 사랑이 있고, 큰 고통에는 큰 사랑이 있다.

하느님의 뜻(天命)에 따라 큰 사랑을 끝까지 따라감은 성인(聖人)의 길이며, 홍망성쇠의 파동을 탈피하고 영원히 산다.

타락이란 무엇인가. 번영과 성공 속에 고통은 없어져버리고, 고통이 없는 쾌락만을 추구하게 됨이 타락의 시작됨이다.

그러나 이 말만으로는 아직 충분치 않다. 여기서 고통이 없어졌다는 것은 자기의 작은 고통이 없어졌다는 것일 뿐이다. 성공하고 번영하여 자기의 작은 고통이 없어지고 나면, 그 대신에 남을 위하여 느끼게 되는, 더욱 위대하고 거룩한 고통이 온다. 이 큰 고통이 인간으로 하여금 큰 사랑으로 남을 위하여서도 일하게 만들어, 우리는 한 단계 더 높게 발전하고 잘 살게 된다.

그러나 인간들은 이 큰 고통과 큰 사랑을 자기에게 손해가 나게 할뿐이라고 착각하여, 귀찮게 여기고 애써 외면하고자 한다. 이래서 자기의 작은 성공에 도취하게 되고, 어느덧 자기도 모르게 마음은 오만하고 나태해지며, 자기에게 당면한 문제들은 이미 해결되어 고통이 없음에도 불구하고 오로지 자기의 쾌락만을 크게 만들어보려고 애쓰게 된다.

원래 쾌락이란 고통이 극복될 때만이 쾌락이 될 수 있는 것이므로, 고통은 없이 쾌락만을 위한 쾌락을 추구한다는 것은 바로 다름 아닌 고통과 사랑이 없는 병든 쾌락에 빠지게 됨이며, 타락의 시작됨이다.

그러므로 정확히 말하여 타락이란, 고통이 없어져 생기는 것이 아니라, 새롭게 다가오는 좀 더 큰 고통을 애써 피하고 받아들이지 않으려는 데서 생기게 된다. 큰 고통을 받아들이지 않으려는 것은 말을 바꾸면, 큰 사랑도 받아들이지 않는다는 것이다. 그리하여 아무런 고통과 사랑도 없이 자기만을 위한 병든 쾌락을 탐하게 되면서 결과적으로 타락과 미움의 세계가 되는 것이다.

타락이란 고통과 쾌락의 질서를 마련하신 하느님의 뜻과 섭리를 거역하는 항명(抗命)이다. 하느님을 따르지 않는 곳에 생명이 없고, 오로지 죽음과 멸망이 있을 뿐이다.

인간을 죽음에 이르게 하는 타락은 다 같은 타락이지만, 진전돼 나가는 순서에 따라 몇 가지로 구분해 볼 수가 있다. 이는 어디까지나 타락의 성격과 내용을 좀 더 파악해 보려는 뜻에서 분석적으로 살펴보는 데 불과하며, 실제에 있어서도 그렇게 명백하고 뚜렷하게 구별될 수 있는 것은 아니다. 더구나 타락이란 꼭 이러한 순서에 따라 생겨나는 것도 아니지만 구태여 분류해 보려고 한다.

첫 번째가 향락적 타락인 바, 타락이 처음 시작될 때 나타나는 것이다. 큰 고통은 받아들이지 않고, 그렇다고 자기를 위한 작은 고통도 없으면서, 오로지 자기의 쾌락만을 크게 해보겠다는 데서 생기는 것이다.

두 번째가 도피적 타락이다. 타락(향락적)이란 이미 타락할 가능성이 생겨서 시작되는 것이므로, 타락이 한번 시작된다는 것은 계속될 가능성이 많은 것이다. 거기에 더하여 타락의 맛에 한번 빠져들면, 점점 더 자극적인 달콤한 타락의 유혹에 빠지게 되고 이에 비례하여 점점 더 건강한 용기와 의욕을 잃게 된다.

그리하여 향락적 타락이 더욱 계속되면, 재산은 탕진되고 사업은 실패되어, 드디어 말 못할 곤경에 빠지게 된다. 이때나마 엄습해 오는 이 고통을 받아들여 정신을 차리고 극복해 내면, 다시 살 수가 있다. 그러나 병든 쾌락의 유혹에 빠져 한번 나약해진 사람은 현실에 당면한 괴로움과 고통을 감당해 내기가 쉽지가 않다. 그리하여 일시적으로나마 잊어버리고자 될 대로 되라는 심정으로 헛된 쾌락을 계속하여 추구하게 된다. 이것이 향락적 타락이 심화될 때 나타나게 되는 도피적 타락이다.

끝으로 오는 것이 자포자기적 타락이다.
앞에 말한 도피적 타락이 또 계속되면, 드디어 어쩔 수 없을 정도로 완전히 망하게 되고 더할 수 없이 비참한 궁지에 빠지게 된다. 고통이란 원래 사랑과 노력이 필요하게 되었음을 알리는 고마우신 하느님의 경종이며 충고이므로, 이렇게 심한 고통이 온다는 것은, 그만큼 사태가 심각하고 위험하므로, 그만큼 많은 사랑과 노력을 하라는 하느님의 명령이다.

그러나 이러한 막바지에 몰리게 되면, 다시금 고통을 받아들여 정정당당하게 이겨내기란 더 한층 어려워진다. 이미 사랑과 용기는 사라지고 더할 수 없이 비겁해진 마음은, 비참한 처지와 고통을 노력으로 극복할 생각보다도 손쉽게 힘 안 들이고 단번에 해결하고자, 범죄와 악행까지 서슴지 않게 되는 것이다.

타락과 악이 범죄와 악행까지 저지르게 되면, 극심한 두려움과 죽음의 공포까지가 엄습해 온다. 그러나 이미 이때에는 이 고통을 냉철히 받아들여 갱생(更生)하기보다는, 괴로운 현실과 두려움의 고통에서 벗어나고자 정신없이 점점 더 심한 타락에 빠지게 된다. 이것이 자포자기적 타락이다.

고통과 사랑이 없어져 타락과 미움이 되면, 향락적 타락과 도피적인 타락으로 먼저 자기 몸을 태워버린다. 그러나 이것은 아직까지는 작은 미움이며, 혼자서 망하고 실패하여 비참하게 될 뿐이다.

타락과 악이 이에서만 끝나도 다행이나, 사랑이 없다는 것은 심하게 되면, 남에게도 해(害)를 끼치게 되는 것이다. 이것이 다름 아닌 죄악과 악행이며, 작은 미움이 큰 미움 되어 자기뿐만 아니라 남까지 못 살게 만든다. 적은 타락의 씨앗은 점점 커져서, 드디어 범죄와 악행까지 예사로 하게 되어, 죄악의 깊은 구렁텅이로 빠진 것이다.

악에서 헤어나지 못하고 끝까지 치닫게 되면, 향락적 타락은, 도피적 타락으로, 그리고 결국에는 자포자기적 타락에까지 빠지게 된다.

운명과 고통은 약(弱)한 자에게는 강(强)하고, 강한 자에게는 약하다.

인간이 멸망해 갈 때 언제라도 고통을 받아들여야만 멸망의 항명(抗命)은 끝나고, 고통과 쾌락을 주신 하느님의 뜻에 따라 사랑으로 번영하는 순명(順命)이 된다.

그러나 고통을 받아들이지 않으려 하면 할수록, 죽음과 파멸의 항명이 계속되고, 고통은 더욱 깊어지고 길어질 뿐이다.

어떤 사람은 향락적인 타락의 처음에서 그치기도 하고, 어떤 사람은 도피적인 타락에 이르기도 하고, 어떤 사람은 자포자기적인 타락까지 빠지게 된다.

그러나 언제가 될지라도 삶을 추구하게 마련되어 있는 인간은, 결국에는 운명과 같이 고통을 다시 받아들일 수밖에 없으며, 죽음의 항명은 끝나고 사랑의 순명으로 다시 번성하게 된다. 이렇게 하여 악(惡)은 선(善)이 되고, 선은 다시 악이 되는 파동이 끝없이 계속되는 것이다.

미움과 악은 그 정도가 얕으면 얕을수록 벗어나기가 쉬우며, 깊으면 깊을수록 벗어나기가 더욱 어려워진다. 미움이 작은 미움에 머물러 자기 혼자 망하는 향락적 타락이나, 도피적 타락일 때에는 그래도 다시 소생하기가 비교적 용이하다. 그러나 그 악함이 큰 미움 되어 범죄까지 저지르게 되면, 모든 이의 증오와 다스림 속에 체포와 처벌이 따르게 되고, 완전한 죽음과 멸망에 이르게 되어 다시 소생하기가 점점 더 어려워진다.

죽을 때까지도 순명(順命)의 고통을 다시 찾을 기회를 끝까지 갖지 못한 불행한 자는, 악한이란 이름을 뒤집어쓰고 영원한 죽음과 멸망 속에 사라지게 된다.

이것이 흥망성쇠와 선악의 파동을 탈피하는 또 하나의 기록적인 대사건이다. 사랑으로 파동을 위로 탈피하는 것이 아니라, 미움과 타락으로 파동을 아래로, 거꾸로 꿰뚫어버린다.

이것이 파동의 역탈피(逆脫皮)이다. 파동을 탈피하여 성인(聖人)이 되는 것이 아니라, 악한이 되어 지옥의 아픔 속에 영원히 사라지는 것이다.

하느님의 섭리를 깨뜨린 사람에게는 하느님은 멸망으로 심판하신다. 인간은 뿌리 없는 쾌락을 탐하지 말고, 고통의 뿌리를 찾아야 한다. 작은 고통과 큰 고통의 뿌리를 모두 찾아야 한다.

고통이라는 튼튼한 뿌리가 땅 속에 깊숙이 파고들어서, 그 고통을 밑바탕으로 한 사랑과 투쟁과 노력이라는 영양분을 빨아올리지 않고서는, 진정한 쾌락과 환희라는 가지와 잎을 무성(茂盛)하게 할 수가 없다.

뿌리 없는 나무는 살 수가 없다. 뿌리는 힘들고 어려워서 싫다고 하며, 가지와 잎의 영화(榮華)만을 아무리 구한다 해도, 그 가지와 잎은 피어나는가.

경제적으로 어렵고 고민된다고 해서, 술을 정신없이 마심으로써 일시적인 해방감과 쾌감을 얻었다 해도, 정작 어려운 문제는 하나도 해결된 것이 아니다. 오히려 폭음 뒤에 오는 나른한 몸은 노동을 할 수 없게 만들며, 그나마 있었던 적은 돈까지 술값으로 날려 보낸다.

이러한 잘못된 쾌감(快感)들이란 고통을 해결함과는 아무런 연결도 없이 얻어진 것이므로, 고통은 조금도 해소되지 않고 점점 더 쌓이게 된다.

해결되지 못한 채 쌓인 고통은, 방향 잃은 쾌락에서 깨어난 자를, 더욱 압박하며 불안에 떨게 만들어, 더욱 더 타락으로 밀어 넣는다. 용기는 더욱 사라지고 비겁해지며, 고통과 맞서서 싸울 태세는 점점 더 무너져간다. 운명은 더욱 사나와지는 것 같고 어깨는 점점 무거워진다.

고통에 처하여 일시적인 쾌락을 탐하는 자는 마치 종기를 앓고 있는 사람이 수술을 하거나 아니면 약(藥)을 바르는 수고를 함으로써 치료의 쾌감을 맛보는 것이 아니라, 가렵다고 손톱 끝으로 종기의 둘레를 슬슬 긁어댐으로써, 간질간질하고 음침스런 쾌감을 맛보는 것이나 같다. 그리하여 종기를 더욱 악화(惡化)시키고, 드디어 더 큰 고통을 당하는 치사하고도 어리석은 짓일 뿐이다.

이러한 불필요하고 잘못된, 방향 잃은 쾌락으로 유혹하는 모든 타락된 행위와 이런 타락된 행위를 부채질하는 오도(誤導)된 문명(文明)이 바로 인간을 죽음으로 이끄는 항명(抗命)이며, 다름 아닌 사탄(마귀)의 꼬임이다.

順天者는 興하고 逆天者는 亡하나니 是故로 興亡이로다.

하늘의 뜻에 따르는 자는 흥하고 하늘을 거역하는 자는 망하나니, 이런 연고로 흥하고 망하는 것이 있게 마련이로다.

🌸 나를 초월한다(초자아 超自我) ― 나를 뛰어 넘는다

큰 사랑, 작은 사랑이 모두 우리를 살리는 것이며, 그 어느 것이 없더라도 인간은 살 수가 없다. 큰 고통과 큰 사랑만이 중요한 것이 아니라, 작은 고통과 작은 사랑도 모두 중요하다.

작다, 크다는 것은 편의상의 구별일 뿐이지 사랑에는 크고 작은 것이 있을 수 없다. 작다고 하나 인간은 정말로 작은 사랑부터 하여야 한다. 나 자신(自身)부터 사랑하여야 한다.

자기도 사랑하지 못할 사람이 그 누구를 사랑할 수 있으랴. 스스로를 돌보지 않고 스스로를 죽일 사람이 그 누구를 죽이지 못하겠는가? 자기를 살릴 사람만이 비로소 남도 살릴 수 있다.

천리 길도 한 걸음부터 시작하여야 하며, 이 우주를 다 사랑함도 자기부터 시작하여야 한다. 그리고 가족, 이웃, 인류, 동물, 식물, 무생물, 우주 등으로 점점 커져야 한다. 사랑의 크기가 작을수록 파동은 빨리 시작되며, 끝없는 사랑만이 파동에서 인간을 해방시킨다.

사랑이 나로부터 시작하여 점점 퍼져야 한다고 해서, 나에게 대한 사랑이 따로 있고 남에게 하는 사랑이 따로 있는 것이 아니다. 사랑에는 어떤 차별도 있을 수 없고, 사랑은 오직 하나이다.

사랑은 종소리와 같은 것이라고 말할 수 있다. 종소리는 치는 곳에서부터 시작하여 점점 울려 퍼지게 된다. 사랑도 나로부터 시작하여 점점 크게 퍼져나가는 것이다.

종소리가 가까운 곳에서는 크게 들리고, 먼 곳에서는 작게 들린다고 하여서 종소리 자체에 차이가 있는 것이 아니다. 가까운 곳에서는 크게 들리고 먼 곳에서는 작게 들리는 것은 어쩔 수 없는 자연현상이지만, 그것은 어디까지나 소리의 양(量)의 문제이지 질(質)의 문제가 아니다. 종소리는 어디까지나 똑같은 종소리이다.

먼 곳에서 작게 들리는 것은 가까운 곳에서도 소리가 신통치 않다. 먼 곳에서 잘 들릴 때에는 가까운 곳에서는 더 말할 수 없이 잘 들린다. 소리를 아끼지 마라, 종소리를 크게 울려라.

모든 곳에서 잘 들릴 때만이, 자기 귀에도 잘 들리고, 자기가 살 수 있는 길이다. 다른 곳(먼 곳)에서 소리가 끊기기 시작하면, 드디어 자기가 있는 곳에서도 소리는 끊기고 만다. 그것이 자기의 죽음이기도 하다. 우리는 히틀러에서 그 예를 보았다. 대동아전쟁(大東亞戰爭) 때의 일본에서 그 예를 보았다.

독은 누가 먹어도 독이요, 생명수는 누가 먹어도 생명수이다.
악은 쌍날이다. 선도 쌍날이다.
사랑에 차별이란 있을 수 없다.

큰 사랑을 실천하기가 어려운 것은, 겉으로 보기에 남을 위한 사랑을 하면, 자기에게 손해가 나는 것처럼 생각되기 때문이다. 작은 사랑이야말로 자기에게 이익이 됨은 누구에게라도 눈앞에 쉽게 보인다.

그러나 이러한 것은 근시안적으로 짧게 보는 것이며 길게 보면, 자기만을 위한 생각에서 나온 이기주의(利己主義)는 남에게 배척받게 되어 결국은 자기에게 해를 끼치며, 넓은 마음에서 남을 위하려고 행동할 때, 모든 이의 찬양과 도움 속에 자기에게 말할 수 없이 크나큰 행복과 이익이 되어 돌아온다.

이와 같이 큰 사랑과 작은 사랑은 사람이 느끼는 감각에 차이를 가져와 사람으로 하여금 착각에 빠지게 한다.

이는 마치 음(陰)과 양(陽)이 성질을 달리하는 것 같고, 안과 밖이 성질이 다른 것 같다. 그러나 음양과 안과 밖이 갖추어져야, 비로소 하나의 물체가 성립되며 조화를 이룰 수 있다. 사람에도 남자와 여자가 있으며, 성질이 서로 다른 점이 많으나, 남자와 여자가 모두 갖추어져야 완전한 인간이란 존재가 있을 수 있다.

사람이 걸음을 걸을 때에 두 다리가 없이는 걸을 수 없다. 한 다리가 앞으로 나갈 때, 다른 다리는 뒤로 가게 되며, 이러한 동작(動作)이 엇갈려지며 앞으로, 앞으로 걸어 나간다. 한 다리가 앞으로 나갈 때 한 다리는 뒤로 가게 된다고 해서 정반대(正反對)의 행동을 하는 것이 아니다. 오히려 그렇게 반대로 보이는 행동이 서로 번갈아 이루어지면서 앞으로 나간다는 조화(調和)된 행동이 가능해진다.

큰 사랑과 작은 사랑은 수레의 두 바퀴와 같고 인간의 두 다리와 같다. 수레의 두 바퀴가 수레를 안정되게 끌고 가듯이 큰 사랑과 작은 사랑이 인생을 완전하게 이끌고 간다.

어느 때라도, 어느 곳에서도, 큰 사랑과 작은 사랑이 동시에 존재하지 않고서는 인간은 살 수가 없다. 큰 사랑과 작은 사랑이 인간을 영원한 존재가 되게 하는 두 바퀴이며, 또한 바로 그것이 우주를 지탱하는 힘이다.

하나의 작은 원자(原子)를 보더라도, 작은 원자를 구성하는 내용인 양자(陽子)와 전자(電子)가 서로 끌어당기는 힘이 있어 내부적으로 결합(結合)하고 있을 뿐 아니라, 동시에 원자 사이에도 적당한 힘으로 서로 당기고 있기 때문에 일정한 형태의 물체(物體)가 있을 수 있다. 또 물체를 보더라도, 내부에서 서로 끌어당기고 있기 때문에 물체는 흩어지지 않고 일정한 형태를 유지하고 있는 동시에, 독립된 물체 간에도 서로 끌어당기는 힘이 있기에 우주는 안정된 형태와 질서를 유지한다.

이러한 이치(理致)는 원자 같은 아주 작은 것으로부터 온 우주에 이르기까지 생물이거나 무생물이거나 가릴 것 없이 변함없는 진리(眞理)이며, 이와 같이 안에서뿐만 아니라 밖에서도 서로 끌어주는 힘이 작용하기 때문에 비로소 이 우주는 존재하며, 그리고 살고 있다.

식물은 햇빛이나 물이 없으면 시들어 죽는다. 식물도 살기 위하여 자기 사랑을 한다. 뿌리에서는 열심히 물과 양분을 빨아올리고, 잎에서는 태양을 받아들여 탄소동화작용을 한다. 꽃을 피우고 열매를 맺어 종족(種族)도 열심히 퍼뜨린다.

식물은 이러한 자기 사랑뿐만 아니라 큰 사랑도 한다. 식물의 잎에서는 탄산가스를 흡수하고 동물이 숨 쉬는 데 필요한 산소를 내뿜는다. 식물의 열매는 동물의 먹이가 되고, 또 이러한 과정을 통하여 식물의 씨는 넓게 퍼진다. 식물의 꽃을 보더라도, 그 꽃들은 종족을 퍼뜨리기 위하여 열매 맺는 것이 목적이지만 동시에 조그만 곤충들에게 먹이가 되는 꿀을 제공한다. 또한 곤충은 꿀을 따먹음으로써 자기의 식량만을 가져가는 것이 아니라, 식물의 꽃가루를 옮겨 줌으로써 씨앗과 열매를 맺게 하여, 식물이 번성할 수 있도록 보답을 한다. 뿌리는 산사태를 방지하며 물을 저장한다. 항상 맑은 물을 흐르게 하고 땅을 기름지게 하여 식물 자신도 유익(有益)하게 되지만, 동물과 자연을 위하여서도 봉사한다. 식물은 이 땅의 아름다운 푸른 옷이 되어주는 것이다. 식물이 없다면 지구 표면은 모두 사막이 되어 버렸을 것이며, 많은 식물과 동물이 살기에는 적당치 않게 되었을 것이다.

이 자연과 우주의 섭리는 복잡 미묘하면서도 하나도 빈틈이 없다. 자연의 균형과 섭리는 고리와 같이 잘 짜여져 있어, 다 그렇게 마련된 이유가 있고, 서로가 서로를 위하고 있고, 또 서로가 서로를 의지하고 있다.

자연도, 우주도, 식물도, 동물도, 인간도 모두가 큰 사랑과 작은 사랑을 하도록 하느님에 의해서 마련되었다.

하느님의 섭리를 벗어나거나 배반하면서 살 수 있는 방법은 없다. 영원한 생명의 길은 작은 사랑뿐만 아니라 큰 사랑도 하는 것이다.

큰 사랑은 인간끼리 뿐만 아니라, 동물, 식물, 자연, 그리고 우주에까지 미쳐야 한다.

하느님의 미묘한 자연의 균형과 조화(造化)를 깨면 하느님의 진노하심이 반드시 있고, 우리가 자연과 우주를 사랑하면 자연과 우주 또한 우리를 사랑한다.

큰 사랑은 넓게 느끼고 넓게 생각하는, 넓은 범위에 걸친 밖으로 향한 사랑이다.

안으로 향한 사랑은 제1의 사랑이라고 한다면, 밖으로 향한 사랑은 제2의 사랑이라고 불러보리라.

제2의 사랑이야말로 인간을 완전케 하는 사랑이며, 안과 밖을 일치하게 만드는 사랑이다. 눈앞에 보이는 작은 사랑만을 사랑의 전부라고 느끼는 착각은 버려야 한다.

착각 속에 사는 것이 보통 사람이라면, 착각을 깨닫고 이를 벗어나는 것이야말로 성인들이 찾아낸 해탈(解脫)이며, 완전한 자유를 누릴 수 있다. 인간이 작은 사랑만이 전부라고 착각에 빠져 있을 때 한 없이 추하게 되고, 정말로 자기를 해치는 것이 무엇인지 알지도 못하면서, 울고 웃는 감정의 노예가 된다. 몸은 한 없이 고달프며 마음의 평화도 오지 않는다.

사랑은 나로부터 시작되어서 끝없이 널리 널리 퍼져야 한다. 사람은 두 다리 없이 걸을 수 없고, 음양과 요철(凹凸)이 없이는 물체는 이루어 지지 않는다.

큰 사랑과 작은 사랑은 하나인 사랑의 앞과 뒤이다. 앞이 없는 뒤가 있을 수 없고, 뒤가 없는 앞이 있을 수 없다. 인간이 영원히 살려면 이기적(利己的)인 생각을 뛰어넘어서 남을 위하여 살아야 한다. 큰 사랑 베푸는 사람이 되어야 한다.

나를 사랑한다면 큰 사랑을 하여야 한다. 큰 사랑 베푸는 길이 나를 사랑하는 길이다. 이 길만이 인생의 파동을 탈피(脫皮)하는 길이며, 타락하지 않고 더욱 높은 삶을 살 수가 있다. 영광과 영화가 가득하고도 무궁할 수가 있다. 차안을 떠나 피안으로 갈 수 있는 길이다. 흥망성쇠의 파동을 벗어남이 바로 해탈(解脫)이라고 하는 것이다.

정말로 나를 사랑한다면, 나를 뛰어넘어서, 사랑이 널리 퍼져야 한다.

나를 뛰어넘어야 한다. 나를 없애야 한다.

나를 뛰어넘어서(초아 超我) 나를 없애야(무아 無我) 한다.

나를 위하여 나를 없애야 한다. 나에 대한 집착을 없애야 한다. 나에 대한 애착을 없애야 한다.

사랑을 위하여 나를 없애야 한다(이때의 사랑은 나를 위한 사랑).

나를 없앨 수 있는 사랑이야말로 위대한 사랑이며, 사랑의 극치(極致)이다.

사랑함에 있어서 끝이 있으면 파동이 온다. 영원히 마르지 않는 샘물과 같이 사랑은 힘차게 솟아올라야 한다.

사랑이 안에서만 그치지 않고 밖으로 넘쳐흐를 때 축복되고 영광된 삶이 있다. 영원한 행복이 있다.

밖으로 물이 넘치는 것이 아깝다 하여 샘물이 나오지 않게 되면, 안에서도 물은 그치게 된다.

우리의 사랑이 우주의 끝까지 뻗어오를 때 우리는 우주와 하나가 된다.

사랑이 우주에까지 미칠 정도로 무한대로 커지다 보면 자기에 대한 사랑은 점 하나도 될까 말까한 아주 작은 상태인 거의 없어진 상태가 된다.

분모가 무한대로 커진 무한대(∞)분의 1은($\frac{1}{\infty}$) 거의 0에 가깝게 수렴하게 된다.

자기가 자기를 없앤다는 것은, 자기가 자기에 대한 애착을 끊는다는 것은 이 세상에서 제일 어려운 일로 생각을 한다. 그러나 가장 어렵게 보이는 길이 이 세상을 가장 잘 살 수 있는, 가장 쉬운 길이다.

자기가 자기를 없앨 수 있게 되면 이 세상을, 이 우주를 품에 안고도 남을 수 있는 무한(無限)하고도 위대한 사랑을 가지게 된다. 전지전능(全知全能)하신 하느님의 힘을 얻게 됨이며, 모든 것을 다 얻게 됨이다.

없앤다고 하여 말 그대로 모든 것을 잃게 되는 것이 아니다. 없애면 없앨수록 가지게 된다.

자기를 없애 가족을 사랑한다고, 자기가 없어질 수는 없다. 자기를 포함한 모든 가족이 행복하게 된다. 그 다음도 마찬가지다. 사랑은 인간으로부터 동물과 식물에 이르기까지, 나아가 귀중하고도 오묘한 천지 만물(天地萬物)에까지 미쳐야 한다.

사랑은 사랑인 것이다.

처음도 사랑, 나중도 사랑인 것이 사랑이다.

사랑에 내가 있는가, 네가 있는가.

사랑은 하나인 것을, 나를 사랑함은 남을 사랑함이며, 남을 사랑함은 나를 사랑함이다.

사랑은 순금(純金)이어라. 겉만 도금(鍍金)된 금은 속은 금이 아니다.

안과 밖이 금이라야 순금이 된다. 작은 사랑만을 할 수 있는 것은 완전한 사랑이 아니다. 자기를 없애는 큰 사랑까지 할 수 있어야 비로소 완전한 사랑이 된다.

자기를 없애 사랑할 때는 모든 것을 없애야 한다. 자기가 남을 위하여 사랑한다는 것도 잊어야 하며, 자기가 하고 있는 것이 사랑인지도, 자기가 누구인지도 잊어버려야 자기를 잊은 것이다.

죽음과 같이 나를 없애야 한다.

죽음과 같이 나를 없애고 우주 끝까지 사랑하여야 한다.

공명(功名)을 위하여 사랑한다면 나를 잊은 것이 아니다.

자기를 없애는 자는 찾게 되며,

자기를 내세우는 자는 잃게 될 것이며,

주면 줄수록 자기는 더욱 있고,

뺏으면 뺏을수록 자기는 더욱 뺏기고,

남을 울리면 자기는 더욱 울게 되고,

남을 즐겁게 하면 자기는 더욱 즐겁고,

스스로 높이면 더욱 낮아지고,

낮아지면 낮아질수록 더욱 높아진다.

높아진다는 생각도 낮아진다는 생각도 없애야 한다.

나를 없앨 때에는 나를 중심(中心)한 모든 생각도 없애야 한다.

없애야 된다는 생각도 없애야 된다.

욕망을 가장 잘 달성하기 위하여, 가장 좋은 방법을 찾아 점점 고도화(高度化)되다보니, 드디어 나를 없애는(無我) 경지(境地)에 다다랐구나.

나에 대한 욕망을 없애는 것이 욕망을 가장 잘 달성하는 길이었도다.

욕망을 위해 욕망을 없애야 한다.

나는 드디어 욕망에서 해방(解放)되었다.

나의 작은 욕망은 큰 욕망 속에 녹아버렸다.

나의 모든 집착(執着)은 허물어지고 나를 위한 생각(아집 我執)도 없어졌도다.

나에 대한 생각은 그야말로 무념무상(無念無想)이 되어버렸다.

나의 고통도, 욕망도, 사랑도, 쾌락도, 미움도, 파동도, 죄악도 모두가 녹아버리고, 우주의 고통, 욕망, 사랑, 쾌락으로 되어버렸다.

모든 것은 다 허물어지고 순수한 자연만이, 우주만이 남아있구나.

나를 없애고 나니 우주가 바로 내가 되었다.

인생의 파동에서 벗어났거늘 죄악(罪惡)은 이미 이름도 없어졌도다.

이야말로 해탈(解脫)된 절대자유(絕對自由)의 상태로구나.

나의 모든 것을 버리고 나니 태고(太古)적부터 찬연(燦然)히 빛나는 사랑만이 남게 되었다.

나는 태고적부터 있었던 우주의 사랑이 됐다.

영원히 계속될 사랑이 됐다.

나는 하느님과 하나가 됐다.

사랑에 이름이 써 붙여 있는가.

나도 사랑이 되자.

너도 사랑이 되자.

모두가 우주의 근원(根源)인 사랑으로 돌아가 하느님과 하나가 되자.

너도 하느님 되자.

나도 하느님 되자.

모두 하느님 되자.

물이 없으면 물고기가 살 수 없고, 공기(空氣) 없이는 사람이 살 수가 없듯이, 사랑이 없이는 사람은 살 수가 없고, 동물도, 식물도, 이 우주 자체도 존재할 수가 없다.

사랑이야말로 이 세상을 만든 우주의 구성 원리(構成原理)이며 지탱하는 힘이다.

사랑이 바로 하느님이다.

사랑의 힘이 바로 하느님의 힘이다.

하느님의 신비함과 거룩하며 전지전능함은 사랑의 신비함과 거룩하며 전지전능함이다.

영원한 사랑에 불이 당겨질 때에 인간은 흥망성쇠의 파동을 뛰어넘고(脫皮) 영원히 산다.

아니 영원한 사랑은 이미 불타고 있다. 살아있는 모든 것은, 존재하는 모든 것은, 사랑이 있기 때문에 살고 있으며, 또 존재하고 있다.

영원히 존재하는 이 세상은 원래부터 예외 없는 사랑으로 꽉 차 있으며, 인생도 아름답고 빛나게 되어 있다.

이 세상이 완전(完全)하게 되어 있음을 아는 순간부터 이미 당신은 완전하다. 당신은 사랑이 되었고, 해탈(解脫)되었고, 그 순간에 당신은 하느님이다. 부처님이다. 그리스도다.

♛ 러신스Losince되자

진리로서의 사랑이 실천(實踐)되는 모습이 성실(誠實)이며, 성실하게 실천된 사랑이 결과(結果)를 가져오는 모습이 인내이다. 이 점에 대해서는 이미 제1편 제4장에서 설명한 바이며, 사랑, 성실, 인내는 하나인 사랑이 세 가지로 분석된 모습이다.

Losince(러신스)는 사랑이란 영어 단어 'Love'에서 'Lo', 성실이란 'Sincerity'에서 'sin', 인내라는 'Endurance'에서 'ce'를 각각 따와서, 한 단어로 줄여 만든 합성어(合成語)임은 이미 제1편 제4장 끝 부분에서 설명한 바와 같다.

사랑, 성실, 인내를 한 마디로 줄여 말하면 러신스가 된다. 그러므로 러신스란 사랑을 달리 부르는 말이며, 사랑을 분석적으로 말한 것이다.

하느님이 계실 곳은 이 우주 말고는 없다. 이 우주의 삼라만상(森羅萬象)은 '생긴 그대로, 있는 그대로'의 자유(自由)스런 하느님의 일부분이요, 육신(肉身)의 나타남이다. 이 우주의 정신(精神)이 하느님의 정신이며, 그것은 이 우주가 만들어져 있는 구성 원리(構成原理)이며 본질(本

質)인 사랑이다.

자유가 하느님이 존재하는 형식(形式)이요, 겉모습이라면, 사랑은 알맹이요 내용(內容)이다.

사랑이 하느님이다.

사랑, 성실, 인내가 하느님이다.

하느님은 러신스 하느님이다.

사랑의 형태는 없다. 하느님의 우상(偶像)은 있을 수 없다. 우상이 있다면 우주 자체다.

사랑, 성실, 인내는 하나인 사랑의 여러 모습일 뿐이다. 사랑은 사랑일 뿐 오직 한 가지이지 두 가지도 아니다.

하느님을 따를 때만이, 이 우주가 영원한 것처럼 우리는 영원히 살 수가 있다. 하느님이 완전한 것처럼 우리도 완전한 존재가 된다.

우리는 모두 자유가 되자.

자유의 내용인 사랑이 되자.

사랑이 될 때 우리는 하느님이다. 러신스 하느님이다.

일찍이 석가모니 부처님께서는, 이 세상에 부처는 강변의 모래알처럼 많다고 하였다. 과거(過去)에도 그러하였고, 현재(現在)에도 그러하며, 또한 미래(未來)에도 그럴 것이라 말씀하였다. 인간은 누구나 불성(佛性)을 가지고 있어, 그 불성을 닦기만 하면 누구나 부처가 된다고 말씀하였다.

이러한 점에 있어서는 도교(道敎)도 마찬가지다. 누구나 우주의 근원(根源)인 도(道)를 닦기만 하면 우주와 하나가 되는 도인(道人)이 된다. 도인이 될 수 있는 사람이 따로 있는 것이 아니다.

인간은 이 우주를 구성하는 일부분이다. 부분이 없으면 전체도 있을 수 없다. 전체의 영원함이란 부분 부분의 영원함이다.

이 우주의 정신은 러신스이다. 부분의 정신도 러신스이다. 우리의 본성(本性)은 러신스이다. 가려져 때 묻은 러신스를 마음 속 깊이에서 찾아내서 제 구실을 하게만 하면 그 순간에 당신은 러신스이다.

사람은 누구나 원래 러신스이며 러신스가 될 수가 있다. 하느님이 되는 것이다.

인간의 역사는 해방의 역사였다. 원시시대(原始時代)에 불을 발견한 인간은, 어둠과 맹수의 공격으로부터 해방되었고, 농업, 축산업 등의 산업이 발달되면서 배고픔의 고통으로부터도 점차 해방되었다. 집을 지을 줄을 알게 되었고 각종 도구(道具)를 만들게 되면서, 인간의 생활은 점점 풍요해지기 시작하였다.

인간은 정치에 있어서도 해방의 역사였다. 정치의 역사는 한 사람이 지배하는 군주제도(君主制度)로부터, 시대가 변천하면서 귀족정치(貴族政治), 나아가 조금 더 확대된 귀족정치의 형태인 입헌군주정치(立憲君主政治), 그리고 민주주의(民主主義) 형태로 발전하였다. 민주주의 제도도 처음부터 선거권이 누구에게나 주어진 것이 아니며, 점점 확대되어 오늘날과 같이 누구에게나 선거권이 주어지는 보통선거제도(普通選擧制度)가 확립되었다.

이와 같이 정치권력은 한 사람의 지배로부터 점점 확대되면서, 모든 사람이 스스로 지배하는 민주주의가 되어, 인간은 비로소 정치권력의 공포로부터 자유를 이룩하였다.

경제(經濟)에 있어서도, 정치적 자유의 확대와 더불어 경제적 자유도 확대되었다. 절대군주(絶對君主)의 독점적 소유로부터, 오늘날의 수정자본주의(修正資本主義)에서 볼 수 있는 것과 같은, 경제적 민주주의가 달성되었다.

인간의 과학과 문명이 급속도로 발전되고, 각 분야에 걸친 민주주의가 확립되어, 인간은 모든 방면에서 자유롭게 해방되고 번영과 행복을 누리게 됐다.

그러나 단 한 가지 예외가 있는 것은, 종교적 자유는 아직도 2천여 년 이전보다도 나아진 것이 없다. 외면적인 종교적 자유는 얻어졌지만, 내면적인 종교적 자유는 스스로 묶고 풀어줄 줄을 모르고 있다. 스스로 죄인(罪人)이라 자처하면서, 스스로는 절대로 신(神)같이 될 수 없다고 포기함으로써 도덕적(道德的) 완성(完成)을 이룰 수가 없게 되었다.

기독교에는 선악과(善惡果)의 신화(神話)에서 비롯된 원죄사상(原罪思想)이 있다. 그래서 완전한 존재는 하느님과 예수 그리스도가 있을 뿐이다. 예수 그리스도만이 성령(聖靈)으로 잉태되시고 처녀에게서 나신 하느님의 독생자(獨生子, 외아들)이기 때문이다.

그 이외의 보통 사람은 완전할 수 없으며, 어쩔 수 없는 운명처럼 항상 죄악에 빠진다는 고정관념이 있다. 이리하여 위선(僞善)이 생기게 되고, 비겁해지며, 중간에서 타락하기가 쉽게 되었다. 죄인임을 자처하는 인간들은 너무나 이악해지며, 큰 사랑이 마음에서 우러나와 실천되기가 어려워진다. 사랑이 항상 자기와 자기 가족 또는 제한된 작은 집단 중심으로 머물며, 멀리 퍼지지 못하고 있다. 미움이 생기게 되고 극도의 이기주의(利己主義)가 되어, 자기의 목적과 이익을 위하여서는 수단과 방법을 가리지 않고, 나아가 파괴적 전쟁에까지 치닫게 된다. 싸움이 그칠 사이가 없고, 작은 테두리를 벗어나면 계속 투쟁이 있다. 교단(敎壇)과 교단 사이, 종교와 종교 사이, 집단과 집단 사이, 국가와 국가 사이…….

산을 오르다가 나는 산꼭대기까지 올라갈 능력이 없다고 스스로 포기하면, 절대로 산꼭대기에는 올라갈 수가 없다.

도덕적 완성(完成)에 대한 자신을 갖지 못하고 중간에서 포기하면 자기의 인격에 대하여 스스로도 책임을 질 수가 없다. 자기에게도 책임을 질 수 없을 바에야 더군다나 하느님에게는 더욱 책임을 질 수가 없다. 반드시 흥망성쇠를 거듭하는 파동이 온다. 선과 악을 번갈아 저지르게 되는 것이다.

이러한 불완전한 사상을 가지고서는 오늘날과 같은 위기의 시대에 대처할 능력이 없다. 아니, 그보다도 그러한 불완전한 사상이 오늘날과 같은 위기의 시대를 만들었다고 보아야 한다. 인류는 이 순간에라도 당장 멸망할 위험에 직면(直面)해 있다.

기독교에서 죄악으로부터 해방된 사람은 하느님 말고는 예수 그리스도가 있을 뿐이다. 기독교는 아직도 절대군주제도에서 탈피하지 못하고 있는 것이다. 귀족정치도 아직 되지 못한 것이며, 모든 사람이 죄악과 멸망에서 해방될 종교적 민주주의는 까마득하기만 하다.

과학이, 문명이, 정치와, 경제가 아무리 발전하여도, 인간의 정신이 아직도 미개발(未開發) 상태인 전제군주제도에 머물러 있어, 발전한 물질문명을 지도할 능력이 없다. 오히려 훨씬 뒤떨어진 정신문화(精神文化)가 앞서 나가는 물질문명(物質文明)의 노예가 되었다.

이것이 현대의 비극이다. 풍요하고 발달된 물질문명에도 불구하고, 그 힘을 인간의 행복에 쓰지 못하고, 인간의 살육과 불행에 쓰고 있는 역현상이 생기고 있다. 인류의 가장 앞선 기술인 핵물리학, 전자기술, 우주과학 등이 군사적 목적에 치중하여 활용되며, 전 세계가 군사비에 투여하는 예산의 총액은 실로 막대한 규모에 달하고 있다.

이 모두가 어떻게 하면 인간을 더욱 잘 죽일 수 있느냐 하는 집중적인 노력이다. 얼마 전에 두 차례에 걸친 세계대전이 있었고, 제2차 세계대전 이후에 일어난 수많은 국지전(局地戰)에서만 천만 명이 넘는 인명이 희생되었건만, 아직도 교훈으로 삼지 못하고 지금도 공포의 무기를 쌓아 올리고 있다. 어떤 핵무기는 제2차 세계대전 당시 일본에 떨어진 원자폭탄의 1만 배나 되는 위력을 가진 것이 있다고 한다.

지금 이 순간에 지구상에는 크고 작은 약 5만 개의 핵무기가 있으며, 이것들이 한꺼번에 모두 터진다면 이 지구는 몇 십 번이라도 날아가 버리게 되었다. 상대를 죽이려 하면 나도 죽게 되어 있다. 이 지구상의 모든 인간에게 3.5톤씩의 TNT(화약)에 해당하는 폭발력이 배당된다고 하며, 이만한 양이면 한 인간을 1만 6천 번 죽일 수 있다.

지금 이 순간에 가장 긴급한 것은, 시대의 발전에 어울리는 고차원적(高次元的)인 정신력을 개발함으로써 현대의 물질문명을 가장 바람직한 방향으로 이끌어나가는 것이다. 발달된 물질문명은 발전된 정신력 없이는 인간에게 가장 무서운 흉기가 된다.

인간은 종교에서도 민주주의를 달성하고, 모든 사람이 하느님이 될 수 있음을 깨닫고 하느님이 되어야 한다. 그때야 비로소 인간의 영혼은 죄악과 멸망에서 해방되고, 오늘날의 어려운 모든 문제가 해결된다.

인간은 하느님이 되어야 한다.

사랑의 화신(化身)이 되어야 한다.

모든 것이 해방된 현대에서는 종교도 민주주의가 되어야 한다. 신(神)만이 옥좌(玉座)를 독점하고 많은 사람을 죄악과 멸망 속에 헤매게 할 수는 없다.

선악과의 신화에서 비롯된 원죄사상(原罪思想)을 벗어나, 자신을 가지고 사랑을 끝까지 관철하여, 스스로 완전한 존재가 되어야 한다.

큰 사랑까지 조그만 사랑이 커져야 한다. 그래서 종교와 사랑을 말하면서 서로 싸우며 죽이는 위선을 벗어나야 한다. 도금이 아니라 속속들이 순금이 되어야 한다.

나를 뛰어넘는 사랑(초아애超我愛)을 할 때 큰 사랑, 완전한 사랑에 도달하게 된다. 나를 뛰어넘어(초아超我) 나를 없앤 사랑(무아애無我愛)이 우주의 근원된 사랑이며, 온 우주를 가슴에 안고도 남게 한다.

나를 없앨 때, 나의 작은 고통과 욕망과 사랑과 쾌락은 모두 큰 우주 속에 녹아들어 우주와 하나가 된다. 미움과 파동과 죄악과 멸망은 있지도 않다.

나를 없앤 사랑(무아애無我愛)이 바로 하느님이다.

나를 없앰으로써 사랑의 하느님 되자.

나를 없앰으로써 러신스(Losince) 하느님 되자.

나를 없애자.

나를 없애고 또 없애자.

나에서 사랑이 조금 더 커지면, 조금 큰 나인 우리가 있다.

우리를 없애자.

우리를 없애고 또 없애자.

우리를 없앨 때 점점 더 큰 우리가 된다. 세계도 우리가 된다. 드디어 우주가 우리가 된다.

이리하여 사랑은 점점 더 커지게 된다. 작은 인물은 가족이 우리의 전부가 되며, 큰 인물은 이 우주가 우리가 된다. 그 사람을 성자(聖者)라 한다.

사랑이 줄어들어서 자기 몸도 채우지 못하게 되면, 한 몸도 감당하지 못하고 죽어야 한다.

악이 더욱 심해지면 혼자서 망하는 데서 그치지 않고, 연기를 많이 피우면 다른 사람도 눈이 매웁듯이, 옆에 있는 사람에게도 흙탕물을 끼얹는 해(害)를 끼친다. 이래서 혼자 죽는 것에 그치지 않고, 악한(惡漢)이란 소리를 듣게 되는 것이다.

나를 없애자.

조금 큰 나인 우리를 없애자.

그래서 그 우리의 테두리를 점점 넓혀 나가자.

우주에까지 넓혀 나가서 드디어 모두가 하느님 되자.

모든 사람이 동시에 될 수 없다면,

나부터라도 나를 없애고 없애,

모든 장벽을 허물고 부셔,

우주와 하나가 되어 러신스 하느님 되자.

모든 사람이 한 사람 한 사람 되다 보면,

모두가 러신스 하느님이 되는 것이다.

ꕔ 모든 위대한 종교

세계의 모든 고귀한 종교는 유일신(唯一神) 사상에서만 끝나지 않는다. 나아가 그 종교는, 인간이 전체 우주를 구성하는 우주의 일부분으로서 절대적인 가치(價値) 또는 절대자(絶對者)와 하나가 될 수 있다는 굳은 신념(信念)을 가지고 있다.

도교가 그러하며 불교의 부처가 그런 존재이다. 이 두 종교의 자기완성(自己完成) 사상은 확고한 것이며 완전한 종교적 민주주의다. 또한 예수 그리스도가 생각하는 진리(眞理)의 빛이 바로 그런 사상이다. 이것은 여러 가지 말로 표현되었다. 하느님, 빛, 진리, 영원한 생명, 말씀, 정신(精神, Spirit; 성령), 사랑 등등이다.

냉정히 생각해 보자. 기독교에서는 원죄사상(原罪思想)이 일반화되어 있지만, 예수 그리스도께서 언제 인간이 원죄를 졌기 때문에 불완전하게 되었다고 말씀한 일이 있는가. 선악과(善惡果)의 이야기는 구약 편에 있는 것이지 예수님의 언동의 기록인 신약(新約)에는 그런 말이 없다. 더구나 예수 그리스도는 성령 잉태설이나 독생자설(獨生子說)을 스스로 말한 바 없다. 성경은 그리스도 사후(死後)에 기록된 것이다.

그리스도께서는 "나는 길이요, 진리요, 생명이요, 빛이다"(요한복음 8:12, 14:6 참조)라고 수없이 말씀하셨으며, 요한복음에는 말씀과 정신(精神, Spirit; 성령)이 하느님이라고 분명히 지적하고 말씀과 정신의 화신(化身)이신 예수 그리스도는 바로 하느님 자신이라고 명쾌하게 쓰고 있다(요한복음 1:1~1:18, 요한복음 4:24 참조). 요한 1서에서는 "하느님은 빛이요(1:5), 사랑이시다(4:8)"라고 거듭 밝혀져 있어, 사랑이 하느님의 진리(眞理)이며, 이 사랑의 진리를 통하여 예수 그리스도가 그러한 것처럼 우리도 하느님과 하나가 될 수 있음을 명백히 하고 있다.

예수 그리스도의 원래의 뜻은 자기구원(自己救援) 사상이다. 예수 그리스도와 같이 빛을 함께 할 때에, 예수 그리스도가 하느님인 것과 같이, 우리도 하느님이 되는 것이다.

예수 그리스도는 "그리스도가 하느님 안에 있고 하느님이 그리스도 안에 있음을 믿으라" 말씀하시며(요한복음 14:11 참조) 이를 믿는 자는 내가 한 일을 또한 할 수 있을 것이며, 오히려 더 큰 일도 하리라고 말씀하셨다(요한복음 14:12 참조).

십자가에 처형되기 바로 전날 제자들을 위하여 기도하시며, 하느님과 그리스도가 하나가 된 것처럼 제자들이 하느님 안에 모두 하나가 되고 (요한복음 17:11 참조), 예수 그리스도가 느꼈던 기쁨(요한복음 17:13 참조)과 하느님이 주신 영광이 모두 그들에게 똑같이 이루어지기를 기도하셨다(요한복음 17:22 참조). 제자들뿐만 아니라 제자들을 통하여 믿는 사람들까지(요한복음 17:20 참조), 하느님이 예수 그리스도 안에 있고 예수 그리스도가 하느님 안에 있듯이, 그들이 모두 하나가 되기를 기도하셨다(요한복음 17:21 참조).

예수 그리스도는 제자들에게 사랑의 계명을 지킬 때 자기의 친구가 되는 것이라고 말씀하시고(요한복음 15:12, 15:14 참조), 자기가 하느님에 대해서 알고 있는 모든 것을 이미 제자들에게 알려 주었으므로, 더 이상 종이라고 부르지 않고 친구들이라고 부르게 되었다고 말씀하셨다(요한복음 15:15 참조).

예수 그리스도께서 죽음이 바로 눈앞에 다가왔을 때, 이를 예감(豫感)하시고, 제자들에게 가슴에 있는 깊은 진실(眞實)을 토로하셨다. 더 이상 돌려서 비유로 말하지 않고 하느님에 대하여 명백하게 말씀하셨다(요한복음 16:25 참조).

기독교인에 의하여 싸움과 분쟁과, 심지어 이교도(異敎徒)에 대한 학살까지 자행하는 이론적 근거로서 이용되고 있는 요한복음 14장 6절 후반에 씌어 있는 '나를 통하지 않고서는 아무도 하느님에게 갈 수 없다'는 구절은, 한 성경 말씀의 뒷부분이며, 그 앞부분을 떼어놓고서는 그 뜻이 완전해질 수 없다. 그 앞부분(요한복음 14:6 전반부)에서는 '나는 길이요, 진리요, 생명이다'라고 말씀하시고 있다. 길인 나, 진리인 나, 생명인 나를 통하지 않고서는 하늘나라에 갈 수 없다는 것이다. 이때의 나는 바로 길이며, 진리이며, 생명이다. 길과 진리와 생명만이 인간을 하느님에게 인도한다는 진리의 선언이지 배타적(排他的)인 독선(獨善)이 아니다.

하느님과 예수 그리스도의 진리와, 길과, 생명은 사랑이다. 여기에서의 나는 바로 다름 아닌 사랑인 것이다. 예수님이 사랑을 말하였거늘, 이 위대한 예수님의 말씀을 거두절미하여 앞부분인 진리는 빼버리고, 오로지 나를 통하지 않고는 하늘나라에 갈 수 없다는 말만을 강조하면서 독선(獨善)과 배타심(排他心)으로 타 종교를 억압하며 말살하려고 덤벼들다가 드디어는 전쟁까지를 일삼았다. 이는 바로 예수님의 진리인 사랑을 죽이는 행위이며, 사랑의 화신이 되신 예수님을 죽이는 행위이며 예수님과 하나인 하느님을 죽이는 행위이다. 이교도들에게 살인과 방화를 일삼는 자들이야말로, 그리스도의 가르침인 사랑에 정면으로 도전함이며, 배반자이며, 적(敵)이다. 이들이야말로 사랑이신 그리스도와 하느님의 가슴에 칼을 꽂는 자이다. 더구나 같은 교도들끼리도 교단이 다르다고, 교파가 다르다고 죽이고 죽고 하는 것을 더 어떻게 설명하여야 되는 것인가.

오랜 옛날 인간이 과학적 지식도 적고 무지(無知)할 때에는, 자연현상 등 미지(未知)의 것들에 대하여 무한한 두려움을 느꼈으며, 이러한 마음의 자세에서 신(神)에 대한 관념(觀念)도 성립되었다. 신은 절대 신성불가침한 인격적(人格的) 존재였으며, 인간은 한 없이 작고 무력(無力)하게 느껴졌을 뿐이다. 인간은 어쩔 수 없는 체념에서 신에 의존하여 따를 수밖에 없었으며, 신과 같이 완전한 존재가 될 수 있다는 생각은 감히 엄두도 낼 수 없었다.

이러한 사고방식은 고대의 신화(神話)들에 잘 반영되어 있으며, 어느 민족에게도 신화시대는 있었던 것이다. 선악과의 신화만 보더라도 원래 그 원형(原形)은, 오랜 옛날인 고대 바빌로니아 시대로부터 연유된 것이다. 적어도 기원 2천 년 전 '아브라함' 시대에도 존재하였던 신화이며, 그 이전 언제부터 성립되어 유래되었는지도 알 수가 없다. 유태교의 실질적 창시자인 '아브라함'에 의하여 고대 바빌로니아의 선악과의 신화가 구약에 도입된 것으로 보이며, '아브라함'의 고향이 바로 '함므라비' 왕 시대의 고대 바빌로니아였다.

희랍과 로마 민족과 더불어 오랜 옛날부터 전해 내려온 희랍 신화와 로마 신화에도 인간의 불행과 불완전성에 대한 시지프스의 신화, 판도라의 신화 등이 있으며, 이외에도 세계 여러 나라의 많은 고대 신화들이 인간의 무력함과 불완전성을 말하고 있다.

그러나 기원 5백 년 전쯤부터 사람의 지혜가 많이 깨어나게 되었으며, 과학 지식도 점차 발달하게 되었다. 이와 더불어 무조건한 두려움에서 비롯된 신(神)에 대한 맹목적 복종과 의존(依存)에서 점차 탈피하게 되고, 신이란 과연 무엇이냐 하는 의문과 생각을 하게끔 발전되었다.

인간은, 무조건 신성불가침한 절대적 존재로서 인간과 동떨어진 두려운 신이라는 점에서뿐만 아니라, 인간과 근원(根源)에서 어떤 동질성(同質性)을 갖는 진리로서의 신의 존재를 느끼기 시작하고, 그야말로 신과 가까워지고 일체(一體)가 될 수 있다는 자각(自覺)과 노력을 하기에 이르렀던 것이다. 동양에서는 일찍이 불교와 도교가 각각 인간 스스로에 의한 자기완성(自己完成) 사상을 정립하였다. 이러한 것은 인간의 지혜와 정신적 자각이 깨어남과 더불어 어쩔 수 없이 일어날 수밖에 없는 역사적 변화 과정이었다. 서력기원을 맞이하여서는 서양에서도 철저한 절대주의(絕對主義) 신관(神觀)을 가진 유대교의 엄격한 종교적 토양 아래에 있었던 예수 그리스도도, 신성모독으로 단죄(斷罪)되는 위험을 무릅쓰고 인간이 신이 될 수 있다는 자기구원(自己救援) 사상을 과감하게 주장하기에 이르렀다.

이러한 예수의 사상을 잘 알 수 있는 구절들이 요한복음 전체에 넘쳐 흐르고 있다. 요한은 예수의 제자 중에 가장 학식이 많고 철학과 신학에 밝은 지식인이었다. 요한은 예수의 사상을 가장 잘 이해하고 받아들일 수 있었다.

특히나 예수께서는 하느님의 말씀을 받은 사람들은 모두 신(神)이라고 말씀하심으로서 진리 속에 하느님이 됨을 가장 직접적으로 역설하였다(요한복음 10:22~39 참조).

이러한 사상은 누구나 부처가 될 수 있다는 불교 사상과 일맥상통하는 것이며 이러한 점이 예수의 행적이 밝혀지지 않은 10년 동안 예수가 인도에 유학하며 불교를 수행하였다는 주장까지가 등장하게 만들었다. 이러한 주장의 진부는 별도로 규명될 문제이지만, 유학여부와 관계없이 예수의 자기구원사상은 불교와 거의 동일한 것으로 보여진다.

동양의 불교와 도교뿐만 아니라 예수의 때 묻지 않은 순수한 원시 기독교는 인간이 신(神)이, 하느님이 될 수 있다는 완전한 종교적 민주주의였다.

신(神)이 인간 위에 군림하여 멋대로 지배하고 호령하는 신본주의(神本主義)가 아니라, 인간이 신(神)이 된다는 신과 인간이 둘이 아닌 하나로 합일(合一)되는 인본주의(人本主義)였다.

인본주의(人本主義)라 하여 신의 가치가 떨어지는 것이 아니다. 바로 인간이 그 존귀(尊貴)하고도 위대(偉大)한 신으로 될 수 있음을 뜻하는 것일 뿐이다.

제3장 자유와 사랑은 승리하는가

착각錯覺

하느님은 사랑이시다. 하느님이 된다는 것은 러신스(Losince)가 되는 것이다. 러신스가 된다는 것은 사랑, 성실, 인내의 화신(化身)이 되는 것이며, 자기를 없앤 사랑(무아애 無我愛)을 하는 것이다.

이때의 자기를 없앤다는 것은 모든 이의 고통을 자기의 고통으로 받아들임이며, 이 고통들을 풀어보려는 한없는 욕망을 가짐이며, 끝없이 큰 사랑을 하게 됨이다. 자기에서 비롯된 사랑이 점점 커져서 드디어 우주에까지 미치게 되면, 옛날에는 자기라는 존재가 마음속의 대부분을 차지하는 데 비하여 자기는 보이지도 않을 정도로 작게 되는 것이다.

사랑이 무한대(無限大)로 커지게 되면 자기를 없앤 상태가 된다. 마치 수학(數學)의 무한대의 원리(原理)와 같은 것이다.

우주에까지 닿는 끝없는 사랑의 모습이다.

자기는 없어져 버린 것이다.

죽음과 같이 자기는 없어져 버린 것이다.

자기라는 존재가 없어졌다고는 하나 아주 없어진 것은 아니다. 자기라는 존재는 큰 테두리 속에, 우주 속에 함께 있는 것이다. 나에 대한 작은 사랑은 큰 사랑 속에 녹아 있는 것이다. 내가 없어진 것이 아니라, 오히려 나를 포함하여 우주까지도 모두 다 있는 긍정적이며 적극적인 결과가 온다.

나를 없앤 사랑은 자기라는 안에 있는 작은 것부터 사랑이 채워져 나와, 점점 그 범위가 커지게 되어, 자기로부터 우주까지 사랑으로 충만해지는 완성과 모든 것이 다 있는 생명과 환희의 세계이다.

나를 없앴으되(무아 無我), 막연히 소극적으로 그냥 없애게 된 것이 아니라, 오히려 자기를 없앤 큰 사랑(무아애 無我愛)을 하게 된 지극히 적극적인 결과가 되어버린다.

인간은 원래부터 하느님으로부터 작은 사랑과 큰 사랑을 하도록 마련되어 있으며, 지금 이 순간에도 작은 사랑뿐만 아니라 무수한 큰 사랑을 실천하고 있기 때문에 인간이란 존재가 있다.

나를 사랑하는 것으로부터 시작하여, 그 사랑을 키우고 키워 우주까지 뻗어나가게 하는 적극적(積極的)인 방법은, 이 우주의 '생긴 그대로, 있는 그대로'의 자유스러운 모습과 일치하기 때문에, 자연스럽게 하느님의 섭리(攝理)에 따라 쉽게 도(道)를 이룰 수 있다. 그야말로 편안하고 빠르게 달릴 수 있는 탄탄대로이며 고속도로(高速道路)이다. 사람이 살 수 있는 생명(生命)의 길이다. 다만 인간이 어렵다고 착각하고 있을 뿐이다.

🔅 자유와 사랑은 본능

이제까지는 이해를 돕기 위하여 될 수 있는 대로 사랑, 미움, 고통, 쾌락 등으로 단순화한 한 가지 단어만을 주로 사용해 왔으나 앞으로는 필요에 따라 그때그때에 맞는 다양한 표현도 함께 쓰기로 한다.

이 우주는 영원한 존재이며, 우주를 구성(構成)하는 인간이 또한 영원하다.

인간의 영원함이란 삶의 영원함이며, 삶의 영원함이란 고통과 그 고통을 해결하여 쾌락으로 만드는 사랑의 영원함이다.

공기를 마시지 않고 살 수 없는 것처럼, 사랑을 하지 않고는 살 수가 없다. 살고 있음은 사랑을 함이며, 사랑을 하지 않음은 죽음을 의미한다.

살고자 함이 영원한 인간의 본능(本能)인 것처럼 인간을 살게 하는 사랑 또한 영원한 인간의 본능이다. 본능을 죽일 수 없는 것처럼 사랑도 영원히 죽일 수 없다.

이것이 '생긴 그대로, 있는 그대로'의 자유(自由 생긴 그대로)스런 이 세상의 참모습(眞相)이다. 인간의 자유란 사랑이다. 자유가 있는 곳에 사랑이 있고, 사랑이 있는 곳에 자유가 있다. 자유가 없는 곳에 사랑이 없고, 사랑이 없는 곳에 자유가 없다. 사랑이 없는 자유는 자유가 아니다. 자유가 없는 사랑은 사랑이 아니다.

자유가 추상적(抽象的)인 표현이라면 사랑은 같은 것의 구체적(具體的)인 표현이다. 자유가 껍데기라면, 사랑은 그 알맹이다.

사랑이 아니면 인간은 살 수 없는 것처럼, 자유가 아니면 인간은 살 수가 없다. 사랑이 인간의 본능(本能)인 것과 같이 자유는 인간의 본능이다. 인간의 본능은 그 누구도 막을 수 없다. 인간의 자유를, 인간의 사랑을 그 누가 감히 막을 수 있으랴.

인간의 자기 사랑을, 식욕을, 잠자는 것을, 옷 입는 것을, 그 어떠한 힘도 막을 수 없다. 그 누가 뜨겁게 불타는 남녀의 사랑을 막을 것이며, 생명을 아끼지 않는 모성애(母性愛)를 막을 수 있으랴. 이것을 막는다면 어떤 정권(政權)도 단 하루를 넘길 수 없다. 오히려 모든 정부가, 정권이 이 문제들을 해결하려고 노력하고 있다.

큰 사랑, 작은 사랑을 막론하고 인간의 사랑, 인간의 자유는 그 어느 것도 막을 수 없다.

이 지구상에는 지금도 수많은 성직자(聖職者)가 있다. 사회에 헌신하는 수많은 선행자(善行者)가 있다. 그들이 자기의 생업(生業)만을 위하여, 돈을 벌기 위하여 성직자가 되고, 선행자가 되는 것인가. 인간에게는 어쩔 수 없는 큰 사랑의 씨가 있다. 큰 문제를 풀어보려는 욕망이 있다. 남의 불행을 보면 안타까운 고통을 느끼게 만들어져 있는 것이다. 이것이 조금의 뺌도, 보탬도 없는 '생긴 그대로, 있는 그대로(自由自在 자유자재)'의 인간의 모습이며, 이 우주의 모습이다. 우리의 '생긴 그대로(自由 자유)'가 이러하지 않다면, 예수 그리스도나 석가모니 부처님인들 어찌 있을 수 있었겠는가.

나에 대한 사랑이 없으면 나는 먹지 않고 입지 않을 것이니 살지 못할 것이요, 서로를 사랑하지 않는다면 인간은 서로 물고 뜯어서 하나도 남지 않고 다 같이 멸망해 버렸을 것이다. 나에 대한 지극한 사랑의 힘으로 나는 살고 있으며, 서로를 사랑하는 힘에 의해서 우리는 사회를 이루고 서로 도와가면서 번영과 안락을 누릴 수 있다.

우주는 영원한 존재임이 이 우주의 진리이며, 하느님의 뜻이다. 큰 사랑과 작은 사랑의 힘에 의하여 하느님의 진리는 한 치의 어김도 없이 실천되고 있다. 전지전능하신 하느님이 하시는 일에 빈틈이 있을까 보냐.

영원한 사랑이여, 신비한 신의 조화여!

인간은 '생긴 그대로'일 수는 있어도 '생긴 그대로'가 아닐 수 없다.

사랑, 성실, 인내가 없는 것은 '생긴 그대로'가 아니며, 그것은 곧 없어지게 된다. 이 우주의 '생긴 그대로'가 아닌 것이 어찌 이 땅에 있을 수 있으랴.

사랑은 인간이 태어날 때부터 갖는 어쩔 수 없는 숙명(宿命)이며 본성이다. 이 땅 위에서 사랑이 없는 인간은 도태되게 된다. 사랑이 없는 개인도 있을 수 없고, 사랑이 없는 사회도, 기업도, 정부도 있을 수 없다. 자기를 사랑하지 않는 사람은 게으를 것이며, 자기를 위하여 애쓰며 일하지 않을 것이니 곧 이 땅에서 없어지게 된다. 뿌리에서 물을 열심히 빨아올리지 않는 식물도 말라죽는다. 사랑이 없는 정부(政府)인들 어찌 있을 수 있단 말인가. 그것은 '생긴 그대로'가 아니니 말이다. 이 있지 못할 것이 잠시 있다고 하여도, 스스로 자멸하거나, 조그마한 외부의 충격에도 힘없이 붕괴되고 만다. 얼마나 많은 사랑이 없는 부정부패한 정부가 이 땅 위에서 사라져 없어졌던가.

자유는 방종과 무기력(無氣力)이 아니다. 자유는 사랑, 성실, 인내이지 방종이 아니며, 자유는 모든 인간을 살게 하는 사랑의 위대한 힘이지 무기력(無氣力)이 아니다.

인간은 살려고 하는 것이지, 악을 행하여 죽고자 하는 것이 아니다. 살려는 데에는 인간은 용기와 의지(意志)가 있는 것이요 다 기뻐하는 바이나, 죽는 것은 모두가 싫어하고 두려워하는 것이니 악을 행함은 모두 싫어하고 두려워한다.

살인함에 두려움과 죄책감을 느끼지 않고, 안락(安樂)한 마음과 화평

(和平)스러운 마음에서 생(生)의 행복과 기쁨을 맛보며 사람을 죽일 수 있단 말인가. 살인함에 죽음과도 같은 전율과 두려움을 맛보는 것이 다만 체포와 형벌만이 무서워서 그렇단 말인가.

여기에 흉악한 강도가 있다고 하자. 그는 비록 강도질을 서슴지 않고 한 해도, 그는 그것을 옳다고 생각하며, 악이 정의(正義)라고 생각하는가. 그는 남이 옳지 않은 일을 한 것을 듣고 잘한 짓이라 할 것이며, 착한 일을 한 것을 아름다운 일이 아니라고 생각할 것인가. 그는 강도질이 좋은 일이라 하여 자기 자식도 강도질 하기를 원하며, 또 그것을 권장할 것인가. 비록 자기는 강도질을 하나 자기 자식만은 올바른 사람이 될 것을 간절히 바랄 것이며, 또 그렇게 가르칠 것이다.

해바라기는 항상 태양만을 향하여 있으니 그것은 그가 살 수 있는 길이기 때문이며, 인간이 살 수 있는 길은 사랑이니 인간은 사랑에만 향할 수 있다.

온전하게 할 수 있는 것만을 온전하게 할 수 있으며, 온전하게 할 수 없는 것은 온전하게 할 수가 없다. 나쁜 일을 할 때는 인간은 가슴 깊은 곳으로부터 해서는 안 된다는 영혼의 소리를 듣는다. 이러한 것은 사회 구성원이 모두 마찬가지이므로 전체의 사회제도도 악한 행동을 막는다. 옳은 일을 함에는 인간은 이것은 해야 하는 것이라는 양심의 고무와 격려를 받으며, 사회적인 고무와 격려도 또한 받는다. 악을 행하는 자마다 악을 행함을 한탄하며, 선을 행하지 못하는 자마다 모두 선을 행하지 못함을 애석해 한다. 선을 행하고, 악을 행하여서는 안 되는 것이기에, 악한 자까지도 선함을 가장(假裝)한다. 악한 것이 허용되는 것이며, 잘 살 수 있는 길이라면, 악한 것을 자랑할 것이지 왜 숨기려 할 것인가.

나쁜 일이란 항상 흔들리는 것이며, 떳떳하게 용기로써 해낼 수 없다. 항상 떨리는 마음과 비굴함과 패배감 속에서만 행하여진다. 이렇게 한풀

꺾이고 들어가는 일이 힘찰 수 없다. 그늘에서 피어나는 곰팡이와 같이 태양이 떠오르면 곧 스러지는 힘없는 것이다.

올바름은 생(生)에의 신념과 용기로써 행하여진다. 그 힘이 당당하며, 공명정대(公明正大)하여 막힘이 없다. 어떠한 장애라도 올바름을 막지 못한다. 올바름만이 성실할 수 있으며, 인내로써 관철해 낸다. 그 힘이 참되고 끊임이 없다.

악의 힘은 아무리 강한 것 같아도 무력(無力)할 수밖에 없으며, 사랑의 힘은 가장 약한 것 같으나 불굴의 의지와 용기를 가진 가장 강한 힘이다 이러한 모든 것은, 자유 '생긴 그대로'는 선(善)한 것이기 때문이다.

인간이 좀 더 잘 살기를 원한다는 것은, 좀 더 사랑을 잘하게 되기를 바란다는 것이다. 정치, 경제, 사회, 문화의 모든 영역에서 인간은 좀 더 잘 살 수 있는 길을 끊임없이 모색하며, 부단한 노력을 기울이고 있는 바, 이는 다름 아닌 어떻게 하면 좀 더 사랑을 잘 할 수 있느냐에 달린 것 이다.

이러한, 인간이 하고 싶어 하는 것을 가장 잘 집중적이고 체계 있게 표 현하고 있는 것이 종교이다. 그들이 하고 싶은 것이 사랑이 아니라면, 인 간은 왜 사랑을 종교의 이상(理想)으로 받들며, 사랑을 하지 않으면 안 된다고 할 것인가. 예수 그리스도가 사랑을, 석가모니 부처님이 자비를 아무리 애타게 가르쳤다고 해도, 인간의 '생긴 그대로(自由)'의 하고자 함이 선이 아니라 악이라면 뉘라서 몇 천 년 전에 살던 이들을 아는 척이 라도 할 것이며, 위대하고도 거룩하다고 이들을 본받으려 할 것인가. 아 니 그보다도 예수 그리스도와 석가모니, 부처님 자체부터가 없었을 것이다. 종교의 목표(目標)가 바로 선이며 사랑인 것은 인간의 자유(생긴 그 대로)가 사랑이기 때문에 바로 그 사랑을 하고자 함이다.

정의(正義)는 힘이며, 힘이 정의가 아니다.

정의는 이미 이기고 있으며, 악은 이미 지고 있다.

인간의 자유는 사랑이므로, 인간은 사랑에 의해서만 살 수 있는 것처럼, 인간은 가장 자유스러워야 살 수가 있다. 모든 영역에 있어서의 인간의 자유는 보장되어야 하며, 자유를 막는 그 어떤 것이라도 없애지 않고서는, 인간은 살 수도 행복할 수도 없다.

우리의 자유는 개발(開發)되어 닦아질 것이지, 구속(拘束)되어 퇴색할 것이 아니다. 인간의 자유가, 본성(本性)이 선(善)이 아니라 악(惡)이라고 주장함은, 우리는 살고자 하는 것이 아니라 죽고자 하는 것이라고 주장함과 꼭 같다.

자유만이 인간을 살릴 수 있으며, 활기 있게 한다.

자유가 물이라면, 사랑은 물속에 사는 물고기이다.

사랑이 아니면 죽음이 있다.

자유가 아니면 죽음이 있다.

자유는 멋대로 하는 파괴의 원리(原理)가 아니라, 건설의 원리이다.

자유는 사랑인 것이다.

사랑이 아닌 것은 사랑이 되라.

자유가 아닌 것은 자유가 되라.

❧ 장애물

우리의 자유는 사랑이며, 자유와 사랑이 아니면 인간은 살 수가 없다. 자유와 사랑이 있는 곳에 인간의 생명이 있다.

우주와 인간은 영원한 존재임이 하느님의 뜻(天命)이므로, 자유와 사랑은 영원히 승리한다. 자유와 사랑에는 장애물이 있을 수 없다. 하느님의 뜻을 거역하는 것이 어찌 있을 수 있으랴. 그런 장애물이 생긴다 해도 영원할 수 없으며, 일시적으로 나타났다가도 흔적도 없이 사라지게 마련이다.

자유를 가로막는 것은 사랑도 가로막는 것이다. 자유에 대한 장애물은 사랑에 대해서도 장애물이다. 우리가 자유라는 것은 모든 구속(拘束)에서부터 해방된 것을 말한다. 그 어떤 것이라도, 인간의 활동을 제약(制約)하고 구속할 때는 인간은 자유가 아니다. 자유를 억압하는 장애물은 그 어떤 것이라도 낱낱이 제거되어야 한다.

어떤 계급과 신분(身分)이기 때문에 하고 싶은 것을 전혀 할 수 없거나, 어떤 계급과 신분의 사람만이 비로소 할 수 있다는 것은 이미 자유가 아니다. 계급과 신분에서 오는 어떠한 차별대우도 있어서는 안 되며, 인간은 누구를 막론하고 정치적, 경제적, 사회적, 문화적으로 평등(平等)한 대우를 받아야 한다. 모든 인간은 평등한 인격적 대우와 기회를 균등히 갖지 않으면 안 되며, 빈부, 귀천, 정견(政見)의 차이에서 오는 어떠한 부당한 대우도 받아서는 안 된다.

신분이 신분을 지배하는 봉건주의의 잔재는 깨끗이 씻어져야 한다. 압박받던 계급이 압박하는 계급이 되어 새로운 계급 지배의 제도를 창설함도 이미 인간의 평등에는 모순이 된다. 인간은 자기가 자기를 지배할 때에만 자유일 수 있고, 계급과 신분, 기타 여하한 것이라도 인간을 지배할 때에는 인간은 자유가 아니며, 자유의 꽃인 사랑은 피지 않는다.

우리의 주위에는 신분과 계급이 아니더라도, 이와 유사한 것들 중에 자유를 제약(制約)하는 것이 너무나 많다. 학벌, 문벌(門閥), 지연(地緣) 등 그런 것들을 모두 나열하려면 한이 없을 것이다. 이러한 전 근대적인 사고방식을 이제는 청산하여야 한다. 인간의 행위를 구속하며, 파벌과 분쟁을 조성(造成)하는 해독(害毒)이 끝이 없다.

어떤 학교를 나오지 않으면, 어느 문중(門中)의 출신이 아니면, 어느 지방(地方)의 출신이 아니면, 할 일을 못하고 못할 일을 하여야 한다면, 이것이 자유일 수 있는 것인가, 평등일 수 있는 것인가. 어떤 학교를 나오고 못 나오고가 문제가 아니라, 지금 그 사람이 그만한 실력을 가지고 있느냐 않느냐 하는 것이 문제가 되어야 한다. 문중이란 구시대적 사고 방식에 대해서는 더 말할 필요도 없다.

핵무기의 가공(可恐)할 위협 속에 처하고 있어, 세계도 하나로 만들어야 비로소 이 지구상에 평화가 오고 인간이 살 수 있게 되었다. 이러한 시대에 이 좁은 땅덩어리에서, 한 나라 안에서 우물 안 개구리와 같이 지역감정을 가지고 서로가 서로를 못마땅해 하고 아웅다웅 텃세 자랑을 한다면, 도저히 구제할 방법이 없다. 더구나 이러한 지역감정을 자기의 정치역학(政治力學) 관계에 악용하려는 정치가가 있다면, 그는 정치가가 될 자격이 애당초부터 결여되어 있는 민족 분열을 조장하는 반역자이다. 이러한 것은 자기의 지역이 힘이 있다고 생각하여 그 힘을 이용하려고 하거나, 또는 자기 지역이 뒤떨어진다고 생각하여 그 울분을 정치에 이용하려고 하거나 모두가 같은 행위에 속한다. 나라를 하나로 뭉치게 할 수 없는, 철학이 없고 옹졸한 사람은 한 나라의 지도자가 될 자격이 절대로 없다. 더구나 국제화의 시대에 적응할 수 있는 지도자는 더욱 될 수가 없다.

인간이 자유롭게 되기 위하여서는 모든 것으로부터 해방되어야 한다. 어떤 편견과 선입관도, 어떤 계급, 신분, 학벌, 문벌, 지연, 권위도 인간을 구속해서는 안 된다. 인간에게는 어떤 딱지도 꼬리표도 붙어서는 안 되며, 이 딱지와 꼬리표가 어떤 구실을 해서도 안 된다. 딱지와 꼬리표는 마땅히 인간에게서 자취를 감춰야 한다.

오로지 인간은 평등하여야 한다. 평등 없이는 자유는 있을 수 없다. 평등은 자유의 대전제(大前提)이며 선행조건(先行條件)이다. 평등의 개념은 자유의 개념에 당연히 포함되는 앞부분이며, 이때에야 비로소 자유의 개념은 정당하게 이해될 수 있다.

평등이 이루어질 때에 신분으로부터의 자유, 계급으로부터의 자유, 학벌로부터의 자유, 문벌로부터의 자유, 지연으로부터의 자유, 권위로부터의 자유 등 모든 자유가 이루어진다.

자유가 방종과 무기력이 아니라 사랑인 것과 같이, 평등이라 하여 무조건한 평등이 아니다.

교수는 대학에서 가르칠 수 있는 선생인 것이다. 평등이라 하여 아무런 자격도, 실력도 없는 사람이 나도 대학에서 좀 가르쳐야 되겠다고 말할 수는 없다. 노력하는 사람이나 노력하지 않는 사람이나 평등이라 하여 똑같이 산다면, 이는 노력하는 사람에게는 불평등이다. 평등한 것은 평등하게, 불평등한 것은 불평등하게 함이 진정한 평등함이다.

문제는 평등해질 수 있는 기회를, 노력할 수 있는 기회를 똑같이 주어야 한다.

교수가 될 수 있는 기회를, 부자가 될 수 있는 기회를, 명예와 지위를 차지할 수 있는 동등한 기회를 주어야 한다.

열심히 공부할 수 있는 기회를, 남을 위하여 헌신할 수 있는 기회를, 모든 사람을 사랑하고 노력할 수 있는 기회를 누구에게나 똑같이 활짝 열어 주어야 한다.

이제까지 말하여 온 것들이 인류 역사상 주장되어 온 자유의 대부분을 차지하는 것들이며, 크게 하나로 묶어 평등의 자유라고 부를 수 있겠다.

우리의 자유를 가로막는 것이 또 하나 있으니, 그것이 바로 우리의 감각적 자유를 구속하는 타락이다.

우리의 감각적 자유(생긴 그대로)란 고통을 예민하게 느끼는(감지感知) 것이다. 그 하나가 나를 위한 고통을 느낌이며, 그 둘이 남을 위한 고통을 느낌이다.

사실 고통은 괴로운 것이나, 이 고통에 대하여 정정당당히 투쟁하여 쾌락이 될 때, 우리는 영원히 살 수가 있다. 이 고통이 괴롭다 하여 일시적으로 잊기 위하여, 고통과의 정면 투쟁이 아니라, 도피 행위로서 폭음, 폭력, 음란, 도박, 마약 등으로, 우리의 감각을 마비시키고 깨어나지 못하게 구속하는 것이 다름 아닌 타락이다.

고통을 극복하여 쾌락으로 만드는 것이 사랑이며, 이 사랑의 힘에 의해서 우리가 산다.

고통의 감각을 마비시킴은 사랑의 감각도 마비시킴이니, 자기에 대한 고통을 마비시킴은 자기에 대한 사랑을 마비시킴이요, 남을 위하여 느끼는 고통을 마비시킴은 남을 위한 사랑의 마음을 마비시킴이다. 이렇게 되어서는 인간은 살 수가 없다. 사랑의 마음이 사라진 것이 미움이며, 미움이 인간을 멸망으로 이끌고 간다.

우리의 감각적 자유(생긴 그대로)란 우리를 살리기 위하여 '문제점이 어디 있느냐' 하는 것을 예리하게 살피고 밝혀내는 레이더이며, 고통과 쾌락은 그 레이더의 예민한 촉각들이다. 우리의 감각적 자유가 항상 깨어 있어, 그 기능을 가장 원활하게 수행할 수 있을 때, 인간은 큰 사랑, 작은 사랑으로 영원히 산다. 우리의 감각적 자유를 마비시키며 병들게 하여, 적게는 개인을, 크게는 인류를 망치게 하는 타락을 모조리 쓸어버려야 한다.

우리는 우리의 양심(良心)을 잠들게 하는 어떠한 타락도, 유혹도 이겨내야 한다. 인간을 영원하게 살게 만드는 사랑의 자유, 고통의 자유, 양심의 자유를 끝까지 지켜야 한다.

우리의 자유를 위하여 또한 없어져야 할 것이 있으니, 그것이 다름 아닌 굴레를 씌운 형식적 도덕(道德) 즉 허례허식(虛禮虛飾)이다.

우리의 자유는 사랑이다. 이 사랑이 도덕이 될 때에만 진정한 도덕이 될 수 있으며, 우리는 자유로울 수 있다. 형식과 껍데기의 굴레를 씌운 허례허식이 도덕의 행세를 하게 되면, 인간은 진정한 도덕인 사랑을 빼앗기며, 아울러 자유를 빼앗긴다.

이러한 허울뿐인 도덕은 사랑이 아닌 부도덕(不道德)과 악덕(惡德)이 되며, 도덕의 탈을 쓴 부도덕과 악덕이 사람을 압박하고 질식하게 만들어 사람이 살 수 없는 사회가 된다. 낭비적이고 번잡한 허례허식을 지키다 보면, 가산(家産)은 탕진되고 파산하게 되며, 사회의 경제력은 빈껍데기가 된다. 까다로운 형식과 격식을 둘러싼 논쟁과 싸움은 공리공담(空理空談)을 일삼게 하고, 사회의 정력과 발전 잠재력을 송두리째 삼켜버려 퇴보만이 있을 뿐이다. 허례허식은 도덕을 조작(造作)함이며, 진정한 도덕의 이름을 욕되게 한다.

가난한 청춘 남녀를 울리는 결혼을 둘러싼 가혹한 허례허식이 도덕일 수도 사랑일 수도 없다. 옛 시대의 가산을 기울인 지나치게 번잡한 장례 절차는, 부모에 대한 진정한 효도도 사랑도 아닌 것이다. 예의의 본질이란 서로를 존중함에 있다. 어찌 형식적인 말과 행동의 주고받음이 진정한 존중함이 되며, 뉘라서 그것을 진정한 예의라고 할 것인가. 아무리 깍듯한 인사와 매끄러운 격식을 차린다 해도, 거기에 진심이 없으면, 모욕이 될지언정 존중함도 예의도 아니다. 격식은 비록 서투르고 투박하나, 상대방을 존중하는 정(情)이 넘쳐흐르면, 이것이 바로 예의라고 하는 것이다.

서로를 사랑하며, 성실하며, 인내하지 않으면 서로를 존중할 수 없다. 예의는 사랑, 성실, 인내 위에서만 예의가 된다. 진정(眞情)과 진심(眞心)을 담은 사랑이 도덕이 되고 예의가 되어야 한다. 그리하여 인간은 차가운 형식과 격식 대신에 뜨거운 심장을 가지고 살아야 한다.

자유에는 굴레란 있을 수 없다. 어떤 굴레를 씌운 허례허식적인 도덕이라는 것은 우리의 자유의 적(敵)이다. 인간의 영혼을 위축시키고 가련하게 만드는 허례허식을 예의로 삼는 가식과 허위를 집어던져야 한다. 인간은 허례허식에서 해방되어 거짓으로부터 자유가 되어야 한다.

사람은 누구나 어느 정도 많든 적든 자기 마음의 노예이다.

스스로가 묶고 가두는 것이다.

'나는 이러한 사람이니까, 그런 일은 할 수 없다'든가, '나는 못난 사람이니까, 어쩔 수 없다'는 등의 생각들이 바로 그것이다.

이런 것을 자격지심이라고 한다. 스스로 포기하고 좌절하는 사람은 처음부터 패배한 것이다. 뜻이 있는 곳에 길이 있으며, 굳게 믿고서 행할 때 목표는 반드시 성취되고 만다. 목표도 정하지 않고 신념도 없는데 노력이 있을 수 없고, 노력이 없는데 일이 성취될 리는 절대로 없다.

신념이 운명을 개척하고 모든 일을 성취시키는 놀라운 힘이다. 운명은 약한 자에게는 강하고, 강한 자에게는 약한 것이다. 운명이란 자기가 만드는 것이다.

위대한 인물과 부자(富者)와 학자(學者)가 따로 있는 것이 아니다. 굳은 신념으로, 믿고 노력하는 사람은 얻게 되는 것이다. 얻는다고 믿음으로써 그대로 되는 것이다. 성공하는 사람들은 유난히 신념이 강한 사람들이다. 스스로 자기를 천대(賤待)하는 사람은 절대로 향상(向上)할 수가 없다. 자기가 자기를 향상시키지 못하는데, 하물며 그 누가 자기를 높여줄 수 있으랴.

인간의 '생긴 그대로(自由)'는 사랑이다. 사랑이신 하느님이 당신 안에 있다. 당신은 하느님을 발견하기만 하면, 당신이 바로 하느님이다. 하느님인 당신이 무엇이 두려우며, 겁이 나는가. 신분이, 계급이, 지역이, 학벌이, 재산이, 권력이, 권위가, 하느님인 당신 앞에 무슨 의미가 있고 힘이 있는가. 하느님인 당신은 전지전능(全知全能)한 힘을 가지고 있다. 무엇이나 다 당신 것이다.

아무리 외부적으로는 자유라 해도 스스로 묶고 노예가 되는 것은 아무도 막을 수 없다. 외부적인 자유도 중요하지만 내부적인 자유는 더욱 중요하다. 음울한 골방에서부터 마음을 해방시켜, 광명(光明)하고 명랑한 천지(天地)로 나와야 한다.

마음의 자유, 심령(心靈)의 자유!

이것이야말로 정말로 나를 자유롭게 하는 것이다. 마음이 자유롭지 않은 사람을 마음의 불구자라고 한다. 세상이 빵으로 가득 찼다고 해도 당신의 건강이 좋지 않다면 그 빵을 한 조각도 먹을 수 없으며, 건강한 사람만이 그 빵을 즐길 수 있다. 몸은 비록 불구자인 사람이라도 마음만은 하늘을 날아야 한다. 비겁하고 위축된 마음을 풀어헤치고 온 우주를 품에 안은 당당한 용기와 자신을 가지고 이 세상을 살아야 한다. 마음의 자유를 가진 사람은 어떠한 외부적 쇠사슬로도 묶을 수 없다.

사회적 제도인 신앙의 자유도 중요하지만, 이보다도 종교에 있어서 더욱 중요한 것은, 모든 사람이 죄악(罪惡)으로부터 자유가 되어야 한다. 스스로 마음속에 죄악이란 감옥을 만들어 놓고, 스스로 절망하고 포기하면, 선악(善惡)은 영원히 되풀이되고 인간은 영원한 패배자가 된다. 스스로 하느님이 될 수 있음을 자각하고 노력하여야, 비로소 인간은 죄악에서 해방되어, 영혼은 자유를 누릴 수 있다. 이래야 종교도 신성절대불가침(神聖絶代不可侵)의 전제주의(專制主義)로부터 벗어나 종교적 민주주의를 달성할 수가 있다. 죄악으로부터의 자유에 대하여서는 이미 설명한 바가 있다고 생각하므로 간단히 줄이고자 한다.

인간의 정치는, 한 사람의 절대적 지배로부터 여러 사람의 지배로 옮겨진, 민주주의의 성립과 승리에 대한 역사이다.

정치의 기술이 발달되고 민중이 깨어나면서, 정치권력은 한 사람의 절대적 지배로부터 점점 많은 사람에게로 확산되었다. 전제주의(專制主義)에서 귀족주의(貴族主義)로, 입헌군주주의(立憲君主主義)로 드디어, 오늘날의 발달된 민주주의로까지 발전되었다.

과거의 전제주의 국가에서는 모든 권력을 왕이 독점하고, 국민의 재산과 생명에 대한 절대적인 지배권을 행사하였다. 생명과 재산 그리고 안전(安全)에 대한 공포와 불안이 떠날 날이 없으며, 모든 것은 왕의 은혜와 은총에 매달릴 수밖에 없었다. 정치에서의 자유란, 바로 이 정치권력의 공포로부터 해방되는 자유이다.

아무리 위대한 사람이라도 모든 면에서 완전할 수 없으며 여러 사람의 능력과 창의(創意)를 한 곳에 모을 수 있는 민주주의 방식이야말로 효율적인 문제 해결의 길이다. 다스리는 자와 다스림을 받는 자가 하나가 되어 자기를 자기가 다스리게 되는 자치제도(自治制度)가 된다. 이때야 비로소 어떤 특정한 사람의 자의적(恣意的)인 의사(意思)로부터 해방될 수 있다. 옛날과 같이 왕 한 사람의 뜻이 법이 되는 것이 아니라, 모든 사람의 뜻을 모은 것이 법이 되어, 법에 의해서 모든 것에 대한 안정성이 보장되고 장래에 대한 예측을 할 수 있게 되어야, 비로소 정치 현상도 공포로부터 자유가 된다.

민주주의 방식은 비효율적이며 멀고 지루한 방법인 것 같이 보이나, 모든 사람이 하고자 하는 뜻을 모을 수 있는 제도이므로, 사실은 가장 효율적이고 신속한 제도이다. 독재적 방법이 가장 신속하고 효율적인 것 같으나, 그것은 겉으로 나타난 일시적 현상일 뿐이다. 모든 사람의 뜻을 한 곳으로 모으는 과정을 제대로 거친 것이 아니기 때문에, 넓은 호응을 받을 수 없고, 가장 비효율적이고 지루한 결과를 가져온다. 하고 싶어서 하는 것은 잘 될 수밖에 없으며, 하기 싫은 것을 억지로 시키면 안 될 수밖에 없다.

민주주의 제도는 우회적이며 돈도 많이 들어가는 것처럼 보이지만, 사실은 가장 경제적이며 혼란도 적은 것이다. 하고 싶은 일을 하는 데에는 관리(管理)하는 데 큰돈이 들지 않지만 억지로 시키는 데에는 일 자체보다도 감독하는 데 들어가는 관리비가 더욱 많이 들어간다. 그렇다, 아니다 하는 계속되는 논쟁과 혼란에 대하여서도 모두를 승복시킬 방법이 뚜렷치 않다. 복잡하고 혼란한 것 같아도, 처음에 실컷 말하게 하고 떠들고 나서 결정하면, 그 뒤에 뭐라고 군소리하는 것은 비겁자가 된다.

다만 여기에서 한 가지 짚고 넘어가야 할 것은, 돈의 힘으로, 권력의 힘으로, 일시적인 감정으로 좌우되는 선거가 민주주의라고 할 수 있느냐 하는 것이다.

모든 일은 사랑으로 이루어지는 것이며, 정치도 사랑으로 이루어진다. 사랑이 큰 사람이 큰 정치가가 되는 것이다. 그러면 선거에서 돈을 뿌리는 행위가 사랑인가. 그것은 사랑이 아니라, 자기의 더러운 야심(野心)만을 달성하려고 유권자를 매수(買收)하는 파렴치한 범죄 행위이다. 범죄자가 정치인으로 둔갑해서는 안 된다. 만약 이렇게 되는 것이라면, 그 범죄자에게도 문제가 있지만, 그런 범죄자를 뽑는 사람들에게는 더욱 큰 문제가 있다. 이것은 민주주의의 흉내는 냈으되, 결코 민주주의가 아니다. 범죄자를 뽑는 것은 민주주의도 자유도 아니다. 자유의 판단 기준은 사랑이다.

잘못 되기 위하여 민주주의를 하는 것이 아니다. 금권타락 정치는 결코 용납해서는 안 된다. 정치자금을 모으기 위한 이권의 부정거래와 특권 그리고 부패행위가 도덕과 정신적 가치관을 타락시키며 정치인 공무원 경제인 나아가 국민 모두를 부패시킨다. 국민에 대한 매수 행위는 국민을 더 없이 얕잡아 보는 우롱행위이다. 정치는 모름지기 청렴결백하여야 한다. 국민에 대한 봉사와 사랑을 목적으로 하지 않는 사람은 처음부터 정치를 하지 말아야 하며 부패행위를 방지할 수 있는 적절한 제도가 반드시 마련되어야 한다.

민주주의는 집권을 위한 수단이 되어서는 안 되며 국민을 주인으로 삼기 위한 목적이 되어야 한다. 돈을 뿌리는 행위를 예로 들었으나, 국가경제를 피폐하게 하고 국민을 부패시키는 매수 행위뿐만 아니라, 권력을 남용하여 힘으로 국민을 비겁자로 만들거나, 자기의 목적 달성을 위해 무분별(無分別)한 감정적 선동으로 국론(國論)을 분열시켜 사회를 혼란스럽게 하거나, 어떠한 종류의 부정적(否定的)인 행위일지라도 자기의 야심만을 달성하려는 범죄적 행위라는 점에서는 다 마찬가지다.

남을 원망하고 비난하기에 앞서 나는 민주주의를 할 자격이 있는가, 스스로 가슴에 손을 얹고 생각해 보아야 한다. 나는 돈을 받아도, 권력의 압력을 받아도, 자극적인 선동에도 불구하고, 일시적인 감정에 휩쓸리지 않고 냉정하게 판단하여, 소신(所信)있게 올바른 주권(主權)을 행사할 수 있을 것인가. 또 그렇게 하여 왔는가.

제2차 세계대전 이후, 전 시대(前 時代)의 식민 지역과 후진 지역에서 많은 독립국가가 탄생했지만, 민주주의 훈련이 제대로 되어 있지 않은 토양 아래서, 그들의 민주주의는 오늘까지도 수많은 시행착오와 중단을 거듭하고 있는 것은 우연한 일이 아니다. 민주주의를 시행하려면, 제도에 못지않게 제도를 받아들일 수 있는 토양을 길러야 한다. 돈이 아무리 많다고 해도 그것을 지킬 만한 능력이 없는 사람은 결국은 모두 잃게 되는 것처럼, 민주주의 자격이 있는 사람만이 권리를 누리고 책임을 다할 수 있다.

민주주의의 화단에 하루 빨리 탐스런 꽃을 피우기 위하여서는 금력(金力)과 권력(權力)과, 선전이 아닌 선동(煽動)은 모두 배척되고 사라져야 한다. 같은 동네 사람이라고 해서, 같은 학교를 나왔다 해서, 같은 성씨(姓氏)를 가졌다 해서 표를 던져주는 한심한 일도 사라져야 된다.

민주주의의 여건이 성숙되면, 아무도 민주주의를 단 하루라도 지연시킬 수 없다. 서양의 민주주의는 그만한 대가(對價)와 노력 위에서 쌓아 올려진 것이다.

원인(原因) 없는 결과(結果)는 없다. 모두가 남에게 책임을 미루지 말고 나 스스로 돌아보아야 한다. 그리하여 나 스스로 민주주의를 할 수 있는 책임 있는 시민이 되어야 한다. 시간이 다소 걸리더라도 실망하지 않고 꾸준하게 노력하여야 한다. 그래야만 민주주의는 꽃필 수 있고, 정치는 공포로부터 해방되며, 자기가 자기를 다스리는 제도가 된다.

부족한 현실을 말하는 데서 그치지 않고, 민주주의를 할 수 있는 실질적인 여건을 꾸준히 쌓아나가는 지도자는, 철학이 있고 소신이 있는 진정(眞正)한 애국자이다. 역사에 빛나며, 모든 사람의 사랑을 받을 수 있는 진정한 영웅이 된다.

인간의 역사는 모든 방면에서 해방의 역사였다. 경제도 과거의 전제주의 체제 아래서는 왕과 일부 귀족들만이 부(富)를 독점하였으나, 정치적 민주주의의 발전과 더불어 경제적 민주주의로 확산되어서, 모든 사람들에게 창의(創意)와 기회가 보장되고 많은 사람들이 재산을 가질 수 있게 되었으며, 배고픔으로부터도 해방될 수가 있게 되었다.

인간의 경제 활동은 인간이 살기 위하여 이루어지는 것 중에서도 가장 기본적인 것이다. 그러므로 모든 것과 마찬가지로, 인간의 경제 활동도 사랑에 의해서 이루어져야 하며, 궁극적으로 인간의 욕구를 충족시켜, 인간이 살 수 있도록 하여야 한다.

인간은 인간다운 생활을 하도록 하여야 하며, 이것이 경제에 있어서의 사랑이며, 자유이다. 인간의 경제에 있어서의 자유란 적어도 배고픔으로부터는 자유가 되어야 한다. 그래야만 인간이 살 수가 있다. 배고픔으로부터의 자유의 폭이 넓고 좁음이 그 경제의 좋고 나쁨의 척도가 된다. 경제가 성공하면 모든 사람이 만족하게 되며, 경제가 실패하면 많은 사람이 굶주리게 된다.

그렇다고 하여도 자유는 누가 가져다주는 것이 아니다. 인간이 사는데에는 누가 살려주는 것이 아니다. 스스로 자기 사랑부터 하여야 한다. 스스로 배고픔에서 자유가 될 수 있도록 노력하고 일해야 한다. 스스로 노력하지 않는 자는 아무도 도와줄 수 없다. 그러면 무엇이 경제에 있어서의 큰 사랑인가.

우선 사회의 역할과 제도는 노력하고 일할 수 있는 창의와 기회를 평등하게 보장하는 것이다. 기회를 넓히기 위하여 창의를 최대한으로 북돋우고, 발명과 기술을 장려하며, 제도를 정비하는 등 여러 가지 방법으로 경제와 산업을 발전시켜야 한다. 기회를 보장할 수 없을 때에는, 최소한의 생활은 할 수 있도록 하여야 한다. 적어도 인간이 살 수 있도록 배고픔으로부터는 해방되어야 한다.

인간의 다양하고 폭넓은 자유에 대하여 일일이 다 이야기할 수가 없다. 인간이란 삶 자체가 자유이며 사랑이기 때문에, 인생의 어느 부분에 대하여 말할지라도 그것은 결국 자유의 이야기이며, 자유를 다 이야기하려면 인생의 모든 문제를 전부 이야기하여야 한다. 그리하여 여기서는 다만 두드러지는 몇 가지만을 이야기한 것으로 만족하고자 한다.

사람이 사는 모습이 전부 자유이며, 자유가 아닌 것이 없다.
자유가 아닌 것은 자유가 되어야 한다.
사랑이 아닌 것은 사랑이 되어야 한다.
스스로 되지 않으면, 하느님에 의해서 될 수밖에 없다.
하느님은 전지전능(全知全能)하고 위대(偉大)하시다.

❀ 넓은 문

사랑은 생명이며 넓은 문이다.

사랑의 길은 큰 길(대도 大道)이며, 번영과 행복이 있다.

모든 사람이 그 길을 걷고 있으며, 그 문을 지나고 있다.

동물이, 식물이, 돌과 강물이, 이 우주의 삼라만상(森羅萬象)이 모두 그 길을 걷고 그 문을 지나고 있다.

그 길과 그 문을 지나지 않고서는 하루도, 한순간도 살 수가 없다.

사랑은 승리와 영광의 길이다.

사랑은 이미 이길 수밖에 없다(선승 先勝).

넓은 문, 큰 길을 따라 걷게 되어 있다.

소설이나 영화를 보면, 끝에 가서는 좋은 사람은 잘 되고 승리하며, 나쁜 사람은 꼭 잘못 되고 패배하고 만다. 이러한 것은 특히 미국의 서부영화를 보면 더욱 두드러지게 나타난다. 악한은 끝에 가서는 거의 대부분 죽게 되며, 착하고 용감한 사람이 승리하게 된다.

이것에 대하여 한 번씩은 의아스럽게 생각해 보았을 것이다. 악한은 왜 끝에 가서는 꼭 죽게 되거나 실패하고 마는가. 그것이 사실일 수 있는가.

그것은 사실이다.

그러면 어떻게 그렇게 되는 것인가.

첫째로, 모든 사람은 살고자 원하며, 선(善)을 행하여 살게 됨은 모두가 즐거워하며 기뻐하는 바라, 영혼 깊숙한 곳으로부터 용기와 신념이 솟구쳐 올라 성실하고도 인내 있게 일을 추진한다. 그리하여 선은 건전한 기풍을 가질 수밖에 없고, 끊임없는 노력으로 실력도 쌓게 된다.

반면에 악을 행하면 결국에는 죽게 되며, 모든 사람이 죽음을 싫어하는 바라, 영혼 깊숙한 곳으로부터 공허감, 두려움, 과도한 긴장감, 죄악감 등을 느끼게 된다.

그러나 악에 빠져 비겁해진 가슴은 괴로운 마음의 갈등을 받아들여 악에서 헤어나기보다도, 일시적으로 잊어버리고자 폭음, 도박, 음란, 마약 등의 자포자기적인 타락에 자기도 모르게 깊이 빠져들게 되는 것이다.

바로 이러한 나태하고 타락된 현상이 생기게 되는 것이야말로 악의 발로(나타남)이기도 하며, 이렇게 되면 꾸준한 노력으로 실력을 쌓을 겨를이 없다. 또한 악을 행하는 것은 인간의 감정에도 맞지 않는 것이며, 주저하게 되고 확신이 없는 행동으로는 성과도 좋을 수 없다.

이러한 타락을 위시한 몇 가지 현상들이 악을 스스로 망하게 하는 내부적인 자체 모순이다.

둘째로, 선이란 서로에게 착하게 대하는 것이므로, 서로가 서로에게 힘을 불어넣는다. 선은 내부 구성원 사이에 상호 신뢰를 가지게 하고, 모이면 모일수록 더욱 단결된 힘을 발휘한다. 악이란 구성원 상호간에도 악으로 대하게 되는 것이므로 상호 불신으로 단결심이 없고, 서로를 해치며, 심지어 서로 간에 배신하고 죽이기까지도 한다.

악이란 모인다고 하여 힘이 생기는 것이 아니라, 서로가 서로를 부추기면서 악이 더욱 기승을 부리는 상승작용을 일으켜, 모이면 모일수록 더욱 힘이 약해지고, 스스로 붕괴하여 자멸(自滅)하게 된다. 이것이 히틀러의 파멸 과정에서도 살펴본 바 있는 내부적인 상호 모순이며, 악은 서로가 서로를 망하게 한다.

이래서 악의 칼은 자기와 남을 모두 해치는 쌍날이라고 하며, 선의 칼도 자기와 남을 모두 이롭게 하는 쌍날을 가졌다고 한다.

셋째로, 사람은 누구나 살기를 바라고 죽기를 원하지 않기에, 모든 사람은 스스로 악을 멀리하고 선을 행한다. 또한 남이 저지른 악에 의해서 피해를 받게 되기도 원하지 않는다.

사람마다 이와 같고 사람의 모임인 사회 전체가 또한 이와 같으니, 사회제도도 선을 칭찬하고 협조하며, 악을 증오하고 규탄한다. 그러므로 악이란 남의 눈을 피하여 밤에만 행동하여야 되는 등 제한된 어려운 여건 아래에서 활동하여야 한다. 어려울 수밖에 없으며 차질과 실패가 많다. 이뿐만 아니라, 악을 행하면 체포되어 처벌이 따르며, 인생은 완전히 좌절되고 마는 것이다.

이것이 악이 가지는 외부 모순이며, 악이란 물리적 과정도 쉽지가 않고, 그 결과 또한 비참하게 끝나게 된다.

보안관은 신념과 사명감에서 총을 쏘거나 말 타는 연습을 열심히 한다. 모든 주민의 협조를 받을 수 있으며, 상호 신뢰감에서 내부 단결이 잘 된다. 악한은 술과 계집으로 타락하여 연습할 사이도 없으며, 또 그럴 마음도 없다. 구성원 간에는 배신할 상호 의심 때문에 단결이 되지 않고, 모든 이의 증오의 대상이 되어 협조도 받을 수 없다. 드디어 반드시 망하게 된다고 해서 조금도 이상할 것이 없다.

개인, 법인(法人), 사회, 국가 등 어떤 집단이거나 단체에서도, 또 지구의 어느 곳에서도 이러한 진리는 변함이 없다. 선이 승리하고 악이 패망함은 진리이기 때문에 문학, 연극, 영화, 기타 모든 예술 분야에서 권선

징악적(勸善懲惡的)인 표현만이 아름답게 보이며, 예술적이 되며, 감동을 준다.

이러한 것이 현실에서도 그대로 나타난다는 것은 조금도 의심할 여지가 없다. 그것은 '물이 위에서 아래로 흐른다'는 것과 똑같은 진실이다. 태양이 서쪽에서 뜨지 않듯이 악도 절대로 승리할 수 없다. 만약 태양이 서쪽에서 뜨는 날, 그때야 비로소 악은 승리하리라.

하느님은 두 손을 가지고 계신다. 한 손은 착한 사람을 복되게 하고 승리하게 하는 손이며, 다른 한 손은 못 되고 악한 자를 골라내신다.

만약 악이 승리하는 것이라면 어떻게 될까. 그렇게 된다면, 착한 사람들이 형무소에 들어가게 되고 악한 사람들이 밖에서 활개치고 살게 될 것이다. 정말로 그렇게 되었다고 생각해 보자.

악한들이 지배하는 이 사회는 그 악함으로 인하여 지옥이 될 것이며, 서로 싸우고 죽이고 하면서 결국은 멸망하여 버릴 것이다. 노력하여 건설하는 것은 있을 수 없고 오로지 파괴만이 있을 것이다. 악한들이 지배하는 사회란 얼마 되지 않아서 곧 폐허가 되고, 사회에 있는 악한들은 모조리 서로 싸우다 죽어 없어져 멸종이 되고 말 것이다. 그리하여 형무소에 갇혀 있던 착한 사람들이 살아남아서, 그 폐허에 새로운 터전을 마련하고, 생산하고 건설하여 인류를 다시 번성시키게 될 것이다.

악한 자가 승리하면, 인간은 멸망하고 존재할 수가 없다. 이는 이 우주를 영원하게 하려는 하느님의 뜻(천명 天命)이 아니다. 착한 자가 승리하여야 인간은 번성하고 영원히 산다.

이 세상은 어차피 착한 사람들의 세상이 될 수밖에 없다. 악한 무리들은 힘이 없으며, 착한 사람들만이 힘이 있다. 타락하여 낙오하는 악한 사람들로부터 사회를 보호하기 위하여, 또 악한 사람을 교정하여 다시 착한 사람이 되도록 하기 위하여, 악한 사람들을 교도소에 가두게 되는 것이 사회의 제도가 된다.

무엇을 보더라도 선은 승리하는 것이며, 악은 패배하게 되어 있다. 더구나 악한 일은 쉬운 것도 아니다. 오히려 더 어려운 것이다. 인간의 영혼과 감정에도 맞지 않으며, 그 과정도 어렵고 괴로우며, 또한 그 결과도 비참하다. 악을 행하는 그 어려움을 가지고 선을 행한다면, 반드시 성공할 수 있다.

도둑들의 악함만이 서로를 죽이는 싸움이 되는 것이 아니다. 국가와 사회도 악이 쌓이게 되면 전쟁이 난다. 사랑이 사라지고 미움이 쌓이게 되면, 전쟁이 터질 수밖에 없는 것이다.

근세(近世)에 이르러, 서양의 유럽 국가들은 동양의 아시아와 후진 지역인 아프리카보다 물질문명이 훨씬 앞서게 되었다. 종교와 철학은 빈곤하나 물질의 뛰어난 힘을 이용하여 아시아와 아프리카 지역을 침략하였으며, 자기들이 필요한 원료를 확보하고 상품을 팔 수 있는 독점적 시장(市場)으로서의 식민지로 만들어버렸다. 19세기 말에 이르러 후진 지역의 대부분은 유럽 제국주의 국가에 의해서 식민지가 되어 분할이 거의 완료되는 비참한 운명에 떨어지게 되었다.

독일은 비교적 발전이 늦어져, 이 식민지 분할 경쟁에 크게 참여하지 못하였으며, 뒤늦게 식민지 재분할(再分割)을 요구하게 되었고, 이러한 식민지 쟁탈을 둘러싼 알력과 투쟁이 불화(不和)의 씨가 되었다. 모든 면에서 서로 충돌하게 되었고, 미움이 점점 커지고 쌓여나갔으며, 드디어 두 번에 걸친 세계대전에까지 이르게 되었다.

당초부터 일이 잘못 되기 시작한 것은 사랑이 아니라, 남을 침략하려는 데서부터 비롯되었다. 남을 침략하고 짓밟다보니, 영혼 속에 미움은 한없이 커지고 마음은 잔인해졌다. 도둑놈 심보로 한없이 잔인하고 거칠어진 마음은 조그마한 이권(利權)을 놓고서도 조금도 양보할 수 없는 옹졸한 마음이 되고, 드디어 서로 더 뺏으려고 죽이고 죽고 할 수밖에 없게 되었다. 원수는 원수를 낳고, 복수는 복수를 낳고, 이웃 나라는 절대로 용서할 수 없는 철천지원수가 됐다. 나라라는 존재는 선을 추구하는 존재가 아니라 악을 추구하는 존재가 되었고, 이웃나라들은 서로가 서로에게 도둑놈이 되었다.

아프리카나 아시아의 먼 구석에 있는 식민지 백성을 학대하고 착취할 때에 그들의 영혼에 심어진 미움의 싹은, 서로가 서로를 죽이는 전쟁이 되고, 결국은 자기가 자기를 죽이는 결과가 되어버렸다.

독(毒)은 누가 먹어도 독이다. 악한이 되어버린 마음은 누구에게나 악한이 될 수밖에 없는 것이다. 식민지 백성의 뺨을 한 대 때린 것이 자기의 뺨을 한 대 때리게 된 것이며, 식민지 백성을 죽인 것이 바로 자기를 죽이게 된 것이다.

아시아와 아프리카의 후진 지역에서 식민지 백성들을 착취하고 억압하여 부귀와 영화를 영원히 누려보려고, 그렇게도 악착같이 설쳐대던 유럽의 식민 제국주의 국가들은, 과연 내내 번영과 행복을 차지했던가. 식민지 백성들의 눈물과 땀과 피로 이루어진 그들의 부강한 힘은, 결국은 대포가 되고 폭탄이 되어, 식민 제국주의 국가끼리 서로 싸우는 무기가 되고 말았다. 그들은 서로를 열심히 죽여 갔으며, 이것이 다름 아닌 서로가 열심히 자살한 결과라고 하는 것이다. 울분과 원한에 가득 찬 식민지 백성들의 눈물과 땀과 피는 이제야말로 식민 제국주의자들의 눈물과 땀과 피로 변해버렸다.

이 모든 것이 하느님의 지배하심이다.

빈틈없는 하느님의 완벽하심이다.

하느님 앞에는 예외가 없다.

하느님은 조금도 빠지지 않고 꼭 갚아 주신다.

유럽에 교회(敎會)가 아무리 많고, 기도를 아무리 많이 했다고 해도, 사랑이 아닌 것은 하느님 앞에 아무것도 용납되지 않았다.

미움은 미움의 값을 치러야 하고 사랑은 사랑의 보상(報償)이 있다.

이것을 우리들은 계산할 필요가 없다.

하느님이 모두를 낱낱이 알고 계신다.

악한 정도에 따라,

선한 정도에 따라,

남고 처짐이 없이 지은 대로 거두게 되는 것이다.

하느님을 두려워하라,

하느님을 사모하여라.

미움에서 비롯된 두 차례의 세계대전에서 궁극적으로 이긴 나라는 과연 어느 나라인가.

전쟁의 결과는 참혹한 것이며, 승자(勝者)도 패자(敗者)도 모두 지치고 막대한 상처를 입었다.

사치에 흐르고 교만함에 빠져 전쟁을 즐기게 되면, 하느님은 그 나라를 반드시 망하게 한다. 전쟁을 좋아하던 나라는 어느 나라든지 이기든 지든, 결국은 도덕적 물질적으로 피폐해져서 기어코 망하게 되는 것이 인류 역사가 웅변으로 말하고자 하는 것이다. 전쟁에 진 나라는 명백하게 피해를 입은 것이 나타나지만, 전승국(戰勝國)은 겉으로는 이긴 것 같으나, 끊임없는 전쟁에 국력(國力)이 쇠약해지며, 전쟁으로 말미암아 영혼이 거칠어지고 미움이 팽배해지는 도덕적 약점(弱點) 때문에, 내부 모순에 빠져 스스로 망하게 된다.

두 차례의 세계대전 이전에 세계의 최강국(最强國)은 영국이었다. 그때만 해도 미국도 영국에 많은 빚(부채負債)을 지고 있는 형편이었다.

그러나 두 차례에 걸친 세계대전을 치르면서 영국은 미국에 빌려 준 돈을 전부 받아쓰고도 모자라, 오히려 미국에게 많은 빚을 지게 되었다. 영국은 큰 전쟁에서 두 번 다 이겼음에도 불구하고, 오랜 전쟁에 시달린 결과 국력이 말할 수 없이 피폐해졌고, 미국에게 세계 최강국의 위치를 내줄 수밖에 없게 되었다.

전쟁에 의해서 얻어질 것은 아무것도 없다. 미움에서 시작된 전쟁은 미움만을 더욱 크게 할 수 있을 뿐이다. 미움이 쌓이고 깊어져 일어나게 된 두 차례에 걸친 세계대전은 인류를 파멸의 위기로 몰아넣었을 뿐이며, 그 많은 희생에도 불구하고 인류를 위하여 아무 것도 가져다 준 것이 없다. 오히려 오늘날까지도 두 차례에 걸쳐 세계대전을 일으켰던 바로 그 미움이, 이 세계의 질서와 체제의 일부를 이루고 있으며, 또한 계속하여 그 영향을 미치고 있다. 아직까지도 청산되지 못한 그 미움의 뿌리가 새로운 곳까지 더욱 깊게 퍼져가면서, 인류를 끊임없는 전쟁의 공포와 핵무기의 무서운 위협 앞에 노출시키고 있다.

미움으로 달성되는 것은 오직 전쟁과 죽음만이 있을 뿐이다. 무력(武力)이 아무리 강한 것 같이 보이나, 무력(武力)만으로 달성될 것은 아무 것도 없다. 무의미한 무력(武力)은 무력(無力, 힘이 없음)이다. 평화와 사랑의 힘만이 진정한 무력(武力)이다.

월맹은 미국에 비할 때, 그 크기나 국력이나 상대가 될 수 없는 나라이다. 그러나 그 큰 미국이 세계 최강의 국력과 무력(武力)에도 불구하고 결국은 월남에서 후퇴하였다.

미국이 월남 전쟁에서 퍼부은 돈은 약 1천 6백억 달러에 이르고, 월남전에서 전사(戰死)한 미국 군인의 수는 무려 5만 7천여 명에 이르렀다. 전사자만 5만 7천여 명에 달한다면 인간 생명의 존엄성을 생각할 때 어마어마한 숫자이다.

만약 이 만 한 돈과 인명의 손실을 감수하는 희생정신으로, 월남 사람들에게 평화적 수단에 의한 지원을 하였더라면, 그래도 미국은 월남에서 패퇴할 수밖에 없었을까 생각해 본다. 사람을 죽이고 다치게 하는 그 많은 대포, 폭탄, 총탄, 화염방사기 등에 퍼부은 만큼의 돈을 가지고 월남 사람들에게 아름다운 색깔의 옷을 위시한 각종 생필품, 그리고 미국에서 남아도는 육류를 위시한 각종 잉여농산물 등의 다양한 식품, 또한 텔레비전, 냉장고 등의 각종 가재도구를 폭탄을 퍼붓는 식으로 무상(無償)으로 월남 사람들에게 마구 선사하였더라면, 그래도 미국은 월남에서 패배하였을까. 5만 7천여 명이 아니라, 월남 사람들에게 농업용수(農業用水)를 마련해주고 전기를 생산하기 위하여 댐을 건설하다가, 미국 기술자가 단 한 명이라도 생명을 잃게 되었더라면, 월남 신문에 대서특필되고 월남 사람들은 그 고마움에 한없이 감동하였을 것이 아닌가.

아마 그렇게 하였더라면, 베트콩뿐만 아니라 월맹부터가 미국의 친구가 되고자 악수를 청하고 진정으로 맞아들였을 것이다. 어찌 월맹뿐인가 전 인도차이나 반도가 모두 미국의 친구가 되기를 열렬히 바랐을 것이다. 또 인도차이나 반도뿐이겠는가. 전 남미(南美) 대륙 그리고 나아가 소련을 포함한 전 세계가 미국의 친구가 되고자 열렬히 환영할 것이다.

미국을 위시한 전 세계는 평화를 지키기 위한 군사비용을 절감할 수 있을 것이며, 그 돈으로 평화 산업을 더욱 크게 키워나갈 수 있을 것이다. 전 세계는 활발한 무역을 통하여 공존공영하게 될 것이며 모든 나라에 혜택을 주는 미국은 세계 무역의 중심 국가가 될 것이다.

장사의 원리(原理)란 어디서나 똑같은 것이다. 동네의 구멍가게나 세계 무역이나 그 원리는 같다. 동네 구멍가게에서도 손님에게 봉사하고 이익 되게 하면 손님은 더욱 많아지고 번성하며, 세계 무역에서도 상대 국가가 혜택을 많이 받고 이익이 많게 되면 그 나라를 무역의 거래처로 삼는다. 인심(人心)이 후한 나라가 손님을 많이 끌게 마련인 것이다.

이렇게만 될 수 있다면, 미국은 계속해서 세계의 지도적 국가로서의 위치를 원하든 원치 않든 잃지 않게 될 것이다. 도덕적 자부심과 긍지는 미국 국민을 부지런하고 착하게 할 것이며, 건강한 의욕(意慾)과 창의력(創意力)은 미국의 진정한 힘이 될 것이다.

월남에서는 외국 사람들에 대한, 특히 서양 사람들에 대한 증오심은 이미 높아 있었다. 월남은 불란서에 의해서 식민지의 경험을 하였으므로 서양 사람들에 대한 적개심은 이미 뿌리를 내리고 있었던 것이다. 이렇게 불리한 조건이 이미 형성되어 있는 가운데 불란서를 대신하여 미국이 월남에 개입하였다. 그것도 평화의 수단을 통하여서가 아니라, 사람을 죽여야 하는 피비린내 나는 전쟁을 통하여 개입하게 되었다.

증오심을 녹이는 것이 아니라 미움과 복수심을 점점 커지게 하는 전쟁이 바로 미국을 점점 궁지에 몰아넣었다. 전쟁에서 폭탄이 한 발 한 발 터질 때마다, 사람이 한 사람 한 사람 죽어갈 때마다, 이미 있었던 증오심이 녹는 것이 아니라, 미움과 복수심은 더욱 커져가기만 했다. 전쟁에 이기기 위하여 기를 쓰고 폭탄을 던지고 총을 쏠 때마다, 미국은 이기는 것이 아니라, 증오심이라는 진정한 적(敵)을 점점 키워나가서 결국은 질 수밖에 없게 되었다.

월남의 밀림에서 폭탄이 떨어져 땅 위에 구멍을 낼 때마다 미국 국민의 가슴에 도덕적 회의와 양심의 가책이라는 아픈 상처의 구멍을 냈고, 미국을 부강하게 만든 청교도적(淸敎徒的)인 도덕적 자부심에 멍을 들였다.

하느님과 싸워 이길 사람은 이 세상에 아무도 없다.
아무리 강력한 무력(武力)이라도 하느님이 인정하지 않게 되면, 그것은 아무 쓸모가 없다.

지금 이 순간에도 자기 나라만이 이익 되게 하고자 여러 가지로 도모하는 나라가 있다. 그보다도 더 어리석은 일은 이 세상에 없다. 정치적인 세력다툼이든지, 아니면 경제적인 이익의 추구이든지, 자기 욕심만을 채우기 위하여 아무리 발버둥을 치더라도 그것은 절대로 되지 않는다. 목표가 달성되는 듯한 것은 잠시뿐이고, 결국은 실패로 돌아가며 전쟁이나 일으키지 않으면 지극히 다행이다.

승리하고 싶은 사람은 사랑을 하여야 한다. 조그만 구멍가게를 운영하는 일에서부터 나라를 운영하고 세계를 움직이는 일까지, 사랑이 아니고서는 하나도 될 일이 없다.

이제야말로 동서양의 종교와 사상이 서로의 부족한 점을 보완하여, 완전한 종교와 사상이 되어야 한다. 그때야 비로소 대립과 모순이 없는 하나의 세계가 이루어지며, 인류는 행복하게 되고 진정한 세계 평화가 찾아온다.

나를 없앤 사랑 속에서 전 시대(前 時代)에서 저질러졌던 모든 대립과 모순이 녹아 없어져야 한다. 동양과 서양이 맺었던 원한과 억압이 녹아야 하며, 계속된 역사 속에서 독일과 불란서가, 중국과 일본이, 한국과 일본이, 아랍과 이스라엘이, 영국과 아일랜드, 영국과 인도, 영국 그리고 불란서와 아프리카, 영국 그리고 불란서와 아시아, 미국과 멕시코, 미국과 소련, 중국과 소련, 그리고 수많은 나라와 나라 사이, 대륙과 대륙이 서로 주고받은 원한과 울분, 그리고 착취와 억압이 나를 없앤 사랑 속에서 녹아 없어질 때에 이 세상은 하나가 된다.

나를 없앤 사랑을 하는 나라는 위대해진다.

먼저 하는 나라는 먼저 위대해진다.

버리려 하면 모든 것을 다 얻고, 뺏으려 하면 모든 것을 다 뺏긴다.

인류의 역사란 바로 이러한 것을 낱낱이 증명하는 기록이다.

서로를 뺏으려 발버둥 치다가 두 차례에 걸친 세계대전이 일어나게 되었고, 서로 빼앗으려 하던 나라는 모두 쑥대밭이 되고 말았다.

승리하기 위하여서는 사랑을 실천하여야 하며, 성급한 복수는 삼가야 한다.

피로써 피는 씻어지지 않으며,

물로써만 피는 씻어진다.

부처님께서는 일찍이 모든 것을 다 참고 받아들이라고 가르치셨다. 바다가 구정물이든 오물이든 가리지 않고 다 받아들이듯이, 그리고 땅이 깨끗하고 더러운 것을 가리지 않고 그 모든 것을 다 받아주듯이, 땅과 바다와 같은 넓은 자비(慈悲)의 마음으로 모든 것을 참고 견딜 것(인욕 忍辱)을 가르치셨다.

'오른뺨을 때리면 왼뺨을 돌려대라'는 예수 그리스도의 가르침은 꿈같이 알 수 없는 먼 나라의 얘기가 아니다.

간디의 무저항주의(無抵抗主義)의 무서운 힘이 인도에게 독립을 안겨주었다. 때려도 찔러도 반항하지 않는 비폭력 무저항주의는 영국인의 영혼과 양심을 떨게 만들고 한없는 두려움을 갖게 하였다. 맞는 자보다 때리는 자가 더욱 비참해지고, 결국은 하느님 앞에 무릎을 꿇을 수밖에 없게 되었다.

하느님의 사랑만이 궁극적으로 승리한다.

사랑은 넓은 문이며, 큰 길이다.
이 길만이 인간과 우주를 영원히 살게 한다.
영원히 산다는 것은 하느님의 뜻이므로,
우리는 매일과 같이 한시도 쉬지 않고,
이 큰 길과 넓은 문을 통하고 있다.
그러므로 인간은 존재하며, 살고 있다.
사랑은 이미 이기고 있다.
그리고 영원히 이길 것이다.

똑같은 뜻이라도 말하는 관점이 다르면 표현이 다를 수 있다. 넓은 문이라 함은 선의 행위만이 승리를 가져온다는 결과에 중점을 두고 하는 말이며, 확신을 가지고 실천할 때 즐거운 마음을 가질 수 있다는 뜻이다. 좁은 문이라 함은 보통으로는 선을 실천함을 어렵게 생각하고 있다는 점에 중점을 두고, 선을 실천함에는 노력과 수양이 필요하다는 뜻에서 한 말일 것이다. 비록 보는 시각(視覺)이 다르고 용어(用語)는 다르지만, 그 뜻이 다른 것은 아닐 것이다.

🐚 사람을 찾으라, 나를 찾으라

악은 내부 모순으로 스스로 붕괴하며, 선은 내부 화합(和合)으로 스스로 번영한다. 적게는 도둑의 집단에서부터, 나아가 나라와 세계의 움직임에 이르기까지, 지도적 위치에 있는 구성원의 자질(資質)과 도덕적 수준에 따라, 흥하기도 하고 망하기도 한다.

악인은 악인의 짓, 망할 짓을 하며,

선인은 선인의 짓, 잘 될 짓을 한다.

올바른 사람을 친구로 하여야 한다. 간악한 동지(同志)는 명예로운 적(敵)보다 더욱 나쁘다.

간악한 동지는 내부에서부터 조직을 붕괴시켜 힘을 약화(弱化)시킨다. 외부에서 정정당당하게 싸우는 적보다 오히려 더 무섭고 해독(害毒)이 크다. 용감한 적은 나를 명예롭게 할 수 있으나, 간교한 동지는 사람을 암흑 속으로 매장시킨다.

썩은 나무로는 조각을 할 수가 없다. 올바르지 못한 동지나 친구는 아무리 많다고 해도 소용이 없다. 악은 힘이 없으며, 선만이 힘이 있다. 선은 모일수록 힘이 생기고, 악은 모이면 모일수록 점점 더 힘이 없어진다.

인간을 차별하는 것이 아니다. 선입관이 없이, 현재의 그 사람을 '있는 그대로' 평가함이며, 인격을 그대로 평가함이다.

누구나 성공하고 싶다면, 사람을 찾아야 한다. 올바른 사람, 착한 사람, 사랑을 가진 사람을 골라야 한다. 누구도 실패하거나 망하고 싶은 사람은 하나도 없다. 그러나 나쁜 사람, 악한 사람, 미움이 가득 찬 사람을 쓰게 되면, 싫어도 망할 수밖에 없다. 이 세상에 가장 훌륭한 충고가 있다면, 가장 확실한 성공의 비결이 있다면, 그것은 '사람을 찾으라'는 것이다.

　기업(企業)이나 사업을 하려면, 올바른 사람을 선택하여야 성공할 수 있다. '기업은 사람이다'라는 말은 가장 정확하고 훌륭한 명언(名言)이다. 그러나 어찌 기업만이 사람이겠는가. 나라도, 세계도, 정권(政權)도, 공장도, 학문도, 명예도, 재산도, 예술도, 가정도 모두가 사람이다.

　사람에 따라 이루어지고 없어지고 하는 것이다. 이보다도 더 정확한 말은 이 세상에 없다. 한 집안도 잘 되려면 며느리가 잘 들어와야 하며, 한 여자가 행복한 일생을 살기 위하여서는 남편을 잘 만나야 된다. 사람이 모든 것을 결정하는 것이기에 맨주먹으로 재벌이 되기도 하고, 가난한 집 자식이 큰 출세를 하기도 한다. 이래서 인생은 묘미가 있다. 정부나 기업이나 또는 단체이거나 윗사람이 아부를 좋아하면 올바른 사람들은 물러가게 되고, 아첨하는 사람들이 가득 차면서, 그 정부나 기업 또는 단체는 망하게 된다.

'독은 누가 먹어도 독이요, 생명수(生命水)는 누가 먹어도 생명수이다.'
'악의 칼은 쌍날이요, 선의 칼도 쌍날이다.'

　올바른 사람은 자기뿐만 아니라, 남을 위하여서도 올바르게 일할 수 있다. 악인도 이와 마찬가지다. 악인은 남에게만 못된 짓을 하는 것이 아니라, 사실은 자기에게 가장 못된 짓을 하는 것이다.

　사람이 이와 같이 가장 중요한 것이기 때문에, 올바른 사람을 애써 찾아야 하며, 부족(不足)한 사람은 열심히 키워야 한다. 부족한 사람을 그냥 쓰는 것은 사랑이 아니다. 결국 미숙하거나 실수를 저질러 쓰는 사람도 손해일 뿐만 아니라, 본인도 책임을 면할 수 없다.

모든 일에 성공하려면 사람을 찾아야 한다. 그리고 사람을 키워야 한다.

남의 애기만 하고 있을 것이 아니다. 성공하고 싶다면, 번영하고 싶다면, 살고 싶다면, 스스로도 올바른 사람이 되어야 한다. 며느리만 훌륭해서는 집안이 잘 되지 않는다. 아들도 훌륭해야 정말로 집안이 잘 될 수 있다. 남편만 잘 만나기를 바라지 말고, 부인도 훌륭해야 따뜻한 가정을 이룰 수 있다.

아랫사람만 훌륭하고 윗사람은 형편없다면 그 조직이 잘 될 수 있을까. 윗사람부터 훌륭하여야 아랫사람도 훌륭해질 수 있으며, 그 조직도 잘 될 수 있다. 친구도, 동지도 훌륭한 사람이 되어야 하지만, 그보다 앞서 나 스스로야말로 훌륭하여야 한다.

진실한 나 스스로를 찾으라.

나부터 올바른 사람이 되어야 한다.

올바른 사람을 찾기 위하여서도, 나부터 올바른 사람이 되어야 한다.

모든 것은 끼리끼리 모이게 되어 있다. 까치는 까치끼리 어울리고, 까마귀는 까마귀끼리 어울린다.

내가 올바른 사람이 될 때, 비로소 올바른 사람을 알아볼 수 있는 눈이 생긴다.

올바른 사람 또한 나의 올바름을 보고 나에게 다가온다.

이렇게 되면 흥(興)하고 번성하는 집단이 된다.

내가 악한 사람이 될 때, 내 주위에는 온통 악한 사람으로 가득 찬다. 멸망의 한숨과 비탄이 있을 뿐이다.

나 자신부터 이 우주가 주신 원래의, '생긴 그대로(자유)'의 나의 본성(本性)을 찾아야 한다.

그리고 그 본성을 더욱 키우자.

키우고 키워 나 자신이 러신스(Losince) 되어, 드디어 하느님이 되어야 한다.

훌륭한 사람이 성공하고 행복하게 되며, 내가 러신스가 되면, 나는 행복과 천국을 가지게 된다.

아니 천국은 이미 되어 있다.

스스로 훌륭하게 된 사람은 세상을 원망할 마음이 조금도 없다. 마음은 편안하고 천국이 됐고, 모든 일과 사업은 성공하고, 행복은 자연히 뒤따라온다.

훌륭한 사람은 이러한 것들을 이미 모두 알고 있다. 무엇이 부족하여 한탄하겠나. 이 세상이 어둡고 험하다고 떠드는 사람은, 자기의 마음부터 들여다보아야 한다.

사랑이 가슴 속에 꽉 차 있는 사람은 훈훈한 봄바람이 부는 것 같고, 생명의 단물이 가슴 속 깊이에서 한없는 강물과 같이 솟아오른다.

가슴은 항상 하느님의 영광과 축복이 가득 차 있고, 크고 작은 모든 일에 감사한 생각이 끊일 새 없다.

사람을 찾되 나부터 찾아야 하고,
사람을 키우되 나부터 키워야 한다.

☙ 수학적 증명

이 세상에 알려지고 뚜렷해진 자연의 법칙과 원리는 숫자에 의해서 계산되어, 정확하고 틀림없이 눈에 보이게 나타난다. 그것들은 무게와 부피, 그리고 길이와 넓이 등이다.

오늘날에는 다른 학문도 마찬가지이지만, 수학과 물리학이 고도로 발달하여서, 이 우주와 자연의 많은 비밀을 밝혀내고 계산해낼 수 있게 되었다. 많은 원리가 확립되고, 과학적인 정확성이 수립되었으며, 몇 억분의 1밀리미터의 길이와 몇 억분의 1그램의 무게를 따질 정도의 초정밀(超精密) 세계가 이룩되었다.

과학과 수학의 세계는 예외가 있을 수 없고, 가장 솔직하고 정확하다. 눈에 보이지도 않는 몇 억분의 1밀리미터의 길이를 가진 것도, 몇 억분의 1그램의 무게를 가진 것도, 그 물체의 성질과 역할을 다하고 있어, 절대로 없어지지도 않으며 또 생겨나지도 않는다. 그 원리와 성질의 엄숙함과 존재(存在)의 경이로움은 실로 감탄할 지경이다.

눈에 보이지 않는 사랑과 미움 등의 인간사(人間事)도, 이 우주의 현상이며, 하느님이 마련하신 바이다. 이 우주에 있는 것 중에 하느님의 섭리를 받지 않는 것은 하나도 없다.

자연과학 분야와 인문과학 분야가 다를 수 없으며, 똑같은 하느님의 섭리에 따라, 조금도 예외 없이 움직이고 있을 것이다. 다만 아직까지는 자연과학이 명료하게 계산해 내는 것과 같은 방법을 찾지 못하고 있을 뿐이다. 앞으로 수학과 과학이 더욱 발달되고 고도화되면, 지금까지 밝혀내지 못한 새로운 방법이나 요소(要素)가 알려지고 더욱 뚜렷해질 때가 올 것이다. 그때가 되면, 종교와 철학 같은 인문과학 분야도 자연과학 분야의 초정밀 세계처럼, 정확하고도 명백한 원리와 법칙이 있음이 밝혀질 것이다. 그리하여 인간사 모든 일도 그 신비의 열쇠가 풀리게 되고, 어떤 원인에 의해 어떤 결과가 온다는 것이, 마치 수학 문제처럼, 명쾌하게 숫자로써 계산될 것이다. 그리고 실험을 통하여 그 결과에 대해서 확인할 수도 있을 것이다. 인문과학 중에서도 일부 경제학 분야에서는 이러한 시도가 이미 이루어지고 있다.

수학적으로 완전히 증명되었으며, 수학과 물리학 등 모든 자연과학 분야의 계산에 완벽하게 적용되고 있는, 수학의 원리 하나가, 인간 행동의 선악(善惡)에 대하여서도 명확한 판단 기준을 제공하는 것이 있다고 생각하여, 소개해 보기로 한다.

수학의 곱셈과 나눗셈에 있어서, 숫자 앞에 있는 부호(符號)를 기준으로 할 때,

$$+ \times + = +$$ 이며,
$$- \times - = +$$ 이다.

또한

$$+ \times - = -$$ 이며,
$$- \times + = -$$ 이다.

여기서 +는 좋은 일, 하는 것 등의 긍정적이며 적극적인 것이라 정하고,

−는 부정적(否定的)이며 소극적인 것이라 한다면,

$$+\times+=+$$

좋은 일을 하는 것은 좋은 것이다.

$$-\times-=+$$

나쁜 일을 하지 않는 것은 좋은 것이다.

라고 된다.

또 계속해 보면,

$$+\times-=-$$

좋은 일을 하지 않는 것은 나쁜 것이다.

$$-\times+=-$$

나쁜 일을 하는 것은 나쁜 것이다.

라고 된다.

여기에서 +에 대하여 '좋은 것이다'는 '성공 한다', -에 대한 '나쁜 것이다'는 '실패 한다' 등으로 얼마든지 여러 가지로 바꿔볼 수 있다.

이와 같이 간단한 수학의 법칙이지만, 수학과 과학에서와 똑같이, 인간의 선악에 대한 판단에서도 기계적 완벽성을 가지고 그대로 적용되고 있으며, 사랑은 승리하며 미움은 패배한다는 것을 명백히 증명하고 있다.

피 속에 있는 적혈구(赤血球)는 우리에게 산소와 영양을 공급해 주며, 백혈구(白血球)는 병균을 없애 버림으로써 우리를 영원히 살게 만든다. 적혈구는 산소와 영양을 공급한다는 적극적인 행동으로 우리를 살리며, 백혈구는 병균을 없앤다는 부정의 원리에 의해서 우리를 살리고 있다.

이것이 바로,

$$+ \times + = +$$

좋은 일을 하는 것은 좋은 것이며,

$$- \times - = +$$

나쁜 일을 없애는 것은 좋은 것이다.

라는 것이다.

하느님은 두 손을 가지고 계신다. 우리를 영원히 살 수 있게 하기 위하여, 한 손으로는 우리가 착한 일을 하는 것을 북돋아 영광되게 하시며, 다른 한 손으로는 못되고 악한 것을 부정하여 없애주신다. 하느님의 한 손은 사랑의 손이며, 다른 한 손은 심판(審判)의 손이다.

악한 것을 없애주지 않으신다면, 이 세상은 악한 것으로 가득 차서, 모든 것은 그 기능(機能)을 잃고 추(醜)하고 더럽고 못 살 세상이 된다. 악한 것은 없어지고 착한 것은 더욱 번성하는 두 가지의 하느님의 작용(作用)에 의해 이 우주는, 인간은 더욱 싱싱하고 발랄하고 아름답게 영원히 존재(存在)하며, 그리고 살고 있다.

이 세상은 영원한 것이며, 사랑이며, 아름다움이다.

이 세상은 천국(天國)이다.

이것이 '생긴 그대로, 있는 그대로'의 자유(自由)스런 하느님의 뜻(천명 天命)이다.

아름다운 천국을 지키기 위해, 하느님은 미움을 가진 자가 나타나면, 심판을 내려 멸망시킨다. 하느님에 의해서 존재(存在)의 사명을 다하지 못하고, 부정되어지고 없어져버리게 되는 심판의 과정이 지옥이다. 그 과정은 한없이 괴롭고 비참할 수밖에 없으며, 그 아픔이 바로 지옥의 아품이다.

천국이라 함은 사랑을 가진 자가 하느님의 축복과 영광 속에, 생명에 대하여 무한한 감사와 환희를 가지게 되고, 용기와 신념으로 더욱 번성하며 잘 살게 되는 과정이다.

지옥의 아픔 속에 사라져가는 미움이 있다고 해서 이 세상이 지옥이 되는 것이 아니다. 지옥은 없어져 가는 존재(存在)의 것이며, 영원한 이 우주는 영원한 사랑 속에 승리하는 존재(存在)의 환희와 희망의 대합창이다.

미움이 지옥의 비명 속에서 사라져갈 때, 영원한 존재(存在)와 생명은 더욱 빛난다. 영원히 존재(存在)하는 이 우주와 모든 생명은 언제나 변함없는 천국이요, 사랑이며, 아름다움이다. 이것이 영원한 하느님의 진리요, 뜻이다.

이 세상의 원리는 적자생존(適者生存)이다. 사랑이 있는 자는 살아남고 사랑이 없는 자는 패배하여 사라진다. 사랑이 강한 자가 강한 것이며, 사랑이 약한 자가 약한 것이다. 강한 것은 살고 약한 것은 죽는다.

사랑이 부족하여 동정을 받아야 하는 자는 약한 자이고, 사랑이 넘쳐 남까지 동정할 수 있는 자는 강한 자이다. 끝까지 동정을 받아서는 죽는다. 동정을 디딤돌로 딛고 일어설 수 있는 자만이 산다. 스스로 돕지 못하는 자는 하늘도 돕지 못한다.

하느님의 천국과 지옥의 원리(原理)는 개인이나, 국가나, 세계나, 그 어디서나 모두 마찬가지로 조금도 빈틈없이 완벽하게 이루어지고 있다.

하느님의 심판과 칭찬의 보상(報償)도 눈에 띄게 큰 것이거나, 또는 눈에 보이지도 않는 작은 일이거나, 똑같이 쉬지도 않고 영원히 이 우주에서 계속해서 이루어진다.

핵전쟁이 일어난다면, 공해(公害)가 세계적으로 심해진다면, 증오와
더러운 것을 이 우주의 천국에서 씻어내기 위하여, 스스로 지어낸 악한
것들로 인하여, 자동적(自動的)으로 지옥의 심판이 내려진다. 악한 것들
을 만들어내던 존재들은, 지옥의 아픔 속에서 깨끗이 이 세상에서 사라지
게 된다는 것은, 물리학의 법칙들보다도 더욱 뚜렷하고 명백한 것이다.

개인이거나 집단이거나, 악을 행한 인간이 없어진다고 해서, 이 우주
마저 없어지는 것이 아니라, 오히려 증오와 더러운 것이 모두 사라진 바
로 잠시 후, 이 우주는 언제나 똑같은 아름다움의 천국이 다시 계속된다.

어떤 나라에서나, 매연에 그을린 공기는 탁하여 아름답지 않고, 폐수
에 찌든 웅덩이 같은 시꺼먼 강물도 아름답지 않다. 아름다운 자연을 인
간이 추하게 만들고 있다. 인간은 자기 스스로를 욕되게 함도 벗어나야
하고, 산과 바다와 강을 욕되게 함도 그쳐야 한다. 인간도 이 우주도 모
두가 하느님의 육신(肉身)이거늘, 더 이상 하느님을 모욕하면, 하느님의
진노하심을 어떻게 감당할 수 있을 것인가.

자기 스스로를 욕되게 함은 하느님을 욕되게 함이며, 하느님의 노여움
이 임하여 스스로 지옥이 된다. 스스로를 아름답게 하는 자는 하느님을
아름답게 함이니, 그 상(賞)으로 스스로 천국이 된다.

자연을 욕되게 하면 장차 지옥에서 살게 될 것이며, 자연을 아름답게
하면 자연은 천국이 된다. 추(醜)한 일이 많게 되면 이 세상도 따라서 지
옥이 되어 못 살 세상이 되며, 아름다운 일이 많아지면 이 세상은 점점
밝아져 천국이 된다.

하느님의 두 손은 똑같이 움직이고 있다. 악을 행하는 사람의 마음은
지옥이 된다. 선을 행하는 사람의 마음은 천국이 된다. 천국과 지옥은 마

음속에 분명하고도 엄숙하게 존재한다.

악을 행하는 사람은 현실에서도 못 살게 되어 있으며, 선을 행하는 사람은 현실에서도 잘 살게 되어 있다. 이 현실이 어떤 사람에게는 천국이 되기도 하고, 지옥이 되기도 한다.

지옥과 천국은 현실과 마음속에 분명히 있다.

지옥과 천국은 내 손에 달린 것이다.

죽느냐, 사느냐 하는 것은 내 손에 달린 것이다.

악을 행하는 사람은 죽어서도 지옥에 가며, 선을 행하는 사람은 죽어서도 천국과 극락에 간다.

악을 행하는 사람은 죽어서 다시 태어나도 나쁜 곳에 태어나 또 고생을 하여야 하며, 선을 행하는 사람은 죽어서 다시 태어나도 좋은 곳에 태어나 잘 살게 된다.

악을 행하는 사람은 죽어서도 좋은 곳에 묻힐 수 없으며, 선을 행하는 사람은 죽어서도 좋은 곳에 묻힐 수 있다.

지옥과 천국은 마음과 현실 속에, 사후와 윤회 속에, 그리고 무덤까지에 분명히 있다.

지옥과 천국은 내 손에 달린 것이다.

죽어서나 살아서나 지옥과 천국은 내 손에 달린 것이다.

하느님을 맞아들이느냐, 배척하느냐, 거기에 달린 것이다.

사랑을 하느냐, 미움을 가지느냐, 거기에 달린 것이다.

우리가 사랑을 할 때, 하느님은 사랑의 손을 내민다.

우리가 미움을 가질 때, 하느님은 심판의 손을 내민다.

사랑을 하라.

나를 없앤 사랑을 하라.

그리하여 영원(永遠)한 생명(生命)을 넘치도록 받을지어다.

마음과 현실 속에, 사후와 윤회 속에, 그리고 무덤 속까지 천국의 영원한 행복을 누릴지어다.

'시작도 없고, 끝도 없이 영원(永遠)하게 존재(存在)한다'는 것이 이 우주의 진리(眞理)이다.

이것이 '하느님의 머리와 몸'이다. α와 Ω이다.

이 우주와 생명이 영원하게 존재하기 위하여서는 사랑으로서만이 가능해진다. 작은 사랑과 큰 사랑이 똑같이, 그 역할을 충실히 해 냄으로써 그 사명(使命)을 다하고 있다. 마치 수레의 두 바퀴와 같이, 이 우주와 생명을 받쳐 주고 살게 하는 원동력(原動力)이다.

이 우주를 지탱하고 이끌고 가는, 큰 사랑과 작은 사랑이 하느님의 두 다리이다.

이 우주와 생명이 영원히 살기 위하여서는, 생명을 번성케 하는 사랑은 더욱 북돋아 키워나가고, 생명을 좀먹는 미움은 제거하여야 한다. 미움은 제거되고 사랑이 충만(充滿)한 이 세상은, 존재와 생명이 발랄하게 아름답다. 하느님의 영광과 축복이며, 이것을 바로 천국이라고 한다, 극락이라고 한다.

사랑을 북돋우는 손과, 미움을 심판하는 손이, 천국을 만드는 하느님의 두 손이다.

완전무결(完全無缺)한 하느님이 섭리하시는,

영원한 이 우주는 지고지선(至高至善)의 아름다움이어라.

낙원(樂園)이어라.

❧ 세상은 천국天國이다

인생은 비극이 아니라, 환희요, 행복이며, 생명으로 충만(充滿)된 것이다.

예수님도 이 자연을 찬미하고 영화(榮華) 있음을 지적하셨다. 백합화와 나는 새를 비유로 말씀하셨다.

예수 그리스도는 십자가의 수난을 좋아하여 자청(自請)한 것이 아니다. 그 당시의 유대 나라의 종교적 상황이 지극히 광신적(狂信的)이며 폐쇄적이어서 어쩔 수 없었던 것이다. 예수님은 두려움을 느끼고, 홀로 기도하면서, 죽음의 잔이 그냥 지나가기를 간절히 소망(所望)하였다. 그러나 자기의 주장을 관철하려면, 주위 여건상 죽음의 결과를 가져오지 않을 수 없음을 각오한 것이다.

예수 그리스도가 교조적(教條的)인 유대 나라가 아니라, 동양의 어느 나라에 등장하였더라면, 죽임을 당할 필요는 없었던 것이다. 그 당시 동양은 너그러움으로 어떠한 종교적 주장도 용납되었다. 일찍이 석가모니 부처님은, 누구나 부처님의 본성(불성佛性)을 마음속에 간직한 것이라 하여, 그 불성을 닦아 스스로 부처가 되라고 가르치셨다. 그런 주장을 했다고 해서 핍박하거나 죽인 사람은 동양에는 아무도 없었다. 도교에서도 도인(道人)과 성인(聖人)이 따로 있는 것이 아니라, 누구나 도(道)를 닦으면 성인도 되고 도인도 된다.

종교는 환희요, 긍정의 세계다. 예수 그리스도는 시대적 상황에서 어찔 수 없이 비극적인 최후를 마치게 되었으나, 예수 그리스도가 가르치고자 하는 것은 사랑이며 영원한 생명이었다. 우울하고 비극적인 분위기를 조성(造成)하고 죄악(罪惡)을 강조할 것이 아니라, 밝고 빛나는 희망과 낙관적인 세계관을 가지고, 모두가 앞으로 나아가 하느님과 사랑으로 하나가 되게 만들기를 예수님은 바라고 있다.

생명의 원동력(原動力)이 되는 고통과 사랑과 쾌락이 있고, 큰 사랑과 작은 사랑이 힘을 합하여 우리를 영원히 살게 만들며, 선을 북돋우시고 악을 제거하시는 지금의 상태야말로 가장 완벽하고도 위대하며, 신비하고도 아름답다. 금단(禁斷)의 열매를 먹기 이전에는 낙원이었고, 금단의 열매를 따먹은 이후로 악이 시작되어 지옥이 되고 죄인(罪人)이 된 것이 아니다. 지금 있는 '생긴 그대로, 있는 그대로(自由自在)'의 이 세상이, 이 우주가 바로 하느님의 모습이다.

위대하고도 완전무결하신 하느님이 하시는 일에 잘못이란 있을 수 없다. 이 우주와 인간(人間)은 하느님에 의해서 가장 완벽하고, 빈틈없이 만들어졌다. 이러한 인간이 하느님이 될 수 있다고 말함이 신성모독이 아니다. 신성모독이 될 수 있다면 하느님이 하신 일이, 지금 이 상태가 불완전하다고 말함이 오히려 신성모독이 될 수가 있다. 선악과(善惡果)의 설화(說話)가, 시지프스의 신화(神話)가, 판도라의 상자(箱子) 이야기가 오히려 문제가 될 수 있다.

이 세상 만물(萬物)이 모두 아름답다.
흑 비단 같은 밤하늘에 빛나는 달과 별이 아름답고,
정열(情熱)과 같이 내뿜는 찬란한 햇빛이 눈이 부시다.
수줍은 듯이 피어 있는 이슬 맺힌 아침 꽃이 아름답고,
훨훨 날아다니는 호랑나비, 태극나비의 무늬도 현란하게 아름답다.

물 먹은 모래밭에 꽃잎같이 찍혀 있는 흩어진 새 발자국이 아름답다.

쫑긋한 두 귀를 세우고 힘차게 뛰어 노니는 훤칠한 사슴의 뒷다리는 얼마나 멋이 있는가.

그 큰 눈은 고요한 호수(湖水)와 같이 맑기만 하다.

옥구슬같이 영롱한 소리를 내며 구르는 시냇물이 아름답고,

병풍같이 둘러친 산봉우리와 육중한 바위는 태고(太古)적 신비를 말하고 있다.

식물의 세계는 그지없이 아름답다.

사랑이 없이는 아름다움이 있을 수 없다.

아름다운 식물의 세계는 사랑의 세계로구나.

사랑이 가득한 식물의 세계는 이미 천국이 되어 있다.

강도 산도 그 외의 모든 대자연(大自然)도 아름답고, 곤충도 동물도 모두 아름답다.

모두가 사랑의 세계로구나. 천국이 이미 되어 있는 것이다.

인간의 세계도 모두가 아름답기만 하면 사랑의 세계가 되는 것이다.

인간의 삶을 아름답게 하라.

이 우주의 아름다움과 합치(合致)하여라.

인간의 세계도 천국이 된다. 극락(極樂)이 된다.

아름다운 사람이 되자.

너도나도 앞 다퉈 아름다운 사람이 되자.

이 우주는 원래 아름답게 생긴 것이다. 꽃도 동물도 자연도 모두 아름답다.

이 세상 만물 중에 아름답지 않은 것은 하나도 없다.

사랑이 아닌 것은 하나도 없다.

인간도 원래 아름답게 태어난 것임에 틀림이 없다.

사랑의 세계임이 틀림이 없다.

천국임이 틀림이 없다.

원래의 아름다움을 찾기만 하면 된다.

원래의 나인 사랑만을 찾으면 된다.

천국이 되는 것이다.

아니 이미 천국이 되어 있다.

우주 만물이 모두 이렇게 아름다운 것은 이미 천국이 되어 있기 때문에 그런 것이다.

사랑이 있기 때문에 그런 것이다.

이 우주 자체(自體)가 하느님의 몸이다.

나와 당신은 이 우주의 일부이며 하느님의 몸이다.

나와 당신은 모두가 하느님의 몸이며, 하느님의 정신(精神)을 가지고 산다.

하느님의 정신인 사랑으로 살고 있지 않다면, 천국 속에 살고 있지 않다면, 미움 때문에 인간은 옛날에 벌써 멸망하고 말았으리라.

하느님의 몸과 마음인 당신과 나는 그래서 악을 걱정하고, 그 악을 어떻게 하면 생기지 않게 하나, 없애게 할 수 있을까를 염려하고 있는 것이다.

이것만 보아도 당신과 나는 하느님의 몸과 마음으로 살고 있는 하느님임이 분명하다. 천국 속에서 살고 있음이 분명하다.

당신과 내가 하느님이 아니라면, 악을 걱정할 리가 없고, 기꺼이 악을 장려하고 실천하리라.

이 사회가 악을 염려하고 있는 것은 이 사회도 이미 하느님의 사회이기 때문에 그런 것이다. 천국이기 때문에 그런 것이다.

인간도 자연도 모두 아름답게 태어났다. 사랑을 가지고 태어났다.

이는 우주를 영원(永遠)히 존재(存在)하게 하려는 하느님의 뜻이 섭리하심이다.

하느님의 뜻을 거역하는 것은 있을 수 없다. 사랑이 아니면 살 수가 없다. 사랑이 없는 것은 모두 죽는다.

살아있는 모든 것은, 자연을 위시한 존재(存在)하는 모든 것은 천국을 이루는 것이며, 아름다움이며, 사랑이며, 하느님이다.

우주 자체가 아름다움이며, 사랑이며, 하느님이다.

이 세상의 모든 자연과 식물과 동물과 사람은 하느님이다.

길에서 만나는 모든 사람은 하느님이다.

내 부모도 하느님이다.

내 아내도 하느님이다.

내 남편도 하느님이다.

내 자식도 하느님이다.

내 이웃이 모두 하느님이다.

세계의 모든 사람이 다 하느님이다.

나도 하느님이다.

하느님을 사랑하듯이 모든 존재(存在)를 사랑하여야 한다.

모든 존재는 하느님의 몸과 마음으로 살고 있는 존귀(尊貴)한 하느님
이다.

땅 속에 묻힌 금도, 금임에는 틀림이 없다. 다만 진흙이 묻고 더러워진
금은 번쩍이지 않는다.

흙과 먼지가 닦아질 때에 찬란한 금빛을 발(發)할 수 있다. 닦아지기
만 하면 되는 것이다.

자기가 하느님임을 확연히 깨닫기만 하면 되는 것이다. 자기의 본성
(本性)인 사랑만을 깨달으면, 번쩍인다고 하는 것이다. 하느님이라고 하
는 것이다.

다 하느님이지만 자기가 하느님임을 아는 존재는 더더욱 하느님이다.

하느님의 정신(精神)은 사랑, 성실, 인내이다.

이러한 이치를 아는 사람은 하느님이다.

사랑이 하느님이라는 것을 아는 사람은 하느님이다.

하느님을 아는 사람은 하느님이다.

사랑을 아는 사람은 하느님이다.

나를 없앤 사랑만이 나를 살릴 수 있다는 것을 아는 사람은 하느님이다.

작은 사랑을 하려면, 큰 사랑을 하여야만 작은 사랑이 될 수 있다는 것
을 아는 사람은 하느님이다.

나를 없앤 사랑을 할 수 있는 사람이 하느님이다.

사랑의 화신(化身)이 하느님이다.

사랑의 화신이 아닐지라도 사랑이 된 만큼 하느님이다.

하느님을 너무 어렵게 생각하면 하느님이 될 수가 없다. 사랑이 그렇
게 어렵지만은 않은 것이다. 오히려 즐겁고, 생명과 축복과 감사로 가득

한 것이다.

누구나 서슴없이 하느님이 되어야 한다.

당신이 바로 사랑의 하느님이다.

당신이 바로 생명(生命)으로 번쩍이는 사랑의 하느님이다.

나를 알아야 한다.

진정(眞正)한 나를 아는 사람은 하느님이다.

내가 바로 하느님임을 알아야 한다.

내가 사랑임을 알아야 한다.

악한과 성인(聖人)은 백지장 하나 차이다. 깨달음을 가지면 성인이 되고, 자기의 사랑됨을 소홀히 하는 자는 악한이 된다.

악한은 지옥의 심판 속에 죽게 되며, 성인은 하느님의 축복 속에 천국에 산다.

사랑의 존재만이 살 수가 있고 더러운 악의 존재는 이 세상에서 사라져 간다. 이래서 이 세상은 계속해서 아름다운 천국이 된다.

사랑이 하느님이다.

사랑을 가지게 되면, 하느님의 힘을 가진 것이다.

하느님은 전지전능(全知全能)하며 완전무결(完全無缺)하시다. 사랑의 힘도 전지전능하고 완전무결하다.

당신이 사랑을 가질 때, 당신은 무엇이나 다 해결할 수가 있다. 당신은 무엇이나 가질 수 있다. 건강도, 행복도, 성공도, 재산도, 명예도, 지위도, 권력도, 그 무엇이라도 모두 다 가질 수 있다. 하느님의 힘으로 안 될 것이 그 무엇이랴.

하느님이 모든 것을 당신에게 주실 것이다. 찾는 것은 무엇이나, 구(求)하는 것은 무엇이라도 주실 것이다. 당신에게 천국이 되게 하기 위하여 모든 것을 다 주실 것이다.

사랑의 이름으로, 하느님의 이름으로 구하면, 무엇이든지 다 이루어진다. 기적(奇蹟)과 같이 이루어진다. 사랑의 힘은 하느님의 힘이며, 궁극적인 승리가 있다.

사랑을 할 때 누구나 하느님이다.

하느님에게는 죄도, 미움도, 멸망도 없다. 오로지 천국이 있을 뿐이다. 능력이 있을 뿐이다. 하느님의 힘이, 사랑의 힘이 천국을 만들고 있다.

남을 돌아보지 말고 나부터 사랑, 성실, 인내인 러신스(Losince) 되자.

한 사람 한 사람 되다 보면, 모두가 하나같이 러신스 된다.

우리 모두 러신스 하느님 되면, 이 세상은 저절로 천국이 된다.

나를 없앤 사랑을 하여야 러신스 하느님이 된다.

모두가 남을 사랑하면, 모든 사람이 나를 사랑하는 것이다.

이래서도 작은 사랑과 큰 사랑이 함께 있는 것이다.

큰 사랑 속에 작은 사랑이 녹아 있는 것이다.

이 세상은 완전한 사랑이 된다. 천국이 된다.

사랑으로 가득 찬 이 우주가 바로 낙원(樂園)이로다, 극락(極樂)이로다.

사랑을 깨달은 모든 사람은 하느님이다.

하느님을 존중(尊重)하듯이,

하느님이 될 수 있는 모든 사람을 존중하여라.

하느님은 거룩하며 위대하시고,
전지전능하며 완벽하시다.
하느님은 신비하고도 아름답도다.

제4장 일하자, 실천하자

행동이 없는 사랑은 '갑 속에 든 칼'이다. 그 칼이 아무리 날카롭다 하여도 갑 속에만 들어 있다면 아무 소용이 없다. 이제까지의 진리가 말이나 아는 것으로써 끝나버리면, 아무 의미도 가치도 없다. 진리(眞理)는 실천(實踐)되어 결과(結果)를 가져옴으로써 비로소 가치가 있다. 이로써 우리 모두는 영원(永遠)한 생명(生命)을 얻으며, 이 세상은 아름다운 천국이 된다.

열매 없는 농사란 의미가 없다. 사랑의 씨앗은 성실(誠實)하게 가꾸어져서, 인내(忍耐)의 구슬땀과 함께 아름다운 열매를 맺어야 한다.

인간이 산다는 것은 생각하고 행동하는 것이다. 생각하고 행동한다는 것이 바로 '일'이라는 형태로 나타나게 되는 것이다. 결국은 인간의 존재 형태(形態)는 일이므로, 사랑이 있다면 인간의 일 속에 있을 것이다. 일을 한다는 것은 사랑을 하는 길이며, 사랑을 얻는 길이다.

사람은 살기 위하여 일을 하여야 하며, 사람이 살 수 있는 길은 오직 사랑뿐이다. 그러므로 일을 사랑으로써만 할 수가 있다. 미움을 실천하는 것은 일이라고 하지 않는다. 죄악이나 범죄라고 한다.

일은 사랑이다.
사랑을 하려면 일을 하여야 한다.
일은 사랑의 실천 방법이며, 일이 사랑의 결과를 가져온다.
사랑은 어떤 사랑이나 일이라는 형태로 나타난다. 나를 위한 사랑이 나를 위한 일이 되며, 남을 위한 사랑이 남을 위하여 애씀이니, 사랑은 모두 일이 되는 것이다.

일은 사랑이다.
일을 성실히 함은 사랑을 성실히 함이며,
사랑은 생명의 길이니, 일함은 영원한 생명을 얻는 길이다.
생명을 얻음은 기쁨이요 행복이니, 일함에는 기쁨과 행복이 반드시 따르게 된다. 그의 가슴에는 생명력(生命力)이 충만(充滿)하고, 그의 영혼에는 기쁨과 환희가 물결친다.
일은 기쁨이요, 생명이며, 행복이다.
일할 때 괴로움과 어두움이 물러가고, 밝은 희망과 정열(情熱)이 넘치게 됨은 너무나 당연하다.

일은 영원한 삶이며, 사랑이며, 신앙이며, 축복이다.
하느님은 사랑이다. 일할 때 나는 하느님을 보며 하느님은 내 속에 있다.
일은 하느님이 되는 길이다. 좀 더 훌륭한 삶이란 좀 더 훌륭한 일을 함이다.

인생을 즐김은 일을 즐기는 것이며, 인생을 완전히 함은 일을 완전히 함이다.

공부하자, 일하자. 그래서 하느님에게로 가자.

일을 헛되게 말라. 그것은 나의 사랑을 헛되게 함이며, 그것은 바로 인생을 헛되게 함이다.

나의 일함을 방해치 말라. 일만이 인간들을 신앙과 행복에로 이끌고 간다.

일은 소명(召命)이다.

하느님으로부터 받은 사명이다.

일은 하느님과 둘이서 만나는 것이다.

사랑이 천국을 있게 만들고, 일이 천국을 만들고 있다. 사랑이 아름답고, 일이 아름답다.

사랑은 신성(神聖)한 것이니 노동이 신성하며, 사랑은 귀천(貴賤)이 없으니 직업에도 귀천은 없다.

악마(惡魔)는 게으름뱅이일 것이며 천사(天使)는 부지런함에 틀림이 없다. 그래서 천사가 이길 것임도 틀림이 없다. 천사가 한가하게 묘사됨은 지극히 모순이며 무식의 소치이다.

노인(老人)을 행복하게 하려면 적당히 일할 기회를 제공하여야 한다.

노인이시여! 행복해지려면 일을 합시다.

무기력(無氣力)한 마음과 인생에서 소외된 것과 같은 외로움을 이기려면 일을 합시다.

인생을 달관(達觀)한 노인이시여,

마음에 여유가 생긴 노인이시여,

한가한 시간도 생긴 노인이시여,

재산에도 어떤 분은 여유가 있을 것이다.

인생에 너그럽고 여유 있는 노인이시여, 모두를 사랑하여 모든 것을 다 잊고 봉사합시다. 그래서 사랑의 희열(喜悅)이 샘솟게 하고, 세상도 대낮같이 환하게 밝혀봅시다.

자식도 다 기르고 모든 의무(義務)에서 해방되었으니, 나를 잃은 사랑을 실천한 좋은 기회가 도래(到來)하였네. 젊었을 때에는 미숙한 어리석음과 미련 때문에 나를 사랑하는 진정한 방법을 알기가 어려웠으나, 이제는 나를 뛰어넘은 사랑이, 나를 사랑하는 가장 좋은 길이라는 것을, 몸소 체험해 볼 수 있게 되었네.

인생의 보람을 마음껏 누릴 수 있고, 영원한 생명과 끝없는 하느님의 축복과 행복과 영광이 있다.

러신스(Losince) 하느님이 되는 것이다.

육신의 죽음에 대비하여, 영혼이 천국에서 영원히 살 수 있는 준비도 되는 것이다.

땀이 아니면 죽음이 있다. 영원한 일은 영원한 사랑.

일은 영원한 횃불, 러신스 되는 길을 밝혀 준다오.

나를 잃고 남을 사랑한다는 것은,

나를 잃고 남을 위하여 일한다는 것.

일하지 않는 사랑은 얼음 속에 든 씨앗이라네,

얼음 속에 든 씨앗은 절대로 싹트지 않네.

일은 사랑이다.

일은 사랑으로 하여야 한다.

이것은 종교, 정치, 경제, 예술, 문학, 학문, 철학, 도덕, 과학, 산업, 체육 등 어느 분야에서나 똑 같이 적용되는 원리이다.

사랑, 성실, 인내가 없는 모든 것은 위선(僞善)이며, 하늘의 뜻을 거역함이니, 미움과 불화(不和) 속에 오직 멸망만이 있을 뿐이다.

사랑, 성실, 인내가 있는 것만이 종교이며, 도덕이며, 철학이다.

사랑이 없는 성직자(聖職者)는 성직자가 아니다.

사랑이 없는 교회(敎會)는 교회가 아니다.

자비가 없는 사원(寺院)은 사원이 아니다.

정치를 하는 사람도, 경제를 하는 사람도, 그 외에 그 무엇을 할지라도 다 마찬가지다.

이러한 모든 것이 남을 위한다는 고운 마음 없이는, 간절한 염원(念願)이 없이는 절대로 되지 않는다.

마음을 닦자. 사랑을 키우자. 기도하는 것도 책을 읽음도 모두가 무엇인가 하는 것이다. 그래서 알차게 뭉친 마음은 정열(情熱)이 되어 힘차게 뜻있는 일을 추진하리라.

종교가 사랑을 버리고 전투적(戰鬪的)이 되면, 세계 평화는 깨지게 된다. 종교는 조용하게 물이 젖듯이 심령(心靈)으로 포근하게 감싸고 위로하여야 한다. 종교는 정치에 관여하거나 이용(利用)돼서도 안 된다. 정치에는 상대편과 동지가 있게 마련이어서, 잘못하면 사랑과 증오로 나뉘기 쉽다. 종교가 거기에 말려들면, 상처받기 쉽고 신뢰를 상실할 염려가 있다. 종교는 정치를 하는 모두에게 적(敵)과 동지(同志)의 구별이 없이, 높은 가르침으로 올바르고 정직한 정치가 되도록 도와주는 것이 사명(使

命)을 다하는 길이다.

　일하고 사랑할 때는 용기(勇氣)를 가져야 한다. 큰 사랑은 큰 용기를 필요로 하며 작은 사랑은 작은 용기를 필요로 한다. 실천(實踐)의 용기가 필요한 것이다.

　일과 사랑은 실천(實踐)되는 순간순간마다 성실(誠實)하여야만 이룰 수 있다. 성실하게 꾸준히 일하면서 세월이 가고 연륜(年輪)이 쌓이면, 아름답고도 위대한 사랑의 결과(結果)가 온다. 실천함에 성실하고, 인내(忍耐)로써 결과(結果)를 가져올 수 있다는 것은, 하고 있는 것이 사랑이기 때문에 그런 것이다.

　이제는 실천할 때이다.

　사랑을 일로써 옮길 때이다.

　용기를 가져야 한다.

　성실하여야 한다.

　사랑의 결과가 올 때까지 꾸준히 인내하여야 한다.

　산다는 것은 사랑한다는 것이다.

　사랑과 성실과 인내로 사는 것이다.

　일하지 않고는 사랑을 얻을 수 없다.

　게으름 속에는 사랑이 없다.

　사랑이 생명을 가져오는 것이다.

　게으름 속에는 생명이 없다.

　일하자, 모두 일하자.

　일하지 않고는 살 수가 없다.

산다는 것은 일하는 것이다.

‘부뚜막의 소금도 넣어야 짜다.’
부뚜막에 소금이 있는 것만으로는 아무 소용이 없다.
소금을 넣어야 한다.
그러나 소금이 있다는 것은 얼마나 다행스러운 일인가.
넣기만 하면 되는 것이다.

‘구슬이 서 말이라도 꿰어야 보물이 된다.’
여기 구슬이 있다.
구슬이 있다는 것은 적은 일이 아니다.
꿰기만 하면 되는 것이다.
당신 앞의 구슬을 지금 당장 꿰기만 하면,
보물은 얼마든지 당신 것이다.

자! 우리 모두 승리를 위하여 앞으로 나가자.

작은 일, 큰 일 하러 앞으로 나가자.
작은 일이 큰 일이 되고 큰 일이 작은 일 된다.

자! 우리 모두 일하러 가자.

출발(出發)!!!!!!!!!!

제3편

동양적인 종교가 되어야 할 기독교

제1장 인류의 신에 대한 관념의 변천

☙ 다신교에서 감정적 유일신으로

원시시대의 인류는 고도의 형이상학적(形而上學的), 관념적 사유를 할 능력이 부족했다.

그들은 구체적으로 만져지고, 보여지고, 느낄 수 있는 것에 대해서만 생각할 수 있었고, 신(神)에 대한 생각도 이렇게 생겨나기 시작하였다.

그들은 번개와 우레에서 두려움을 느꼈고, 태양과 달의 빛과 따뜻함에 고마움과 위대함을 발견하였다. 특히 태양은 생명을 주는 따뜻함과 두려움에서 해방될 수 있는 빛을 주었다. 이래서 이들은 모두 신이 되었다. 태양의 신, 달의 신, 바람의 신, 비의 신, 불의 신, 바다의 신, 숲의 신, 번개와 우레의 신 등등이 되었다.

이들은 죽음과도 마주쳐야 했으며 조상의 신, 전쟁의 신, 사랑의 신 등 좀 더 고차원적인 신들도 점차 추가되었다.

이들의 신에 대한 관념은 이렇게 구체적이고 단편적인 생각에 머물렀고, 좀 더 시간이 가고 생각이 깊어가면서, 이들 신적 현상이 생기게 되는 것들에 대해 그들 나름대로의 해석과 합리성을 부여해 보는 많은 신화(神話)가 발생하게 되었다.

그러나 이들은 아직까지 신에 대하여 전체적으로 하나의 종합적이고 추상적이며 관념적인 생각까지는 발전하지 못하였고, 신의 편린(片鱗)들을 신적 현상으로 파악하고 믿게 되는 원시(原始) 신앙이 되었다.

비유하건데 그들은 신(神)을 전체로서 하나의 신이 아니라, 신의 일부분이라 할 태양, 달, 바위, 숲 그리고 신의 일부분의 움직임이라 할 바람, 번개, 우레 등을 각각 분해(分解)하여 신으로 믿는 셈이 되었다.

그들은 그들이 볼 수 있는 신의 발가락의 일부, 손가락의 일부, 신의 하품, 소리침 등등을 각각 신으로 믿은 셈이다.

이래서 이러한 각개 현상들을 분석하고 설명하는 신화도 다양하고 복잡할 수밖에 없게 되었다.

태양이 뜨는 것은 하늘의 여신이 태양을 뱉어내기 때문이며, 밤이 되는 것은 하늘의 여신이 태양을 삼키기 때문이라는 등으로 그들의 지적 수준에서 고안해 낼 수 있는 최선의 노력을 기울였다.

그러나 누가 이들을 나무랄 수 있단 말인가. 인류 문명 발생 시대에 살던 그들이 알 수 있는 능력과 지식수준에서는 하느님을 느끼고 알 수 있는 최선의 방법이었기에 이는 아무도 비난할 필요도, 이유도, 권리도 없는 것이다.

그들은 유치하나마 그러한 방법을 통해 하느님을 믿었고, 두려워하였으며, 착하게 살려고 노력하였으며, 그들의 믿음에 하느님은 임재(臨在)하셨다.

그들이 하느님이라고 믿고 기도한 곳에서 하느님은 응답하였고 소원이 성취되었다.

그 옛날 우리 할머니들이 정한수 떠 놓고서 열심히 하느님에게 빈 착한 마음과 믿음이 하느님에게 전파(電波)로 전달되어서 소원이 성취되었듯이 말이다.

하느님은 모습도 형상도 없듯이 하느님을 믿는데도 어떤 형체나 형식이 따로 있는 것이 아니다. 오직 굳은 믿음만이 전파로 전달될 뿐이며, 하느님은 사랑이시기 때문에 사랑의 전파만이 성취될 수 있는 것이며, 악한 기도는 절대 이루어지지 않고 오히려 벌이 내리게 될 뿐이었다.

인류의 문화와 문명이 발전되고 과학과 우주에 대한 지식이 늘어가면서 인류는 좀 더 많은 것을 알게 되었고, 사고 능력도 좀 더 고도화(高度化)되어 추상적이며 관념적인 생각도 할 수 있게 되었다. 다양하고 복잡한 현상도 하나로 종합해 볼 수 있는 안목과 능력이 생기게 된 것이다. 그리하여 신적 현상에 대한 것도 일일이 개별적인 다신교적(多神教的)인 믿음에서 하나의 근원(根源)된 신이라는 생각도 할 수 있게 되었다.

처음에는 그들이 믿던 많은 신들 중에서 중심이 되고 힘이 있는 태양과 같은 자연신(自然神)이 점점 중요한 신으로 부각되어 유일신과 같은 존재가 되었다. 나중에는 점점 발전하여 모든 현상이 생기게 되는 근원으로서의 하나의 신적 존재라는 추상적이며 관념적인 유일신(唯一神)을 생각해 내기에 이르렀다.

이래서 인류는 관념적인 유일신을 생각하게 되었고 다신교적인 믿음을 유치한 것이라 생각하게도 되었다.

인류의 사유 능력이 발전하면서 생겨난 유일신에 대한 생각도 여러 단계로 발전하게 되지만, 사실은 다신교적인 생각에서 한 발 앞선 초기 단계의 유일신에 대한 생각은, 종전의 다신교에 있어서와 마찬가지로 여전히 미신적이고 무지몽매하였으며 오히려 인류에게는 가장 위험하고도 해독(害毒)이 많았다.

초기 단계의 유일신에 대한 생각은 두려움과 경외감의 연장선 위에 있었다는 점에서는 다신교적인 원시 종교와 조금도 다르지 않았다.

그들에게 자연은 여전히 알 수 없는 두려움과 경외감의 대상이었으며, 다신교시대에 여러 개로 갈라졌던 신적 현상에 대한 두려움과 공포감이, 하나의 근원된 신이라는 생각으로 통합되었을 뿐이었다. 오히려 유일신에 대한 두려움과 경외감으로 더욱 일원화(一元化)되고 강화(强化)되었고, 미개하고 미신적이라는 점에서는 근본적으로 달라진 것은 아무 것도 없었다.

이러한 유일신은 인격적인 감정(感情)을 가진 신으로 때로는 분노하고 복수하는 난폭한 모습으로 비쳐지기도 했고, 기분이 좋아질 때는 축복과 행운을 가져다주는 아주 변덕스런 존재로 파악되었다.

인간이 처음 생각해 낸 유일신은 다신교 때나 마찬가지로 그 뜻을 알 수 없고 기분 내키는 대로 행동하는 지극히 감정적(感情的) 요소를 가진 인격적(人格的)인 신이었다. 그 뜻을 거스렸다가는 살아남을 수 없는 신성절대불가침(神性絶對不可侵)의 존재가 되었고 오로지 복종만이 있을 뿐이었다.

더구나 이 유일신은 자연 발생적으로 민족마다 유일신이 있게 되었고, 종교에 따라서도 거기에 또 다른 유일신이 군림하였다.

말은 유일신(唯一神)이라 하나 사실은 이 세상에는 수많은 유일신이 생기게 된 유일신의 다신교(多神敎) 시대가 도래 하였다.

이 수많은 유일신들은 자기가 진정한 유일신임을 주장하였고, 서로가 자기만을 믿을 것을 강요하였고, 자기를 믿지 않는 자에 대해서는 죽음으로 보복하기를 바랐다.

그러나 이렇게 많은 유일신이 존재하며 싸운다는 것은 역설적으로 아무도 유일신은 아니라는 것을 큰 소리로 외치는 것이나 같았다. 모두가 유일신이라면서 유일신이 이렇게 많을 수는 없는 것이다.

그러나 그들은 각 민족의 말에 따라 신의 이름을 다르게 불러도 다른 신이라 했고, 종교에 따라 서로 서로 다른 신이라 했다. 심지어 같은 신을 믿더라도 방법이 조금만 달라져도 신의 뜻에 어긋난다고 죽여야 한다고 서로 싸웠다.

그들을 믿는 자들은 이러한 신들의 뜻에 맹목적(盲目的)으로 따라야 했고, 그들의 유일신을 위해 다른 민족을 죽여야 했고, 다른 종교를 말살하여야 했다. 이래서 세상은 온통 전쟁과 침략과 살육의 아수라장이 됐고 그들의 백성들도 결국에는 비참한 상처를 입어야 했다.

인류는 이 수많은 감정적 유일신들 때문에 온통 비극과 환난의 고통을 겪어야 했고, 세상은 온통 박살이 났고 또 지금도 그러고 있다.

감정적 유일신의 해독이 무서운 것을 그 저돌적이고도 맹목적인 공격성(攻擊性)과 배타성(排他性) 그리고 독선(獨善)이다.

감정적 유일신의 특징은 감정을 내세운 신성(神聖) 절대불가침(絕對不可侵)이며, 서로가 서로에 대한 절대적 침략자이며 공격자이고, 자기를 믿는 자에 대한 한없는 군림과 복종을 절대적으로 강요하는 것이다.

이러한 감정적 유일신은 사실은 다신교 때보다도 더욱 미신적이고 무지몽매하였으며 더할 수 없이 잔인해졌다.

이러한 신성절대불가침인 감정적 유일신의 한없는 군림과 절대적 복종의 강요는 당연한 귀결로 그 대리자(代理者)에 의한 절대적 복종의 강요와 군림으로 연결되었다.

감정적 유일신은 자기만 신성절대불가침의 존재가 된 게 아니라 그 대리자까지도 신성절대불가침의 감정적 난폭자의 지위에 올려놓았다.

신정(神政) 일체(一體) 시대의 신의 대리자인 모세와 같은 제사장은 혼자서 모든 신의 권한을 가졌으며, 후세에 이르러 신정이 분리되어 통치할 때는 하느님을 대리하는 성직자와 왕권신수설(王權神授說)로 무장한 왕이 분할통치자가 되었다.

성직자는 제왕적(帝王的) 성직자가 되고, 왕은 자연스럽게 신을 대리하는 절대군주(絶代君主)가 되었다.

중세시대의 교황은 때로는 전권을 혼자서 휘둘렀으며, 때로는 왕들과 그 권세를 나눠가졌다.

시민혁명(市民革命)으로 절대 왕조가 무너지자 이번에는 성직자들과 부와 명예를 가진 시민 계급이 분할통치자가 되었다.

이러한 신의 대리자들은 모든 일을 뜻대로 할 수 있었고, 신(神)의 뜻이라는 말 한 마디로 모든 것을 정당화(正當化)시킬 수 있었다.

어떠한 살인도, 강탈도, 침략 그리고 착취와 전쟁도 다 문제가 되지 않았다. 모든 불의(不義)한 일들이 신의 뜻으로 정당화될 수가 있었다.

모세가 생각한 유일신은 유대 민족만을 신의 백성으로 선택하고, 여호와 자기만을 믿을 것을 요구하는 편파적이며 욕심 많은 신이었다.

모세의 여호와 신은 지극히 감정적(感情的)이어서 자기를 믿지 않는 자는 4대(代)를 죽이기를 바라는 질투와 복수의 신이었고, 유대 민족을 위해서라면 다른 모든 민족들을 서슴없이 멸망시키는 옹졸하고도 편협한 신이었다(출애굽기 참조).

B.C. 1400년경 모세 당시의 유대민족은 오랜 동안의 애굽 노예 생활에서 해방되는 기쁨도 잠시, 바로 40년 동안 자기들의 땅도 없이, 가혹한 시련이 기다리는 광야에서 여러 이민족(異民族)사이를 여기저기로 방

황하여야 했다.

그들은 수시로 생명을 위협하는 혹독한 자연환경과도 생존을 건 투쟁을 하여야 했고, 풍족하지 못한 자연 속에 서로 살아남으려고 생명을 걸고 싸우는 많은 이민족과도 대결하여야 했다.

그들은 너무나 처절하고 절박하였으며 모든 다른 민족을 몰살하고서라도 유대 민족이 살 수 있기를 바라는 유대 민족 지상주의(至上主義)가 되었다. 그들이 생각한 유일신도 오직 유대 민족만을 위하는 신으로 만들어졌다. 그리고 그들은 신이 오직 그들 민족만을 선택하는 신의 선민(選民)이기를 기원하였다.

이때의 유일신은 수에 있어서만 하나가 되었을 뿐, 그 이전의 다신교에 있어서와 마찬가지로 여전히 그 뜻을 알 수 없는 아주 감정적인 신이었으며, 모두가 미신적이라는 데서도 똑 같았다. 신의 숫자만 줄었을 뿐이지 신화(神話)도 비과학적이며 무지몽매한 것도 마찬가지였다.

양과 같은 짐승을 잡아 제물로 바치는 것도 여전하였으며, 지성소를 범하는 자, 안식일(주일主日)을 안 지키는 자, 다른 신을 믿는 자, 심지어 믿는 방법이 다른 자 등등 신의 이름으로 거침없이 사람을 죽이는 만행을 자행함은 다신교 때보다도 오히려 더 미신스럽고도 잔인하였다(출애굽기 참조).

잠시라도 여유를 가질 수 없는 사막이라는 혹독하고 잔인한 자연조건과 물마저 구하기 어렵고 모든 것이 부족한 가운데 생존을 다투는 여러 민족과의 피나는 투쟁이, 그들의 신을 혹독하고도 단호하게 절대적으로 군림하는 존재로 만들어냈다.

그들의 신은 자기에게 절대적인 복종을 요구하는 모질고도 잔인한 질투와 복수의 신이 되었고, 자기를 믿을 것에 더하여 민족적 편견까지가 가세되어 그들의 신은 유대교와 유대인이어야 된다는 종교와 민족이라는 이중적 잣대 까지를 요구하는 더 할 수 없는 질투와 복수의 화신(化身)이 되었다.

모세의 하느님인 여호와가 감정적(感情的)인 신이 아니었다면 어떻게 이 세상의 수많은 민족들을 다 버리고 유대 민족만을 자기 백성으로 삼을 것이며, 유대 민족만을 위하여 다른 민족들을 모두 멸망시킬 것을 바랄 것인가. 더구나 자기를 믿지 않는다고 어떻게 4대(代)까지 죽일 수 있는 것이며, 지성소를 범하였다고, 안식일(주일土日)을 안 지켰다는 등으로 사람을 죽일 수 있는 것인가. 구약에는 분명히 여호와는 질투의 신이라고 명기되어 있고, 모세의 여호와는 유대 민족을 위해서라면 다른 민족들을 다 죽이는 난폭자와 같은 복수의 하느님이었다.

사람의 지혜가 깨어나지 않았을 때의 다신교를 누구도 비난할 수 없는 것처럼 감정적 신성절대불가침을 믿는 인격적 유일신교도 남에게 피해만 주지 않는다면 누가 뭐라고 나무랄 바는 아니다. 그러나 미신과 혹세무민으로 사람을 죽이고, 다른 민족들을 침략하고 말살하려할 때는 문제가 완전히 달라지는 것이다.

유대 민족과 마찬가지로 아랍 민족도 사막의 민족이었다. 사막의 가혹한 환경은 인간에게 잠시의 틈도 주지 않았고 항상 생명을 위협하였다.

풀밭도 모자랐고, 물도 귀했으며, 사막에서 몰아치는 모래 바람은 금방이라도 큰 모래 산을 만들어 냈다.

자연은 여전히 무서웠고, 위대했으며, 위험이 사라진 후 평화롭게 오아시스에 비치는 초생 달은 너무나 황홀하게 아름다웠다.

그들의 생명은 오직 신에 의지할 수밖에 없었고, 신은 너무나 신비하고도 거룩하고도 감사하였다. 그들은 항상 신의 숨결을 느꼈고, 신에게 절대적으로 복종할 수밖에 없었으며, 신은 그들의 완전한 지배자였다.

그들은 하루 다섯 번을 기도해도 모자랐고, 너무나 감사하여 신에게 모든 것을 맡기게 됐다.

같은 사막의 종교인 이슬람도 감히 인간은 신의 근처에도 갈 수 없는 절대 불가침이며, 오직 신을 찬양하고 숭배할 수만 있어도 영광이었다. 아무리 마호메트와 같은 위대한 인물도 신의 사도는 될 수 있을지언정 감히 하느님이라고, 하느님의 아들이라고도 할 수가 없었다.

신에 대한 느낌이 이렇다고 해서 무엇이 문제가 될 것이 있는가. 그들의 환경과 풍속에서 형성된 이런 신에 대한 생각은 그들에게는 너무나 자연스런 것이 아닌가. 신에 대한 생각 자체로는 각자의 느낌과 내면(內面)의 세계이므로 아무도 어쩔 수 없는 자기만의 신성한 영역이며 자유인 것이다.

문제는 신성 절대 불가침을 믿는 감정적 유일신이 독선적이고 배타적이며 공격적이어서, 남을 침략하고 공격하여 남과 자기에게도 피해를 주게 될 때 문제가 심각해진다.

모세보다 근 2,000년이나 뒤인 기원후 500년경에 일어난 이슬람의 유일신은 시대의 발전과 더불어 꼭 아랍 민족이어야 된다는 민족적 편견은 떨쳐버릴 수 있었고, 창시자 마호메트가 당시에 접하고 알 수 있었던 아브라함, 모세, 예수 등 다른 종교의 상징적 인물들을 모두 선지자로 인정하는 등 폭넓은 종교적 아량을 베풀었다.

그러나 종교적 편견까지를 완전히 극복한 것은 아니어서 반드시 코란을 믿을 것을 요구하였다.

민족적 편견 등을 버린 것은 그나마 인류를 위해서 천만다행이었으나, 서로 싸우는 유일신의 극성 속에서, 이슬람도 끝내 종교적 편견만은 버리지 못하고 코란을 요구함으로써, 이웃한 또 하나의 완강한 감정적 유일신과 운명적으로 충돌할 수밖에 없었고, 세계 역사를 투쟁과 전쟁의 소용돌이 속으로 수시로 몰아넣었다.

정말로 유일신을 굳게 믿는 자라면, 그 신이 민족에 따라 어떻게 불리든지, 또 어떤 방법으로 믿어지던지 동일(同一)한 존재일 수밖에 없다는 것을 왜 모르는 것인가.

하느님이 정말 하나일 수밖에 없다면 알라라고 불리든, 갓(God)이라고 불리든, 부처라고 불리든, 옥황상제라고 불리든, 여호와라고 불리든, 하느님이라고 불리든, 민족의 언어에 따라 그 어떤 단어로 불리든 세상에 하나밖에 있을 수 없는 동일한 유일신이 아니겠는가.

부르는 이름이 다르면 다른 신이 된다고 생각하는 사람들이야말로 유일신을 믿는 자가 아니다. 유일신을 정말 믿는다면 그 신의 이름이 어떠하든지 또 믿는 방법이 민족과 시대에 따라 그리고 종교에 따라 어떻게 다르게 되든지, 그것은 각 민족의 언어에 따라 말이 다르고, 풍토와 기후, 그리고 역사와 전통에 따라 음식을 만드는 방법과 옷 입는 방법 그리고 모습이 다른 것과 똑같은 다양성(多樣性)과 개성의 존중에 관한 문제일 뿐이라는 것을 왜 모르는 것인가.

더구나 그 다른 것들을 이유로 살인을 저지른다는 것은 유일신을 위하는 것이 아니라 다른 옷을 입고 있는 바로 그 동일한 유일신을 죽이는 것이며 배반함이다.

큰 눈으로 본다면 심지어 다신교도 유일신의 여러 부분을 쪼개 본 것뿐이며, 더구나 신의 이름이 달라도 또 믿는 방법이 달라도 모두 동일한 하나밖에 없을 유일신을 믿는 것이다.

세계 모든 민족과 국가에서 양식(洋食)만을 먹으라고 생명을 위협하며 강요하거나, 한식(韓食)만을 먹으라고 강요한다면 어리석은 일이라

는 것은 모두 알면서 종교를 강요하며 죽고 죽이는 것이 이것보다 더한
어리석은 짓이라는 것은 어째서 이해하지 못하는 것인가.

　알라신을 예로 든다면 알라라는 말은 아랍어로 하느님을 말하는 것
이며, 갓(God)이라 함은 영어를 말하는 사람들이 하느님을 가리키는 말
이다.
　부처도, 옥황상제도, 여호와도, 하느님도, 그 어떤 단어도 각 나라 말
에 따른 하느님을 일컫는 말일 뿐이다.
　"알라 이외에는 신이 없다"고 정말 믿는다면 세상 모든 사람들이 아랍
어를 하도록 강제할 수 없는 것처럼 신의 이름도 꼭 아랍어로 불러야 된
다고 강요할 수는 없지 않는가.
　이와 같이 세상 어디에도 알라 외에는 신이 없는데 무엇 때문에 알라
신을 믿지 않는다고 칼을 휘두를 것인가.
　알라를 부르는 이름이 달라지면 그 신 자체가 달라진다고 생각한다면,
그들이야말로 "알라 이외에는 신이 없다"는 것을 믿지 못한 것이다.
　물론 상대방으로부터 공격받는다는 상대성도 있겠지만, 누구에게나
간단히 이해될 수 있는 이와 같은 이치만 명확히 알아도, 이슬람의 칼은
이제는 그야말로 편안히 쉴 때가 아닌가.
　이슬람의 방식이 정말로 좋은 것이라면 칼보다는 평화적인 방법으로
모범을 보이고 그러고 나서 그들의 종교를 권해야 한다.
　알라신의 예를 들었지만 이와 같기는 다른 신의 경우도 다 마찬가지다.

　옛날뿐만 아니라 오늘날 고도로 발달된 현대 과학 문명사회에서도 국
교가 되다시피한 일본과 같은 다신교의 선진국(先進國)도 있다.
　그렇다면 우상을 숭배하였다고 모세가 그의 동족 3,000명을 몰살시킨

것처럼, 옛날 프랑스에서 구교도가 신교도파인 유그노 교인들을 하룻밤 사이에 7만 명을 죽인 것처럼, 기독교의 전파를 명분으로 신부를 앞세우고 남미 대륙을 침범하여 인디오를 모조리 사냥한 식민제국의 살육자들처럼 1억 명이 넘는 이들도 모두 죽여야 한단 말인가?

200년을 끌어온 십자군 전쟁에서, 30년 전쟁, 100년 전쟁 등 수많은 종교 전쟁에서 믿음이 조금만 다르다고 해도 이 보다 더한 짓을 서로에게 하여 오지 않았던가. 더욱 안타까운 것은 지금도 세계 도처에서 이런 일이 끊임없이 벌어지고 있다는 사실이다.

원시 신앙적인 다신교일지라도 다신교를 믿어서는 안 된다고 남에게 강요하여서는 안 된다.

역사와 전통에 따라, 문화와 종교는 얼마든지 차이가 날 수 있는 것이며, 또한 개인의 성향과 수준에 따라서도 얼마든지 차이가 날 수 있다.

유치원생은 유치원생에 맞는 생각이 있다. 유치원생이나 초등학생이 대학생이나 교수와 같은 수준의 생각을 할 수는 없는 것이다. 이와 마찬가지로 어떤 대륙의 오지에 있는 원시 부족이 오늘날의 발전된 서양의 고도 사회와 같은 수준의 생각을 할 수도 없을 것이다.

그림도 이와 같지 않은가. 어느 사람이 추상화를 좋아한다고 해서 추상화를 이해하지 못하는 사람에게까지 추상화를 좋아하라고 강요할 수는 없는 것이다.

추상화를 이해하도록 도와줄 수는 있지만, 억지로 보라고 강제해서도 안 되고 또 그 사람에게는 구상화를 감상할 자유가 있다.

종교도 마찬가지일 것이나, 인류가 종교에 대해서는 그렇게 생각하지 못하고 자기 생각에 강제로 남을 맞추려 하는 데에 비극이 있다.

이치가 이렇게 간단하건만, 자연신을 믿는 우상숭배자라고, 자기가 믿는 유일신이 아닌 다른 이름의 유일신을 믿는다고, 또 심지어는 같은 신이라도 신을 믿는 방법에 차이가 난다고 서로 죽고 죽이는 어리석은 짓을, 때로는 국가와 민족적 차원에서까지 맹목적인 종교적 열정(熱情)과 확신(確信)으로, 그것도 신의 이름으로 자랑스럽게 저지르지 않았는가. 그리고 지금도 저지르고 있지 않는가.

다시 말하거니와 종교적 신비(神秘) 현상이 생기고 하느님이 임하는 것이 종교적 형식이나 믿음의 형식 때문이 절대 아니다.

유일신을 믿어서, 유일신을 어떤 이름으로 불러서, 삼위삼체를 믿어서, 삼위일체를 믿어서, 신성절대불가침을 믿어서, 성령잉태설을 믿어야, 독생자설을 믿어야 종교적 신비현상이 생기고 하느님이 임하는 것은 더욱 아니다. 심지어 다신교를 믿든, 정한수를 떠놓고 빌던지 간에 어떤 형태로든지 하느님을 굳게 믿고, 하느님의 뜻대로 사랑으로 가득 찰 때에, 하느님은 임하고 종교의 신비는 이룩되는 것이다. 그야말로 신앙의 신비가 하느님과 하나가 되는 것이다.

신앙의 신비는 종교의 형태가 문제가 아니라, 하느님에 대한 믿음 그리고 사랑의 질(質)과 양(量)에 따라서, 사람마다 개별적으로 결정되어지는 것이다.

사랑의 전파(電波)만이 사랑이신 하느님의 주파수(周波數)와 일치되어 기도가 이룩되는 것이다.

하찮은 물체 조각인 오늘날의 '리모컨'도 전파의 작용으로 손도 안대고 대문을 열고, 자동차의 엔진을 걸고, 텔레비전을 켜는 등 별별 일을 다 하거늘, 하느님과 전파로 통한, 그야말로 신통(神通)한 인간의 기도가 그 무엇은 이룩하지 못 하겠는가.

사람은 만물의 영장(靈長)이며, 현재 과학 수준에서 겨우 상상해 낼 수는 있으나 만들 것은 엄두도 내지 못하고 있는, 그 성능을 가늠할 수도 없는 가장 우수한 단백질 반도체들의 큰 덩어리이다. 이 만물의 영장인 인간이 일심전력(一心專力)으로 사랑의 영파(靈波)와 염파(念波)를 뿜어 내어, 사랑이신 하느님의 전파(電波)와 하나로 통하였을 때 그 무엇이 안 이루어질 수 있겠는가.

하느님은 전지전능(全知全能)하고 위대하시니 신(神)과 통(通)한 기도가 또한 전지전능하고 위대해진다. 그래서 사람들은 희한하고 신기한 일을 "신통(神通)하다"고 하지 않는가. 사랑으로 원(願)하고, 구(求)하는 기도는 무엇이나 다 이루어질 수밖에 없는 것이다. 예수께서는 골방에서 혼자 드리는 기도도 하느님은 다 아신다고 하였고, 불교에서 말하는 원력(願力)이 바로 이것을 말함이다.

아무리 좋은 형태로, 아무리 현대적인 형태로 믿든지 간에 사랑이 없을 때 앙화가 있을 뿐이다. 무슨 종교를 믿으면 다 천당 가고 무슨 종교를 믿으면 다 지옥 간다는 소리는 모두 혹세무민의 야바위이다. 문제는 다신교이든 유일신교이든 그 종교에 사랑이 있느냐 없느냐가 문제이다.

무슨 종교든 사랑이 없으면 지옥에 간다.
무슨 종교든 사랑이 있으면 천당에 간다.
서구에 교회가 아무리 많았어도 악랄해진 영혼 때문에,
수많은 종교 전쟁과 두 차례에 걸친 세계 대전의 앙화까지 받아야 했다.
이 모든 일이 하느님은 정말로 사랑이시기 때문이다.

문제가 생기게 된 것은, 어떤 형태의 종교이든지, 하느님을 믿고 사랑으로 착하게 살 때에, 종교적 신비가 생기고 하느님이 임하게 된 것이 바로 문제가 됐다.

그들은 그들의 체험(體驗)만을 각각 중요하게 생각하여, 그들 모든 종교가 자기들의 방법대로만 하여야 하느님의 종교가 되는 것으로 착각하게 된 것이 비극의 씨앗이 되었다.

그래서 다신교를 믿던 고래로부터 자기의 방법만이 옳다고 악착같이 고집하고 남에게 강요하려 한 것이 독선이 되고 배타성이 되었다. 그것은 나아가 침략이 되고, 전쟁이 되고, 살육이 되어 급기야는 하느님이 가장 싫어할 일을 하느님을 내세워 하게 되고 말았다. 그것은 그 믿는 신이 감정적이고 독선적인 때는 그 정도가 더욱 심하게 되었다.

이래서 종교가 있는 곳에 전쟁이 있게 되었다.

전기(電氣)도 마찬가지다. 호젓한 산간 계곡에 작은 수력 발전기로도 전기는 생산되는 것이며, 오늘날의 최첨단 과학문명에 의한 원자력의 엄청난 에너지를 이용하여서도 발전은 되는 것이다. 작은 수력 발전이든, 대형 다목적 댐에 의한 대규모 수력 발전이든, 화력 발전이든, 원자력 발전이든지 간에 발전이 되는 원리는 모두 한 가지로 똑같은 것이며, 또 여기에서 생겨나는 전기의 성질도 모두 똑같은 것이다. 다만 이 전기를 생산해내는 방법만이 여러 가지로 얼마든지 다를 수 있는 것이다.

그렇다고 이 전기를 생산해 내는 방법이 다르다고, 내가 하는 방법만이 옳고 다른 방식으로는 전기를 생산해 내서는 안 된다고, 서로 싸우고 죽이는 바보는 없다.

종교도 이와 마찬가지일 텐데 왜 종교 때문에 싸우고 질투하고 죽이는 바보 짓을 하는 것인가.

더 나아가 수력이든, 화력이든, 원자력이든 발전기가 전혀 없었고 인간이 전기를 몰랐던 원시 시대라고 해도 거기에는 전기가 없었단 말인가.

하느님도 마찬가지다. 어떤 방식으로 믿어도 하느님은 발현(發現)되는 것이며, 하느님은 언제나 있었던 것을 왜 모르는 것인가. 몇천 년 밖에 안 된 성경이 없었을 때도, 불경이 없었을 때도, 코란이 없었을 때도, 논어, 맹자가 없었을 때도, 신성불가침이라는 단어가 없었을 때도, 삼위삼체라는 생각조차도 없었을 때도, 삼위일체라는 개념조차도 없었을 때도, 예수가, 석가모니가, 노자가, 공자가, 마호메트가 없었을 때도, 하느님은 항상 있었고, 항상 섭리하셨고, 임재 하였음을 왜 모르는 것인가.

오늘날에라도 어느 깊숙한 대륙 오지에 이들 경전 모두를 모르고, 이들 성인들 모두를 모르는 원시 부족이 있다면 거기에는 하느님이 없단 말인가.

하느님이 그렇게 시시하고 보잘 것 없는 존재란 말인가. 경전이 없고 성인이 없다고 존재하지 못할 하느님이란 말인가. 아마 거기에는 더 순수하게 빛나는 착하디착한 하느님이 계실 것이다.

하느님은 어떻게 불리든, 어떻게 믿어지든 언제나 같은 하느님이다.

하느님의 큰 지붕 밑에 종교라는 보잘 것 없는 작은 벽들은 무너져야 한다.

각 종교와 교파라는 옹졸하고 편협한 작은 벽들을 모두 부수고 하느님의 큰 사랑 속으로 함께 나가야 한다.

그래서 사랑이어야 할 하느님을 파는 종교 때문에 인간이 죽고 죽이는 우둔하고 한심한 사기극을 멈춰야 한다.

하느님을 앞세워 전쟁과 파괴와 살육을 가져오는 혹세무민을 더 이상 인류사회에 용납할 수가 없다.

하느님이 무서워 하느님을 어떻게 더 이상 속일 수가 있단 말인가.

각 종교란 비유하건데 하느님을 배우는 여러 학교와 같다. 학교가 다르다고 서로 죽이지는 않을 것이다. 각 학교는 개성이 다르고 가르치는 중점이 다를 수 있고, 역사와 전통과 민족에 따라 성격이 다를 수 있다. 또 문화의 발전 정도에 따라 가르치는 내용과 수준이 다를 수 있다. 학교가 다르다면 서로 경쟁할 필요는 있어도 서로 죽일 필요는 없지 않는가. 각 학교에서 자기 나름대로 열심히 배우는 것처럼 각 종교는 자기 나름대로 열심히 하느님을 배울 것이다.

그리고 학생은 학교를 선택할 권리가 있다. 자기의 능력과 수준에 따라 또 자기의 취미에 따라 자기에게 알맞는 학교를 선택하는 것이며, 누구에게 강요받을 필요도 또 누구에게 강요할 필요도 없다.

좋은 학교란 학문이 높고 학생을 잘 가르치는 학교가 좋은 학교다. 좋은 종교란 신의 이름과 형식과 방법이 문제가 아니라 사랑이 있고, 사랑이신 하느님에 대한 믿음이 있는 종교가 좋은 종교다.

어떤 명분으로라도 살육과 전쟁을 부추기는 종교는 절대 좋은 종교가 아니다. 더 나아가 그것은 종교도 아니다. 증오와 미움이 있는 곳에 하느님은 없다. 아무리 믿음이 강하다 할지라도 그것은 진정한 하느님에 대한 믿음이 아니다. 오직 질투와 복수의 신에 대한 믿음일 뿐이다.

진정한 믿음이란 오직 사랑의 하느님에 대한 믿음뿐이다.

인간 역사에 있어 종교에서 인류에게 가장 큰 비극을 가져다 준 것은 감정적 유일신이다.

감정적 인격을 가진 유일신은 신성절대불가침을 주장하고, 따라서 신성모독이 있고, 이에 대한 철저한 질투와 복수가 있다. 이질적 요소에 대한 분열과 대립 그리고 정복과 전쟁은 당연한 귀결이다.

✿ 구약에 나타난 신은?

감정적 유일신을 믿는 가장 대표적인 기록인 구약은 시초부터가 대립(對立)과 복수로 점철되었다.

인간은 신의 명령에 반역하고 선악과(善惡果)를 따먹는 악역을 저지르게 줄거리가 되어 있고, 이에 대한 응징으로 신은 인간을 낙원에서 쫓아내 버린다.(창세기 참조)

신은 인간을 계속 시험하고 처벌하며, 홍수의 세례, 욥의 고통(욥기 참조), 아브라함에 대한 잔인한 시험(창세기 22장 참조) 등으로 인간을 대립과 시험과 복수의 대상으로 삼는다.

신과 인간만이 대립하는 것이 아니라, 인간끼리도 수없이 대립하게 만들어 유대인을 위하여 이집트 사람들을 이런 저런 방법으로 수없이 괴롭히고 짓밟고 떼죽음을 시키는 것이 신(神)의 승리로 미화(美化)되고 찬양되었다.(출애굽기 참조)

이와 같이 유대인만을 편드는 옹졸하고 편파적인 신은 드디어는 유대인을 위하여, 가나안 땅에 먼저 살고 있던 모든 민족들을 모조리 씨를 말릴 것을 명령하여, 어린아이와 여자들까지도 모조리 죽이며 심지어 그들의 고양이와 개까지도 생명 있는 모든 것을 말살시킨다.

이것이 모세가 여호와 하느님의 명령을 빙자하여 행한 필생의 사업이며(민수기 21장, 31장, 신명기 7장 등 참조) 그의 후계자인 여호수와에 의해서 더욱 철저하게 실행되었다.(여호수와 6장, 8장, 10장, 11장, 12장 참조)

구약의 핵심이며 모체인 모세의 5경은 이민족(異民族)에 대한 정벌과 말살 그리고 증오와 복수의 대(大) 서사시(敍事詩)를 제외한다면 별로 남는 것이 없을 것이다.

어찌 이민족에 대한 증오와 복수뿐이겠는가. 독(毒)은 누가 먹어도 독이요, 생명수는 누가 먹어도 생명수이다. 이민족에 잔인하였던 모세는 자기 민족에게도 더 할 수 없이 잔인하고 가혹하였다.

모세의 십계명(十誡命)은 다른 신을 믿는 자에게는 4대(代)에 걸쳐 죽일 것을 명령하고 있으며(출애굽기 20장, 신명기 5장 참조), 모세의 계율은 안식일(주일主日)을 지키지 않아도(민수기 15장 32~36 참조), 신을 모신 제단인 지성소를 범하는 자도 죽여야 하며, 또 종교의 이런 저런 형식과 규약을 지키지 않아도 죽이지 않으면 이에 버금가는 중벌로 다스리도록 하였다.

모세는 자기가 시나이 산에 올라가 십계명 돌판을 만드는 40일 동안 아무도 산 언저리도 엿보지 못하게 하고 이를 어기는 자는 죽이도록 명령하고 있으며(출애굽기 19장 11~13, 24장 12~18 참조), 우상을 만든 자기 민족을 레위 족속을 시켜 길에서 만나는 대로 형제든, 친구든, 이웃이든 가리지 않고 모조리 칼로 쳐 죽이게 만들어 종교적 이유만으로 3,000명이나 살해하였다.(출애굽기 32장 1~29 참조)

모세의 율법에 의하면 사람을 너무나 쉽게 죽이게 되어 있었다. 모세에게는 사람의 목숨까지도 통치와 종교적 예속을 위한 하나의 효과적인 수단일 뿐이었다.

민수기 16장과 17장에 기술되어 있는 바에 의하면 유대인 고라와 다단과 아비람은 모세의 권위에 도전하여 반기를 들었고, 이들을 따라 이스라엘 백성들의 대회에서 뽑힘 250명의 이름 있는 대표들도 함께 궐기하였다.

그들은 모세의 독단(獨斷)과 신을 독점하고 군림하여 이스라엘 백성들을 호령하는 데에 항의하였다.

구약에 의하면, 여호와 하느님은 모세의 편을 들어 이들 반역자들과 그 가족들까지 모조리 땅을 갈라 삼켜버리며, 나머지 유대 민족 대표 250명도 여호와에서 나온 불이 삼켜버린다.

이튿날 이스라엘 백성의 온 회중들이 이들을 죽음으로 몰아넣은 데 대하여 모세에게 항의하고 불평하자 여호와 신이 염병으로 이들을 응징하여 죽게 만드니 그 숫자가 일만 사천 칠백 명이나 되었다고 한다.

하느님이 어떻게 이렇게 잔인할 수가 있단 말인가. 어떤 정치적이며 종교적인 지도자를 반대한다고 해서 반대자들을 모조리 죽여 버리고 그 추종자들마저 수만 명을 거침없이 죽여 버린다는 것은 하느님이 하였든, 하느님을 빙자하여 모세가 죽였든 너무나 끔찍하고 관용이 없는 옹졸하기 짝이 없는 짓이다.

이러한 정치적 대 살인극을 하느님의 영광이며 능력인 것처럼 미화(美化)시키고 찬양하고 있는 것이 바로 구약이다.

여호수와 7장 19~26절에서도 전리품을 숨긴 자기 백성을 죄 없는 그의 가족과 함께 조금도 관용이 없이 냉정하게 돌로 쳐 죽이고 불사르고 있다.

어디 그뿐인가. 구약은 그들의 백성을 완전히 지배하고 복종시키기 위해 잔인한 처형과 형벌로 위협하고도 모자라 갖은 저주와 감언이설로 절대적 예속과 굴종을 강요하였다. 그 도가 지나쳐 너무나 치사하고 악랄하기 그지없었다.

모세 5경의 하나인 신명기 28장에서는, 모세에 의해 전해진 여호와의 명령과 말씀을 순종하기만 하면, 온갖 복과 가지가지의 이로움이 한없이 있을 것이라 하였다(1~14절). 이와 반대로 구약에 쓰여 있는 모세가 전해준 여호와의 모든 계율과 규정을 한 구절(句節)이라도 성심껏 실천하지 않으면, 15절에서 69절에 이르는 온갖 저주가 너희를 사로잡을 것이라고 위협하고 끝없는 저주와 악담을 퍼붓고 있다.

세상에 어떤 혹세무민하는 무당도 이보다는 더 지독한 저주나 감언이설을 퍼부어 댈 수는 없을 것이다.

궁한 나머지 제 다리 사이에서 나온 자식을 몰래 태 째 먹어 치울 것이라고도 했고, 여호와는 너희와 너희 후손에게 재앙을 내릴 것이라고도 했고, 떠나지 않는 무서운 재앙, 고약한 악질로 너희를 멸종시켜 쓸어버리는 일도 좋아하실 것이라고도 했다.

인간이 생각해낼 수 있는 가장 잔인한 위협과 사탕발림이 더할 수 없이 총동원되어 나열되어 있는 것이 바로 신명기 28장이다.

모세의 후계자인 여호수와의 활동 기록인 여호수와는 12장까지는 가나안 땅에 먼저 들어와 살던 다른 민족을 정복하고 어른과 아이, 여자와 남자 할 것 없이 모조리 죽이고 그들이 기르던 고양이와 개까지 생명이 있는 것은 모조리 죽여 없애는 복수와 질투의 잔인한 활동 기록이 대부분이다. 그 나머지 장에서는 빼앗은 땅들을 유대인들끼리 어떻게 나눠가졌느냐 하는 강탈과 분배의 기록을 빼면 남는 것이 거의 없을 지경이다.

이러한 구약의 증오와 복수, 파괴와 살인, 이민족 정벌과 이교도 학살, 치자에 의한 피치자의 완전한 복종과 지배, 정치적 종교적 획일성과 독선이 기독교의 전파와 함께 세계를 지배하는 오염된 정신세계가 되었다.

모세와 구약의 원칙에 충실히 따른다면 이교도(異敎徒)와 믿는 방법이 조금이라도 다른 이단(異端)은 죽여야 하며, 이민족을 정벌하고 학살함도 여호와의 승리일 뿐이다. 신교와 구교는 모세와 구약의 정신대로 한다면 서로 자기는 옳고 상대방은 이단일 수밖에 없고, 이단은 죽여야 마땅하므로 서로는 서로를 죽여야 한다. 힘이 있는 구교에 의해 신교도인 유그노파 교인이 하룻밤에 7만 명이 학살되어도(불란서, 1572. 8. 24) 학살자는 여호와를 위한 성자(聖者)가 된다. 주도적 학살자는 당연히 교황에 의해 대 훈장으로 서훈되었다.

1572년의 인구 밀도와 무기의 수준을 감안할 때 하룻밤에 7만 명을 죽였다는 것은 오늘날에 70만 명을 죽인 것보다도 더욱 끔찍한 일이 벌어진 것이다.

이런 일이 찬양되고 고무되어 마땅한 일이라면 이교도인 회교도를 말살하려는 십자군 전쟁이나, 북 남미와 호주 등 신대륙의 이민족을 말살해 버리는 일도 신의 영광일 뿐이며 조금도 부끄러운 일이 아니다.

다른 모든 민족을 말살시키려던 유대인은 운명적으로 다른 민족들과 반드시 부딪쳐야 했고, 다른 민족을 죽이지 못하면 자기 민족이 죽어야 했다. 그 결과가 나라도 없이 수천 년 동안을 민족이 흩어져 여기저기를 방황해야 되는 비극이 되었다.

유대 민족만이 신의 선민(選民)이기를 바란 것이 아니다. 다른 민족도 자기들만이 세계에서 가장 우수한 민족이라거나 자기네야말로 신의 선민이라고 믿는다면 양립할 수 없는 두 세력은 서로에 의해 서로가 말살되어야 했다.

이교도와 이단에 대한 말살 그리고 이민족 정벌과 학살이 정당화된 구약의 정신이 기독교가 지배한 중세를 전쟁과 파괴 그리고 미신의 암흑시대를 만들었으며, 식민지시대의 약탈과 학살도 정당화시켰다. 나아가 두 차례에 걸친 세계 대전과 전시대(前 時代)는 물론이며 오늘날까지 세계 도처에서 벌어지는 수없는 종교분쟁과 종교전쟁의 씨앗이 됐다.

유대 민족이 옛날뿐만 아니라 지금까지도 모세와 구약을 철저히 믿어 가나안의 모든 이민족들을 모조리 말살하려 한다면, 대항하는 이민족에 의해 유대 민족이 없어지거나 아니면 다른 민족들이 모두 없어지거나 두 가지 중에 하나가 되어야 한다. 중동 평화란 도저히 기대할 수 없고 중동의 화약고에 의해 세계 평화까지가 깨지게 된다. 정말로 유대인들이 앞

으로도 모세 사상을 계속 고집한다면 유대 민족과 그 주변 민족들의 앞
날은 얼마나 더 험난해질지 알 수가 없다.

　구약과 모세의 질투와 복수의 정신에 의해 세계 역사가 말할 수 없는
상처와 피해를 입었지만, 그 가장 큰 희생자는 바로 다름 아닌 유대 민족
자신이었다.
　이 질투와 복수의 악순환을 끊고 사랑으로 세계와 유대 민족을 구하려
던 혁명가가 바로 예수였다.
　예수는 세계를 구하기 이전에 자기 민족부터 악의 저주에서 구하려던
구세주였다.
　그러나 이 구세주는 자기 민족에 의해 구세주로 받아들여지지 않았고,
오히려 골수에 박힌 구약과 모세의 질투와 복수의 정신에 의해 죽임을
당할 수밖에 없었다.

　그 사람이 생각하는 신(神)을 보면 그 사람을 안다.
　하느님은 언제 어디서나 하나이다.
　그러나 어떤 인간에게 보이는 하느님은 그 사람의 눈으로 보는 것이다.
　눈이 밝은 사람에게는 하느님이 밝게 보이고,
　눈이 어두운 사람에게는 어둡게 보인다.
　증오와 복수에 찬 사람에게는 증오와 복수의 하느님이 보이고,
　사랑이 꽉 찬 사람에게는 사랑의 하느님이 보인다.
　원시인의 눈에는 샤머니즘의 하느님이 보이고,
　모세에게는 모세의 하느님이,
　석가모니에게는 석가모니의 하느님이,
　예수에게는 예수의 하느님이 보인다.

사람마다에게 다르게 보이는 것은 어쩔 수 없다.

사람마다 볼 수 있는 눈이 그것뿐이므로.

동양의 이성적 유일신 — 동양의 인본주의는 종교적 민주주의

일찍이 동양에서는 이 유일신(唯一神)에 대한 생각이 서양보다 더욱 성숙하여, 감정적인 유일신보다 한 발 앞선 이성적(理性的)인 유일신을 생각하게 되었다.

무조건적인 두려움과 경외감에서만 신을 생각한 것이 아니라, 이 신이 과연 어떠한 것인가 하는 것을 생각해 보는 여유와 능력을 갖게 되었다.

동양에서는 서양의 사막 종교와 달리 비교적 풍족하고 안온한 농경문화를 발전시키게 되면서, 마음의 평화와 여유를 갖게 되었다. 자연(自然)과 신(神)에 대해서도 두려움에 무조건 떨기만 하는 것이 아니라, 자연과 신의 속성(屬性)과 그 움직이게 되는 대원칙을 탐구해보는 등의 이성적(理性的) 사고(思考)의 발전을 이룩해 냈다.

태양도 달도 별도 감정적으로 제멋대로 움직이는 것은 아니었으며, 일정한 법칙이 있이 움직인다는 것도 알게 되었고, 달력도 알게 되었다.

신도 그 이상 그들에게는 멋대로 움직이는 알 수 없는 감정적 난폭자는 되지 못했으며, 자연과 마찬가지로 일정한 원리와 법칙을 가지고 움직여지는 이성적(理性的) 존재임이 파악되었다.

드디어 B.C. 500년경을 전후하여 동양의 여러 성인들에 의해 하느님의 대원칙이, 그 속성이 천명되었다.

석가모니는 자비(慈悲)라 했고, 공자는 어짐(仁)이라 했고, 노자는 도(道)라고 했다.

물이 위에서 아래로 흐르는 것처럼 하느님도 이러함에 예외가 없는 것을 모두 확신하였다.

기원 경에는 예수가 나타나 하느님은 사랑이라고 분명하게 천명하였다.(요한1서 4:8, 4:16 참조)

이들 성인들은 하느님의 속성 속에 인간이 하느님과 하나가 되어 신(神) 자체(自體)가 됨을 모두 알았다. 그래서 동양 사상은 신과 인간이 하나라는 인본주의(人本主義) 자기구원(自己救援) 사상을 모두 가지게 되었으며, 일찌감치 종교적 민주주의가 되었다.

인간들은 유일신을 알게 된 것에서만 끝나지 않고, 그 유일신의 성격과 본질(本質)을 알게 되었다.

이들의 밝은 눈에는 더 이상 유일신은 질투와 복수의 감정을 남발하는 절대군주(絕對君主)와 같은 폭군이 아니었다.

그 유일신은 사랑이시며, 자비(慈悲)이시며, 어짐(仁)이시며, 도(道)이었다.

예수께서는 성 금요일에 그의 제자들에게 마지막 설교를 하시며 "나의 마지막 계명은 사랑이다"(요한복음 참조)라고 말씀하셨고, 이미 사랑으로 하느님과 하나가 된 그리스도이며, 하느님이었다.

사람 자체가 바로 하느님이 될 수 있다는 이 놀라운 동양적 종교, 사상, 철학을 모세 이래 감정적 유일신의 질투와 복수의 기록인 구약만을 신봉해 온 유대교인들이 어떻게 알 수 있었겠는가.

예수는 감히 자기가 신(神)이라고 자처하는 신성 모독의 용서받지 못할 죄인이 되어 구약의 원리에 의해, "나 이외의 다른 신은 믿지 말라"는 십계명의 원리에 의해 죽임을 당할 수밖에 없게 되었다.

✤ 이성적인 것은 신이 아닌가

불교는 철학이지 신(神)이 없다고 말하는 사람이 있다. 마찬가지로 유교는 조상숭배를 근간으로 하는 도덕과 윤리의 체제이지 신이 있는 종교가 아니라는 견해도 있다.

더구나 공자는 자기의 도(道)가 미신에 빠질 것을 우려하여 "사람의 일도 다 모르는데 어찌 귀신의 일까지 알 수 있을 것인가" 라는 말을 함으로써(논어 참조) 이런 견해를 더욱 조장하게 만들었다.

감정적(感情的) 유일신의 질투와 복수의 횡포에 진절머리가 난 서양의 철학과 사상운동이 르네상스와 계몽사상(啓蒙思想) 등을 통하여, 미신에 빠져 몽매해진 민중을 계몽하여 신으로부터 해방되고자, 이성과 합리주의를 내세워 신과의 결별을 꾀하게 된 데에서 이러한 생각이 보편화되게 되었다.

서양은 불합리하고 제멋대로 하는 것만이 신이라고 생각하였고, 이성적인 신이 있다는 생각을 해보지 못했다.

이성적(理性的)이며 합리적(合理的)인 것은 신이 아니라 과학이며, 그것이 무신론(無神論)이라고 단정하게 된 것이, 바로 서양의 감정적 유일신이 인간에게 가져다 준 무서운 해악이며 병폐였다.

제멋대로 하는 데서만 존재를 느낄 수 있는가. 아니다, 존재(存在)하는 것은 가장 이성적이며 질서정연한 것이다. 그래야만 존재할 수 있는 것이다. 물도 위에서 아래로 흐르지 않는 물은 존재할 수 없고 전파도 전기도 그 존재 법칙에 따라서만 존재(存在)할 수 있고 작용(作用)한다.

가장 과학적이며 자연법칙에 맞는 존재만이 있을 수 있는 것처럼, 가장 이성적이며 합리적인 신만이 정말로 살아있을 수 있는 하느님이다.

그 하느님의 합리적(合理的) 속성을, 그 이성적(理性的) 본질을 꿰뚫어 본 것이 성인들이다. 석가모니가 보니 자비였고, 예수가 보니 사랑이었고, 공자가 보니 어짊(仁)이었다.

자비나, 사랑이나, 어짊(仁)이나 그 표현이 다를 뿐이지 모두 하나다.

그들이 부른 하느님의 이름도 그들의 나라 말에 따라 각각 달랐으나, 그 대상은 하나의 같은 분이다.

이성적인 것은 무신론(無神論)이 아니라, 가장 이성적이고, 빈틈이 없고, 예외가 없도록 무섭게 존재하는 하느님에 대한 유신론(有神論)이다.

이것을 믿지 못하는 사람은 가장 과학적이고 합리적인 전기(電氣)나 전파(電波)의 존재를 믿지 못하는 것이나 같다.

서양의 계몽주의 철학과 사상가들이 타파하고 몰아내려고 한 신은, 그들이 알고 있는 제멋대로 놀아나는 난폭한 감정적 신이었지, 이성적 유일신이라는 개념은 생각도 해보지 못한 대상이었다.

이들은 그들이 알고 있는 감정적 유일신을 부정하는 데에만 급급하였지, 정작 이성적 유일신을 발견하는 경지까지는 가지 못한 것이 애석할 뿐이다.

서양은 감정적 유일신만을 알았지, 이성적 유일신은 끝내 알지 못했다.

계몽주의 철학자 칸트(Kant: 독일)도 그의 저서(著書) 『순수이성비판』에서 이성으로서만 세상이 지배되는 것이라 말하고, 이 이성의 근원으로서 물자체(物自體: Ding an Sich)를 상정하였으나, 이는 마치 우주라는 말이나 비슷한 물리학적인 개념이었지 이성적인 신적 존재가 있다는 생각까지에는 미치지 못하고 말았다.

그리하여 인본주의(人本主義)도 서양의 인본주의는 신과 인간이 싸워 이겨 신을 배제해버리는 인본주의이며, 신이 빠질 수밖에 없는 순수한 인간들에게만 의존하는 인본주의다. 이에 반하여 동양의 인본주의는 신과 인간이 하나가 된, 신의 힘과 영광이 뒷받침된 인본주의다.

동양의 신은 이성적 신이었기에, 사랑과 자비라는 이성(理性)과 합리(合理) 속에서, 인간과 신은 언제나 하나가 될 수 있는, 인간이 신으로 격상(格上)되는 인본주의(人本主義)다.

제2장 예수가 없애고자 한 구약

예수는 사랑이라는 이성적 유일신을 믿었고, 인간이 신이 되는 인본주의였다

구약은 종교지도자에게는 너무나 편리하고 악용(惡用)하기가 좋게 되어 있다. 신정일체시대(神政一體時代)인 모세로부터 중세기와 현대에 이르기까지 이러한 점에서는 예외가 없다.

창조주 여호와에게 피조물인 인간은 무조건 복종하고 매달려야 했으며, 신은 절대 신성불가침한 감정적 유일신으로서 자기를 믿지 않는 자에 대한 질투와 복수의 칼날을 얼마든지 휘두를 수 있었다. 이러한 신의 대리자인 성직자들 역시 절대적인 신의 권위를 빌어 민중들을 자기의 뜻대로 지배하고 복종시킬 수가 있었다.

안식일(주일)을 지키지 않아도, 지성소를 범하여도 죽일 수 있으며, 다른 신을 믿어도 4대를 모두 죽여야 했다. 여호와 외에는 어떤 것도 신적인 존재는 있을 수가 없는 것이며, 인간의 영혼도 그 존재를 인정할 수도 인정받을 수도 없게 되었다. 만약 자기 조상의 영혼에게 제사지낸다면,

이 또한 여호와 외에는 신을 섬기지 말라는 모세의 십계명에 의해서 4대를 모두 죽여야 했다.

인간의 영혼을 말하는 무당이 있다면, 이 또한 마녀라 하며 당연히 죽여야 했다.(출애굽기 22:17 참조)

현대인의 관점에서는 사후에 영혼도 없는 것이라면 종교가 무슨 필요가 있을 것인가 라고 생각할 수도 있겠으나, 구약에 의해서는 이러한 생각은 절대 금물이며 사치에 속할 뿐이다. 인간은 살아서나 죽어서나 오직 신에 매달릴 수밖에 없는 가련한 존재일 뿐이다.

종교의 회합 장소로 들어갈 때와 제물을 바칠 때에는 손과 발을 씻어야 하며 만약 이를 어겼다가는 이 또한 죽어야 했다.(출애굽기 30:17~21 참조)

무슨 짐승은 먹고 무슨 짐승은 먹지 말아라, 비늘 있는 생선은 먹고 비늘 없는 생선은 먹지 말아라, 무슨 새는 먹고 무슨 새는 먹지 말아라 등등(레위기 11장 참조) 인간의 모든 생활양식과 행동에 대해 여호와는 끝도 없이 많은 자잘한 규정들로 인간을 완전히 묶어 놓고 일일이 간섭하였다.

이러한 자질구레한 규정 하나라도 어겼다가는 민족 전체가 망하고 살아남지 못한다는 여호와 신의 무서운 저주와 재앙을 받아야 했다.(신명기 28:15~69 참조)

여호와 신은 화가 날 때는 인간과 짐승들을 노아의 홍수로 모두 죽여 버리기도 하며, 단순히 욥의 믿음을 시험해 보기 위해 그 가족 모두와 심지어 가축들마저도 모두 생명을 빼앗는 폭군이 된다.

인간은 숨도 쉴 수 없을 정도가 됐으며, 있는 것은 오직 신과 그 대리자인 성직자들의 제왕적(帝王的)인 군림만이 있게 되었다.

여호와의 뜻이며 명령이라는 제사장의 말 한마디에 모든 것은 끝장이 났다.

어떠한 미신도, 혹세무민도 절대적 권위 아래 복종되고 시행되었다.

여호와 신은 유대 민족을 제외한 모든 민족들을 죽이기를 바란다고 말하면 그대로 믿어야 했으며, 죽이라면 죽이고 살리라면 살릴 수밖에 없게 되었다. 더구나 구약에 있는 십일조는 세상에 없어도 안 내고는 배길 수가 없게 되었다.

이렇게 인간들을 위협하고 혹세무민하기에 좋고 편리한 도구는 이 세상에 다시 있을 수가 없는 것이며, 더 이상 미신스러울 수가 없는 것이다.

이러한 절대적 권위에 의한 미신과 혹세무민은 대내적으로는 치자에 의한 피치자에 대한 무자비한 군림과 착취와 억압이 되었으며, 대외적으로는 질투와 복수의 신이 벌이는 배타성과 독선과 공격적 침략이 되었다.

사랑의 예수의 눈에는 구약과 모세의 정신에 의해 일어날 모든 것이 바로 다름 아닌 악마 짓이었고, 모세는 여호와라는 하느님의 탈을 쓴 악마(惡魔)였다.

사람의 목숨을 파리 목숨보다도 더 쉽게 죽이고 이민족을 깡그리 도륙하는 기록인 구약은 성경도 아니고, 사랑도 되지 못했다. 모세도 그 누구도 예수의 눈에는 성자도 선지자도 되지 못했고, 악랄하게 하느님을 미신으로 악용하는 혹세무민의 악마에 불과하였다.

예수는 구약을 너희의 율법서(律法書) 또는 그들의 율법서라고 표현하였고(요한 10:34, 요한 15:25 참조), 모세를 믿는 유대인들을 처음부터 살인자이고, 진리 쪽에 서 본 일이 없는 거짓말쟁이인 악마의 자식들이라 규정하였다.(요한 8:38~47 참조)

또한 예수는 유대인들에게 너희는 하느님을 모른다고 하였고(요한 8:55 참조) 당시의 유대인 세상은 하느님을 모른다고도 하였다.(요한 17:25 참조)

예수는 나는 길이요, 진리요, 생명이라 말하고, 나를 통하지 않고서는 하느님에게 나갈 수 없다고 주장함으로써 그 당시 모세 사상이 지배하던 유대 세상은 진리도 길도 생명도 없다고 주장하였다.(요한 14:6 참조)

이런 부정의(不正義) 한 세상을 바로잡기 위해 싸우는 예수는 유대 세상에 평화를 주려고 온 것이 아니라 불을 지르려 하는 것이며, 분열을 일으키려 하는 것이며, 칼을 주러 온 것이며, 예수를 따르는 사람들은 자기 십자가를 져야 예수를 따라갈 수 있고, 당시 유대 세속의 진리에 빠져 있는 부모, 처자, 형제들의 가족과도 원수가 될 것이라 말하였다.(마태 10:34~39, 누가 12:49~53, 14:26~27, 마가 8:34 참조)

예수는 혁명가였고, 당시 유대 세계의 구약과 모세의 사상을 전면적으로 부정하고 개혁하고자 했다. 그것은 질투와 복수에 대한 사랑의 혁명이었다.

예수는 율법(律法)을 없애려 하는 것이 아니라 오히려 완성하러 왔다고 말하면서(마태 5:17 참조) 잘못된 율법을 없애는 것이 율법의 완성임을 강조하였다.

"눈은 눈으로, 이는 이로"라는 구약의 복수주의에 대해 누가 오른뺨을 때리면 왼뺨마저 돌려대라고 가르치고 있고, 이웃을 사랑하고 원수를 미워하라는 구약의 가르침과는 반대로 원수마저도 사랑하라고 가르치고 있다.(마태 5:43~48 참조)

예수는 모든 율법과 예언서의 골자는 "하느님을 사랑하고, 네 이웃을 네 몸같이 사랑하는 것"이라고 갈파하고(마태 22:34~40, 마가 12:28~34 참조), 사랑 이외는 모든 것이 의미가 없는 것이며 사랑이 아닌 질투와 복수를 가르치는 구약은 무가치하다고 역설적으로 선언하고 있다.

예수는 모세의 자리를 이어 율법을 가르치는 율법학자들과 바리새인들은 신을 내세우나 사랑이 없는 위선자라고 질타하고, 그들은 그들을 따르는 사람들을 악한 지옥의 자식으로 만들고, 하늘나라의 문을 걸어 잠가 자기뿐만 아니라 남들마저 못 들어가게 하는 뱀 같은 독사의 족속들이라 규정하였다.(마태 23장 참조)

나아가 예수는 "나보다 먼저 온 사람들은 모두 다 절도요 강도다(All who came before me are thieves and robbers.)"(요한 10:8 전반)라고 단언하였다.

예수는 이 같은 악의 소굴인 성전(聖殿)은 다 무너져 돌 하나도 남지 않게 될 것이라고 단언하였다.(마태 24:1~22 참조)

예수의 눈에는 구약과 모세를 믿는 유대사회와 종교집단은 악의 집단으로 보여졌고 지옥의 자식들로 비쳐졌다.

예수는 자기의 사상과 진리를 따르는 자만이 자기의 형제요, 부모가 될 수 있다고 말할 정도로 철저한 사상가며 혁명가였다.(마태 12:46~50, 마가 3:31~34, 누가 8:19~21 참조)

예수의 사상과 진리는 사랑의 사상과 진리였으며, 구약과 모세의 사상과 진리는 질투와 복수의 체계였다.

예수는 바리새와 사두개의 누룩을 조심하라는 비유로 구약의 가르침을 경계하라고 말씀하였다.(마태 16:5~12 참조)

예수의 사상과 진리의 체계는 모세와 구약의 사상체계(思想體系)와는 완전히 다른 것이다. 더욱이 신에 대한 관념에 있어서는 감정적 인격체로 절대 신성불가침(神聖不可侵)한 신을 믿는 구약과 모세의 사상체계는, "나는 하느님과 하나이며, 나를 따라 모든 제자와 신도까지도 하느님과 하나가 된다"는 주장을 하는 예수는 절대 용납할 수 없는 상반된 주장을 하는 평행선(平行線) 같은 존재였다.

예수는 구약과 모세 체계가 지배하는 유대 사회의 반항아이며 이단자였으며 체제 부정의 위험인물이었다.

모세 사상과 구약의 뼈대를 형성하는 십계명의 다른 신을 믿지 말라는 가장 중요한 조항을 정면으로 부인하는 예수는 4대를 걸쳐 죽이고 또 죽여도 시원치 않을 신성모독의 대 죄인이었다.

예수에 있어 하느님은 사랑 그 자체였고(요한1서 4:8, 16), 질투도 복수도 아니었다. 감정이 죽 끓듯이 변덕스러워 함부로 사람을 미워하고 죽이는 비이성적인 존재는 더욱 아니었으며, 사랑의 질서를 가진 가장 이성적이고 합리적인 존재였다.

그 생각은 동양의 석가모니와 공자와 노자의 자비와 어짐(仁)과 도(道)라는 생각과 똑같은 원리에 의해 인간이 신이 될 수 있다는 인본주의(人本主義) 자기구원 사상이었다.

～

꧁ 예수의 사상과 종교적 민주주의

하느님은 말씀(Logos)이었고(요한 1:1 참조), 이 말씀(logos)이 바로 우주의 이법(理法)이며 이성(理性)인 것이며, 그 이성과 이법의 내용이 사랑이었다.

요한복음 1장 1절에 나오는 "말씀이 하느님이었다"는(The word was God) 말씀이라는 단어가 영어의 번역으로는 Word라는 단순한 단어가 되었지만 원래 희랍어로 된 신약성경 원본(原本)의 단어는 Logos였다.

이 Logos라는 단어의 원래의 뜻은 물론 말씀이라는 뜻도 있으나, 그보다는 우주의 이법(理法), 이성(理性)이라는 뜻이 더 강하게 내포되어 있는 단어이다.

이와 같이 Logos라는 단어는 합리적이고 논리적이며 이성적이라는 의미가 함축되어 있어, 이를 영어로 제대로 번역하려면 이성(理性)의 말씀, 진리(眞理)의 말씀이라고 번역하여야 겨우 그 뜻을 대강이나마 전할 수 있는 것이다.

다시 말하여 "진리의 말씀이 하느님이었다" 또는 "이성의 말씀이 하느님이었다"고 번역해야 그 본래의 뜻이 어느 정도 제대로 살 수가 있는 것이다.

그리고 이 "진리의 말씀" 또는 "이성의 말씀"이 육신(사람)이 되신 분이 바로 예수인 것이다.(요한 1:14 참조)

예수님의 사상은 신약의 모든 가르침의 내용으로 볼 때 성령(Spirit : 정신)과 말씀과 진리를 떠나서는 성립되지 않으며, 하느님의 본질(本質)과 본성(本性)인 정신(Spirit: 성령)과 말씀과 진리는 인간의 내면(內面)에도 함께 가지고 있는 것이다.

이 하느님의 정신과 말씀과 진리로 하느님을 알 수 있고, 또 남에게 깨우쳐 알게 할 수 있으며, 예수뿐만 아니라 모든 사람이 자기에게 내재(內在)된 이 하느님의 정신과 말씀과 진리로 하느님과 하나가 되고, 나아가 하느님이 될 수 있다는 위대한 영지주의(靈智主義)의 가르침이다.

이러한 예수님의 사상과 가르침은 구약에 의해서는 상상도 할 수 없는 신성모독이며, 있을 수 없는 대 반역이다.

인간은 창조주 하느님의 피조물일 뿐이며 하찮은 예속물일 따름이다. 이러한 인간이 감히 어떻게 하느님을 알 수 있다고 말할 수 있는가. 그리고 하느님에 대해서 가르친다고 하는가. 더구나 하느님의 본질과 본성이 어떻고, "무엇이다"라고 감히 말하는가.

거기서 더 나아가 인간이 감히 하느님의 본질과 본성을 같이하고 있기

때문에 하느님과 하나이며, 이 하느님의 본질과 본성을 깨닫고 닦아 하
느님이 된다고 하는가.

예수께서 알아낸 하느님의 비밀은 하느님은 정신(Spirit: 성령)이며, 말
씀이며, 진리이며, 빛이며, 길이며, 생명이었다.

이러한 하느님의 모든 본질과 본성의 내용이 즉 하느님의 속성(屬性)
이 사랑이었다.

사랑으로서만이 빛이 되고 길이 되며 생명이 되는 것이며, 하느님의
정신과 말씀과 진리의 내용이 사랑이었다.

요한복음 1:17~18에서는 예수 그리스도에게서 은총과 진리를 받았
으며, 그 분이 하느님을 알려주었다고 하였다.

예수는 하느님의 말씀이 곧 진리라고 갈파하고(요한 17:17 후반) 그
"하느님의 말씀을 받은 사람들은 모두 신(神)이다"라고 규정하였으며 그
때에 하느님은 그 사람 안에 있고, 그 사람이 하느님 안에 있다(요한
10:34~38 참조)고 하였다.

예수는 하느님의 말씀 즉 진리를 통하여 하느님과 사람은 하나가 되는
것이라 말하였다. 하느님의 진리인 사랑을 통해 예수 자신은 하느님이
되었고, 또 제자들과 제자들을 통해 사랑의 진리를 전해 받을 모든 사람
이 자신과 같이 하느님과 하나가 되기를 기도하였다.

요한 13:34~35에서는 예수는 제자들에게 다음과 같이 말하고 있다.

"나는 너희에게 새 계명을 주겠다. 서로 사랑하여라. 내가 너희를 사랑
한 것처럼 너희도 서로 사랑하여라. 너희가 서로 사랑하면 세상 사람들
이 그것을 보고 너희가 내 제자라는 것을 알게 될 것이다"라고 말하여
사랑이 예수의 가르침의 핵심이며 사랑이야말로 예수와 다른 집단과의

구별의 기준이라고 말하고 있다.

요한 15:10~17과 요한 17장에서는 사랑이 하느님임을 다시 한 번 세세히 가르치고 있다.

다음은 요한복음을 그대로 옮긴 것이다.(공동번역 성서)

내가 너희를 사랑한 것처럼 너희도 서로 사랑하여라. 이것이 나의 계명이다(요한 15:12)

내가 내 아버지의 계명을 지켜 그 사랑 안에 머물러 있듯이 너희도 내 계명을 지키면 내 사랑 안에 머물러 있게 될 것이다.(15:10)

내가 명하는 것을 지키면 너희는 나의 벗이 된다.(15:14)

이제 나는 너희를 종이라 부르지 않고 벗이라 부르겠다. 종은 주인이 하는 일을 모른다. 그러나 나는 너희에게 내 아버지께서 들은 것을 모두 다 알려주었다.(15:15)

서로 사랑하여라. 이것이 너희에게 주는 나의 계명이다.(15:17)

예수가 하느님에게 들은 것이 다름 아닌 사랑이며, 들은 것을 말씀이므로 하느님의 말씀이 바로 사랑이었다.

하느님은 말씀이므로(요한 1:1 참조) 하느님은 바로 사랑이었다.

또한 말씀이 진리이므로(요한 17:17 후반 참조) 하느님의 진리는 사랑밖에는 없다.

예수는 하느님이신 사랑을 받아 사랑의 화신(化身), 즉 사랑 자체가 되었으므로 사랑이신 하느님과 하나가 되었고, 예수는 하느님 속에, 하느님은 예수 속에 있는 것이다.

이와 같이 예수는 하느님과 하나인 하느님이 되었으므로, 하느님이 그런 것처럼 예수는 태초로부터 있었고, 세례 요한보다도(요한 1:15, 1:30 참조) 아브라함보다도(요한 8:54~59) 먼저 있게 되는 것이며, 다윗의 주

님이 되는 것이다.(마태 22:41~46, 마가 12:35~37, 누가 20:41~44 참조)

하느님의 진리이며, 말씀인 사랑을 이미 제자들에게 가르쳐 주었으므로 하느님에 대해서는 모든 것을 말하고 가르친 것이므로 제자들도 이를 실천만 하면 예수와 동격(同格)이 되는 것이다.

당시의 유대 사회는 하느님을 모른다고 규정한 예수도(요한 8:55, 17:25 참조) 이제 사랑 즉 하느님을 모두 알게 된 이들 제자들만은 하느님을 모르는 종이 아니라 자기와 동격인 벗이라 불렀다.

다음은 예수께서 잡히시기 바로 직전에 밤을 지새면서 하늘을 우러러보며 제자들을 위해서 간절히 기도하신 내용 중의 일부를 공동번역 요한복음 17장에서 그대로 옮긴 것이다.

영원한 생명은 곧 참되시고 오직 한 분이신 하느님 아버지를 알고 또 아버지께서 보내신 예수 그리스도를 아는 것입니다.(3절) 나는 아버지께서 세상 사람들 가운데서 뽑아, 내게 맡겨주신 이 사람들에게 아버지를 분명히 알려주었습니다.(6절 전반)

나는 나에게 주신 말씀을 이 사람들에게 전하였습니다. 이 사람들은 그 말씀을 받아들였고(8절 전반)

아버지와 내가 하나인 것처럼 이 사람들도 하나가 되게 하여주십시오.(11절 후반) 아버지의 말씀이 곧 진리입니다.(17절 후반) 나는 이 사람들만을 위하여 간구하는 것이 아니라 이 사람들의 말을 듣고 나를 믿는 사람들을 위하여 간구합니다.(20절)

아버지, 이 사람들이 모두 하나가 되게 하여주십시오. 아버지께서 내 안에 계시고 내가 아버지 안에 있는 것과 같이 이 사람들도 우리들 안에 있게 하여 주십시오.(21절 전반) 아버지께서 천지창조 이전부터 나를 사랑하셔서 나에게 주신 그 영광을 제자들도 볼 수 있게 하여 주십시오.(24

절 후반) 의로우신 아버지, 세상은 아버지를 모르지만 나는 아버지를 알고 있습니다.(25절 전반) 나는 이 사람들에게 아버지를 알게 하였으며 앞으로도 그렇게 하겠습니다. 그것은 아버지께서 나를 사랑하신 그 사랑이 그들 안에 있고 나도 그들 안에 있게 하려는 것입니다.(26절)

　예수의 참 사상은 하느님과 예수와 제자와 신도(信徒)들이 하느님의 말씀과 진리 속에, 다름 아닌 사랑 속에 모두 하나가 되게 해달라는 것이다. 제자와 신도들이 사랑을 모르는 종이 아니라, 하느님의 진리인 사랑 속에 자기와 동격(同格)인 친구가 되게 하려는 것이 예수의 소망이며 희망이었다.

　예수만이 하느님의 독생자가 되는 것이 아니라, 모든 제자와 신도들이 자기와 똑같은 하느님의 자녀가 되고 더 나아가 하느님 자신(自身)이 되도록 하는 것이 예수의 참 사상이며 염원이었다.

　그런데도 예수를 잘 믿는다고 자처하는 사람들일수록 더욱 예수의 이 신념과 가르침을 배신하고, 예수만이 하느님의 독생자(獨生子)라고 우겨대는 것이 기독교가 로마에서 공인(公認)된 이래로 계속 이루어지는 현실이다. 오늘날까지도 예수는 예수를 죽인 신성불가침(神聖不可侵)이라는 생각에 의해 계속해서 십자가에 못 박히고 피를 흘리고 있다.

　독생자란 정말로 예수가 말한 바도 없고, 예수의 생각과도 맞지 않는다. 독생자란 말 자체가 신약의 원전(原典)인 희랍어 성경을 영어로 번역할 때 생긴 오역(誤譯)이며, 가장 정확한 뜻은 ‘한 종류(種類)의 하나’라고 한다.(기독교 대백과사전 “독생자”란 참조) 그런데 번역하면서 ‘한 종류(種類)의’라는 말은 어디로 사라져 버리고 ‘하나’라는 말만이 남아서 독생자라는 오해(誤解)를 불러일으키고, 본뜻에 어긋난 터무니없는 창작(創作)이 돼 버린 것이다.

한 종류란 질투와 복수로 얼룩진 것을 하느님이라고 잘못 아는 것이 아니라 사랑이 진정한 하느님임을 아는 종류(種類)를 말하는 것이며, 예수가 이러한 종류의 사람들 중의 하나라는 것이 원뜻이 되는 것이다.

예수의 믿음과 소망대로 사랑 속에 하느님과 예수와 신도들이 하나로 녹아드는 것이 진정한 예수의 예수교이며, 이런 의미에서 하느님과 예수와 신도들은 삼위(三位)가 되고 일체(一體)가 되는 것이다.

성령(Holy Spirit 또는 Spirit)은 정신(Spirit)이며 인격이 아니다. 성령(聖靈)은 위격(位格)이 될 수 없으며 삼위(三位)의 공통되는 정신(精神)이며 우주 섭리의 요체일 뿐이다.

그러므로 성부, 성자, 성령이 삼위(三位)가 아니라 성부(聖父), 성자(聖子), 그리고 성령을 고루 나눠 가진 성도(聖徒)가 삼위(三位)이며 일체가 되는 것이다.

하느님(성부聖父)도 예수(성자聖子)도 신도(성도聖徒)들도 이 우주섭리 속에 있고 이 우주 섭리를 떠날 수가 없다. 이 우주 섭리 자체가 하느님의 섭리이기 때문이다. 그러므로 이 우주섭리의 요체인 성령(聖靈) 자체는 이들 하느님과 예수와 신도들의 공통된 속성이며 요소가 되는 것이다.

요한 4:24에서 예수는 하느님은 성령이시다(God is Spirit)고 선언하고 있고, 요한 6:63 후반부에서는 예수는 "내가 한 말은 성령이요 생명이다"라고 말하고 있다. 하느님은 말씀이라고도 하였으므로(요한 1:1 참조) 성령과 하느님의 말씀은 같은 하나의 내용을 두 가지로 표현한 말일 수도 있는 것이다.

예수는 수난을 앞두고 제자들에게 모든 진실을 소상히 알기 쉽게 설명하고 있으며, 다음과 같이 덧붙여 설명하고 있다.

진리의 성령이 오시면 너희를 이끌어 진리를 온전히 깨닫게 하여 주실 것이다.(요한 16:13 전반) 내가 지금까지는 이 모든 것을 비유로 들려주었지만 이제 아버지에 관하여 비유를 쓰지 않고 명백히 일러줄 때가 왔다.(요한 16:25)

그제야 제자들이 "지금은 주님께서 조금도 비유를 쓰지 않으시고 정말 명백하게 말씀하시니 따로 여쭈어 볼 필요도 없게 되었습니다"(요한 16:29) 라고 대답하고 있다.

요한복음 제14장(공동번역성서 참조)에는 더욱 의미심장한 예수와 제자들 간의 대화가 있다.

(14:6) 나는 길이요 진리요 생명이다. 나를 거치지 않고서는 아무도 아버지께 갈 수 없다.

(14:7) 너희가 나를 알았으니 나의 아버지도 알게 될 것이다. 이제부터 너희는 그 분을 알게 되었다. 아니 이미 뵈었다.

(14:8) 이번에는 빌립이 하느님을 보게 해달라고 간청하였다.

(14:9) 내가 이토록 오랫동안 너희와 같이 지냈는데도 너는 나를 모른단 말이냐? 그런데도 아버지를 뵙게 해달라니 무슨 말이냐.

(14:11 전반) 내가 아버지 안에 있고 아버지께서 내 안에 계시다고 한 말을 믿어라.

(14:12) 정말 잘 들어두어라. 나를 믿는 사람은 내가 하는 일을 할뿐만 아니라 그보다 더 큰일도 하게 될 것이다.

하느님은 말씀이며(요한 1:1 참조), 아버지의 말씀이 곧 진리이므로(요한 17:17 후반) 하느님이 바로 길이요, 진리요, 생명이다. 그러므로 길이요, 진리요, 생명이 된 예수는(요한 14:6 전반 참조) 바로 다름 아닌 하느님인 것이다.

또한 하느님의 길과 진리와 생명은 사랑이므로, 사랑의 화신이신 예수는 이래서도 하느님과 하나가 된 하느님 자신인 것이다.

예수를 본 것은 하느님을 본 것이며 예수를 알게 되면 하느님을 알게 되는 것이다.

예수는 자신을 하느님이라고 하면 다른 신을 섬기면 4대를 죽이라는 십계명 때문에 당장 죽일 것이므로, 한 발 양보하여 하느님의 아들이라고 자신을 불렀을 것이지만, 사실은 하느님의 아들에서 그치는 것이 아니라 자신이 바로 하느님이라는 것이다.(요한 1:1~18, 20:28, 골로새서 1:15~17, 요한1서 5:20 참조)

이 예수의 신비(神秘)와 논리(論理)를 모르는 빌립이 하느님을 보여 달라고 하였을 때 예수의 대답은 "나를 본 것이 이미 네가 하느님을 본 것이다"라는 것이다. 내가 오래도록 너와 함께 있었거늘 이제 와서 하느님을 보여 달라는 말이 무슨 말이냐는 것이다.

진리 속에서 예수가 하느님 안에 있고, 하느님이 예수 안에 있게 된다는 것을 믿는 사람은 진리를 통해 예수가 그런 것보다도 더 하느님과 하나가 되어 하느님 자신이 될 수 있으며, "하느님이 전지전능하고 거룩하고 위대한 것처럼 예수보다도 더 큰 일도 하게 될 것이다"라는 것이다.

사랑이 하느님인 것이며, 하느님이 전지전능하고 거룩하고 위대한 것처럼 사랑이 전지전능하고 거룩하고 위대한 것이다. 예수처럼 사랑의 화신이 되면 예수가 하느님의 능력과 권세를 가진 것처럼, 누구나 이 사랑의 진리만 믿고 실천한다면 하느님의 능력과 권세를 예수보다도 더 크게 가질 수 있다는 것이다.

예수는 하느님 자신이며, 예수와 같이 하느님의 진리를 믿고 실천하는 성도라면 예수와 같이 하느님이 된다는 것이 예수의 가르침이다. 성부,

성자, 성도가 삼위(三位)이며 일체(一體)인 것이다. 예수의 가르침이야 말로 완전한 종교적 민주주의(民主主義)이다.

요한복음이 가장 먼저 전하는 내용도 "하느님은 말씀이었고, 하느님의 말씀이 육신이 되어 그리스도가 되었고, 그리스도를 받아들인 사람은 즉 하느님의 말씀을 받아들인 사람들은 하느님의 특권으로 혈육이나 육정 이나 사람의 욕망으로 난 것이 아니라 하느님에게서 바로 태어난 하느님 의 자녀가 되었다"라는 것이다. (공동번역, 표준 새번역 요한 1:1~18 참조)

사도 바울과 요한의 증언

사도 바울도 고린도 후서 3장 17절에서 주님은 성령(The Lord is the Spirit)이라고 선언함으로써 성령(聖靈)을 하느님의 본질적인 요소로 생 각하였다.

성령이 하느님이라 본 바울은 계속해서 고린도 후서 5장 5절에서는 하느님이 우리에게 성령을 주셨다고 했고, 고린도 후서 1장 22절에서도 하느님이 성령을 우리 마음에 보내주셨다고 했다. 바울은 또한 고린도 전서 3장 16절과 17절에서 "여러분은 자신이 하느님의 성전(聖殿)이며 하느님의 성령(聖靈)께서 자기 안에 살아 계시다는 것을 모르십니까? 만 일 누구든지 하느님의 성전을 파괴하면 하느님께서도 그 사람을 멸망시 키실 것입니다. 하느님의 성전은 거룩하며 여러분 자신이 바로 하느님의 성전이기 때문입니다"(공동번역성서)라고 하였다. 고린도 전서 6장 19절 에도 같은 뜻의 글이 있으며, 인간이 바로 하느님의 성령(聖靈)을 받은 하느님과 같은 존재라고 강조하고 있다.

바울은 에베소 4장 6절에서 "하느님은 만물(萬物) 안에 계신다"고 규정하고 23절과 24절에서는 "마음의 성령을 새롭게 하여 하느님의 형상대로 올바르고 거룩한 진리의 사람이 되자"(표준 새번역 성경 참조)고 호소하고 있다.

바울은 예수만이 하느님의 독생자(獨生子)라고는 전혀 말하지 않고 있으며, 바울이 볼 때 예수와 신도는 모두 동일하게 하느님의 성령을 가진 하느님의 자녀이며 상속자였다.(갈라디아서 4:5~7 참조)

바울은 또한 로마서에서 누구든지 하느님의 성령의 인도를 따라 사는 사람은 하느님의 자녀이다.(로마서 8:14) 자녀가 되면 또한 상속자도 되는 것이며, 과연 우리는 하느님의 상속자로서 그리스도와 함께 상속을 받을 사람들입니다(로마서 8:17)라고도 했다.

바울의 견해에서는 구태여 예수와 신도를 구별한다면 "예수는 많은 형제 중에서 맏아들 일 뿐이었다"(로마서 8:29 참조)

하느님은 우리에게 성령(Spirit: 정신)을 주시고, 그 성령을 통하여 하느님의 심오한 지혜를 우리에게 나타내 보이시며, 하느님의 깊은 경륜에 이르기까지 모든 것을 통찰하게 만든다.(고린도전서 2:7, 10~12 참조)고 하였다. 성령께서 주시는 모든 지혜와 판단력으로 하느님의 뜻을 충분히 깨달을 수 있다고도 말하였다.(공동번역 골로새서 1:9 후반 참조) 성령이 하느님의 심오한 계획과 비밀(秘密)을 사람의 아들들(인자들 人子들)에게 모두 알려주고, 이 심오한 계획과 비밀이란 복음을 듣고서 모든 사람들이 예수와 함께 하느님의 축복을 받고 하느님과 한 몸이 되며, 하느님의 상속자가 된다는 것이다.(공동번역 성서, 표준 새번역 성서 에베소서 3장 5~10, 20 참조)

더 나아가 바울 자신은 하느님으로부터 이 심오한 계획과 비밀(秘密)

을 직접 계시 받았고 사도로 임명되었다는 것이다.(공동번역 에베소서 3:2~3 참조)

바울은 에베소서 2장에서 성령(聖靈)으로 온 민족의 성도(聖徒)들이 함께 하늘나라의 시민이 되고 하느님의 한 가족이 되어 그리스도와 같이 한 자리에 앉게 되며, 성도들은 그리스도와 사도 그리고 예언자들과 함께 하느님 성전(聖殿)의 구성요소가 된다고 하였다.

이때 예수는 건물의 긴요한 모퉁이 돌이 되며, 사도와 예언자는 건물의 기초가 되며 이 모퉁이 돌을 중심으로 성도들이 서로 연결되고 점점 커져서 주님의 거룩한 성전이 된다는 것이다.(공동번역 에베소서 2:6, 18~22 참조)

바울은 예수 그리스도의 중요한 역할을 말하고 있으나 이에 못지않게 일반 신도들의 협력(協力)과 동등성(同等性)을 역설하고 있는 것이다.

요한의 서신들은 이러한 영지주의(靈智主義) 사상을 더욱 명백히 나타내고 있는 바 그 주요한 내용을 간추려 보면 다음과 같다.

하느님은 빛이시고 하느님께는 어둠이 전혀 없다는 것입니다. 우리가 그 분에게서 듣고 그대들에게 전하는 말씀은 이것입니다. (요한1서 1:5)

사랑하는 사람은 누구나 하느님께로부터 났으며 하느님을 압니다. 사랑하지 않는 사람은 하느님을 알지 못합니다. 하느님은 사랑이시기 때문입니다. (공동번역 요한1서 4:7~8 참조)

우리가 하느님의 계명을 지킬 때에 비로소 우리가 하느님을 알고 있다는 것이 확실해 집니다. 하느님의 계명을 지키지 않으면서 하느님을 알고 있다고 말하는 자는 거짓말쟁이이고 진리를 저버리는 자입니다. (공동번역 요한1서 2:3~4)

사랑하라는 하느님의 계명을 지키는 사람은 하느님 안에서 살고 하느님께서도 그 사람 안에 계십니다. 하느님께서 우리 안에 계시다는 것은 우리에게 주신 성령을 보아서 알 수 있습니다.(요한1서 3:23~24, 4:12~13 참조)

하느님은 사랑이십니다. 사랑 안에 있는 사람은 하느님 안에 있으며, 하느님께서는 그 사람 안에 계십니다. (요한1서 4:16)

나뿐만 아니라 진리를 아는 모든 사람들이 여러분을 사랑합니다. (요한2서 1:1 후반)

지금 우리 안에 있고 또 영원히 우리와 함께 있을 진리 때문에 우리는 여러분을 사랑합니다.(1:2) 진리와 사랑으로 살아가는 우리에게⋯⋯ (1:3 전반)

예수님과 사도 요한 그리고 사도 바울에게는 더 이상 신(神)은 그 뜻을 알 수 없는 불가사의(不可思議)한 존재가 아니라, 그 본질(本質)과 본성(本性)이 모두 알려지고 이 본성과 본질을 통해 신(神)과 인간이 하나가 되고 인간이 신이 되는 비밀(秘密)까지가 모두 알려지게 된 것이다.

바울의 골로새서 2:9에서는 "그리스도의 인성(人性) 안에는 하느님의 완전한 신성(神性)이 깃들여 있다"고 하였으며, 빌립보서 2:6에서는 "그리스도 예수는 하느님과 본질이 같은 분이셨다"고 하였다. 요한 1서 3:9에서는 예수뿐만 아니라 더 나아가 "누구든지 하느님께로부터 난 사람은 자기 안에 하느님의 본성(本性)을 지녔으므로 죄를 짓지 않는다"라고 하였다.

인간은 비록 무지와 환상 속에 존재하지만 그 속에 있는 정신(Spirit: 성령) 혹은 내적(內的) 인간은 하느님의 정신(Spirit: 성령)과 똑같은 것이며 따라서 신적(神的)인 것이며, 신적 존재가 될 수 있는 것이다.

이렇게 볼 때 예수 그리스도는 하느님이며 태초로부터 천지를 창조한

창조주 하느님이 되는 것이다.(요한 1:1~18 참조)

제자 도마는 예수께 나의 하느님이라고 불렀으며(요한 20:28) 바울은 골로새서 1장 15~17절에서 "그리스도는 만물의 창조주이며 주인이신 하느님 자신(自身)이시다"라고 말하고 있다.

요한 1서 5장 20절 후반에서는 예수 그리스도야말로 참 하느님이시며 영원한 생명이시다 라고 사도 요한은 말하고 있다.

이런 예수 그리스도는 당연히 아브라함이 태어나기 전부터 있었으며 (요한 8:48~59 참조), 요한보다도 먼저 있었으며(요한 1:15, 30 참조) 그리스도는 다윗의 자손이 아니라 다윗의 주(主)가 되는 것이다.(마태 22:41~46 참조)

⚜ 예수의 영지주의靈智主義

예수께서는 자기의 이런 가르침을 내놓고서 직설적(直說的)으로 가르칠 수가 없었다. 만약 그렇게 한다면 구약을 믿는 유대인에게 그 자리에서 돌에 맞아 죽을 수밖에 없었다.(요한 10:30~35 참조) 이런 말들을 하고 다님으로서 유대인들이 예수를 잡아 죽이려 함으로 예수는 한적한 곳으로 피해 다닐 수밖에 없었다.(요한 7:1, 10:39 참조)

예수는 군중에게는 비유가 아니면 말씀하시지 않았고(마태 13:34 참조) 그 이유에 대해 그들이 보아도 보지 못하고 들어도 듣지 못하고 깨닫지도 못하기 때문이라고 말씀하시며, 제자들에게만 하늘나라의 비밀(秘密)을 아는 것이 허락되어 있다고 말씀하셨다.(마태 13:10~13 참조)

예수께서는 계속해서 말씀하시기를 이런 가르침을 직접 받는 "너희의 눈은 볼 수 있으니 행복하고 귀는 들을 수 있으니 행복하다"(공동번역 마태 13:16) 나는 분명히 말한다. 많은 예언자들과 의인들이 너희가 지금 보는 것을 보려고 했으나 보지 못하였고 너희가 지금 듣는 것을 들으려 했으나 듣지 못했다(공동번역 마태 13:17)고 말씀하셨다.

예수는 자기가 가르치는 것만이 이제까지의 구약에 비해서 새롭고 올바른 것이라는 자부심과 긍지를 가지고 말씀하시고 있는 것이다.

예수는 자기는 하느님이 되는 비밀(秘密)을 알며, 하느님이 되었으며, 하느님을 직접 보고 하느님의 말씀을 직접 들으면서 하느님이 되는 비밀(秘密)을 배우는 제자들은 행복하다는 것이다.

이제까지의 구약의 많은 예언자들과 의인(義人)들이 이 날을 보려 하였으나 즉 사람이 하느님이 된 것을 보려 하였으나 아직까지 보지 못하고, 지금 이 순간에야 겨우 너희가 보게 되고 듣게 되는 신기원(新紀元)이라는 것을 선언한 것이다.

요한복음 제14장(공동번역 참조)에는 아주 의미심장한 예수와 제자들 간의 대화가 있다.

(6절) 나는 길이요 진리요 생명이다. 나를 거치지 않고서는 아무도 아버지께로 갈 수 없다.

(7절) 너희가 나를 알았으니 나의 아버지도 알게 될 것이다. 이제부터 너희는 그 분을 알게 되었다. 아니 이미 뵈었다.

예수의 사상은 성령과 말씀으로 하느님과 하나가 되는 영지주의(靈智主義)이며, 인본주의(人本主義) 자기구원(自己救援) 사상이다. 예수가 말한 성령(聖靈)이란 바로 하느님의 성령이며, 그 속성이, 본질이 바로 사랑이었다. 예수는 이 사랑 속에, 이 사랑의 성령 속에 하느님과 하나가 됐고 하느님의 성령을 고루 나눠가진 성도와 함께 성부(聖父), 성자(聖子), 성도(聖徒)가 하나였다. 예수의 하느님은 사랑이라는 속성을 가진 이성적(理性的) 유일신(唯一神)이었다.

이러한 위대한 예수님의 사상과 가르침이 요한복음과 바울의 여러 서간문에 너무나 자세하게 여러 번에 걸쳐 명확하게 기록되어 있다.

예수의 가르침과 신약을 말할 때 성령(聖靈)을 빼놓고서는 그 가르침과 신약은 존립할 수가 없고, 구약과 근본적으로 다른 것이 바로 이 성령을 통한 하느님과의 일치(一致)를 말함에 있다.

불교가 불성(佛性)을 떠나서는 성립(成立)될 수 없는 것처럼, 예수의 본래 기독교도 성령(聖靈)을 떠나서는 성립될 수가 없다.

불성을 닦으면 부처가 되듯이, 하느님의 성령으로 하느님과 하나 되여 하느님이 되는 것이 예수의 진정한 가르침인 영지주의며, 종교적 민주주의다.

ꕤ 예수는 죽을 수밖에 없었다

예수 그리스도가 탄생한 곳은 이스라엘 땅이었으며, 이스라엘을 지배하고 있던 종교는 유대교였다.

유대교의 교리(敎理)에는 신은 신성불가침한 인격적 존재로서 아무도 그 신성(神性)을 같이 할 수 없는 절대자이다. 인간은 불완전한 존재이며, 모세와 같은 유대교의 교주라 할지라도 감히 신의 근처에도 갈 수 없고, 오로지 선지자나 예언자의 지위에 머물 수밖에 없다. 인격적 절대자인 하느님이라 칭하거나, 또는 조금 낮추어 하느님의 아들이라 칭할지라도, 하느님과 동일하게 행동한다는 것은 다른 신을 섬기면 4대(代)를 죽여야 한다는, 용서할 수 없는 신성모독의 큰 죄가 된다.(모세의 십계명 참조)

이러한 여건 아래에서, 예수 그리스도가 스스로 '하느님과 나는 하나이다'라고 선언하고, '하느님은 내 안에 있고 나는 하느님 안에 있다'고 주장하였을 때, 유대교인들은 도저히 참을 수가 없게 되었다. 예수 그리스도의 주장과 기존사상인 유대교의 교리는 절대로 서로 양보할 수 없는 기본문제에 커다란 차이가 있었던 것이다. 더구나 예수 그리스도는 스스로 빛이요, 진리라고 주장하여 하느님과 하나라고 선언하였을 뿐만 아니라, 나아가 제자들을 포함한 모든 사람이 그렇게 되기를 바랐다. 이러한 엄청난 태도는 유대교의 입장에서 볼 때 절대로 용서할 수 없는 신성모독의 죄가 되고 말았다.

예수 그리스도가 여러 사람 앞에서 '나는 하느님과 하나이다'라고 말씀하셨을 때, 이를 듣던 일반 유대교인들이 그 자리에서 돌을 던져 죽이려 하였던 것(요한 10:30~10:35 참조)은, 이러한 사정을 잘 말하여 주고 있다. 이런 말들을 하고 다님으로써 유대인들이 예수 그리스도를 잡아 죽이려 하였으므로, 예수 그리스도는 한적한 곳으로 피해 다닐 수밖에 없었다.(요한 7:1, 10:39 참조)

그러나 예수 그리스도는 굽힐 수 없는 자기의 종교적 가르침을 관철하고자, 죽음을 무릅쓰고 예루살렘에 입성(入城)하게 되었고, 드디어 유대교인에게 체포되어 십자가에 희생되셨다.

유대교의 최고 간부와 유지들이 모여, 예수 그리스도를 재판하는 자리에서는 당연히 신성모독 여부가 심판의 초점이 되었다.

예수가 잡혀와 유대의 제사장들이 모인 자리에서 그 우두머리로부터 "당신이 하느님의 아들이냐"는 단도직입적인 질문을 받았을 때 "당신의 말이 맞다"는 예수의 한 마디 대답에 제사장의 우두머리는 흥분하여 자기 옷을 찢고 신(神)을 모독한 신의 적(敵)이라 선포하고 더 물을 것도 없이 죽일 것을 결정하였다.(공동번역 마태 26:57~68, 마가 14:61~65, 누가 22:66~71 참조)

하느님의 아들이라는 말에도 유대교인들은 예수를 신성모독으로 단죄하였지만, 그리스도의 주장은 하느님의 아들이라는 것에서 그치지 않고, 사실은 예수 그리스도는 바로 하느님 자신이라는 것이다.

예수 그리스도가 죽음을 예견(豫見)하면서까지 관철하고자 하신 뜻은, 하느님은 진리이며, 진리를 통하여 자기는 하느님과 하나가 됐고, 모든 사람이 진리를 통하여 하느님과 하나가 될 수 있다는 것이다.

이와 같이 신성 절대불가침을 믿는 유대교와 예수 그리스도의 인본주의(人本主義) 자기구원(自己救援)의 가르침 사이에는 큰 차이가 있는 다른 종교이다. 그러므로 오늘날에도 유대교에서는 구약만이 성경이며, 신약이나 예수 그리스도는 인정되지 않는 존재이다. 오히려 기독교에서 막연히 유대교와 발생지를 같이 한다는 것 때문에, 이러한 점들을 확연히 깨닫지 못하고 혼동하고 있을 뿐이다.

예수는 그 당시 유대 사회에서는 도저히 용서할 수 없는 불구대천의 원수가 되었다.

그들이 그렇게 믿어 의심치 않았던 구약과 모세를 전면적으로 부인하였으며, 서기장들과 제사장들의 권위도 전혀 인정하지 않았다. 오히려 그들은 예수에 의해 악마(惡魔)의 후예이며 뱀 같은 독사의 족속들로 매도되었으며, 그들의 성전(聖殿)은 악의 소굴로 단정되었다.

그들의 종교적 신념은 불신(不信) 받고 예수에게 설득된 군중들에 의해 체제는 부정될 위기에 처하게 되었다. 예수는 체제 부정의 반항아였으며 유대 사회에 불을 지르려는 혁명가였다.

예수는 또 제자들에게 사람들이 너희를 회당에서 쫓아내고, 그리고 너희를 죽일 것이며, 그런 짓을 하고도 그것이 오히려 하느님을 섬기는 일이라고 생각할 때가 올 것이라고도 말씀하시며, 그들은 하느님의 참모습과 사랑의 화신으로 하느님이 되신 그리스도 예수도 모르기 때문에 그런 짓들을 하게 되는 것이라 하였다.(공동번역 요한 16:2~3, 마태 23:33~34 참조)

예수는 유대인들의 민족적 종교심을 비판하고 방해한 이단자로서 분노와 적개심으로 가득 찬 유대교인들에 의해서 죽을 수밖에 없는 운명이었다.

구약의 여호와 신은 자기를 믿지 않아도, 믿는 방법이 조그만 틀려도, 지성소를 범하여도, 안식일(주일)을 지키지 않아도 죽이도록 명령하고 있으며,(출애굽기 참조) 구약의 사소한 구절과 율법 하나라도 지키지 않으면 민족 전체가 멸망할 것이라는 무서운 저주로 위협하고 있었다.(신명기 28:15~19 참조) 그리고 이러한 모든 것들은 유대인들에 의해서 조그마한 의심도 없이 철두철미하게 믿고 실천되는 상황이었다.

이런 상황 아래에서 예수는 감히 안식일이 사람을 위하여 있는 것이지 사람이 안식일을 위하여 있는 것이 아니다 라고 공언하고(마가 2:27~28 참조) 자기는 하느님의 아들이라고 무수히 말하였을 때 예수는 이미 살 수는 없게 된 것이다.

유대인들은 예수가 안식일을 어기고, 하느님을 아버지라고 불러 자기를 하느님과 같다고 하였기 때문에 죽이려 하였다.(공동번역 요한 5:17~18 참조) 로마 총독 빌라도에게도 "우리에게는 율법이 있습니다. 그 율법대로 하면 그 자는 제가 하느님의 아들이라고 했으니 죽어 마땅하다"고 예수를 죽일 것을 요구하였다.(공동번역 요한 19:7)

예수도 일찍이 자기가 잡혀 조롱을 받고 재판을 받을 것이며, 드디어 십자가에 매달려 죽게 될 것임을 각오하였다. 또한 자기를 따르려는 사람들에게도 십자가를 지게 될 운명임을 각오하라고 말하고 있다.(마태 16:21~27, 20:17~19, 마가 8:31~37, 10:32~34, 누가 9:22~24, 18:31~34 참조)

예수는 유대교의 교리에 심취해 있는 유다와 같은 제자가 자기를 배신하게 될 것도 너무도 잘 알고 있었다.(마태 26:20~25, 45~46, 마가 14:18~21, 41~42, 누가 22:21~23 참조)

마지막 순간에 이 시련의 잔이 무사히 넘어갈 수 있도록 해달라고 하느님에게 간절히 기도해 보기도 했다.(마태 26:38~44, 마가 14:33~36, 누가 22:42 참조)

☙ 바울도 구약을 쓰레기라고 하였다

그는 누구보다도 구약의 율법을 철저히 지키는 유대교의 정통파였고, 유대교를 수호하기 위해 기독교회를 탄압하기도 한 사람이었지만, 이런 모든 것들은 예수 그리스도를 섬기고 믿는 데는 모두 장애물에 불과하고 쓰레기라고 단언하였다. 율법을 아무리 지켜보았다 하느님과의 올바른 관계를 맺는 데는 아무 쓸모가 없다고도 말하였다.(공동번역 빌립보서 3:3~9 참조)

바울은 모세의 십계명(十誡命)에 대하여서도 석판에 새겨진 문자로서 사람을 단죄(斷罪)하고 죽음을 가져다주는 잠깐 있다가 없어져야 마땅할 죽음의 문서라고 규정하였고, 모세를 이 죽음의 문서를 전달한 심부름꾼이라고 불렀다.

이에 비하여 성령(聖靈)을 전하여주는 심부름을 하는 행위는 사람을 무죄 석방시켜 주고 사람을 살리는 영광되고도 영원히 빛나는 행위라고 대비하여 말함으로써, 예수의 정신과 사상은 구약의 사상과는 전혀 다른 것이라는 점을 분명히 하였다.(공동번역 고린도후서 3:7~11 참조)

바울은 믿음의 시대가 오기 전에는 우리가 율법의 감시를 받으며 갇혀 있었으며, 구약이라는 후견인의 종살이를 하였으나, 그리스도가 온 다음에는 구약의 율법은 필요 없게 되었다고 하였다.(공동번역 갈라디아서 3: 23~29, 4:1~2 참조)

바울은 그리스도가 율법으로부터 우리를 해방시켰으므로 우리는 자유의 몸이 되었다고 선언하고, 마음을 굳게 먹고 다시는 종의 멍에를 메지 말자고 다짐하고 있다.

계속해서 바울은 율법을 지키는 행위는 그리스도와의 관계를 끊어지게 하고 은총도 사라지게 하는 행위라고 말하고, 할례를 받는 행위는 구약의 율법을 지켜야 하는 의무를 지게 하는 행위이므로 할례를 할 바에는 차라리 그 부분을 잘라버리는 것이 낫다고까지 극언하면서, 절대 할례를 받지 말고 구약과 결별하라고 단호하게 가르치고 있다.(공동번역 갈라디아서 5:1~6, 11~12 참조)

바울은 예수 그리스도는 이민족을 배척하는 구약의 모든 율법조문과 규정을 폐지하였다고 말하고, 이로서 유대 민족과 다른 민족 간에 원수가 되어 갈리게 했던 담이 허물어졌다고 하였다.(공동번역 에베소서 2: 14~16 참조)

바울은 하느님께서 여러 가지 달갑지 않은 조항이 들어 있는 우리의 빚 문서를 무효화시키고 그것을 십자가에 못 박아 없앴다고 말하였다. 구약의 잡다하고 유치한 규정에 얽매일 필요가 없다고 말하며, 먹고 마시는 문제나 명절 지키는 일이나 초생달 축제나 심지어 안식일을 지키는 문제를 가지고도 아무에게도 비난을 받을 필요가 없다고 했다. 이것은 집지 말고, 저것은 맛보지 말고, 그것은 건드리지 말라는 따위의 규정에도 묶일 필요가 없다고 말하며, 이런 모든 것들은 한번 쓰고 나면 없어져 버릴 것으로서 인간이 명령하고 가르친 것일 뿐이라고 했다.(공동번역 골로세서 2:14, 16, 20~22 참조)

바울은 결론적으로 "네 이웃을 네 몸 같이 사랑하여라"라는 한 마디 말씀이 모든 율법의 요약이라고 말하고,(갈라디아서 5:14 참조) 사랑만이 율법을 완성시킨다고 말함으로서,(로마서 13:8~10 참조) 사랑의 대 원칙을 벗어나는 어떠한 구약의 율법이나 잡다한 규정들도 모두 진정한 율법이 아니며 아무 쓸모가 없고 의미가 없는 것이라고 함축성 있게 말하고 있다.

제3장 예수의 사상은 어떻게 왜곡되었는가

✤ 무지와 관습 속에 구약은 울며 겨자 먹기로 억지로 채택되었다 — 왜곡의 시작

예수가 죽음을 무릅쓰고 반대하였으며, 바울도 쓰레기라고 배척한 구약이 어떻게 하여 기독교의 체제에 자리 잡게 되었는가.

우선 첫째로 들 수 있는 이유는 이제까지의 유대교 사회에서는 전혀 들을 수 없었던 예수의 인본주의(人本主義) 자기구원(自己救援) 사상에 대하여 제자들마저도 알기가 지극히 어려웠고, 확실히 이해하지 못했을 것이라는 예수사상에 대한 무지(無知)의 문제이다. 사실 이러한 문제에 대해서는 오늘날도 현실적(現實的)으로는 예수 당시와 거의 같은 상태에 있다고 보여 지기도 한다.

여기에 더하여 예수 그리스도의 종교적 활동기간이 불과 3년간에 그치는 지극히 짧은 기간이었기 때문에, 인본주의 자기구원사상을 충분히 스며들 수 있도록 가르치기에는 너무나 시간적으로 부족했던 것이 아닌가 하는 점이다.

또 생각할 수 있는 것은 그 당시 유대 나라의 종교적 분위기이다. 스스로 하느님이 될 수 있다는 가르침은 신성모독의 용납할 수 없는 큰 죄가 되며, 간음한 여자처럼 돌에 맞아 죽게 되어 있었다. 이러한 대중의 거부 반응과 신성모독죄에 대한 생명의 위협 때문에, 하느님에 대한 가르침을 비유로 말할 수밖에 없게 하였다.(요한복음 6:60~61, 6:66, 16:29 참조) 죽음을 각오하고 예루살렘에 입성하시어 포교(布敎)하다가 체포되기 직전에야, 비로소 하느님에 대하여 비유를 쓰지 않고 명백하게 가르치셨다.(요한 16:25~16:31 참조) 이렇게 돌려가면서 힘들게 가르칠 수밖에 없었던 사정들이, 예수 그리스도를 직접 오래 모시고 모든 것을 배워왔던 제자들마저도, 그리스도의 죽음이 임박한 마지막 순간까지 하느님에 대한 가르침과 인본주의 자기구원사상에 대하여 제대로 이해하지 못하도록 만들었을 것이다.(요한 14:8~14:10 참조)

두 번째 이유는 전통(傳統)과 관습(慣習)을 계속 고수하려는 유대사회와 제자들의 성향(性向)이다.

예수의 제자들 역시 모두 유대인이었으며, 강력한 유대교적 전통 속에서 살아오면서, 신성불가침한 인격적 절대자로서의 하느님이라는 고정관념(固定觀念)을 확고한 신념으로 믿고 있었을 것이다. 그리하여 사고방식을 한꺼번에 혁명적으로 바꾸어, 예수님의 뜻을 제대로 받아들이기에는 대단히 어려웠을 것이다. 도리어 이제까지 가지고 있었던 고정관념과 예수님의 가르침 사이에서 갈등까지 느꼈을 가능성이 있다.

예수님께서 군중들에게 설교하시면서 '하느님께서 주시는 빵은 하늘에서 내려오는 것이며, 세상에 생명을 준다(요한 6:33 참조)' '내가 바로 생명의 빵이다(요한 6:35 참조)' 라고 하였을 때, 유대인들은 '나는 하늘에서 내려온 빵이다' 하신 예수의 말씀이 못마땅해서 웅성거리기 시작하였다.(요한 6:41 참조) '아니 저 사람은 요셉의 아들 예수가 아닌가? 그의 부모도 우리가 다 알고 있는 터인데, 자기가 하늘에서 내려왔다니 말이 되는가?(요한 6:42 참조)'라고 하면서 동요되었다. 예수님께서는 '나는 생명의 빵이다(요한 6:48 참조)' '나는 하늘에서 내려온 살아있는 빵이다! 이 빵을 먹는 사람은 누구든지 영원히 살 것이다(요한 6:51 전반부)'라고 계속하여 설교하셨다.

이 설교가 있은 후 많은 제자들은 쑤군거리면서 못마땅해 하였으며, 그 말씀을 믿으려 하지 않았다. 예수께서 제자들이 당신의 말씀을 못마땅해 하는 것을 알아채시고 '내 말이 귀에 거슬리느냐?(요한 6:61)' '육적(肉的)인 것은 아무 쓸모가 없지만 영적(靈的)인 것은 생명을 준다. 내가 너희에게 한 말은 영적인 것이며 생명이다(요한 6:63)' '그러나 너희 가운데는 믿지 않는 사람들이 있다'라고 말씀하였다.(요한 6:64 전반부)

이때부터 많은 제자들이 예수를 버리고 물러갔으며, 더 이상 따라다니지 않았다.(요한 6:66) 결국은 12제자를 제외한 많은 제자들은 예수님의 말씀을 의심하고 믿지 못하여 떠나가 버린 것이다. 특히나 눈에 보이는 물질적(物質的)이요 육체적(肉體的)인 것이 아니라, '정신적이요 영적(靈的)이다'라는 말씀의 의미를 깨달을 수가 없었던 것이다.

이러한 사정이 심화(深化)된 것이 가롯 유다의 배신이 아니었던가 생각해 본다. 인간의 행동에는 이유가 있게 마련이다. 더구나 자기가 모셨던 선생을 배신하여 죽음에까지 이르게 할 때에는, 자기 나름대로의 이유가 있었을 것이다. 그것이 다름 아닌 전통적인 절대적 신관(神觀)과 예수님의 인본주의 자기구원사상에 대한 갈등에서, 예수 그리스도의 가르침이 틀린 것이라고 확신하고서 취한 행동이 아니었던가 하는 생각이 되는 것이다. 은 30냥에만 눈이 어두워 밀고(密告)하였을 정도의 파렴치 한이라면, 유다는 자살을 할 필요는 없었을 것이다.

예수께서 가룟 유다가 배신할 것을 이미 예상하고 있었다는 것은, 평소의 가룟 유다의 견해와 언동에 비추어 보아, 자기를 믿지 않고 미워하고 있음을 날카롭게 꿰뚫어본 것이 아니었을까.

이와 같이 초기(初期) 기독교 사회는 오랫동안 그들에게 전래(傳來)되고 의식화(意識化)된 구약에 깊이 젖어 있었으며, 행동이나 사고방식도 구약의 관습과 규범에서 크게 벗어나지 못했다. 이러한 상황전개가 사도행전에 눈으로 보는 것처럼 잘 묘사되어 있다.

구약은 자연스럽게 초기 기독교 사회의 기본 경전이 되어 있는 상태이었고, 기독교인이 되기에 앞서 전통에 따라 할례를 받고 모세의 율법을 지키는 유대교인이 먼저 되어야 했다.(사도행전 21:20, 16:3 참조)

하느님을 믿는 사명(使命)은 자기 민족에게만 있다고 생각하는 선민사상의 뿌리도 여전하여, 기독교를 이미 유대교도일 수밖에 없는 유대인에게만 전도하였다.(사도행전 11:19 참조)

외국인을 죄인으로 부르며 배척하고 더럽다고 보아 외국인의 집에는 들어갈 수도 없고, 외국인과는 식사도 같이 할 수 없는 구약의 관습도 여전하였다.(사도행전 10:28, 11:1∼3, 마태 9:10∼13, 15:21∼28, 요한 4:9 참조)

초기 기독교회가 성립되고도 십 년이 지난 서기 41년경에야 겨우 최초의 외국인 기독교 신자가 베드로에 의해서 탄생하게 된다.(사도행전 10장 참조) 그가 바로 로마 사람 군인 백부장 고넬료였다.

이때에도 초기 기독교들은 외국인이 기독교인이 되려면 먼저 할례를 받고 유대교인으로 개종하고, 모세의 율법을 지켜야 한다고 생각했던 것

같으며, 베드로의 중재에 의해 최초로 기독교인이 된 외국인들은 할례하는 것을 간신히 면제받을 수 있었다.(사도행전 11:1~18 참조)

그러나 그로부터 10년이 더 지난 서기 51년경까지도 외국인에 대한 이러한 묵인에 대해서 반대하는 무리들이 있었고(사도행전 15:1~5 참조), 이번에도 베드로의 강력한 설득과 중재 아래 외국인들이 할례하는 것을 면할 수 있었다.(사도행전 15:6~12 참조)

초기 기독교의 사도들과 원로들은 구약의 요구를 외국인에게마저도 전적으로 배척할 수 없었으며, 유대율법 중 가장 요긴한 최소한만을 외국인들에게도 요구하기로 함으로써 외국인들과 유대인들 모두에게 불평이 없을 타협안을 제시할 수밖에 없었다.(사도행전 15:19~21, 15:22~29 참조)

전통과 관습의 끈질긴 힘은 너무나 강력하고 완고하였으며, 생명을 걸고 투쟁한 예수의 희생도 그 두꺼운 벽을 헐어버리기에는 그 영향력이 너무나 미약하였다.

구약을 배척하고 반대하는 예수의 생각을 너무도 잘 알고 있었을 베드로마저도, 비록 외국인에 한해서만은 예외적으로 할례를 면하게 하는 데는 겨우 성공하였으나, 좋던 싫던 구약과 모세의 지배에서 완전히 벗어날 수가 없었다.

❀ 유대사회의 광신적 포악성

이러한 완강한 유대교의 종교적 토양 아래에서, 구약은 이미 자연스럽게 기독교의 기본 경전으로 채택될 수밖에 없었다. 여기에 더하여 구약이 기독교의 체제에 채택되지 않을 수 없었던 가장 강력한 세 번째 이유는 구약을 믿는 유대 사회의 폭력적 강압이었다. 이 점에 대해서도 사도행전은 너무나 생동감(生動感) 있게 전하고 있다.

제자들 중에서 아무리 예수 그리스도의 생각과 가르침을 충분히 이해한 사람이 있었다고 할지라도, 제자들도 예수 그리스도와 마찬가지로 신성모독죄에 의하여 생명을 위협받고 있는 억압된 상황 아래서, 초기 기독교 지도자들은 구약을 강력히 배제하고 막을 힘이 없었다. 구약을 전적으로 배척하고 누구나 사랑 속에 하느님과 하나가 된다는 인본주의(人本主義) 자기구원사상을 함부로 드러내놓고 가르칠 수는 없었다. 가르친다 하여도 극히 조심할 수밖에 없었다.

바울이 그나마 용감하게 유대인에까지 구약을 배척하고 유대교의 율법과 모세의 가르침을 따르지 말 것을 가르치고, 유대교의 할례도 하지 말라고 말할 수 있었던 것은, 바울이 유대교의 본거지인 이스라엘 지역이 아니라 고린도, 갈라디아, 에베소 등 오늘날의 터키와 희랍 지역인 외방지역(外方地域)에서 전도했기 때문에 가능하였다.(사도행전 21:21 참조)

아무리 바울이 용감하였다 할지라도 만약 바울이 예수와 같이 이스라엘에서 그 같은 말을 하였다면, 바울은 예수와 똑같이 당장 죽음을 면치 못하였을 것이다.

외방에서만 기독교를 전도하던 바울이 예루살렘을 방문한 것은 이미 기독교회가 성립되고도 29년이나 지난 서기 59년경이었다. 그럼에도 불구하고 이때까지도 바울이 외방에 있는 유대인들에게 모세의 율법과 할례를 배척하라고 가르친 것에 대한 분노와 적개심으로 유대 군중들은 폭동을 일으켜 바울을 때려죽이려 하였다. 이때 바울은 로마의 파견대장과 군인들에 의해서 겨우 구출(救出)될 수 있었다. 군중들은 로마 군인들에

의해서 빼돌려지는 바울을 쫓아가며 죽이라고 계속 소리소리 지르고 있다.(사도행전 21:18~36 참조)

바울의 해명(解明)을 듣고는 군중들은 더욱 미친 듯이 흥분하여 바울을 죽이려 함으로 로마의 파견대장이 바울을 병영(兵營) 안으로 끌어들이고 있다.(사도행전 22:22~24 참조)

유대의 대사제들과 의회원(議會員)들이 모두 소집된 자리에서도 바울은 찢겨죽을 위기에 처하였으며 역시 로마의 파견대장의 명령에 의해 구출되고 있다.(사도행전 23:10 참조)

로마의 파견대장에 의해서 바울을 죽이려던 의도가 번번이 실패로 돌아가자 40명의 유대인들이 바울을 죽이기 전에는 먹지도 마시지도 않겠다고 맹세하면서 기어코 죽이려고 음모를 꾸미고 있다.(사도행전 23:12~15 참조)

이러한 무시무시한 분위기에서 누가 감히 구약과 모세를 노골적으로 배척할 수 있었겠는가.

이런 위기에 당하여 바울도 로마 총독 앞에서 자기를 변호하며, 유대 조상(祖上)의 하느님을 섬기고 율법과 예언서에 기록된 모든 것을 믿는다고 해명하고 있다.(사도행전 24:14 참조)

바울의 구약에 대한 배척과 무시(無視)가 화근이 되어 바울은 유대 군중의 폭동에 의해 맞아죽을 위기에 처해졌으며, 이런 사정은 바울뿐만 아니라 모든 초기 기독교 지도자들에게도 마찬가지였다.

초기 기독교 사회는 유대 민족의 전통 그리고 민족 감정과 충돌(衝突)하는 것을 막아 죽음의 박해를 피하는 것도 급하였으며, 또한 기독교의 전파를 위해서도 유대 사회의 심한 거부감을 잠재우고 친근감으로 기독교를 유대 사회에 뿌리내릴 수 있는 대책을 강구하는 것도 시급하였다.

그들은 그들 자신에게도 너무도 친근하고 익숙한 구약을 임시방편적(臨時方便的)으로 그들의 체제 일부로 편입함으로 이들 모두에 대한 당면한 해결책으로 삼았다.

예수의 제자들은 예수의 인본주의 자기구원사상에 예수만큼 통달(通達)하지 못했고 생명을 건 투쟁에 있어서도 예수만큼 철저하지 못하였다고 생각할 수도 있으나, 현실과 대립(對立)하여 모조리 죽어 없어지기보다는 어떻게 하든지 우선 살아남아야 예수의 위대한 사상도 전파할 수 있을 것이라는 절박한 심정이었을 것이다. 그들은 싫든 좋든 선택의 여지가 없이, 구약을 그들의 체제 일부로 받아들이는 현실적 타협조치를 그 당시로서는 어쩔 수 없는 현명한 판단으로 받아들이게 되었을 것이다.

그 보다는 이미 구약은 초기 유대인 기독교들에 의해서도 자연 발생적으로 채택되고 있었다고 보아야 하며, 초기 기독교 지도자들도 당장에 몰아닥치는 생명의 위협 앞에 강력하게 이를 거부(拒否)하지 못했다고 보는 것이 더 솔직하고 정확한 표현일지 모른다.

내부의 적 또한 예수를 파멸시켰다 — 신약의 미신 또한 예수를 왜곡시켰다

울며 겨자 먹기로 억지로 채택된 구약만이 예수의 사상과 철학을 왜곡시킨 것이 아니라, 구약의 영향을 받은 신약 속에 있는 미신(迷信)이 또한 예수를 비참하게 왜곡시켰다. 그 대표적인 것이 성령 잉태설과 독생자설(獨生子設)이다.

죽음을 돌보지 않은 예수 그리스도의 가르침은 모든 사람이 진리(眞理)

속에서 하느님과 하나가 되도록 하는 것이었으나, 이 성령 잉태설과 독생자설이야말로 예수 그리스도의 뜻을 완전히 배신하고 가로막고 있다.

왜냐하면 예수 그리스도를 제외하고는 아무도 성령으로 잉태될 수는 없는 것이며, 또한 독생자설은 다른 인간들을 모두 하느님으로부터 배제(排除)시켜 버리는 이론이기 때문이다.

이렇게 함으로써 심지어 예수 그리스도를 죽음으로 몰아넣었던 신성절대 불가침의 문제도 예수 그리스도를 죽인 사람들과 견해를 같이 하면서, 자기야말로 예수 그리스도를 위하고 철저히 신봉하고 있다고 착각하고 있다.

하느님뿐만 아니라 예수 그리스도마저 성령 잉태설과 독생자설(獨生子說)로 하느님과 더불어 절대자(絶對者)의 위치에 끌어올림으로써, 예수 그리스도의 뜻과는 달리, 신성불가침한 절대적 인격자로서의 하느님이라는 구약의 이론 체제(理論體制)를 합리화시키고 있다.

이래서는 예수 그리스도를 못 박은 신성절대불가침을 주장하는 유대교의 영향력이 아직까지도 예수 그리스도를 뒤덮고 있다. 짙은 구름이 태양을 덮고 있듯이 예수 그리스도의 인본주의 자기구원이라는 진정한 가르침은 가리워져 있는 것이다. 이러한 현상이 극복되지 않는다면 예수 그리스도의 죽음은 헛되이 되고 마는 것이며, 예수 그리스도는 승리자가 아니라 패배자가 되는 것이다.

누구나 하느님과 같이 높은 존재가 될 수 있다고 생각함은 신성모독이라고 위협받는다면, 이야말로 인간 정신에 대한 중대한 억압이다. 예수 그리스도를 믿는다고 자칭하면서도, 아직까지 하느님과 예수 그리스도의 참모습이 무엇인지 모르며, 인간이 하느님과 하나가 되는 것을 막고 있다면, 이는 대단히 잘못된 것이다. 예수 그리스도에 대한 배반자이며, 예수 그리스도를 매단 자들과 한편에 서는 것이다.

예수 그리스도는 사람으로 태어나서, 그 사랑의 힘으로 사랑의 화신(化身)이 되어, 사랑이신 하느님이 되신 분이다. 예수 그리스도가 사람으로 태어나셨음은 성경에 이루 헤아릴 수 없이 여러 곳에 기록되어 있다. 또한 예수 그리스도 자신도 스스로를 칭할 때에 사람의 아들(人子, Son of Man)이라고 가장 즐겨 부르고 있다.

예수 그리스도는 확실히 한 발 앞선 가르침을 베풀었으나, 예수 그리스도를 믿는다고 자처하면서도 예수 그리스도의 존재를 미신적(迷信的)으로 만들고 있는 사람들이야말로, 예수 그리스도의 높은 이상을 퇴보(退步)시키고 있다. 오늘날 기독교도 중에서 절대적 신관(神觀)에 얽매여, 절대자인 하느님과 그 독생자인 예수 그리스도만을 위한다고 배타적(排他的) 이단논쟁을 즐기는 사람들이야말로, 예수 그리스도가 다시 살아온다면, 진리 속에 하느님과 하나가 된다는 주장(主張)을 다시 한다면, 틀림없이 달려들어서 십자가에 매달고야 말 것이다.

예수교인은 오로지 예수 그리스도의 가르침에 충실하게 따를 때에만이 진정한 예수교인이다. 그의 가르침은 오직 사랑일 뿐이다. 사랑만이 하느님과 하나가 되는 길이다.

그리스도가 위대한 것은, 그리스도가 하느님인 것은, 성령 잉태설과 독생자설 때문에 그런 것이 아니라, 그 사랑의 위대함 때문이다.

예수 그리스도가 원래 하느님의 독생자이기 때문에 신비하고도 위대하다면 무엇이 신비하고 위대할 것이 있는가. 신(神)의 아들이 신이 되는 것이 무엇이 위대하고 신비한가. 그것은 너무도 당연하고 흥미 없는 뻔한 얘기다. 사람으로 태어나서 하느님이 되었으므로 위대하고도 신비하도다.

예수 그리스도는 해방(解放)의 길을 열어놓았건만,

하느님이 되는 길을 열어놓았건만,

그 길을 열기 위하여 목숨을 바쳤건만,

그 추종자들은 끝까지 원죄(原罪)의 노예가 되고자 한다.

더 이상 종이 아니라고 그렇게 강조하였건만,

끝까지 종이라고 우기고 있다.

이렇게 말을 안 듣기도 쉽지는 않을 것이다.

스스로 사랑과 진리 속에 하느님과 하나가 되는 것이라고,

그렇게 가르쳐 주었건만,

질투와 복수의 신의 종이라고 끝끝내 우기고 있다.

❧ 예수를 배반한 추종자들

성령 잉태설과 독생자설로 결과적(結果的)으로 예수를 비참하게 왜곡시키고 배반한 사람들이 누구였던가. 그들은 바로 다름 아닌 예수의 사후(死後)에 예수를 열렬히 추종(追從)하려 했던 그의 추종자들이다.

성령 잉태설은 처음부터 있었던 것은 아니며, 아무리 빨리 시작되었어도 예수의 죽음과 부활 이후(以後)로부터 점진적으로 형성되기 시작되었다는 점에서는 대부분의 학자들이 이론(異論)이 없다. 예수님의 생전(生前)의 활동과 설교를 기록한 내용들에서는 성령 잉태설에 관한 어떤 시사점과 흔적도 발견할 수 없기 때문이다.

예수 자신도 성령 잉태설이나 독생자설 등의 말들은 절대로 말한 바 없다. 예수는 자기를 불러 인자(人子, Son of Man, 사람의 아들)라고 가장

즐겨 부르고 있다.

인자란 용어는 당시에 있어 사람, 인간, 또는 묵시적 인물을 뜻하는 말로 보통 인간을 지칭하는 용어였으며, 마가복음 3장 28절과 에베소서 3장 5절에서는 사람들이라는 뜻으로 쓰인 인자들(사람의 아들들)이라는 용어도 발견되는 바이다.

성령 잉태설이 기록된 성경은 오직 마태복음 1장 18~25절과 누가복음 1장 26~38절의 기록만이 있을 뿐이다. 다른 복음서들과 바울의 많은 서신(書信)들과 사도행전 등의 다른 설교들에서는 전혀 이러한 말의 흔적을 찾아볼 수가 없다.

마태복음과 누가복음이 희랍어로 완성된 시기는 모두 예수님의 사후(死後) 30년이 경과된 서기 60년경으로 알려지고 있으며, 이때 이후로부터 언제인가 성령 잉태설이 기독교계에 등장한 것으로 보인다.

많은 학자들은 이 두 가지 유아설화(幼兒說話)들이 동시기(同時期)에 써진 다른 복음서와, 바울의 서신들과, 사도행전 등의 다른 설교들에서 전혀 언급되지 않은 것으로 보아 후대(後代)에(서기 80년, 또는 90년대) 써져 마태복음과 누가복음에 추가(追加)된 작품이라고 의심하고 있다.

학자들은 마태복음이 요한복음과 함께 히브리어로 최초로 작성되었고, 그 후에 마태복음은 서기 60년이 채 되기 이전에 희랍어로 번역되었다고 본다.

학자들은 마태복음이 먼저 완성되고, 이 마태복음을 참고로 하여 마가복음이 작성된 것으로 보는바, 마가복음에서도 성령 잉태설의 기록이 없다는 것은 서기 60년경에 마가복음이 써질 때까지는 마태복음에 성령 잉태설의 기록이 없었다는 이야기가 된다. 더구나 마가는 로마지역에 전도하기 위하여 신화(神話)에 익숙한 로마인의 취향에 맞도록, 구약의 인용 등은 줄이고 주로 예수의 기적적인 활동에 중점을 두고 써진 복음서이므로, 성령 잉태설과 같은 기적적이고 신화적인 사실은 놓칠 수가 없는 내용이기도 하다.

이러한 의심들은 누가가 마태복음과 마가복음을 기초자료로 누가복음을 썼다는 데에 거의 모든 학자들이 동의(同意)하고 있는 바, 마태복음과 누가복음의 성령 잉태설이 그 내용과 이야기 구성에서 전혀 다르게 되어 있다는 점도, 성령 잉태설이 사실에 근거를 둔 기록일 수가 없고 후대에 각각 따로 작성되어 추가(追加)되어졌다는 의심을 더욱 증폭시킨다. 더 나아가 이러한 불일치는 적어도 누가복음을 쓸 때까지는 마태복음에는 성령 잉태설이 없었다는 또 다른 증거가 된다.

특히나 마태복음의 경우에는 마태복음 1장 전반부에서 예수의 부계(父系) 혈통(血統)을 따라 족보(族譜)를 열거하고 있는바, 바로 뒤이어 예수가 아버지 요셉의 피를 이어받지 않았다는 성령 잉태설이 기재된다는 것은 앞뒤가 전혀 맞지 않는 모순이 된다.

이뿐만 아니라 마태복음의 다른 부분에서는 예수를 목수의 아들이라고 말하고 있으며(13:55), 다른 성경들도 이와 같이 기술하고 있는 것이다.

이래서 마태복음의 경우에는 결정적으로 최초에 마태가 성령 잉태설을 쓴 것이 아니라, 후에 누군가에 의해서 성령 잉태설이 추가(追加)되었다고 보여지게 된다.

더구나 마태는 예수의 제자였으며 아무리 예수의 인본주의 자기구원 사상이 유대인에게는 이해하기가 어려웠다고 해도, 예수에게 직접 배운 마태는 예수의 생각을 잘 알고 있었을 것이다. 신성 모독죄로 생명이 위협받는 상황 아래서도 십자가에 희생되기 바로 얼마 전부터는, 예수님은 모든 것을 각오하고 하느님에 대해서 비유로서 말하지 않고 직접 설명하였다. 예수의 말귀를 잘 못 알아들은 빌립까지 알아들을 수 있도록 예수님은 자신의 인본주의 자기구원사상을 자세히 설명하셨다.

그러나 누가는 마태와는 달랐다. 누가복음의 경우에는 반드시 성령 잉태설이 누군가에 의해서 추가되었다고만 볼 수는 없으며, 누가 자신에 의해 처음부터 기술되었다고 볼 수도 있겠다. 누가는 예수님에게 직접 배운 제자는 아니며, 그가 누가복음을 쓴 것도 예수 사후 30년이 다 되가는 서기 60년경이었다. 그리고 그는 희랍 사람이었다. 그는 비록 어쩔 수 없이 초기 기독교 사회가 구약을 받아들이고는 있었지만, 예수님이 생명을 걸고 투쟁한 인본주의(人本主義) 자기구원사상만은 양보할 수 없는 것이라는 것을 몰랐을 수도 있는 것이다.

그 당시 고대 희랍 사회에서는 신(神)들뿐만 아니라 많은 위대한 인물(人物)들마저 신의 성령으로 잉태한다는 신화(神話)를 일반적으로 믿고 자연스럽게 수용하는 문화(文化) 풍토였다. 그 예가 제우스가 알렉산더를 낳았다는 것이며, 아폴로가 피타고라스, 플라톤, 아우구스티누스 등을 낳았다는 이야기 속에 잘 나타나 있다.

그에게는 위대한 인물이 신에 의해서 탄생된다는 것은 너무나 익숙했으며, 위대한 예수는 당연히 신의 성령으로 탄생되어야 맞는 것이었을지도 모른다.

그러나 이렇게 설명해 보아도 풀리지 않는 의문은 누가는 누가복음을 쓰고 난 후 계속해서(서기 63년까지) 주로 베드로와 바울, 특히 바울의 행적을 기록한 적지 않은 분량의 사도행전을 저술하였으나, 이 사도행전에는 성령 잉태설이 전혀 비치지도 않는 것을 보아서는 누가복음의 성령 잉태설마저도 누가의 저술일 수는 없고 후대에 누군가가 지어 추가(追加)한 것이라고 볼 수밖에 없는 것이다.

더구나 누가는 사도 바울의 희랍 지역에 대한 외방선교를 도운 성실한 동역자(同役者)이었다. 사도 바울이야말로 누구보다도 철저한 영지주의

자였으므로, 그러한 그의 영향을 많이 받았을 누가가 성령 잉태설을 말하였다고 볼 수는 없다.

무엇보다도 중요한 것은 예수 그리스도의 하신 말씀 모두를 종합해 볼 때, 그 가르침의 정신으로 보나 논리적으로 보더라도, 그리스도 자신은 절대로 성령 잉태설이나 독생자설을 말했을 리가 없다고 확신(確信)할 수 있다.

예수님의 신성(神性)과 사상을 철학적이나 신학적으로 보아도, 완벽하고 위대하게 설파하고 있는 요한복음의 전 내용과 위대한 전도자 사도 바울의 모든 편지의 내용을 샅샅이 검토해 보아도, 예수님의 사상은 말씀과 정신(Spirit: 또는 성령)으로 하느님을 알 수 있고, 하느님과 하나가 되는 인본주의 자기구원사상이며, 말씀과 정신이 바로 진리이고 생명이고 길이며, 그 핵심이 다름 아닌 사랑이었다.

예수님은 자기뿐만 아니라 제자들 그리고 성도(聖徒) 모두가 이렇게 되기를 간절히 바란 영지주의자(靈智主義者)였다.

그것을 요한과 바울은 너무나 감동적으로 확신에 찬 목소리로 너무도 자세하고 잘 알 수 있도록 분명하게 전해주고 있는 것이다.

요한과 바울 당시의 어렵고 위험했던 제반 여건과 신화시대(神話時代) 였다는 시대배경 그리고 종교의 기록은 신비성 또한 도외시할 수 없다는 점을 감안할 때, 하느님의 실체(實體)와 인본주의 자기구원사상에 대한 요한복음과 요한과 바울의 서신들의 기록은 놀랍도록 대담한 것이며 더 할 수 없이 솔직하고 정확한 것이라 하겠다.

다른 복음서들과 바울의 서신들 그리고 사도행전의 다른 설교 등에서 성령 잉태설을 언급하고 있지 않는 것이 아니라, 사실은 이들 모두는 성

령 잉태설 따위는 있을 수도 없고, 있어서도 안 된다고 웅변(雄辯)으로
말하고 있는 것이다.

독생자설만 하여도 잘못된 것은 너무도 명백하다. 원래 독생자란 용어
자체가 신약의 희랍 원본(原本)을 영어로 번역하는 과정에서 잘못 번역
된 것에 불과하고, 독생자설의 근원이라고 내세워지는 요한복음 1장 전
반의 주요내용을 보면 다음과 같다.

하느님은 말씀이며(요한 1:1), 이 하느님의 말씀이 육신(사람)이 된 것
이 바로 예수 그리스도였다는 것이다.(요한 1:14 참조) 하느님의 말씀은
또한 진리(眞理)이므로(요한 17:17 후반 참조) 하느님의 말씀이 육신이
되어 사람이 되었다는 것은 진리(眞理)가 육신이 되어 사람이 되었다고
도 말할 수 있는 것이다.

요한이 전하는 말은 여기에서 그치지 않고 그리스도를 받아들이고 믿
은 사람들은 즉 하느님의 말씀을 받아들이고 믿은 사람들은 하느님의 특
전으로 핏줄이나 육정이나 사람의 욕망으로 난 것이 아니라 하느님에게
서 바로 태어난 하느님의 자녀가 된다는 것이다.(공동번역, 표준 새번역 요
한 1:12~13 참조)

이때에 등장하는 것이 소위 말하는 독생자라는 것이다.(요한 1:14,
1:18) 그러나 바로 이 구절의 번역이 잘못`되었다는 것이다. 원래의 뜻은
질투와 복수의 감정적 유일신에 예속된 종류(種類)가 아니라, 하느님의
말씀이 육신이 된 영지주의자 중에 한 사람이 예수라는 것이 소위 말하
는 독생자의 올바른 희랍 원본(原本)의 뜻인 것이다. 또 그래야만 앞뒤
가 맞게 되어 있다.

요한이 말하고자 한 것은 예수만이 말씀으로 태어나는 것이 아니며,
말씀이신 예수를 받아들이고 믿으면 누구든지 하느님에게 바로 난 하느

님의 자녀가 된다는 것이다. 그리고 하느님의 말씀으로 태어난 한 종류 (種類) 중의 하나가 예수라는 것이 소위 말하는 독생자설의 참뜻인 것이다. 사도 바울 또한 그의 서신 로마서 8장 29절에서 예수는 하느님이 낳은 많은 형제 중에서 맏아들일 뿐이라고 말하고 있다.

요한의 이런 원래의 뜻과는 달리 예수만이 오로지 하느님의 아들이라고 잘못 번역하는 것은, 성령 잉태설을 나중에 마태복음이나 누가복음에 끼워 넣는 것이나 마찬가지인 새로운 성경 개작(改作)이며, 원뜻을 전혀 다르게 왜곡시키는 날조행위이다.

독생자설의 잘못된 번역이 의도적인 것이었든지 실수로 그런 것이었든지 간에, 또한 성령 잉태설이 누가의 저술이든 그 후의 누군가의 창작적(創作的) 저술이든지 상관없이 문제는 이 저술자들은 예수 그리스도의 사상과 철학에 기본적으로 너무 무지(無知)하다는 점에서는 구약을 기독교의 체제에 비판 없이 받아들인 무지라는 첫째 요인과 일치하는 것이다.

생명을 건 예수의 투쟁과 노력에 부응하지 못하고 전통과 폭력의 힘에 의해 피동적으로 구약을 받아들이지 않을 수 없었던 기독교 사회는 성령 잉태설로 예수만을 하느님의 반열(班列)에 올려놓음으로써, 유대인들의 절대신관(絶對神觀)과 어느 정도 조화(造化)를 이루고 저항감을 최소화시킬 수 있었다. 또한 유대교에서 기독교로 개종(改宗)한 초기의 예수 추종자들 역시 자신들의 종교적 갈등과 전통에 대한 애착심을 함께 해결할 수가 있었을 것이다.

이때는 시기적으로 보아도 신화시대(神話時代)였으며, 로마의 정복과 함께 희랍 문화와 희랍신화가 유대를 위시하여 로마가 지배하는 온 세계에 풍미하던 시대였다. 로마 자체도 이름만 다르게 되었을 뿐 희랍신화와 유사한 신들을 가지고 있었고, 유대 역시 이에 못지않은 구약의 신화

(神話)가 지배하던 시기였다.

구약의 정신과 희랍의 신화(神話)가 함께 절묘하게 어우러져 창작되어 만들어진 것이 바로 성령 잉태설이었다.

성령 잉태설의 기본 토양인 구약을 초기 기독교 체제에 편입하지 않을 수 없었던 가장 강력한 이유 중의 하나인 구약을 믿는 유대 사회의 폭력적 강압도 물론 기독교에 성령 잉태설이 태어나게 된 근본 배경 중의 하나이지만, 성령 잉태설의 문제에 있어서는 달콤한 유혹에 이끌려 꿀을 바른 독약을 스스로 먹은 결과가 됐다.

성령 잉태설은 너무나 달콤하고도 매혹적이었다. 성령 잉태설로 예수만을 하느님의 반열에 올려놓음으로써 유대교인의 절대신관(絶對神觀)과 어느 정도 타협하여 당장 신성 모독죄로 죽음을 당하는 예봉도 피할 수 있었다. 또한 이렇게 함으로써 자기의 종교적 갈등과 전통에 대한 애착심도 함께 해결할 수 있었을 뿐만 아니라, 나아가 유대 민중의 전통과 정서에도 어느 정도 부합시켜 심한 저항을 피하여 현실적인 전도도 수월해지게 되었다.

무엇보다도 자기들이 믿는 예수를 신비화(神秘化)시켜 누구도 넘볼 수 없는 절대자(絶對者)로 만드는 것이, 그야말로 예수를 위하는 길이라고 착각한 점은, 역시나 예수의 인본주의 자기구원사상에 대한 무지(無知)의 연장선상이었다.

이렇게 함으로서 소박한 대중들에게 종교에 따르기 마련인 신비성을 최대로 높임으로서, 기독교를 보급시키기 위한 전도의 편리성과 용이성마저도 최대로 높일 수 있을 것이라는 혹세무민적인 유혹도 함께 따랐다.

이렇게 해서 구약이 무지와 관습 그리고 유대 사회의 폭력적 강압에 의해서도 초기 기독교 사회에 채택되지 않을 수 없게 되었음에 비하여, 성령 잉태설은 무지 그리고 관습 나아가 유대 사회의 강압에 의해서뿐만 아니라, 많은 부분에서 현세 영합적(現世迎合的)인 자발적 의지에 의해서도 초기 기독교 사회에 서서히 뿌리를 내리게 되었을 것이다.

유대 사회의 폭력적 강압이 초기 기독교 사회에 구약을 끌어들여 예수 그리스도의 인본주의 자기구원사상의 높은 기개와 절개를 강제(强制)로 훼손시켰다면, 성령 잉태설은 강제보다는 더 많은 스스로의 화해(和解)에 의해 절대 신성불가침한 감정적 유일신에게 예수의 기개와 절개를 훼손시켰다.

♛ 신약 성경의 주요 배경과 저자들에 대해서

여기에서 우리는 신약 성경에 대해서도 몇 가지 살펴보아야 할 문제가 있다.

원래 마태, 마가, 누가 복음은 거의 같은 내용을 기술하고 있는바 공관복음(共觀福音)이라고도 한다.

초기 기독교 사회는 원래 유대에서 발생하기 시작하였으나, 넓은 로마 제국의 영토를 따라 광범한 지역에 퍼져가면서 전도되기 시작하였다. 이에 따라 문화 풍토와 정서에 많은 차이가 있는 각 지역의 특성(特性)에 맞는 각각의 전도서가 필요하게 되었다.

또한 기독교에 참여자가 많아지면서 저자도 여러 명이 되게 되었다. 이들 저자들은 예수님을 직접 현장에서 대할 수 있었느냐 하는 점에서도 차이가 있었으며, 각각의 견해와 관심을 갖는 분야도 각기 달랐다. 국적

도 달라 자라온 문화적(文化的) 배경도 상이하였으므로 공관복음이라 해
도 같을 수만은 없게 되었다.

기독교가 유대 지역에 제일 먼저 전도되기 시작함에 따라 예수의 제자
이며 동시에 예수의 세상 친구들인 마태와 요한에 의해 예수의 사후(死
後)에 히브리어로 된 마태와 요한의 복음이 제일 먼저 작성되어졌다고
한다.

마태복음은 주로 예루살렘을 중심으로 하는 유대의 팔레스타인 지역
에 포교할 것을 염두에 두고 작성되어졌으며, 기독교 초기에는 이들 지
역에서 주로 마태복음이 전파되었다.

그 후에 로마 지역을 주 대상으로 한 마가복음과 희랍 지역을 주 대상
으로 하는 누가 복음 그리고 에베소 지역 등의 소아시아를 주 대상으로
하는 요한복음이 희랍어로 완성된 것으로 보인다.

마태복음에는 특히 구약의 인용(引用)이 많으며, 구약에서 신약의 타당
성과 근거를 확보하여 유대인의 정서에 맞게 하려는 노력이 두드러진다.

또한 기술(記述)의 기법(技法)도 될수록 유대인의 거부감과 저항감을
일으키지 않도록 지극히 조심스럽게 쓰여 있다.

구약과 모세, 그리고 구약을 믿는 성직자들과 구약의 율법을 전면부정
(全面否定)하고 격렬하게 공격하는 예수님의 전면적인 체제 부정 발언 등
에도 일단 긍정 후 부정이라는 고도로 세련된 화법(話法)을 쓰고 있다.

예수님을 직접 본 일도 없고 예수의 제자는 아니었으나 베드로의 친구
인 마가는, 베드로로부터 들은 예수님의 이야기와 마태복음을 기초로 하
여, 예수님의 사후 30년이 되는 서기 60년경에 희랍어로 마가복음을 저
술하게 되었다.

그는 로마 지역에 전도할 것을 염두에 두고 로마인에 맞도록, 마태복음이 많이 인용한 구약 등은 될 수 있는 대로 생략하고, 또한 세계를 지배해 나가던 로마인의 활동적 기질과 로마 신화적(神話的) 정서에 걸맞도록, 마태복음이 많이 기록한 예수님의 설교 부분보다는 주로 신비하고 기적적인 예수님의 활동상황 등을 좀 더 많이 기재하여 마태복음을 축소한 형태의 마가복음을 완성시켰다. 혹자는 마가복음을 확대한 것이 마태복음이라고 주장하는 학자도 있으나, 예수님을 직접 보고 예수님의 말씀을 수없이 들은 마태가 마가의 저술을 확대하였을 것이라는 것은 말이 되지 않는 무리(無理)이다. 시간적으로도 마태는 예수님의 사후 얼마 되지 않아서 히브리어로 마태복음을 저술했다는 것이며, 서기 60년이 되기 바로 전에 당시의 세계어인 희랍어로까지 번역되었다는 것이다.

희랍 사람이며 의사였던 누가는 예수의 제자는 아니었으나, 희랍의 빌레몬 교회에서 6년간 지도자로 일하기도 하였다. 누가는 희랍에 전도할 것을 염두에 두고 서기 60년경에 희랍 사람들에게 맞도록 마태복음과 마가복음의 자료를 기초로 누가복음을 희랍어로 저술하였으며, 주로 희랍 지역에 배포되었다. 고대 희랍은 신화(神話)가 풍미하든 문화 풍토였으며 희랍 사람들도 신화에 익숙하여 신화적으로 설명하면 쉽게 설득되었다.

이런 배경을 가지고 있는 누가복음은, 누가에 의한 것이든 아니면 누구에 의해서 창작되어 추가되었든 간에 어떤 형태로든지 신화적인 분위기의 영향을 많이 받게 된 복음서이다.

요한은 예수의 제자이자 친구였을 뿐만 아니라, 예수에게서 가장 사랑받던 제자라고 자부하였다. 그는 부유한 어부였으며 외국에도 유학하였던 그 당시의 지식인이었다.

그의 요한복음은 신학적으로나 철학적으로도 가장 고매하고 차원(次元)이 높았으며, 논리적으로도 치밀하고 완벽하였다. 또한 요한복음은 마태복음과 함께 예수와 현장을 같이 하고 예수에게서 직접 교훈을 받은 제자들이 쓴 성경임이 피부로 느껴질 수 있다. 현장적(現場的) 긴박감과 실제성 그리고 전후(前後) 상황 전개의 타당성과 필연성이, 지극히 자연스러워 예수님의 숨결과 고뇌를 눈으로 직접 보고 느끼는 것처럼 가슴과 영혼을 압도해 온다.

마태복음도 비록 유대라는 제한적 시대 상황 아래에서, 안스러울 정도로 지극히 조심하고 우회적으로 돌려가면서 예수의 말씀을 전하고 있으나, 그 뒤에서 들려오는 진정한 목소리는 영혼을 울리고 감동시키기에 조금도 부족함이 없다.

이에 비해서 예수와 현장을 같이 하지 못하고 간접적(間接的)인 경험과 자료에 의해 쓰여진 마가복음과 누가복음은 역시 이런 점에서는 마태복음과 요한복음을 따라올 수 없다고 생각되어진다. 어떤 것은 터무니없이 생략되고 어떤 것은 너무 과장되기도 하였으며, 대상이 되는 전도 지역의 특성과 정서에 따라 너무 신화적으로 비약되기도 하였다. 이러한 점들 때문에 예수 그리스도의 말씀과 행동이 왜 그렇게 되게 되었는지 앞뒤가 이해(理解)가 되지 않고, 어려운 가운데서도 얼마나 위대하고 담대하게 싸워나가지는 지가 현실감(現實感) 있게 전해지지 않는 부분도 있게 되었다.

요한복음은 사도 요한이 일찍이 히브리어로 최초의 요한복음을 쓴 후에 평생을 다듬어 최종적으로 복음서로서는 제일 늦은 서기 90년경에 에베소에서 희랍어로 요한복음을 완성하였다고 보는 것이 학자들의 통설이다.

요한은 만년에 소아시아 지역인 에베소에서 주로 머물러 전도하게 되었으며 주로 그 지역에 많이 전파되었다.

초기 기독교 시대에는 거리의 제한과 각 지역의 문화와 시대 상황 때문에 선택의 여지가 없이 각 지역에 알맞는 각기 하나의 복음서가 전해지게 되었다. 그러나 후에 기독교가 대세(大勢)를 장악하게 되면서 이들이 우열의 구별이 없이 모두 하나로 모아져 모두 함께 전해지게 되었다.

그리하여 똑같은 내용이 중복되고 혼란스럽게 되어 이해하기에만 어렵게 되고, 많은 것이 오히려 적은 것만 못하게 되었다. 때에 따라서는 다른 복음서보다 열등하고 밋밋한 내용들 때문에 예수의 위대함과 고매함을 전하는 같은 내용의 다른 복음서들의 품위가 떨어지기도 하였다. 예수의 참뜻에 비추어 열등(劣等)한 것이 오히려 예수의 참뜻을 올바르게 전하는 것을 누르게 되는 바람직하지 못한 현상도 생기게 된 것이다.

비록 예수의 제자는 아니었으나 하느님으로부터 직접 사도의 사명을 부여 받았다고 자부하는 위대한 전도자 바울이 쓴 서신들은, 비록 복음서는 아니나 예수의 근본사상과 뜻을 아주 힘 있고 정확하게 전달하고 있다. 유대지역이 아닌 외방에서 전도한 바울은 구약의 율법과 모세를 반대한 예수의 뜻을 거침없이 열렬하고 격렬하게 표현하고 실천하였다.

이러한 그의 행동이 후에 예루살렘을 방문한 바울을 죽음의 문턱에까지 몰아가게 되어, 유대 민중의 폭동에 의해 여러 번 죽을 곤욕을 치르게 한다.

이러한 바울의 수난 과정과 전도 활동이 사도행전에 눈에 보이듯이 자세하게 기록되어 있다.

베드로와 바울 특히 바울의 행적을 주로 적은 사도행전은 희랍사람인 누가에 의해 서기 63년경에 희랍어로 작성되었다. 누가는 바울의 성실한 동역자였고 바울은 주로 희랍 지역에서 많이 활동하였으므로, 누가가 직접 보고 들을 수 있었던 사실에 대한 기록이 대부분이었으므로, 그만큼 사도행전은 현장감(現場感)과 사실성이 있게 되었다.

예수의 제자였고 친구였던 베드로 사도는 실질적인 교단의 총책임자로서, 극단적(極端的)인 유대 사회의 위협과 당장이라도 말살되려는 위험 앞에서, 현실 감각을 잃지 않고 중용(中庸)을 지키며 현실과 어느 정도 조화(造化)해 가면서 기독교의 특성과 독자성을 살리려고 무던히 애쓰고 현명(賢明)하게 처신하려 한 지도자라는 것이 사도행전에 잘 나타나 있다.

그는 그러한 현실 수용이 궁극적인 것이라고는 생각하지 않았을 것이며, 궁극적인 승리를 위한 한시적(限時的)인 양보라고 생각했을 것이다.

그는 때로는 강하게 때로는 유연하게 사태에 대처해 가면서 책임을 가진 조정자(調停者)로서 남보다 더 많은 고뇌를 맛보아야 했을 것이다.

닭이 울기 전에 자기를 세 번 부인할 것이라는 예수의 예언과 같이, 그 후에도 그는 수많은 난관을 예수님을 세 번 부인한 그 밤과 같이 수없이 번뇌하고 괴로워하면서, 헤쳐 나가야 할 운명을 가진 사나이였다.

그는 옥새라는 쾌감 대신에 괴로운 현실을 어느 정도 받아들이면서, 서서히 확실히 승리해 가는 끈질기고도 현실적인 현명성(賢明性)을 발휘하고자 했을 것이다.

그러나 누가 알았으랴, 베드로의 이러한 고뇌의 본뜻을 망각하고, 소위 예수를 추종하고 위한다고 자처하는 사람들에 의해 그의 큰 뜻과 전략(戰略)은 궁극적으로 좌절당하고 배신당할 줄이야.

제4장 예수의 종교는 모세의 종교가 되고 말았다

ꕔ 성령 잉태설은 스스로의 생명력을 얻다

모세의 구약과 예수 그리스도의 영지주의적(靈智主義的) 인본주의(人本主義) 자기구원 사상은 서로 용납될 수 없는 빙탄불용(氷炭不容)의 관계이다.

그럼에도 불구하고 기독교인이 된 일반 유대인의 정확한 예수 사상에 대한 무지(無知), 그리고 구약의 관습과 전통에 대한 애착과 미련, 나아가 유대 사회의 예수 사상에 대한 격렬한 분노와 생명을 위협하는 폭력 때문에, 예수의 사상을 너무나 잘 아는 사도들과 초기 기독교 지도자들도 어쩔 수 없이 구약을 임시 방편적으로 울며 겨자 먹기 식으로 그들의 체제 안에 함께 받아들일 수밖에 없었다.

그러나 그들은 그들의 힘이 강해지면 언젠가는 이런 사정을 시정(是正)하리라 다짐했을 것이다.

그러나 그런 다짐은 소용도 없이 모든 사태는 그들의 뜻과 예상과는 정반대(正反對)로 진행되었다.

일단 기독교에 받아들여진 구약이 예수 그리스도의 영지주의적(靈智主義的) 인본주의 사상을 오염시키기 시작하였으며, 점차로 기독교가 세력을 확대하여 가면서 궁극적으로는 예수의 사상을 구약의 정신이 오히려 압도해 버리게 되었다.

신성절대불가침한 감정적 유일신을 믿는 구약의 존재 자체가 예수 사상과는 정반대(正反對)의 것이며 예수 사상을 오염시키는 것이지만, 그 오염의 첫째 결과로 생긴 것이 성령 잉태설이었다.

성령 잉태설을 처음에 적어 넣기 시작한 사람은 신화(神話)의 시작이 늘 그런 것처럼 자기 자신도 믿지 않으면서 적어 넣었으며, 신화시대에 살던 사람들도 또 그러려니 하는 마음에서 믿지도 중요하게도 생각하지 않으면서 성령 잉태설의 역사는 시작되었다.

이것이 1세기말까지의 기독교의 상황이었다는 데는 많은 학자가 동의하고 있는 것이다.

비록 구약을 받아들이고 서기 90년경에 일부에서 성령 잉태설의 싹이 텄지만, 예수님과 제자들과 제자들에게서 배운 교부(敎父) 시대까지는, 적어도 서기 100년까지는, 바울을 비롯한 초기 기독교 지도자들에게 이성적(理性的) 유일신을 믿는 예수 그리스도의 인본주의 자기구원사상과 영지주의는, 확고부동한 원시 기독교의 주도적(主導的) 사상이었고 그 시대를 주름잡던 대세(大勢)였다.

그러나 서기 90년경에는 이들 기독교 1세대들이 점차 세상을 뜨게 되면서, 그동안 신약보다는 오히려 구약에 더 익숙해지게 된 기독교도들은, 동시에 존재하고 서로 모순되는 구약의 정신과 예수의 존재를 조화시키고 합리화시킬 연결고리가 필요하였으며, 여기에서 탄생된 것이 희랍 신화적(神話的) 성령 잉태설이다.

그들에게는 성령 잉태설이 너무나 훌륭하고 멋지게 보였으며, 이래서 성령 잉태설은 신약에 추가되었다.

이들에게는 존재하는 두 개의 모순을 해결하는 것도 훌륭하고 멋지게 보였으나, 그들이 열렬히 추종하는 예수를 성령 잉태설로 신비화(神秘化)시키고, 예수만을 하느님의 반열에 올려놓을 수 있는 신성화(神聖化) 작업은 더욱 훌륭하고 멋지게 생각되었다.

구약을 어쩔 수 없이 임시방편적으로 받아들여질 수밖에 없었다는 초기 기독교 지도자들의 깊은 고뇌를 알 리 없는 소위 열렬한 예수의 추종자들은, 그들이 그렇게 하면 예수의 사상은 죽게 된다는 것을 깊이 통찰하지 못했다.

물론 유대인의 저항감을 달래고 무마시키기 위한 눈가림으로 성령 잉태설이 좀 더 일직 고안되었을 수도 있으나, 이는 어디까지나 일부에 국한되는 마지못한 단편적 편법이었다.

그러나 그 후 서기 100년경에 이르러 기독교가 점차 교세(敎勢)가 확대되고 힘을 얻어가면서 열렬하고 맹목적인 추종자들에 의해서, 소위 예수를 위한다는 열정(熱情)으로 기쁜 마음에서 자발적(自發的)으로 성령 잉태설을 부각시키며 일반화(一般化)시키는 현상이 나타나게 되었다.

기독교도 교세가 커지게 되면서 종파적(宗派的) 집단이기주의와 권위주의 경향이 생기게 되고, 생명을 걸고 투쟁한 예수 사상의 순수성(純粹性)과 정확성보다 전도(傳道)의 필요성과 편리성에서, 구약적 신의 권위와 성령 잉태설적인 신비성과 예수의 신성화 작업에 의지하는 것이 좀 더 매력적이고 편리하였다.

신화시대(神話時代)를 사는 군중 심리에도 더욱 영합할 수 있어, 혹세무민적(惑世誣民的) 대중 지배 욕구에도 더할 수 없이 편리하였다. 드디어 성령 잉태설은 집단 최면상태에 빠지게 된 것이다.

기독교인의 숫자가 많아지고 그 힘이 강해짐으로서, 불가항력적으로 도입되었던 구약이 배제되고 원래의 순수한 예수의 사상을 다시 확립하는 것이 아니라, 오히려 기독교의 힘이 강화되면 강화되어질수록 구약의 세력은 더욱 강성해지고 예수의 가르침은 점점 더 정비례(正比例)하여 그 순수성과 정확성을 잃게 되었다.

기독교인이 늘어 가면 갈수록, 예수 그리스도가 반대한 구약은 더욱 열심히 믿고, 성령 잉태설도 점점 퍼져나가서 성령 잉태설을 믿지 않는 사람이 오히려 비정상적인 사람인 것처럼 되어버렸다.

기독교 내부에서는 어쩔 수 없이 영지주의와 구약의 신에 대한 운명적 예속론(隸屬論) 사이에, 현존하는 모순에 대한 이론적 투쟁과 갈등이 벌어지기 시작하였다. 그러나 점차 기독교가 힘을 더해갈수록, 나아가 실질적으로 기독교가 로마를 석권하는 서기 200년대가 넘어가면서, 점점 더 구약과 성령 잉태설은 결정적으로 힘을 얻어 갔고, 예수의 영지주의와 인본주의 자기구원사상은 점점 더 힘을 잃게 되었다. 그나마 기독교가 간간히 박해를 받던 서기 313년까지는 그래도 어느 정도 예수의 영지주의는 명맥을 이어갈 수 있었다. 그러나 기독교가 서기 313년 로마에서 공인되고 국가의 비호를 받게 되면서, 드디어 예수의 영지주의는 이단(異端)으로 규정되고 파문(破門)되었으며, 국가 권력으로부터도 탄압의 대상이 되고 말았다.

반면에 성령 잉태설은 국가로부터 공인되고 보호받으며, 이를 비판하고 거부할 때는 국가 권력에 의해 탄압의 대상이 되는, 미신(迷信)과 혹세무민(惑世誣民)의 긴 중세(中世)의 암흑시대가 싹이 트게 되었다.

소위 예수를 더 할 수 없이 고귀(高貴)하게 모신다는 추종자들에 의해 서서히 성령 잉태설은 점점 더 움직일 수 없는 대세(大勢)가 되고, 예수의 근본 사상은 생명을 던진 투쟁의 보람도 없이 더 할 수 없이 비참하게 변질되었다. 예수의 인본주의 자기구원사상이라는 원래의 이상과 포부는 소위 열렬한 추종자들에 의해 산산이 부서지고 배반당했다.

이러한 이상한 대세의 흐름을 막을 사람은 아무도 없게 되었다. 예수도, 직접 뚜렷하게 예수의 가르침을 받은 제자도, 또 제자들에게 배운 교부(教父)들도 점차 모두 이 세상에 없게 되었다. 근거도 없는 신약의 성령 잉태설과 독생자설을 읽고 맹목적으로 신봉하게 된 억지 이단론자들만이 남게 되었다.

거기에 더하여 신약과 더불어 같이 경전(經典)으로 채택되어 있는 구약을 가지고서는 더구나 예수의 인본주의(人本主義) 자기구원사상은 도저히 이해될 수 없는 것이었다. 오히려 예수의 원래 생각은 감정적(感情的) 유일신의 절대 신성불가침을 침해하는 신성 모독으로 비쳐질 뿐이며, 구약의 정신과 타협하고 조화(造化)한 성령 잉태설과 독생자설만이 더욱 빛나게 될 뿐이었다.

만약 인본주의 자기구원사상을 믿는 동양이었다면, 예수의 사상과 정신은 너무나 쉽고 당연하게 이해되고, 그 순수성이 유지될 수 있었다. 그러나 기독교가 유대 사회에서 발생되었다는 시대 배경이 기독교에게 어쩔 수 없이 구약을 기본경전으로 함께 채택하도록 만들었고, 또한 성령 잉태설과 독생자설이라는 구약 정신과의 타협의 산물이 만들어져 예수의 인본주의 자기구원사상을 송두리째 변질(變質)시키게 되고 말았다.

기독교는 운명적으로 유대교적인 영향을 깊게 받을 수밖에 없었으며, 제자들과 그 추종자들 역시 유대인이었기에 그 한계(限界)를 완전히 벗어날 수가 없었다.

그리하여 결과적으로 예수의 인본주의 자기구원의 위대한 사상은 흔적도 없이 사라지게 되고, 성령 잉태설과 독생자설이라는 종교적 신비주의(神秘主義)와 명백한 미신(迷信)만이 예수의 가르침인 것처럼 주도세력(主導勢力)으로 남게 되었다.

구약은 외부(外部)로부터 예수의 고귀한 사상과 정신을 짓밟아갔고, 성령 잉태설과 독생자설은 신약 내부(內部)로부터 예수의 이상(理想)과 투쟁(鬪爭)을 무너뜨렸다.

예수 그리스도를 죽인 생각이,
예수 그리스도의 가르침인 것처럼,
행세하게 되었다.

예수를 추종한다는 사람들이, 예수를 가장 위한다면서,
예수의 죽음도 헛되이 만들며,
예수를 가장 비참하게 배신하였다.

성령 잉태설과 독생자설은,
신앙의 신비도 대들보도 아니며,
오직 예수 사상에 대한 장애물이며, 눈물단지다.

성령 잉태설과 독생자설이야말로,
예수 몸속에서 자라난 독버섯이며 암 덩어리다.
이 암 덩어리가 커지면 예수는 죽게 되었다.

이런 신화(神話)들이 의미하는 것이 종교의 신비화에서만 끝나는 것이라면 하등의 문제도 될 것이 없다.

그러나 성령 잉태설과 독생자설은 여호와와 함께 예수마저 신성 절대 불가침하고 감정적(感情的)인 존재로 만들어, 이들을 대리(代理)한다는 제왕적(帝王的) 성직자의 출현(出現)을 정당화(正當化) 시켰고, 이들 성직자들이 신자(信者)들 위에 군림하며 미신과 혹세무민으로 세상을 혼탁 시킬 수 있는 좋은 조건과 여건을 만들어 주었다.

여기에 더하여 예수의 성령 잉태설이나 독생자설은 구약의 선악과(善惡果) 설화와 함께 하느님의 성령으로 잉태한 예수를 제외한 모든 인간들은 완전(完全)해질 수 없다는 숙명론적 암시를 함으로서, 예수의 인본주의 자기구원사상을 좌절시킨다. 뿐만 아니라 인간의 도덕적 완성에 대한 자신감과 노력 역시 좌절시킴으로, 인간을 위선(僞善)에 빠지게 하며 자기변명을 할 훌륭한 구실을 제공하였다.

완전을 추구하지 못하는 종교는 절대로 완성에 나갈 수 없다. 완전을 목표로 해도 될까 말까인데, 처음부터 포기하고 좌절하면 처음부터 패배자이다.

예수는 또 한 번 이단이 되고 파문되었다 — 기독교의 공인과 예수의 죽음

원래 구약은 절대 신성불가침한 신의 권위(權威)에 의지할 수 있는, 소위 신(神)의 대리자(代理者)들이라는 종교 지도자와 통치자에게는 더할 수 없이 편리하고 유리(有利)한 이론체제를 가지고 있는 것이다.

성령 잉태설 역시 오직 예수만이 창조주 하느님의 아들로서 신성절대 불가침한 하느님의 가족을 이루며, 그들이 하느님과 예수를 내세워 통치하고 지배하는데 아주 적절한 이론체제를 완성하도록 기여하는 좋은 장치가 되었다.

구약의 창조론은 피조물인 인간은 절대로 신과 신성(神性)을 같이 할 수 없는 것이며, 피조물로서 신에 예속되고 절대 복종할 수밖에 없는 것이다. 신정일체(神政一體) 시대에는 신의 대리자(代理者)는 모세와 같은 제사장이 홀로 되었다. 후세에 이르러 신정이 분리되면서 종교 지도자와 통치자가 이 권한을 분배하였다. 이들은 신의 대리자로서 신과 같은 절대적 권위와 권세로서 자기 백성들에 대한 절대적 지배(支配)와 굴종(屈從)을 강요하였다. 또한 외부적으로는 자기만을 믿을 것을 강요하는 질투 많고 복수심 강한 절대적 유일신을 내세워, 공격적(攻擊的) 침략과 배타성(排他性) 그리고 독선(獨善)을 일삼게 되어 자기들의 침략적 야욕과 탐욕을 함께 채울 수 있었다.

이에 비하여 성령(聖靈)을 통한 예수와 하느님과의 동등성(同等性)을 인정하는 영지주의(靈智主義)는, 당연히 더 나아가 성령을 통한 예수와 만민(萬民)과 하느님과 동등이라는 만민 평등사상(平等思想)이 되어야 하며, 이는 종교 지도자들과 통치자에게는 너무나 인기가 없고 매력이 없었다.

예수의 영지주의는 종교 지도자와 통치자들도 만민(萬民)과 평등(平等)일 수밖에 없는 것이다.

어떤 특별한 권위도 권세도 있을 수 없는 민주주의가 되어야 했으며, 예수의 만민 평등사상은 신(神)의 권위를 빙자한 어떠한 백성에 대한 혹세무민(惑世誣民)도 절대적 복종(服從)의 강요도 있을 수 없게 하였다.

로마에 의해 공인된 서기 313년 당시에 이미 로마 인구의 절반 이상을 차지하고 황제에 의해 비호(庇護) 받는 거대한 종교가 된 기독교는, 더 이상 예수의 순수성(純粹性)과 정확성(正確性)을 지킬 수 없게 되었으

며, 막강해진 성직자들과 황제를 위한 혹세무민의 구약과 성령 잉태설의
종교가 되었고, 또 되어야만 하였다.

이제는 예수의 영지주의는 이들의 혹세무민에 오직 방해가 될 뿐이었
으며, 더 이상 예수의 영지주의는 용납될 여지가 없게 되었다. 예수의 영
지주의는 억지로 채택된 구약과 구약의 비위를 맞춘 성령 잉태설에 의
해서 완전히 패배(敗北)당하고 추방(追放)되어서 그 자리를 내어주게 되
었다.

모세 시대에는 구약의 여호와만이 하느님으로서 혹세무민의 배경(背
景)이 되어 주었으나, 이때에 와서는 여호와뿐만 아니라 하느님의 성령
으로 잉태되었다는 예수까지가 이들의 혹세무민의 배경이 되어주고 있
었다.

과거 예수 시대에 인간이 신이 될 수 있다고 말함으로서 예수가 구약
의 정신에 의해 신성 모독으로 죽임을 당해야 했던 것처럼. 이번에는 말
은 예수교임이 분명한데도, 영지주의의 예수는 또다시 구약과 성령 잉태
설에 의해 이단(異端)이 되고 파문(破門)되어야 했으며, 국가 권력에 의
한 박해까지를 받아 말살(抹殺)되어야 할 운명에 처하게 됐다.

말은 예수교인데도 불구하고 예수가 주인(主人)이 아니었으며, 구약
의 모세가 주인이 되었다. 예수의 진정한 뜻인 영지주의는 이단이 되고
파문되었고, 구약의 질투와 복수의 신에게 인간은 다시 종이 되었다.

예수가 너희는 종이 아니라 나의 친구가 되라고 그렇게 소원했건만,

소위 예수를 믿는다는 사람들이 인간이 신이 되는 것이라는 예수의 영
지주의를 파문(破門)하고 이단(異端)이라고 규정지었다.

사도 요한도 바울도 모두 같은 운명이 되었다.

예수는 모세의 포로(捕虜)가 되었고, 모세의 종교에 손님만 끌어주는

간판 노릇만 하게 되었다.

예수의 사랑은 질투와 복수의 신을 위한 꽃 장식에 불과하게 되었다.

이것은 절대로 예수의 종교가 아니다.

이것은 예수가 악마(惡魔)라고 부른 모세의 종교다.

구약과 성령 잉태설이 예수의 원시 기독교를 파멸시켰다.

자기가 믿는 종교에 대해 신비화 시켜 보려고,

처음에는 자기도 믿지 않고 재밋거리로 신화(神話)를 흘려보냈다.

입에서 입으로 전해지면서 신화는 더욱 생명력을 가지게 되고,

드디어 집단최면(集團催眠)의 괴력(怪力)을 발휘하기 시작하였다.

하느님의 진정한 진리는 사랑이건만,

귀중한 보배는 거들떠보지도 않고,

성령 잉태설이라는 지엽적인 이야깃거리만이 가장 중요한 것으로 착
각하고는,

부스러기만을 부둥켜안고 기를 쓰고 꼬치꼬치 따지려 한다.

이야깃거리에 차이가 나면 인정사정도 없이 이단이라고,

새빨간 피가 나올 때까지 몰아세운다.

하느님이 가장 싫어하실 일을 골라 하고는,

하느님을 위한 순교자인 것처럼 자랑을 한다.

시뻘건 불꽃으로 이단을 처단하는
종교재판이 부활될 수 있다면 더욱 좋겠지.

사랑하고 용서하는 마음은 씨를 말리고,
네 파 내 파를 엄격히 갈라 미움의 성벽을 쌓아올린다.

옛날이라고 다를 수가 있을 것인가,
사랑이어야 할 하느님을 미끼로 삼아 살인을 한다.

예수 그리스도를 신성 모독의 이단자라고 단호하게 규정지어,
외국 군대의 손에 넘겨주어서 죽음의 신에게 선물을 한다.

모두가 조그마한 의심도 없이 예수 그리스도를
분명한 하느님에 대한 배신자로 확신하였다.

종교적 열정에 감격하여 몸을 떨면서,
십자가의 고난을 음침한 쾌감으로 지켜보았다.

이단논쟁을 즐기는 자들에 의해,
예수 그리스도는 죽음의 잔을 마셔야 했다.

오늘날의 이단논쟁을 즐기는 자야말로,
예수님이 다시 온다면 바로 예수님의 이름으로,

예수 그리스도의 가슴에 못을 박겠지.

그리고 하느님에게 이단을 처단했다고 자랑하겠지.

뛰어난 선생에 못난 추종자여!
호랑이를 고양이로 만들었구나.

봉황의 높은 뜻을 참새여!
그대 어찌 알 수 있으랴.

하느님의 모습을 그리스도만이 볼 수 있었네.
눈 뜬 장님들이 어찌 하느님을 볼 수 있으랴.

예수 그리스도를 사모(思慕)하여 높이려 한 것이,
그 진정한 방법을 알지 못하고 신비화시켜,

예수 그리스도의 인본주의 자기구원의 참뜻을 왜곡시키고,
미신스럽고 초라하게 만들었구나.

예수는 본의 아니게 성령 잉태설이라는 웃음거리가 되고,
독생자라는 교만과 독단에 빠지게 됐다.

하늘을 나는 용(龍)이시여 홀로 높으시어,
인간의 눈에 띄지 마소서.

그대의 생명으로 빛나는 몸이
뱀으로 되는 수모(受侮)를 받지 마소서.

그리스도께서 손수 가르치신 제자들도
하느님을 제대로 알기가 어려웠거늘,

어리석은 대중들이 예수님을 십자가에
단죄(斷罪)함을 어찌 피할 수 있었겠는가.

안타깝도다. 선각자(先覺者)의 외로움이여,
살이 찢어지고 피가 흐르는 아픔이시여.

십자가의 고난보다도 더욱 쓰라린 것은
그리스도의 깊은 가르침을 알지 못함이었다.

친히 오래도록 가르쳤거늘 제자 필립(빌립)은
'주여 우리에게 하느님을 보여 주소서'라고 말했네(요한 14:8 참조).

내가 너희들과 오래도록 같이 있었거늘,
아직도 하느님을 알지 못하느냐(요한 14:9 참조).

나를 본 사람은 하느님을 본 것이라는 말씀을
물질(物質)과 육체(肉體)에 가로막혀 알아들을 수가 없는 것인가(요한
14:9 참조).

'내가 하느님 안에 있고, 하느님이 내 안에 있음을
믿지 못하겠느냐' 이것이 그리스도의 답답함이다.

하느님은 그리스도의 가슴 속에 살고 계시다는,
간단한 말을 어째서 알 수 없는 것인가(요한 14:10 참조).

하느님의 왕국은 너의 가슴 속에 있다는,
분명한 말씀을 듣지 못하겠는가(누가 17:21 참조).

나는 길이요, 진리요, 생명이요, 빛이라고 말씀하신 참뜻을
아직도 알지 못하겠는가(요한 8:12, 14:6 참조).

하느님은 말씀이요, 정신(Spirit)이라고 뚜렷이 써 있는 뜻을,
선입관(先入觀) 때문에 알지 못하겠는가(요한 1:1, 4:24, 고린도 후서
3:17 참조).

사랑의 계명을 실천할 때에, 그리스도의 종이 아니라,
친구가 됨을 믿지 못하겠는가(요한 15:10∼15:15 참조).

그리스도는 '내가 하느님으로부터 들은 모든 것을,
너희에게 알게 하였으므로 이제 너희는 친구'라고 말씀하셨다(요한
15:15 참조).

이제는 정말로 구약을 떼어버려야 하고,
신약의 해로운 미신도 모두 없애야 한다.
더 이상 미신과 신비성에만 매달려서는 안 된다.

구약에 의해 모세의 종이 되었다.

예수는 종을 원하지 않는다.

예수가 진정 원하는 것은 예수의 종이 아니라, 예수의 친구다.

구약이 힘을 얻으면 얻을수록 진정한 신약의 힘은 약해지고 빛이 바

랬다.

성령 잉태설과 독생자설이 힘을 얻으면 얻어갈수록,

절대 신성불가침한 구약의 질투와 복수의

감정적(感情的) 유일신은 더욱 맹위를 떨치게 되고,

인본주의 자기구원사상을 주창(主唱)하신

예수의 사랑이란 이성적(理性的) 유일신은 힘을 잃었다.

구약이 신약을 꺾고 승리했을 때,

모세는 예수에게 다시 한 번 승리하였고,

모세는 십계명으로 예수를 다시 십자가에 매달 수 있게 되었다.

예수의 영지주의가 이단(異端)이 되고 파문되었을 때,

예수 그리스도는 또다시 이단이 되고 파문되었다.

소위 자기를 믿는다는 사람들에 의해.

그리고 그 상태가 그대로 오늘날까지 계속되고 있다.

오! 하느님 모세에게 포로가 된

불쌍하신 예수님을 구원하시옵소서.

❦ 로마 교황권의 대두 ― 암흑시대의 도래

구약은 창조주 여호와에게 절대적인 복종을 요구하며, 이러한 복종은 신의 대리자인 왕이나 성직자에 대한 절대적 복종으로 전환되었고, 기독교가 로마에서 공인될 당시에는 그야말로 명실상부한 절대 권력자인 로마 황제에 대한 절대적 복종을 의미하였다.

그러나 강력했던 로마 제국도 기독교가 공인되고 불과 82년 후인 서기 395년에 동서로 갈라지게 되었다.

서로마 제국은 그로부터 또 81년만인 서기 476년에 멸망하게 되면서, 구약을 이용한 로마 황제들의 이러한 권세와 영화도 4세기와 5세기에 걸친 160여년 만에 끝이 나게 되었다. 그 자리를 대신하여 로마교황이 그 권세와 영화를 누리게 되었다.

실질적인 최초의 로마교황이라고 할 레오1세(440~461)는 게르만족이서 로마 제국을 침범하여 곧 망하게 될 위기에 처했을 때, 이러한 혼란기를 이용하여 스스로 모든 주교의 대주교(大主敎)가 되었다고 주장하며 그의 권세를 크게 확대하였다. 그는 다급하였던 당시의 황제로부터 승인을 받아내었다.

이후 얼마 안 가서 서 로마 제국은 게르만 민족의 대 이동으로 멸망하게 되고, 서 로마 제국이 멸망한 자리에 로마교황이 황제를 대신하여 자리 잡게 되었다. 이 로마교황은 종교 지도자의 위치와 로마 황제의 공백이 가져오는 정치적 위치까지를 모두 차지하고, 서기 1517년 종교 개혁이 일어날 때까지 1000년이 넘도록 자기에 대한 절대적인 복종을 강요하면서, 서구 세계를 지배하게 되며 이 기간을 중세 암흑시대(暗黑時代)

라 부르게 된다.

　처음에는 구약과 조화를 이루고 합리화시키며 자기들이 추종해 마지 않는 예수를 존경하고 높이는 뜻에서 희랍 신화적 전설로서 일부에 의해 슬그머니 시작한 성령 잉태설이었지만, 기독교단이 점점 더 힘 있는 기성교단(既成敎團)이 되어가면서 기독교단의 성격도 점점 더 구약화(舊約化) 되고, 예수 그리스도를 신성불가침한 절대적 존재로 신비화(神秘化)시키는 경향도 더욱 더 강해지게 되었다.,

　드디어 교회의 힘이 절정에 이르게 되는 중세 암흑시대에 이르러서는 교회의 강력한 영향에 의하여 더욱 강력하게 예수의 신비화 작업이 가속화(加速化)되게 되었다.

　중세 암흑시대의 교회는 신성불가침한 인격적 절대자인 하느님 그리고 그 독생자 예수 그리스도라는 폐쇄된 하느님의 가족적(家族的) 구성을 마련하고, 그 신비함과 신성함을 최고도로 높임으로써, 이들의 현세(現世) 대리자인 교황과 교회의 권위까지를 한 없이 높일 수 있게 되었다. 교회의 권위를 높이는 데에는 더할 수 없이 편리하고 필요한 방법이었던 것이다.

　하느님과 예수님이 원하는 바라는 성직자들의 말 한마디에 아무도 감히 저항할 수가 없었고, 저항하고 반항하였을 때에 가해지는 구약의 저주와 보복은 너무나 두렵고 무서웠으며, 심지어 믿는 방법이 조금만 달라도 당장이라도 목숨을 내놓아야 했다.

　중세 암흑시대 교회의 이러한 노력들에 의해 하느님과 예수는 말할 수 없이 신비화되고, 질투와 복수도 서슴지 않는 절대 신성불가침한 감정적(感情的) 인격을 가진 신이 되어서 더 할 수 없이 독선적이며 배타적인 존재가 되었다.

하느님과 예수는 대내적으로는 민중을 탄압하고 착취하는 혹세무민의 도구가 되었으며, 대외적으로는 다른 민족과 나라를 배척하고 미워하며 침략하는 집단이기주의의 좋은 방패가 되었다.

이러한 교회에 의한 신비화 작업은 예수 그리스도를 더할 수 없이 절대적으로 신성불가침하게 받들게 되자, 나아가 성모(聖母)에 대한 신비화 작업에까지 이르게 되었다. 중세시대에 적게 잡으면 수백 년으로부터 길게 잡으면 천 년에 이를 오랫동안에 걸친 강렬한 신비화 작업이 이루어져, 확고부동한 사상으로 굳어졌다. 오늘날까지 인본주의 자기구원사상이 아닌 구약적(舊約的) 절대적 신관(神觀)이, 오히려 그리스도의 진실인 것처럼 왜곡되어 흔들릴 수 없는 확고한 위치를 차지하게 되었다.

기독교가 공인되어 황제의 호의(好意) 속에 국가 공권력의 힘까지 동원할 수 있게 된 기독교는, 마치 네로 황제가 원시 기독교도들을 박해했던 것처럼 이번에는 예수의 이름으로 예수의 근본사상인 영지주의를 파문하고 이단으로 규정지었으며 국가의 행정 능력까지를 총동원하여 철저하게 탄압하고 말살할 수가 있게 되었다.

그래도 서기 313년 기독교가 공인될 때까지는 그나마 간신히 명맥을 유지해 왔던 예수의 영지주의는, 구약의 권위가 확고부동해지고 예수의 신성화(神聖化)와 신비화(神秘化)가 극에 달하게 된 교황시대에 와서는, 이미 완전히 말살되어 더 이상 말하는 사람도 없게 되었다.

죽음도 불사하고 성령(Spirit: 정신)과 말씀과 진리가 하느님이라고 가르치신 예수의 영지주의(靈智主義)와 성령과 말씀과 진리로 사람도 하느님과 하나가 된다는 인본주의(人本主義) 자기구원사상은 이제는 흔적도 찾기가 어렵게 되었다. 그 대신에 구약적인 신의 권위를 빙자한 미신에 뒤덮인 혹세무민만이, 종교지도자와 통치자들의 민중에 대한 절대 복종의 강요와 다른 민족과 종교에 대한 침략 근성으로 남게 되었다.

이러한 혹세무민은 후일에 교황무오설(教皇無誤說), 성서금지(聖書禁止), 종교 재판, 성직매매, 면죄부 판매가 되었고, 왕권신수설(王權神授說)과 왕권(王權) 절대신성불가침설로 발전되었으며, 다른 민족과 외국에 대한 침략과 살육 그리고 십자군전쟁의 뿌리가 되었고 나아가 식민지 침략과 약탈 그리고 세계대전이 되었다.

뿐만 아니라 구약 적 기독교의 배타성과 독선 그리고 공격적 침략성은 기독교 내부에서도 어쩔 수 없이 핵분열(核分裂)을 일으켜 수없는 교파의 분열과 대립을 가져왔으며, 기독교 교파 사이에서는 믿는 방법이 조금만 달라도 신을 잘못 믿는 것이라고 서로 죽여야 된다고 무수한 종교전쟁의 살육을 치러야 했다.

사랑과 관용 대신에 미움과 배척이 하느님과 예수의 진리가 되었다. 감정적(感情的) 인격을 가진 절대 신성불가침한 신이라는 구약 적 생각이 신의 모습과 모시는 방법 등에 대한 조그마한 차이도 서로 용납할 수 없게 만들었다.

다른 종교에 대한 증오와 대립은 말할 것도 없고, 같은 종교 내에서도 교파와 교파 그리고 교단과 교단이 수없이 분열되게 만들었으며, 미움과 투쟁은 피할 수 없는 결과가 되었다.

이래서 면 옛날로부터 지금까지도,
종교가 있는 곳에 미움과 전쟁이 있고,
종교가 있는 곳에 사랑이 없게 되었다.

예수의 사랑 대신에,
구약의 여호와 신의 질투와 복수가 세계를 불타게 하고,

피와 복수로 소용돌이치게 하였다.

세계는 모세의 종교가 된 기독교에게 저주받았고,
십자가가 나타나는 곳에 전쟁과 눈물이 있어야 하며,
온 세계 사람들은 기독교를 저주하게 되었다.

십자가는 온 세계 사람들의 증오와 공포의 대상이 되었으며,
서구의 역사는 모세의 종교가 된 기독교로부터 해방되려고,
몸부림 친 역사가 되었다.

❧ 빼앗긴 혁명, 미완성의 혁명, 실패한 혁명 — 중세의 본격적인 왜곡의 과정

진정한 최초의 교황이라고 불리기도 했으며, 매우 선한 사람이고, 정의를 위하여 일하며, 가난한 사람들에게 한없는 자선을 베풀고, 교황이라는 이름으로 불리기를 원치 않았던, 그야말로 교황다운 교황이라 할 그레고리 1세(590~604) 같은 훌륭한 교황이 없었던 것은 아니다.

그러나 서기 754년 스테반 2세(752~757) 때에 교황들은 로마를 수도로 하고 이탈리아 대부분을 차지하는 교황 국가의 정치적 통치자가 되었으며, 세상의 왕까지를 겸하게 되자 교황들은 더욱 교만해지고 탐욕스럽게 되었다.

교황의 이러한 현세적 직할 영토는 이탈리아 통일의 아버지 빅토 임마누엘에게 병합되는 1870년까지 1,100년도 더 넘게 지속되면서 교황 국

가의 영토, 재산, 세력을 확장시키려고 노력하는 발판이 되어주었다.

세상의 왕까지 겸하게 된 교황은 니콜라 1세(858~867) 때부터 최초로 왕관을 쓰기 시작하였으며, 그레고리 7세(1073~85)가 시작되기 전까지 200년간을 역사가들은 중세 암흑시대의 자정(子正)이라고 부른다.

부정, 부패, 부도덕, 유혈(流血)은 교회사 전체에서 가장 어두운 시기였으며 특히 서기 904년부터 963년까지 60년간 12명의 교황시대를 "음녀통치(淫女統治)" 시대라 부른다.

셀기무스 3세(904~911)의 첩과 그 첩의 어머니와 자매들이 그들의 간부(姦夫)들로 교황이 되게 하였으며, 이 교황인 간부들과 그들의 사생아들이 대를 이어 손자까지 교황이 되었다.

바로 뒤를 이어 등장한 레오 8세(963~965)부터 그레고리 6세(1045~46)까지 84년 동안 17명의 교황 시대에는 교권의 타락은 극에 달하고 성직 매매가 공공연히 이루어졌다. 여러 교황이 교황의 지위를 돈을 주고 샀으며, 이 중 어떤 교황은 전임자를 죽이고 그 돈을 훔쳐 교황의 자리를 샀다. 또 어떤 교황은 하룻밤 사이에 모든 성직을 한꺼번에 사버려 교황이 되기도 하고, 어떤 교황은 12살에 돈으로 교황권을 샀다. 교황이 될 사람들은 교황이 되려고 서로 죽이고 암살하였으며 로마는 암살자로 들끓게 되었다.

이 시대의 로마 성직자들 중에서는 성직매매와 간음을 범하지 않은 사람이 없었다고 할 정도로 악평을 받게 되었으며, 그들의 교회는 많은 재산을 가지고 있었고 수입도 아주 좋았다.

그레고리 7세(1073~85)는 자기를 '왕과 제후의 통치자'라고 부르면서 교황권의 절대성을 열렬히 주장하였으며, 교황권을 크게 확대시켰으며, 보헤미안들에게 성서(聖書)를 읽지 말라고 명령하였다.

이때로부터 서기 1294년까지를 교황권의 황금시대라 부르며 이 교황의 황금시대에 벌어지게 된 것이 바로 다름 아닌 200년에 걸친 회교도에 대한 십자군 전쟁이었다.

이 십자군 전쟁은 우르바누스 2세(1088~99)에 의해서 1095년에 시작되었으며 한 번에 적어도 3년 이상씩 걸리는 대 원정을 13세기말까지 200년 동안 자그마치 여덟 번이나 감행한 대 전쟁이었다.

성지(聖地) 수복을 선언한 당시 교황 우르바누스 2세는 이를 성전(聖戰)이라 명명하고 전쟁에 나서는 병사들에게 신의 구원을 약속하였으며, 마침내 1099년 예루살렘에 입성한 십자군들은 열광적인 신앙과 이교도(異敎徒)에 대한 증오심으로, 여자와 아이들까지 무차별하게 학살하는 무참한 대 유혈극을 연출하였다. 이때로부터 기독교와 회교도 간의 증오와 반목의 역사가 결정적으로 시작되었다.

교황의 황금시대가 열리면서 이교도에 대한 십자군 전쟁이 시작되었다. 교황의 권세와 영광이 더욱 증진되고 교황의 황금시대가 계속되면서 십자군 전쟁도 계속 조직되고 실행되었다. 교황의 황금시대가 서서히 막을 내리게 되면서 십자군 전쟁도 막을 내리게 되었다.

교황권의 황금시대 중에서도 절정기의 교황이 인노센트 3세(1198~1216)이며 이때가 바로 모든 악(惡)도 절정기였다. 그는 모든 교황 중에서 가장 세력 있던 사람이었으며 '그리스도의 대리자(代理者)', '하느님의 대리자', '교회(敎會)와 세계(世界)의 최고 지도자'라고 주장했다. 왕과 군주를 해임할 수 있는 권리를 요구하고 "세상이나, 하늘이나, 지옥에 있는 모든 것은 그리스도의 대리자에게 속해 있다"고 주장했다. 그는 교회를 국가의 최고 통치자로 만들었으며, 독일, 프랑스, 영국의 왕들과 영주들 그리고 실제로는 유럽의 모든 군주들이 그의 뜻에 복종했고, 비잔틴 황제까지도 지배하였으며, 역사상 그보다 더 세력(勢力) 있던 사람이 없었다.

그는 십자군 원정을 두 번이나 명령했고 교황은 절대로 잘못될 수 없다는 소위 교황무오설을 선언했다. 영국의 대헌장을 비난하고 성서(聖書)를 라틴어가 아닌 자기 나라말로 읽는 것을 금지시켰다. 이단(異端)의 근절을 명령하고 이단을 심리하는 종교재판소를 설치할 것을 명령하였다.

서기 1208년 종교 개혁의 선구자의 일파였던 남프랑스와 북부 이탈리아 그리고 북부 스페인의 알비파를 대(大) 학살(虐殺)할 것을 명령하고, 마을마다 군대를 보내 주민들을 남녀노소 구별 없이 모두 학살시킨 것도 인노센트 3세였다. 이것도 모자라 그 후 1229년에 종교재판이 이 지역에 설립되어 그나마 나머지 알비파도 모조리 전멸되고 말았다.

16세기와 17세기에 교황이 종교개혁을 분쇄하려고 학살한 것을 제외하면 그와 그의 후계자 때에 교회사상 가장 많은 피를 흘렸다. 어떤 사람들은 그를 어린양의 이름을 쓰고 다시 살아난 야수(野獸) 네로라고 불렀다.

인노센트 3세가 설립하고 '거룩한 사무소'(Holy Office)라고 불리운 종교재판소는 그 다음 다음 교황 그레고리 9세(1227~41) 때 완성되고, 그 다음 교황 인노센트 4세(1241~54) 때 혐의를 받은 이단자가 고백하도록 고문(拷問)할 것을 정식으로 허락했다.

모든 사람들은 이단자에 대한 정보를 제공하기 위하여 소환됐으며, 혐의를 받은 사람은 누구나 고문을 당했고, 고발자가 누군지도 몰랐다. 소송절차는 비밀이었고 재판장이 선고하면 피고인은 관헌에게 인도되어 종신징역이나 화형(火刑) 되었다. 피해자의 재산은 몰수하여 교회와 국가가 분배(分配)하였다.

종교재판관이나 이단자를 화형(火刑) 시키는 데 필요한 나뭇단을 가져오는 사람들에게는 면죄부가 주어졌고, 대중 광장에서 종교적 축제행사(祝祭行事)로 이단자에 대한 화형이 집행되었다.

종교재판은 알비파에게 가장 심한 피해를 주었으며, 역시 종교 개혁의 선구자였던 보헤미아의 요한 후수(Huss 1369~1415)도 화형 당했으며, 그의 무리와 대부분의 보헤미아 사람들은 교황이 명령한 박멸운동 때문에 거의 전멸되었다.

이태리 프로렌스에서 교황의 죄악을 폭로하던 사보나롤라(Savonarola 1452~98) 역시 추기경을 시켜 주겠다고 회유하는 교황의 유혹도 뿌리치고 프로렌스 대 광장에서 화형을 받았으며, 이것은 루터의 종교개혁이 시작되기 바로 19년 전의 일이었다.

종교개혁이 발발하자 교황은 루터를 파문하고 이단으로 처형할 것임을 선언하였다.

1517년 종교개혁이 일어나자 종교재판의 주요 임무는 종교개혁을 분쇄하는 것이 되었다. 교황은 종교개혁을 탄압하고 분쇄하기 위하여 종교재판과 전쟁까지 가능한 모든 수단을 동원하였다.

서기 1540년부터 1570년까지 30년 동안 교황이 남부 불란서와 북부 이태리에 있던 발도파를 전멸시키려고 90만 명의 신교도들을 종교재판으로 사형(死刑)시켰다.

네덜란드에서는 서기 1522년 종교개혁을 분쇄하기 위하여 종교재판이 설치되고, 종교재판의 무더기 선고에 의해 찰스 5세 왕과 필립 2세 왕 때에 말할 수 없는 여러 가지 잔인한 방법으로 10만 명 이상이 학살되었다.

화형(火刑)도 모자라 고문으로 죽이고, 작은 관에 억지로 넣어 죽이고, 집행관들이 밟아 죽였다. 견디다 못한 신교도들의 봉기로 후에는 종교전쟁으로 발전되어 1609년에야 겨우 네덜란드는 스페인으로부터 프로테스탄트 국가로 독립할 수 있었다.

스페인에서는 1481년부터 이미 교황 식스터스 4세의 승인으로 종교 재판이 시작되었으며, 지독한 스페인의 종교재판 때문에 종교개혁은 발을 붙일 수 없었다.

스페인에서는 1481년부터 1808년까지 적어도 10만 명이 종교재판으로 순교 당했고 150만 명이 추방되었다.

거룩한 옷을 입은 수도자와 신부들이 무자비하고 몰인정한 잔인성을 가지고 '그리스도의 이름'이나 '그리스도의 대행자(代行者)'라는 자격으로, 생각이 다르고 믿음의 형태를 달리한다는 이유만으로 수많은 남자와 여자를 비밀재판으로 고문하고 화형 시켰다.

종교의 궁극적 목표는 인간이 선(善)하게 되는 방법을 찾고자 하는 것일진대 종교를 악용하여 사람을 죽인 종교재판은 인류역사상 가장 악랄하고 악마적(惡魔的)인 행위였다.

이것은 교황들이 권력을 유지하고 이권(利權)을 수호하기 위하여 고안해 내어 600년 동안 사용했던 제도이며 성직자들은 위선자(僞善者)의 두 얼굴을 가진 지킬 박사와 하이드였다.

신교도(新敎徒)들의 세력이 커져 종교재판으로 다스릴 수 없게 되면, 교황들은 기성교단의 막강한 힘과 조직을 이용하여 가톨릭 왕들을 동원한 공격적 전쟁으로 신교도들을 말살하려 하였다.

이렇게 해서 시작된 것이 소위 100년 전쟁이라는 100년 동안의 종교전쟁이다.

독일의 종교개혁 세력이 커지게 되자 이를 말살하기 위하여 1546년부터 1555년까지 10년 동안 전쟁을 했고, 네덜란드의 신교도를 말살하기 위하여 1522년 종교재판을 개설하고 10만 명을 종교재판으로 일방적으로 처형하였고 그 후 전쟁으로 발전하여 1566~1609년 사이에 네덜란드 프로테스탄트들과 전쟁을 하였다.

불란서에서는 이미 알비파와 발도파가 교황에 의해서 절멸된 바 있으며, 1572년 8월 24일 루터파 신교도인 유그노교도 7만 명이 하룻밤 사이에 가톨릭 군대에 의해서 몰살당했다. 교황은 대학살을 기념하여 훈장을 만들고 추기경을 파리로 보내 왕과 왕후에게 그의 치하를 전하게 했다. 학살당한 유그노들은 무장하여 대항하기 시작하였고, 이렇게 시작된 것이 1572년부터 1598년까지 진행된 유그노 전쟁이다. 1598년 드디어 낭트칙령으로 그들은 양심과 예배의 자유를 얻을 수 잇게 되었으며, 당시의 교황 클레멘트 8세는 낭트칙령을 '세상에서 가장 저주받을 일'이라고 선언했다.

1588년 스페인 무적함대와 영국함대와의 전쟁도 종교를 둘러싼 패권을 다투는 전쟁의 하나였다. 1618년부터 1648년까지 30년 동안 전 구라파를 뒤흔든 30년 종교전쟁 또한 보헤미아와 헝가리에서 가톨릭 황제 페르디난트 2세가 예수회의 도움을 받아 신교도들을 억압하고 추방하려고 하여 촉발된 전쟁이었다.

초기 전쟁에 승리한 가톨릭의 기세 앞에 위협을 느낀 전 구라파의 신교도들과 로마 카톨릭 세력이 양분되어 30년 동안 혈전을 거듭하였으며 100년 종교전쟁의 중요한 일부가 되었다.

종교재판과 종교전쟁으로 수백만을 죽여 네로보다도 더 야수적인 악마성(惡魔性)을 발휘하고 세상 누구보다도 잘못이 많은 교황들은 '거룩한 아버지'로, '하느님과 예수 그리스도의 대리자'로서 교황은 잘못이 있을 수 없다는 교황무오설을 계속 주장하였고, 최근세(最近世)인 1870년까지도 바티칸 종교회의에서 이러한 주장이 인정되었다.

이 세상 그 어떤 악마(惡魔)보다도 더 악마인 교황들은 교황무오설도 부족하여 교황권의 황금기 시대 교황 보니파스 8세(1294~1303)는 그의 유명한 교서(敎書)인 「우남 상크탐」(Unam Sanctam)에서, "모든 피조물은 구원받기 위하여 로마교황에게 복종할 필요가 있다"고 선언했으며, 그 뒤의 교황들에 의해서 수시로 되풀이해서 사용되었다.

그러나 이렇게 거창한 선언을 한 보니파스 8세 당시에 로마를 방문한 신곡(神曲)의 작가 단테는 바티칸을 '부패의 소굴'이라고 부르고, 그와 함께 그 당시의 다른 두 교황을 지옥 중에서도 맨 아래 칸에 두었다.

잘못이 없고 구원받기 위해서는 로마 교황에 복종해야 된다고 수시로 주장해온 교황들은 사실은 누구보다도 악마(惡魔)였으며 죄가 많았다.

교황들은 한없이 축재했으며, 무거운 세금을 부과하고, 사치하고 부도덕한 궁전을 지탱하기 위하여 성직을 팔고 팔기 위하여 새로운 성직을 만들어 냈다.

강간(强姦)과 간음은 흔한 일이었으며, 많은 교황들이 수많은 첩들과 사생아들이 있었다. 그들은 그들의 사생아들을 높은 성직에 임명하였고 심지어 교황의 자리까지 올려놓았다. 뿐만 아니라 어린 조카 8명을 추기경으로 만든 교황도 있었다.

요한 23세(1410~15)는 추기경으로 있으면서 무려 200명의 처녀, 수녀, 유부녀를 간음했으며 교황이 되어서도 이를 멈추지 않았다. 그는 교황의 직분을 샀고 추기경의 직분을 팔았다.

마르틴 루터가 종교개혁을 시작할 당시의 교황 레오 10세(1513~21)는 8세에 대주교, 13세에 추기경이 되었고, 추기경이 되기 이전에 많은 수입이 생기는 27개의 교회 직책을 맡았었다. 그는 교황의 자리를 샀고, 성직매매를 하였으며, 7세의 추기경을 임명하기도 했다. 그는 유럽에서 가장 화려하고 방종한 궁전을 가지고 있었으며, 그의 추기경들도 그와 못지않게 화려한 궁전과 방탕한 유흥으로 왕과 영주들과 경쟁하였다.

그러함에도 불구하고 이 주색에 빠지고 죄 많은 교황은 모든 사람들이 구원받기 위해서 로마 교황에게 복종해야 한다는 「우남 생크탐」을 다시 선언하고, 면죄부를 규정된 금액으로 발행하고, 이단자의 화형은 하느님의 약속이라고 선언했다.

죄 없는 사람이 아니라 죄가 많은, 교황만이 발행할 수 있는 특권이 있다고 주장된 면죄부는 일찍이 파스칼 1세(817~824)와 요한 8세(872~882) 때부터 시작되었으며 교황이 추구하는 목적을 위해 이용되었다. 이것은 십자군 전쟁이나 종교전쟁이나 교황이 처벌하고 싶은 왕과 싸우는 전쟁에 나가는 사람들에게 주어졌으며, 종교재판관이나 화형(火刑)의 나뭇단을 가져오는 사람에게도 주어졌으며, 그렇지 않으면 돈을 받고 팔았다.

'죄를 면할 수 있는 특권을 파는 것'은 교황의 수입에 주요한 근원이 되었고, 면죄부를 도매(都賣)하였고 다시 소매(小賣)하도록 하였다. 면죄부는 죽은 사람을 위해서도 사고, 팔았다.

교황의 죄악과 부도덕은 전 구라파의 교회 조직에서 그대로 답습되었다. 교황의 하부조직인 추기경들과 대주교, 주교들은 전 구라파의 크고 작은 영주가 되었고, 교황과 같은 성직매매와 간음을 저질렀으며, 수없는 첩과 사생아가 있었다.

그들은 그들의 사생아로 자기의 대를 잇게 하였다. 그들은 사치와 방종으로 백성들을 착취하였으며, 그들의 백성들을 장원에 예속된 농노로 만들었다. 견디다 못한 백성들은 보호받기 위하여 자기들의 딸과 누이들을 억지로라도 신부(神父)들의 첩으로 떠다 맡길 정도가 되었다.

로마 가톨릭의 영향이 미치는 전 구라파 여러 나라의 국토 1/3 내지 1/5이 교회 소유가 되었으며, 중세기 한동안 교황은 전 구라파 왕들의 수입 총량(總量)보다 훨씬 많은 재물을 거둬들였다.

　교회의 타락과 부패는 드디어 종교개혁을 가져왔고, 불란서 대혁명의 큰 요인 중의 하나가 되었다.

　교황권의 황금시대를 연 그레고리 7세(1073~85)는 보헤미안들에게 성서(聖書)를 읽지 말라고 명령하였다. 교황권의 황금시대 절정기의 교황 인노센트 3세(1198~1216)는 사람들이 자기나라 글로 성서를 읽는 것을 금지하고, 일반인이 알 수 없는 외국어이며 고대어인 라틴어로만 성경을 읽을 수 있게 했다. 이것은 성경을 읽는 것이 아니라 의미 없는 바람소리와 똑 같았다.

　종교재판을 완성시킨 그레고리 9세(1227~41)는 평신도(平信徒)들이 성서를 가지는 것을 금지하고 번역하는 것을 억압했다. 알비파와 발도파가 번역한 것을 불태워버리고, 이 번역판 성경을 가지고 있는 사람들은 종교재판으로 모두 화형에 처했다. 바울 4세(1555~59)는 종교재판의 허가 없이 번역 성서를 가지는 것을 금지하였으며, 감히 종교재판의 허가를 청하는 사람도 있을 수 없었다.

　1382년 성서를 영어로 번역한 위클립은 교황에 의해 파문되고 죽은 후에 화장되어 강에 뿌려졌으며, 1525년 역시 성서를 영어로 번역한 틴데일은 신부의 명령으로 1536년 10월 6일에 화형(火刑) 당했다.

　근세의 교황 클레멘트 11세(1700~21)도 평신도들이 성서를 읽지 말라는 교서를 발표했다. 최근세의 교황들인 레오 12세(1821~29), 비오 8세(1829~30), 그레고리 16세(1831~46), 비오 9세(1846~78)까지도 성서의 번역과 각 나라 말로 번역된 성서를 출판하는 사업을 하는 성서공회를 비난했다.

　카톨릭 국가에서는 성서를 알지 못했고, 교황권이 성장(成長)함에 따라 성서는 일반적으로 사용되지 않고, 그 대신 종교회의나 교황의 칙령

(勅令)과 교리(敎理)가 사용되었다.

교황의 교리라는 것은 "그리스도의 대리자(代理者)가 그리스도가 말씀하시는 것을 기록하였다"라고 주장되어지는 것이다.

예수의 진정한 말씀을 기록한 사도들의 성서를 교황들의 칙령과 교리들이 대신하였고, 원시 기독교의 단순하고 진심에서 우러나온 예배가 복잡하고 위엄있는 외형적인 의식(儀式)이 되어버렸다.

(본 절에서 이제까지 언급한 교황권의 비리와 부정의에 대한 내용들은 기독교문사 발행(1981.12.15: 12판) "최신 성서 핸드북"(할레이 저, 박양조 역)의 교회사 부분에서 발췌한 것이다.)

중세의 교황들은 혹세무민을 위하여 갖은 방법을 다 동원하였다. 종교재판으로 자기들에게 반대하는 견해를 가진 자들을 모조리 발본색원하였으며, 면죄부로 사람을 유혹하여 전쟁으로 내몰았다. 성직을 팔고 면죄부를 팔며, 십일조를 강요하고, 영지(領地)에서 과중한 세금을 매겨 돈을 긁어모았다.

드디어는 종교의 기초라 할 성서(聖書)까지 읽지 못하게 하였다.

구약의 살인극(殺人劇)을 알지 못하게 하고, 요한과 바울이 쓴 예수의 영지주의를 읽지 못하게 하여 성령 잉태설과 독생자설이 허구일 수밖에 없다는 것을 알지 못하게 했다.

예수가 구약을 배척하였으며 모세를 악마(惡魔)에 비유한 것도 알지 못하게 하고, 바울이 구약을 쓰레기라고 하고 악마의 문서이며 종의 빛 문서라고 한 것도 읽지 못하게 했다.

교황들은 일반인들이 성서를 읽는 것이 겁이 났다. 예수가 모세의 십계명에 의해서 신성 모독죄로 죽었으며, 예수는 우리 모두가 자기와 같이 사랑으로 하느님과 하나가 되어 자기의 친구가 되기를 간절히 바란다는 것도 읽는 것이 겁이 났다.

그 누구도 하느님과 예수 그리스도의 대리자(代理者)는 될 수 없다는 것을 아는 것이 겁이 났다. 신의 대리자에 대한 무조건 복종을 요구할 수도, 예수 그리스도를 빙자하여 외국을 침략할 수도, 종교재판이라는 범죄도 있을 수 없다는 것을 아는 것이 겁이 났다.

예수의 사상과 신약성경은 그들의 혹세무민에 방해가 될 뿐이라는 것을 그들은 너무나 잘 알았다.

그들이 정말로 믿는 것은 사랑의 예수가 아니라, 질투와 복수의 구약이며, 모세라는 것이 탄로 나는 것이 겁이 났다.

사랑이어야 할 하느님과 예수를 믿는다면서, 그것도 바로 하느님과 예수의 대리자들이라 자처하는 사람들에 의해서, 종교재판과 종교전쟁으로 수백 만이 학살되고 화형으로 불에 타 죽었다. 하느님과 예수의 대리자라는 자들은 하느님과 예수를 빙자하여 갖은 혹세무민으로 현세(現世)의 모든 부와 권세까지를 휘어잡고 갖은 타락과 부패를 일삼았다. 하느님과 예수는 이들의 착취와 침략의 방패가 되었다.

종교개혁으로 가톨릭 세력이 약화되자 이를 보충하려고 신개척지를 찾아 침략하였다. 남미, 아프리카 등으로 번져갔으며 이것이 식민지 지배가 되고 약탈이 되고 살인이 되었다.

이교도(異敎徒)들에 대한 약탈과 살인은 얼마든지 정당화되었다.

200년 동안 회교도들과 싸운 십자군 전쟁도 성전(聖戰)이었으며, 하느님과 그리스도의 대리자인 교황에게 거역하는 신교도(新敎徒)들을 죽이는 종교전쟁도 성스러운 십자군 전쟁이었다. 남미와 아프리카를 침략하여, 학살하고 약탈하며 노예로 잡아 팔아먹어도 이교도들을 말살하는 거록한 행위이며 신부(神父)가 앞서나가는 성스러운 십자군 전쟁이었다.

이 모든 죄악(罪惡)들이 하느님과 예수의 이름으로 십자가(十字架) 깃발 아래서 이루어졌다. 하느님과 예수는 너무도 원통하고 분했으며 하느님과 예수는 한없이 피눈물을 흘려야 했다.

폭군 네로 시대에는 순교당하는 자기의 어린양들을 위하여 피눈물을 흘려야 했으나, 이번에는 죽어가는 사람들뿐만 아니라 하느님과 예수의 이름을 팔며 사람을 죽이는 자들의 변질(變質)과 배신(背信) 때문에, 통한의 피눈물을 더욱 많이 흘려야 했다.

신이란 감정적(感情的) 유일신으로 질투와 복수를 함부로 남발하는 절대 신성불가침한 존재가 아니라 사랑이라는 속성(屬性)을 가진 진리이며 빛이며 성령(Spirit: 정신)이신 이성적(理性的) 유일신이며, 사랑과 진리와 성령(Spirit: 정신)으로 하느님을 알고 하느님과 하나가 된다는 예수 그리스도의 영지주의(靈智主義)와 인본주의 자기구원사상은, 예수가 십자가에 생명을 바쳐 싸운 보람도 없이 이단(異端)이 되고 파문(破門)이 되었다. 예수의 혁명은 구약의 모세에게 또 한 번 빼앗긴 혁명이 되었으며, 미완성의 혁명이 되었으며, 실패한 혁명이 되고 말았다.

종교재판에서 수많은 사람들이 이단으로 고문당하고 화형(火刑) 당했을 때 많은 예수가 함께 화형 당했으며, 종교전쟁에서 수많은 사람들이 학살될 때에 수많은 예수가 함께 학살당했다.

사람들은 성경을 읽다가 죽었으며, 성경을 가지고만 있어도 죽었다. 사랑이 하느님이라는 건방진 말을 한다고 죽었고, 하느님이 내 가슴 속에 있다고 해도 죽었다.

하느님의 성전은 내 가슴 속에 있으며, 하느님이나 그리스도의 대리자는 있을 수 없다는 말을 하여도 죽어야 했다.

피와 복수로 얼룩진 구약을 배척하여도 죽었고, 감정적 유일신의 신성

절대불가침을 믿는 구약과 체계를 맞추는 성령 잉태설에 의심을 품어도 신성모독이라고 죽어야 했다. 성령 잉태설이 터무니없는 혹세무민의 미신이라고 말하면 더욱 죽어야 했다.

예수가 다시 살아나 신약에서 하신 말씀을 다시 한다면, 신성모독으로 이번에도 반드시 죽어야 했다.

예수는 수없이 십자가에 매달려야 하고, 소위 열렬한 신자(信者)와 성직자란 사람들이 더욱 극성스럽게 믿는 구약과 성령 잉태설에 의해 더욱 힘차게 못이 박혀야 했다.

성직자들과 열렬한 신도들은 오랜 세월의 집단 최면에 더 할 수 없이 깊이 빠져들었고, 구약과 성령 잉태설이 가져다주는 혹세무민과 집단이기주의의 달콤한 유혹에서 헤어날 수가 없었다.

성령 잉태설이야말로 신앙의 신비(神秘)도 대들보도 아니며,

진정한 예수 신앙의 장애물인 애물단지이며,

식인종과 같은 미개인도 오히려 믿지 않을 미신단지며,

하느님과 예수의 눈물단지다.

성령 잉태설이야말로 혹세무민의 보물단지이고 대들보이다.

하느님과 예수 그리스도의 대리자들이라는 교황이 다스린 세상은 전쟁과, 살육과, 착취와, 부패 그리고 타락의 캄캄한 암흑시대가 되었고, 천년도 넘는 끈질긴 혹세무민과 최면(催眠)으로 세상은 마비되어 오늘날까지도 깨어나지 못하고 있다.

이야말로 예수가 비난해 마지않고 개혁하려던 모세를 믿는 유대 사회와 똑같이 돼버린 것이다. 예수께서는 모세를 믿는 유대인들을 "처음부터 살인자(殺人者)이고 진리 쪽에 서 본 일이 없으며 거짓말쟁이인 악마

(惡魔)의 자식들"이라고 규정하였다.(요한 8:38~47장 참조) 또한 예수께서 모세의 자리를 이어 율법을 가르치는 유대의 율법학자들과 바리새인들에게 신(神)을 내세우나 사랑이 없는 위선자(僞善者)라고 꾸짖고, 그들은 그들을 따르는 사람들을 악한 지옥(地獄)의 자식으로 만들고 하늘나라의 문을 걸어 잠가 자기뿐만 아니라 남들마저도 못 들어가게 하는 뱀 같은 독사(毒蛇)의 족속들이라고 규정한(마태 23장 참조) 그대로 된 것이다.

☙ 예수는 계속 피눈물을 흘리고 있다

종교개혁의 충격으로 로마 가톨릭도 살아남기 위하여 1545년부터 1563년까지 18년 동안 계속된 트렌트 종교회의로 종교개혁에 대응하는 자체 정화(自體淨化) 개혁을 시행하게 되었다.

이로서 공공연한 간음과 성직매매 그리고 면죄부 판매 등 몇 가지 도덕적 악습은 시정되었으나, 여전히 하느님과 예수 그리스도의 대리자라는 교만한 생각과 구약적 혹세무민은 근본적으로는 조금도 변함이 없었다.

교황권의 황금시대의 교황 그레고리 7세(1073~85)가 자기를 "왕과 제후의 통치자"라고 불렀으며, 인노센트 3세(1198~1216)는 자기를 "세계의 최고 통치자"라고 불러 교황들의 생각을 대변하였다. 이들 교황들의 생각은 움직일 수 없는 신념(信念)으로 굳어져 내려왔으며, 최근세의 교황인 비오 9세(1846~78)는 교회와 국가가 분리하는 것을 비난하고 가톨릭 신자들에게 국가의 통치자에게 보다 교회의 머리에게 복종하라고 명령하였다. 이러한 교황들의 생각은 현대인 20세기까지도 변함이 없으

며, 레오 13세(1878~1903)는 자기가 모든 통치자의 머리로 임명되었다
고 주장할 정도이다. 오늘날도 교황의 대관식에서는 "그대는 왕과 제후
의 아버지이며, 세계의 통치자이며, 그리스도의 대행자(代行者)이다"라
는 말과 함께 교황의 머리에 관이 쓰여지고 있다.

세상을 온통 암흑세계로 만들고 종교개혁을 초래하여 수백만의 인명
을 희생시키고서도 가톨릭은 근본적으로 변혁시키지 못했다.

종교개혁 후에도 교황무오설은 20세기까지도 계속 줄기차게 주장되
고 있으며, 성서의 번역과 출판도 계속 비난의 대상이 되었다.

종교의 자유와 관용에 대해서도 마찬가지로 20세기까지도 가톨릭이
소수인 국가에서만 종교의 자유와 관용을 주장할 뿐, 가톨릭이 힘이 있는
국가에서는 종교의 자유와 관용은 부정되고 비난의 대상이 될 뿐이다.

이미 종교전쟁 시대의 교황 클레멘트 8세(1592~1605)는 유그노 전쟁
후에 '모든 사람에게 양심의 자유를 주는' 불란서 왕의 낭트 칙령을 '세상
에서 가장 저주받을 일'이라고 선언했으며, 인노센트 10세(1644~55)와
그의 후계자들은 30년 종교전쟁을 마감하는 웨스트팔리아(Westphalia)
조약의 관용 조항을 비난하고, 반대하고, 부인했다.

이러한 전통은 계속되어 레오 12세(1821~29)는 모든 종교적 자유와
관용을 비난하고 "로마 가톨릭 교회에서 이탈하는 사람은 다른 죄가 없
어도 영생을 얻지 못 한다"고 강변(强辯)하였다.

비오 8세(1829~30) 역시 양심의 자유를 비난했다.

비오 9세(1846~78)는 양심의 자유, 예배의 자유, 언론의 자유, 출판의
자유를 비난하고, 이단(異端)을 무력(武力)으로 제압할 수 있는 권리가
있다고 주장하였으며, 신교는 "기독교의 형식이 아니다"라고 선언했다.

레오 13세(1878~1903)는 종교적 자유와 관용을 비난하는 비오 9세의
교서를 확인하고, 교황의 무오설을 강조하였으며, 프로테스탄트를 "그

리스도의 이름을 가진 적(敵)"이라고 하였다. 그러므로 신교도들이 협력하는 유일한 방법은 로마교황에게 완전히 굴복하는 것이라고 무조건 항복을 주장하였다.

비오 10세(1903~14) 역시 종교개혁의 지도자들을 '그리스도 십자가의 적'이라고 비난했으며, 비오 11세(1922~39)는 로마 가톨릭 교회만이 그리스도의 교회이며, 기독교 세계의 재결합은 로마에 복종하는 방법밖에 없다고 더욱 강경하게 선언했다.

이러한 주장들과 선언들을 떳떳하게 발표하는 근대와 현대의 교황들은 종교개혁을 말살하려고 종교재판과 종교전쟁으로 수백 만을 죽인 교황들이 다시 살아온 것과 같았다.

(본 절의 지금까지의 교회사 부분도 전기한 "최신 성서 핸드북"에서 발췌한 것이다.)

오만과 환상으로 이루어진 교황들의 독선과 배타성과 공격적 침략성은, 구약 적 혹세무민과 구약에 장단을 맞추는 성령 잉태설이 없어지지 않는 한, 근본적으로 변경될 수가 없는 것이다.

교황의 꿈은 아직도 깨지 않았으며 언제라도 힘이 회복되면, 휴화산(休火山)이 다시 폭발하는 것처럼 불타오르는 활화산(活火山)이 될 것이다.

국가 통치자보다는 교황의 명령에 따라야 한다는 누가 보아도 어처구니가 없는 교황의 명령도 구약 적 미신과 혹세무민으로는 얼마든지 있을 수 있는 일이며, 신도들과 성직자들도 이 명령을 따르지 않을 수 없는 것이다. 특히나 성직자들은 그 조직 내에서 소외받지 않고 살아남기 위해서는 더욱 심각하고 진지하게 따를 수밖에 없는 것이다.

더구나 구약 적 미신과 혹세무민은 중세시대 이래 천년도 넘는 오랜 세월 동안 집단최면과 세뇌(洗腦)로 단단히 다져져, 일말의 의심도 허용하지 않는 난공불락의 전통을 가진 요새가 되었다.

예수가 생명을 바쳐 이룩하려던 영지주의(靈智主義)와 인본주의 자기구원사상은 신성절대불가침을 굳게 믿는 질투와 복수의 구약의 감정적(感情的) 유일신에게 궤멸당하고, 예수의 사랑의 혁명은 아직까지도 계속해서 모세에게 빼앗긴 혁명이 되고 있으며, 미완성의 혁명이, 실패한 혁명이 되고 말았다.

기독교는 말만 예수교이지, 사실은 예수의 이름만 딴 모세의 종교가 되고 말았다.

예수를 죽인 모세의 종교가 예수교가 된 것이다.

기독교는 온 세상 사람들의 눈물과 피를 강요하였고,

온 세상 사람들의 저주를 받았으며,

십자가(十字架)는 살인과 파괴의 상징이 되었다.

서양의 역사는 기독교로부터 해방(解放)되려고 몸부림친 역사이며,

세계사는 기독교를 부정(否定)하고 폭군과 같은 감정적 신으로부터,

인간을 되찾으려고 안간힘을 쓴 안타까운 역사가 되고 말았다.

그리고 이러한 노력이 성공한 만큼 서양의 역사는 변화하고 발전하였다.

서양의 모세 적 기독교 사상인 신성 절대불가침을 믿는 신본주의(神本主義)가 아니라 원래의 예수사상인 동양적(東洋的) 인본주의(人本主義) 자기구원사상이 되어야, 인간은 신의 객체(客體)가 되는 것이 아니라 신과 함께 주체(主體)가 된다.

이때야 비로소 신의 존엄만 아니라 신과 인간의 존엄이 되며, 신의 자

유만이 아니라 인간의 자유, 평등도 된다.

또한 인간은 원죄(原罪)의 존재로서 구속(拘束)과 타율(他律)의 존재가 되는 것이 아니라, 인간도 신과 같은 완전한 존재가 될 수 있는 해방(解放)과 자율(自律)의 존재가 된다.

노동도 원죄에 대한 징벌로써 부과되는 치욕이 아니라, 노동은 신성(神聖)한 인간 자주의지(自主意志)의 구현이 된다.

여자의 출산(出産)도 금단(禁斷)의 열매를 따 먹게 한 대가로 치러지는 저주받은 고통이 아니라, 생명탄생의 기쁨과 축복(祝福)이 되고 여성은 고귀한 만물의 어머니가 된다.

기독교에는 모세의 악마성(惡魔性)과 예수의 하느님 성(性)이 공존하고 있어, 교회나 성직자가 모세에 가까워지면 악마(惡魔) 같은 교회나 성직자가 된다.

반대로 교회나 성직자가 예수에 가까워지면, 사랑이신 하느님과 같은 교회나 성직자가 된다.

역사적으로 기독교는 모세 적 요소가 예수 적 요소를 압도(壓倒)하여 왔고, 지금도 사정은 별반 다르지 않다.

전 시대(前 時代)의 종교재판과 종교전쟁에서 무수한 사람들을 죽인 교황들과 오늘날도 종교분쟁을 부추기는 수많은 성직자들은, 질투와 복수의 화신(化身)인 모세와 가까운 성직자들이다.

수많은 마더 데레사와 요한 바오로 2세와 같은 성직자들은 모세의 종이 아니라, 예수의 친구인 성직자이다.

기독교의 양면성(兩面性)을 극복하려면, 그래서 진정한 하느님과 예수의 교회가 되려면, 구약과 모세를 버려야 하고, 신약의 구약 적 미신도 모두 버려야 참된 의미에서의 종교개혁(宗敎改革)이 된다. 지난 날 수백

만의 목숨을 희생시킨 종교개혁도 곁 가지치기에 불과하였고 예수의 참
뜻을 살려내는 진정한 종교개혁은 되지 못했다.

참된 의미의 종교개혁이 이루어지지 않는 한, 모세 적 악마성과 혹세
무민의 미신과 사기성은 항상 교회와 기독교 성직자들의 마음속에 도사
리고 있게 된다.

그리고 세계 평화도 항상 위협할 것이다.

예수님도 계속 피눈물을 흘려야 한다.

지은이 | **이태훈** 李泰薰

1940년 서울 출생
서울 고등학교 졸업
서울대학교 법과대학 졸업
고려대학교 경영대학원 수료
민주공화당 중앙사무국 공채 4기 요원, 국장 역임
한국투자신탁 부장 및 지점장 그리고 상무이사 역임
홍주 개발 회장 역임
대유 증권 고문 역임

우리를 영원히 살게 하는 것

지은이 ——— 李泰薰
펴낸이 ——— 李甲燮

1판 1쇄 인쇄 ——— 2010년 6월 15일
1판 1쇄 발행 ——— 2010년 6월 21일

발행처 ——— 杏林書院
주소 서울 종로구 종로5가 13-1
전화 02-2279-1980, 1981
팩스 02-2275-8750
홈페이지 www.haenglim.com
출판등록 ——— 1995년 6월 13일(제300-1995-87호)

ⓒ 이태훈 2010

ISBN 978-89-954501-9-2 03800